Kate Atkinson

Saí Cedo, Levei Meu Cachorro

Editora Fundamento

2013, Editora Fundamento Educacional Ltda.

Editor e edição de texto: Editora Fundamento
Adaptação de capa e editoração eletrônica: Lílian Ávila
CTP e impressão: Monalisa Editora e Gráfica Ltda.
Tradução: Ponte Traduções Ltda. (Fal Azevedo)

Publicado originalmente em inglês em 2010 por Doubleday, um selo da Transworld Publishers.

Foto da capa: Fountains Abbey © Tracey Paterson
Design: Claire Ward/TW

Dados Internacionais de Catalogação na Publicação (CIP)
(Câmara Brasileira do Livro, SP, Brasil)

Atkinson, Kate.
Saí cedo, levei meu cachorro / Kate Atkinson ; [versão brasileira da editora] –1. ed. – São Paulo, SP : Editora Fundamento Educacional Ltda., 2013.

Título original: Started early, took my dog.

1. Literatura inglesa – ficção I. Título

12-02431 CDD-823

Índices para catálogo sistemático:
1. Literatura inglesa – ficção 823

Fundação Biblioteca Nacional

Depósito legal na Biblioteca Nacional, conforme Decreto nº 1.825, de dezembro de 1907.

Impresso no Brasil

Telefone: (41) 3015 9700
E-mail: info@editorafundamento.com.br
Site: www.editorafundamento.com.br

Este livro foi impresso em papel pólen soft 80 g/m² e a capa em papel-cartão 250 g/m².

Kate Atkinson

Saí Cedo, Levei Meu Cachorro

Editora Fundamento

Pela falta de um cravo, perdeu-se a ferradura.
Pela falta de uma ferradura, perdeu-se o cavalo.
Pela falta de um cavalo, perdeu-se o cavaleiro.
Pela falta de um cavaleiro, perdeu-se a batalha.
Pela falta de uma batalha, o reino foi perdido.
Tudo por causa da perda de um cravo da ferradura.
Autor desconhecido

"Eu estava só dando uma limpada no lugar."
Peter Sutcliffe

TESOURO

1975 : 9 de abril

Leeds: "Cidade-Rodovia dos Anos Setenta." Um slogan orgulhoso. Sem nenhuma ironia. Os lampiões a gás ainda iluminam as ruas. Assim é a vida em uma cidade do norte.

Os Bay City Rollers estão em primeiro lugar nas paradas. Bombas do IRA explodem por todo o país. Margaret Thatcher é a nova líder do Partido Conservador. No começo do mês, em Albuquerque, Bill Gates funda o que um dia será a Microsoft. No final do mês, Saigon cai nas mãos do Exército norte-vietnamita. *The Black and White Minstrel Show* ainda passa na televisão. John Poulson ainda está na cadeia. *Bye Bye Baby, Baby Goodbye.*

No meio disso tudo, Tracy Waterhouse estava preocupada apenas com o furo no dedo em uma de suas meias. O buraco ficava maior a cada passo que dava. E ainda eram meias novas, naquela manhã.

Eles haviam recebido a informação de que era no 15º andar de um prédio de apartamentos em Lovell Park e, obviamente, os elevadores estavam quebrados. Os dois policiais arfavam e bufavam enquanto subiam as escadas. Chegando perto do topo, precisavam descansar a cada lance de escada. A policial feminina Tracy Waterhouse, uma garota grande e desengonçada, que acabara de terminar o período de experiência, e o policial Ken Arkwright, um robusto nativo da região de Yorkshire com um coração enorme. Escalando o Everest.

Ambos veriam o início da onda de crimes de Ripper[1] , mas Arkwright estaria aposentado muito antes da matança terminar. Donald Neilson, o Pantera Negra de Bradford, ainda não fora capturado, e Harold Shipman provavelmente já começara a matar os pacientes que tiveram o azar de estar sob seus cuidados no Hospital Geral Pontefract. A região oeste de Yorkshire, em 1975, estava repleta de assassinos seriais.

Tracy Waterhouse ainda era inexperiente, embora não admitisse. Ken Arkwright vira mais horrores do que a maioria, mas continuava afável e audacioso, um bom tira para uma garota imatura ter como parceiro. Havia maçãs podres no cesto, claro; a nuvem negra da morte de David

1 Referência a Peter William Sutcliffe, conhecido como o Estripador de Yorkshire, acusado de matar treze mulheres entre 1975 e 1980. (N. da T.)

Oluwale ainda lançava uma sombra sobre a polícia de West Riding, mas Arkwright não era afetado por ela. Podia ser violento quando necessário, e às vezes quando desnecessário; mas não discriminava ninguém pela cor da pele quando se tratava de recompensa ou punição. Para ele, as mulheres eram frequentemente *vadias* ou *vagabundas*, mas já ajudara algumas delas, dando-lhes cigarros e dinheiro, e amava profundamente a esposa e filhas.

Apesar dos apelos de seus professores para permanecer na escola e "fazer algo importante na vida", Tracy abandonara os estudos aos 15 anos para fazer um curso de taquigrafia e datilografia e foi direto trabalhar nos escritórios Montague Burton como assistente júnior, ansiosa para começar sua vida adulta.

— Você é uma garota inteligente — declarou o chefe de pessoal, oferecendo-lhe um cigarro. — Pode ir muito longe. Nunca se sabe, alguém pode ir de secretária júnior a gerente de contas em um dia.

Ela não sabia o que uma gerente de contas fazia. E tampouco estava certa sobre as funções de uma secretária executiva. O homem não tirava os olhos dela.

Tinha 16 anos e nunca fora beijada, nunca bebera vinho, nem mesmo Blue Nun. Nunca comera um abacate ou vira uma berinjela e nunca andara de avião. As coisas eram diferentes naquela época.

Ela comprou um casaco comprido de tweed na Etam e um guarda-chuva novo. Pronta para qualquer ocasião. Mais pronta do que nunca. Dois anos mais tarde, estava na polícia. Nada poderia tê-la preparado para aquilo. *Bye Bye, Baby.*

Tracy temia jamais poder sair de casa. Passava as noites na frente da televisão, com sua mãe, enquanto seu pai bebia socialmente no Clube Conservador local. Juntas, Tracy e sua mãe, Dorothy, assistiam a *The Dick Emery Show* ou *Steptoe and Son*, ou a Mike Yarwood fazendo uma imitação de Steptoe e seu filho. Ou de Edward Heath, levantando e abaixando os ombros. Deve ter sido um dia triste para Mike Yarwood aquele em que Margaret Thatcher assumiu o governo. Um dia triste para todos. Tracy nunca achara graça em imitadores.

Seu estômago roncava como um trator. Só comia queijo cottage e toranjas havia uma semana. Tracy se perguntou se alguém poderia morrer de fome mesmo estando acima do peso.

— Jesus Cristo! — arfou Arkwright, inclinando-se para a frente e apoiando as mãos nos joelhos quando finalmente chegaram ao 15º andar. — Eu costumava jogar rúgbi na ponta esquerda, acredite se quiser.

— Oh, bem, você não passa de um velho gordo agora — disse Tracy. — Qual é o número?

— Vinte e cinco. No final do corredor.

Um vizinho telefonara anonimamente para a polícia, avisando sobre um cheiro ruim ("um fedor dos diabos") que vinha do apartamento.

— Ratos mortos, provavelmente — disse Arkwright. — Ou um gato. Lembra-se dos dois cães naquela casa em Chapeltown? Oh, não, isso foi antes do seu tempo, menina.

— Ouvi falar dessa história. O cara saiu de casa e deixou os cães lá sem comida. Eles terminaram comendo um ao outro.

— Não comeram um ao outro — disse Arkwright. — Um deles comeu o outro.

— Você é um pedante cretino, Arkwright.

— Um o quê? Garota atrevida. Olhe, lá vamos nós. Caramba, Tracy, dá para sentir o cheiro daqui.

Tracy Waterhouse apertou a campainha com o polegar, segurando o botão. Olhou para suas feias botas pretas de cadarço do uniforme da polícia e mexeu os dedos dentro das feias meias pretas, também do uniforme da polícia. Seu dedão havia saído pelo buraco da meia, e um fio correra até seu enorme joelho, tão grande que deveria pertencer a um jogador de futebol.

— Deve ser algum velhote, deitado aí há semanas — disse ela. — Eu os odeio.

— Odeio suicidas que se jogam sob trens.

— E crianças mortas.

— É. Esses casos são os piores — concordou Arkwright. Crianças mortas eram algo horrível, sempre.

Tracy tirou o polegar da campainha e tentou girar a maçaneta. Trancada.

— Ah, Jesus, Arkwright, tem algo zumbindo lá dentro. Algo que não vai se levantar e sair andando, disso tenho certeza.

Arkwright esmurrou a porta e gritou:

— Olá, aqui é a polícia, tem alguém aí dentro? Que inferno, Tracy, você está ouvindo?

— Moscas?

Ken Arkwright se inclinou e olhou pelo buraco da caixa de correio.

— Oh, Cristo.

Ele recuou tão rapidamente que o primeiro pensamento de Tracy foi que alguém deveria ter espirrado alguma coisa nos olhos dele. Acontecera com um sargento, algumas semanas antes, algum idiota com uma pistola de água cheia de desinfetante. Aquilo fizera com que todos evitassem espiar pelas caixas de correio. Arkwright, entretanto, abaixou-se imediatamente, abrindo mais uma vez a caixa de correio e começando a falar em um tom de voz suave, como se estivesse tentando acalmar um cão nervoso.

— Está tudo bem, está tudo bem agora. A mamãe está em casa? Ou o papai? Vamos ajudar você. Está tudo bem. — Ele se levantou e se preparou para arrombar a porta. Plantou os pés no chão, respirou fundo e disse a Tracy:

— Prepare-se, menina, a coisa não está nada bonita.

Seis meses atrás

Subúrbio de Munique, tarde fria. Grandes flocos de neve flutuavam pelo ar como confete branco, caindo sobre o capô do carro discreto de fabricação alemã.

— Linda casa — disse Steve. Ele era um baixinho arrogante que falava demais. Era de duvidar que Steve fosse seu nome verdadeiro. — E grande — completou.

— É, uma casa grande e bonita — concordou ele, mais para fazer Steve calar a boca do que por outro motivo. Grande, bonita e infelizmente cercada por outras casas grandes e bonitas, no tipo de rua que tem vizinhos atentos e alarmes contra ladrões espalhados pelos muros como carbúnculos. Algumas das casas maiores tinham portões altos e câmeras para maior segurança.

Na primeira vez, você faz o reconhecimento; na segunda, presta atenção aos detalhes; na terceira, faz seu trabalho. Aquela era a terceira vez.

— Um tanto alemã demais para o meu gosto, claro — disse Steve, como se o catálogo inteiro de imóveis europeus estivesse ao seu dispor.

— Talvez isso tenha a ver com o fato de estarmos na Alemanha — disse ele.

Steve disse:

— Não tenho nada contra os alemães. Encontrei alguns no Deuxième. Rapazes legais. Boa cerveja — acrescentou, depois de alguns segundos de contemplação. — Boas salsichas também.

Steve dissera ter participado do esquadrão de paraquedistas; abandonara o grupo, havia percebido que não conseguiria suportar a vida civil, e se alistara na Legião Estrangeira francesa.

"Você acha que é durão, e então descobre o que isso realmente significa."

Certo. Quantas vezes ouvira aquilo? Conhecera alguns caras da legião, em sua época; ex-militares que desejavam escapar do tédio da vida civil, desertores de divórcios e processos de paternidade, fugitivos da mesmice. Todos estavam fugindo de alguma coisa, e nenhum deles era o fora da lei que imaginava ser. Certamente, não Steve. Aquela era a primeira vez que trabalhavam juntos. O cara era uma bomba-relógio, mas tudo bem, prestava atenção, não fumava no carro e não queria ouvir o lixo musical que tocava no rádio.

Algumas daquelas casas o faziam lembrar-se de casinhas feitas de biscoito; a neve sobre os telhados parecia glacê de açúcar. Vira uma casinha de biscoito para vender no mercado Christkindl, onde haviam passado a noite anterior, passeando pela Marienplatz, bebendo Glühwein em canecas decoradas de Natal, parecendo turistas comuns. Pagaram um depósito pelas canecas e ele levara a sua para o Platzl, onde estavam hospedados. Um presente para sua filha, Marlee, quando voltasse para casa, embora ela provavelmente fosse torcer o nariz, ou pior, agradecer-lhe com indiferença e nunca mais olhar para a caneca.

— Você fez aquele trabalho em Dubai? — perguntou Steve.

— Fiz.

— Ouvi falar que deu tudo errado.

— É.

Um carro virou a esquina e eles instintivamente checaram o relógio. O carro seguiu adiante. Carro errado.

— Não são eles — disse Steve, desnecessariamente. Pelo lado positivo, estavam estacionados em uma rua extensa, que descrevia uma curva e se afastava do portão, de forma que não era possível ver a casa da rua. E a entrada para carros estava protegida por vários arbustos. Nada de luzes de segurança, nada de sensores de movimento. A escuridão era a melhor amiga dos agentes de tocaia, mas não naquela ocasião, quando estavam trabalhando em plena luz do dia. Era final da tarde, quase o crepúsculo.

Outro carro se aproximou virando a esquina, o carro certo desta vez.

— Aí vem a garota — disse Steve baixinho. Tinha 5 anos, cabelos negros lisos, grandes olhos castanhos. Não fazia ideia do que estava para lhe acontecer. "A paquistanesinha", como Steve a chamava.

— Egípcia. Meio egípcia — ele disse, corrigindo Steve. — O nome dela é Jennifer.

— Não sou racista.

Mas...

A neve ainda caía, colando-se ao para-brisa por um segundo antes de derreter. Ele teve uma súbita e inesperada lembrança da irmã entrando em casa, rindo e sacudindo o pólen das roupas, dos cabelos. Pensou na cidade onde haviam crescido, um lugar despido de árvores, e ainda assim ela permanecia em sua memória como uma noiva, uma chuva de pétalas como pequenas impressões cor-de-rosa no véu escuro dos cabelos.

O carro atravessou o portão e desapareceu de vista por trás dos arbustos. Ele se virou a fim de olhar para Steve.

— Pronto?

— Armado e carregado — disse Steve, ligando o motor.

— Lembre-se, não machuque a babá.

— A menos que seja preciso.

Quarta-feira

— Ei, olha o dragão ali.

— Onde?

— Ali. Acabou de passar pelo Greggs. — Grant apontou para a imagem de Tracy Waterhouse em um dos monitores. O ar na sala de controle de segurança sempre era carregado. Do lado de fora era um lindo dia de maio, mas ali dentro a atmosfera era semelhante à do interior de um submarino que passara muito tempo submerso. A hora do almoço se aproximava; a hora mais movimentada para os batedores de carteira e ladrões de loja. A polícia trabalhava o dia inteiro, todos os dias. Uma dupla estava lá fora naquele momento, toda paramentada com cintos, coletes à prova de balas e mangas arregaçadas, "escoltando" uma mulher para fora da Peacocks, com as sacolas cheias de roupas pelas quais ela não pagara. Leslie estava sonolenta de tanto olhar para os monitores. Às vezes, fingia não ter visto nada. Nem todo mundo era, sinceramente, um criminoso.

— Que semana — disse Grant, fazendo uma careta. — Férias escolares e feriado bancário. Estamos sobrecarregados. Vai ser uma carnificina.

Grant mastigava uma goma antinicotina como se sua vida dependesse disso. Havia uma mancha em sua gravata. Leslie pensou em contar-lhe, mas desistiu. Parecia sangue, mas era provável que fosse molho de tomate. Ele tinha uma acne tão feia que parecia radioativa. Leslie era baixinha e pequenina, possuía um diploma em engenharia química da Queen's University, de Kingston, Ontário, e trabalhar na equipe de segurança do shopping Merrion Centre, em Leeds, era uma breve e não totalmente desagradável etapa na jornada de sua vida. Estava fazendo o que sua família chamava de "volta ao mundo": já estivera em Atenas, Roma, Florença, Nice, Paris. Não exatamente no mundo inteiro. Parara em Leeds para visitar alguns parentes e decidira ficar durante o verão, depois de começar a sair com um doutorando em filosofia chamado Dominic, que trabalhava em um bar. Conhecera os pais dele, fora à casa dele para jantar. A mãe de Dominic esquentara uma "lasanha vegetariana" individual, comprada pronta no Sainsbury's, para ela, enquanto o resto da família comia frango assado. A mãe estava na defensiva; temia que Leslie fosse arrastar seu filho para um continente distante, onde todos os seus netos falariam com um sotaque diferente e seriam vegetarianos. Leslie pensou em tranquilizá-la dizendo que era apenas um romance de férias, mas aquilo provavelmente não causaria uma grande impressão.

— Leslie com "ie" — precisava esclarecer a todos na Inglaterra, porque ali eles escreviam o nome com "y".

— É mesmo? — perguntara a mãe de Dominic, como se a própria Leslie fosse um erro ortográfico. Leslie tentou imaginar como seria levar Dominic para conhecer sua família, apresentá-lo a seus pais, e como eles eram difíceis de impressionar. Sentia saudades de casa, do piano Mason & Risch no canto da sala, de seu irmão Lloyd, de sua velha golden retriever

Holly e de sua gata Mitten. Não necessariamente nessa ordem. Sua família alugava um chalé no lago Huron no verão. Não conseguia sequer imaginar explicar aquela outra vida para Grant. Não que quisesse. Grant olhava para ela o tempo todo, quando achava que ela não ia perceber. Estava desesperado para dormir com ela. Era até engraçado. Leslie preferiria enfiar facas nos próprios olhos.

— Ela está passando em frente ao Workout World — disse Grant.

— Tracy é legal — disse Leslie.

— Ela é uma nazista.

— Não, não é.

Leslie estava de olho em um grupo de garotos encapuzados passando em frente à ótica Rayners. Um deles usava algum tipo de máscara de dia das bruxas. Assustou uma senhora idosa, que se encolheu toda ao vê-lo.

— Nós sempre processamos — murmurou Leslie, como se fosse uma piadinha interna.

— Olhe — disse Grant. — Tracy está entrando na chocolataria Thornton's. Deve estar precisando repor a ração diária.

Leslie gostava de Tracy; com ela você sabia exatamente onde estava pisando. Nada de enrolação.

— Ela é uma porca gorda — disse Grant.

— Ela não é gorda, só é grande.

— É, é isso que todas dizem.

Leslie era pequena e delicada. Um passarinho, na opinião de Grant. Especial. Nada parecida com as vagabundas comuns por ali.

— Tem certeza de que você não quer sair para beber alguma coisa depois do trabalho? — perguntou ele, esperançoso. — Tem um bar legal no centro, especialista em coquetéis. Um lugar sofisticado para uma dama sofisticada.

— Olhe ali! — disse Leslie. — Alguns moleques estão entrando no City Cyber.

Tracy Waterhouse saiu da Thornton's colocando as compras na bolsa feia e enorme que usava a tiracolo sobre o peito impressionante. Trufas vienenses, sua guloseima favorita, no meio da semana. Era realmente patético. As outras pessoas iam ao cinema à noite, a restaurantes, bares ou clubes, visitavam amigos, faziam sexo, enquanto Tracy contava os minutos para se enroscar no sofá e assistir a *Britain's Got Talent* com um pacote de trufas vienenses da Thornton's. E uma canja de galinha que compraria no caminho de casa, com uma ou duas latas de cerveja Beck's para acompanhar. Ou três, ou quatro, embora fosse quarta-feira. Noite de escola. E já fazia mais de quarenta anos que Tracy abandonara a escola.

Quando fizera uma refeição em um restaurante, com alguém, pela última vez? Com aquele cara da agência de encontros, uns dois anos antes, no Dino's, em Bishopsgate? Conseguia se lembrar do que comera: pão de alho, espaguete e almôndegas e creme de caramelo de sobremesa, mas não conseguia se recordar do nome do cara.

— Você é bem grande — dissera ele, quando a encontrara para tomar uma bebida antes do jantar no Whitelock's.

— É — respondera ela. — Pretende tomar alguma atitude a respeito disso?

As coisas foram ladeira abaixo a partir dali.

Tracy entrou na Superdrug para comprar um analgésico para a ressaca que a cerveja lhe causaria na manhã seguinte. A moça do caixa sequer olhou para ela. Serviço fantástico. Seria muito fácil furtar na Superdrug; havia vários produtos pequenos o suficiente para alguém enfiar na bolsa ou nos bolsos. Batom, pasta de dentes, xampu, absorventes internos; era até difícil culpar uma pessoa por furtar, porque era como se fosse convidada a fazê-lo. Tracy olhou ao redor, para as câmeras de segurança.

Sabia que havia um ponto cego na seção de manicure. Dava para pegar tudo o que se quisesse e fazer um estoque para um ano sem que ninguém percebesse. Colocou a mão sobre a bolsa, em um gesto protetor. A bolsa continha dois envelopes cheios de notas de vinte, cinco mil libras no total, que acabara de sacar de sua conta no Banco Yorkshire. Tracy gostaria de ver alguém tentar arrancar a bolsa de seus braços; ansiava por espancá-lo até virar uma massa sangrenta, e de mãos vazias. "Não há sentido em ser tão pesada", Tracy pensou, "se você não está preparada para tirar vantagem disso."

O dinheiro era o pagamento para Janek, o operário que estava ampliando a cozinha da casa em Headingley, que ela comprara com o que recebera da venda do bangalô de seus pais em Bramley. Era um alívio que eles estivessem mortos, finalmente; haviam morrido com apenas algumas semanas de diferença, com a mente e o corpo deles já tendo passado muito do prazo de validade. Ambos haviam passado dos 90 anos, e Tracy começara a pensar que estavam tentando sobreviver a ela. Sempre foram competitivos.

Janek começava o trabalho às 8 horas da manhã, terminava às 18 horas e trabalhava aos sábados; era polonês, afinal. Era constrangedor o quanto Tracy se sentia atraída por Janek, apesar do fato de ele ser vinte anos mais novo e pelo menos dez centímetros mais baixo do que ela. Era tão cuidadoso, e tinha excelentes maneiras. Todas as manhãs, Tracy deixava café e chá para ele, junto com um prato de biscoitos enrolado em filme plástico. Quando voltava para casa, os biscoitos haviam desaparecido. Aquilo a fazia sentir-se necessária. Iria sair de férias por uma semana na sexta-feira e Janek prometera que tudo estaria pronto quando voltasse. Tracy não queria que a reforma terminasse; bem, ela queria, já estava farta daquela bagunça, mas não queria que ele se fosse.

Perguntou-se se ele ficaria se lhe pedisse para reformar o banheiro. Ele estava juntando dinheiro para voltar para casa. Todos os poloneses estavam voltando; não queriam ficar em um país falido. Antes da queda do Muro de Berlim, as pessoas tinham pena deles; agora, elas os invejavam.

Quando Tracy estava na polícia, seus colegas, homens e mulheres, pensavam que ela fosse lésbica. Tinha mais de 50 anos agora, e quando se juntara à Força Policial de West Yorkshire como recruta, precisara agir como os homens para ser aceita. Infelizmente, depois que você constrói uma reputação de durona, é difícil admitir que existe uma mulher suave e delicada escondida sob o uniforme. E por que alguém iria querer admitir isso, de qualquer modo?

Tracy se aposentara com uma couraça tão dura que quase não havia mais espaço para nada. Vícios, crimes sexuais, tráfico de seres humanos, tudo o que havia de pior nas divisões de Narcóticos e Crimes Violentos, vira de tudo e um pouco mais. Testemunhar o pior do comportamento humano era uma boa forma de destruir tudo o que havia de suave e delicado.

Estivera ali por tanto tempo que era apenas uma humilde patrulheira quando Peter Sutcliffe ainda andava pelas ruas de West Yorkshire. Lembrava--se do medo; ela mesma o sentira. Aqueles eram os dias antes dos computadores, quando a papelada sozinha já era suficiente para retardar a investigação.

— Houve um tempo antes dos computadores? — perguntara um de seus colegas mais jovens e engraçadinhos. — Uau, isso é pré-histórico.

Ele estava certo; ela era de outra época. Tracy teria saído da força antes, e só permanecera porque não conseguia pensar em uma maneira de preencher os longos e vazios dias da aposentadoria. Dormir, comer, proteger, repetir, era aquela a vida que conhecia. Todos eram obcecados pela marca dos 30 anos; sair, conseguir outro emprego, aproveitar a pensão. Qualquer um que decidisse permanecer por mais tempo era considerado um tolo.

Tracy teria preferido cair lutando, mas sabia que era hora de partir. Fora superintendente de polícia; agora era uma "pensionista". Aquilo soava como uma página de Dickens, como se devesse ficar sentada no canto de um armazém, vestindo um xale sujo. Pensara em fazer trabalho voluntário, com uma daquelas organizações que ajudavam em locais de desastres e guerras. Afinal de contas, ajudar era algo que ela sentia ter feito a vida inteira. No final, entretanto, aceitou o trabalho no Merrion Centre.

Em sua festa de despedida, seus colegas lhe deram um laptop e duzentas libras em cupons para o spa Waterfall, em Brewery Wharf. Ela ficou agradavelmente surpresa, até mesmo lisonjeada, por eles terem pensado que ela era o tipo de mulher que frequentava um spa. Tracy já tinha um laptop e sabia que o computador que eles lhe deram era um daqueles que a Carphone Warehouse oferece de graça, mas era a intenção que contava.

Quando aceitou o emprego como chefe de segurança no shopping Merrion Centre, Tracy pensou em "começar de novo" e fez algumas mudanças em sua vida, não apenas se mudando de casa, mas depilando o buço, cortando os cabelos em um estilo mais suave, comprando blusas com laços e botões de pérola e sapatos de salto para usar com a clássica saia preta. Não funcionou, obviamente. Ela podia ver que, com ou sem cupons de spa, as pessoas ainda pensavam que ela era uma velha durona.

Tracy gostava de ficar próxima dos clientes. Passou pela Morrisons, pelo local vazio que costumava ser a Woolworths, pela Poundstretcher; as lojas preferidas do proletariado. Havia alguém naquele lugar sem alma que fosse feliz? Leslie talvez, embora mantivesse uma postura discreta. Como

Janek, tinha uma vida em outro lugar. Tracy imaginava que o Canadá fosse um lugar bom para se viver. Ou a Polônia. Talvez devesse emigrar.

Era um dia quente. Tracy esperava que o tempo continuasse firme para suas férias. Uma semana em um chalé do National Trust, um lugar adorável. Ela era membro do Trust; era isso o que acontecia quando você ficava velha e não tinha nada para preencher a vida. Você se tornava membro de instituições que visavam preservar monumentos históricos na Inglaterra, como o National Trust ou o English Heritage, e passava os fins de semana perambulando por jardins e casas que não lhe pertenciam, ou contemplando ruínas entediantes, tentando reconstruí-las na mente; monges há muito tempo mortos cozinhando, urinando, rezando por trás de muros frios de pedra. E você passava as férias sozinha, obviamente. Ela se juntara a um "clube social de solteiros" alguns anos antes. Pessoas de meia-idade e de classe média que não tinham amigos. Conversas, aulas de arte, visitas a museus, tudo muito chato. Juntara-se ao clube pensando que poderia ser legal viajar de férias com outras pessoas, mas não dera certo. Passara todo o tempo tentando se afastar delas.

O mundo estava indo para o inferno em um carrinho de compras. The Watch Hospital, Costa Coffee, Wilkinson's Hardware, Walmsley's, Herbert Brown's ("Emprestar e gastar", um slogan ótimo para uma casa de penhores, eterna amiga da classe operária). Toda a vida humana estava ali. A Grã-Bretanha, capital europeia dos furtos em lojas, mais de dois bilhões de libras perdidos todos os anos devido ao "encolhimento do varejo", um termo ridículo para o que era, na verdade, furto. E aquele número poderia dobrar se você somasse tudo o que os próprios funcionários furtavam. Inacreditável.

Pense em quantas crianças famintas seria possível alimentar com todo aquele dinheiro perdido. Mas não era dinheiro, era? Pelo menos não dinheiro de verdade. Não havia mais dinheiro de verdade; tudo era um ato de imaginação coletiva. Agora, se todos nós batermos palmas e acreditarmos... Claro que as cinco mil libras em sua bolsa não iriam beneficiar a Receita, mas uma sonegação de impostos modesta era o direito dos cidadãos, não um crime. Havia crimes e crimes. Tracy vira muitos crimes reais, todos os pês — pedofilia, prostituição, pornografia. Tráfico. Comprar e vender, era isso o que as pessoas faziam. Você pode comprar mulheres, você pode comprar crianças, você pode comprar tudo. A civilização ocidental tivera sua época, mas agora praticamente estava comprando sua própria existência. Todas as culturas tinham uma obsolescência embutida, não tinham? Nada dura para sempre. Exceto diamantes, talvez, se a música estivesse correta. E as baratas, provavelmente. Tracy nunca tivera um diamante e provavelmente jamais ganharia um. O anel de noivado de sua mãe era de safiras e jamais saíra de seu dedo desde que seu pai lhe pedira em casamento, até ser retirado pelo agente funerário antes de colocá-la no caixão. Tracy mandara avaliar o anel; duas mil libras, nem perto do que ela imaginara. Tentara colocá-lo no dedo mínimo, mas não servira. Estava no fundo de uma gaveta agora. Comprou uma rosquinha na Ainsleys e colocou-a na bolsa, guardando para mais tarde.

Viu uma mulher que lhe pareceu familiar saindo da Rayners. Ela se parecia com uma cafetina que costumava administrar um bordel em uma casa em Cookridge. Tracy dera uma batida naquela casa quando ainda estava na polícia, muito antes de conhecer os horrores da divisão de narcóticos. Todos os confortos de um lar; a mulher oferecia aos "cavalheiros" uma taça de conhaque e pequenos pratos com amêndoas antes de irem para o andar de cima para cometer atos degradantes atrás de cortinas de renda. Tinha um calabouço no que costumava ser o depósito de carvão. Aquilo fizera Tracy se sentir mal, todas aquelas coisas lá embaixo. As meninas eram indiferentes; nada podia surpreendê-las. Mesmo assim, estavam em melhores condições naquela casa, atrás das cortinas de renda, do que estariam lá fora, nas ruas. Antes era a pobreza que levava as mulheres para aquela vida; agora eram drogas. Naqueles dias, havia poucas meninas nas ruas que não eram viciadas. Shopmobility, Claire's Accessories. Na Greggs, comprou um sanduíche para o almoço.

A cafetina morrera muitos anos atrás; tivera um derrame na City Varieties, no meio das filmagens de *The Good Old Days*, vestida em trajes eduardianos, e ficara sentada morta na cadeira. Ninguém percebeu até a filmagem terminar. Tracy se perguntara se eles teriam gravado o momento com a câmera. Eles não teriam mostrado um cadáver na televisão naquela época; hoje em dia provavelmente mostrariam.

Não, não era o fantasma da cafetina morta, era aquela atriz de *Collier*. Era por isso que o rosto era familiar. A atriz que fazia o papel da mãe de Vince Collier. Tracy não gostava de *Collier*, o programa era um lixo.

Ela preferia *Law and Order: SVU*. A atriz que lembrava a cafetina de Cookridge parecia mais velha do que na tela. Sua maquiagem era um desastre, como se ela a tivesse aplicado sem um espelho, e lhe dava um ar levemente desgrenhado. Estava, obviamente, usando uma peruca. Talvez tivesse câncer. A mãe de Tracy, Dorothy Waterhouse, morrera de câncer. Você passa dos 90 anos e acha que vai morrer de velhice. Eles haviam falado em tratamento com quimioterapia, mas Tracy fizera objeções a desperdiçar recursos com uma pessoa tão velha. Ela se perguntara se poderia colocar uma pulseira dizendo "não ressuscitar" no pulso de sua mãe sem ninguém notar, mas Dorothy surpreendera a todos ao morrer. Tracy esperara aquele momento por tanto tempo que lhe pareceu um anticlímax.

Dorothy Waterhouse costumava se vangloriar do fato de que o pai de Tracy jamais a vira sem maquiagem, e Tracy não sabia o motivo, já que ela dava a impressão de jamais ter gostado dele. A mãe fazia um esforço tremendo para ser Dorothy Waterhouse. Tracy instruiu o agente funerário para que deixasse sua mãe ao natural.

— Nem mesmo um pouco de batom? — perguntara ele.

Eletricidade por toda parte. Todas aquelas superfícies brilhantes. Já se fora o tempo em que tudo era feito de madeira e iluminado por lareiras e estrelas. Tracy viu seu reflexo na vitrine da Ryman's e enxergou a expressão selvagem de uma mulher à beira do precipício. Alguém que começara o dia totalmente no controle e o estava perdendo progressivamente ao longo das horas. Sua saia estava amassada no quadril, as mechas claras de seus cabelos pareciam opacas e sua barriga de cerveja parecia uma imitação grotesca de gravidez. A sobrevivência dos mais gordos.

Tracy sentiu-se derrotada. Olhou para baixo e retirou alguns fiapos da jaqueta. As coisas só poderiam piorar. Tire sua Foto, Artigos Baratinhos, Sanduíches da Sheila. Ela podia ouvir uma criança chorando em algum lugar — parte da trilha sonora dos shopping centers no mundo todo. Era um som que ainda era capaz de atravessar sua couraça como uma agulha em brasa. Um grupo de adolescentes suburbanos apáticos circulava pela entrada da City Cyber, empurrando e acotovelando uns aos outros de um jeito que só eles achavam divertido. Um deles usava uma máscara de dia das bruxas, com uma caveira de plástico onde seu rosto deveria estar. Isso a deixou momentaneamente irritada.

Tracy poderia ter seguido os jovens para dentro da loja, mas a criança que gritava estava se aproximando, e isso a distraiu. Ela podia ouvir a criança, mas não podia vê-la. Seu sofrimento era assustador. Aquilo a estava enlouquecendo.

Arrependimentos, Tracy tinha alguns. Muitos, na verdade. Gostaria de ter encontrado alguém que gostasse dela, gostaria de ter tido filhos e aprendido a se vestir melhor. Gostaria de ter continuado na escola, talvez prosseguido e se formado em algo. Medicina, Geografia, História da Arte. Era o de sempre. Na verdade, ela era como todo mundo, queria amar alguém. Melhor ainda se fosse recíproco. Estava pensando em ter um gato. Embora na realidade não gostasse de gatos. Isso poderia ser um problema. Gostava muito de cães — cães sensíveis e espertos, não os cachorrinhos idiotas que cabiam em uma bolsa de mão. Talvez um bom e grande pastor-alemão, o melhor amigo da mulher. Nenhum alarme contra roubo podia superá-lo.

Oh, sim, Kelly Cross. Kelly Cross era a razão dos gritos da criança. Nenhuma surpresa nisso. Kelly Cross. Prostituta, drogada, ladra, pobretona topa-tudo. O pior tipo de mulher. Tracy a conhecia. Todo mundo a conhecia. Kelly teve vários filhos, a maioria entregue aos cuidados de outros, para a sorte das crianças, o que já dizia algo sobre ela. Irrompeu pela praça principal do shopping Merrion Centre, uma mulher possuída, a raiva desprendendo-se dela como facas. Era surpreendente quanta energia irradiava, levando-se em conta como era pequena e magra. Usava um colete sem mangas que deixava à mostra alguns hematomas vulgares típicos da escória e uma série de tatuagens de prisão. No antebraço, um coração grosseiramente desenhado, atravessado por uma seta e as iniciais "K" e "S". Tracy se perguntou quem seria o azarado "S". Estava falando ao telefone, batendo boca com alguém. Era quase certo que tinha roubado algo. As chances de aquela mulher sair de uma loja com uma nota fiscal válida eram quase zero.

Ela estava puxando a menina pela mão, arrastando-a, pois não havia outra maneira de a criança poder acompanhar o ritmo furioso de Kelly. Imagine, você mal aprendeu a andar e agora esperam que você corra como uma adulta. Ocasionalmente, Kelly a erguia violentamente do chão, e por um segundo a criança parecia voar. Gritando. Sem parar. Agulha em brasa atravessando a couraça. Atravessando o tímpano. Entrando no cérebro.

Kelly Cross separava a multidão de compradores como um Moisés profano avançando pelo mar Vermelho. Muitos dos espectadores estavam claramente horrorizados, mas ninguém tinha coragem de enfrentar uma selvagem como Kelly. Quem poderia culpá-los?

Kelly parou tão repentinamente que a criança continuou a correr para a frente como se estivesse em um elástico. Kelly bateu com força em seu traseiro, lançando-a no ar como se ela estivesse em um balanço, e então, sem uma palavra, voltou a correr novamente. Tracy ouviu a voz de uma mulher de classe média dizer surpreendentemente alto:

- Alguém deveria fazer alguma coisa.

Tarde demais. Kelly já tinha passado pela Morrisons e saído na Woodhouse Lane. Tracy a seguiu, galopando para alcançá-la, seus pulmões prontos a entrar em colapso até alcançá-la em um ponto de ônibus. Jesus, quando ficara tão fora de forma? Provavelmente, cerca de vinte anos atrás. Deveria tirar suas velhas fitas de ginástica de Rosemary Conley das caixas no quarto de hóspedes.

— Kelly! — ofegou ela.

Kelly virou-se, rosnando.

— Que diabos você quer?

Um fraco lampejo de reconhecimento surgiu em seu rosto venenoso quando olhou para Tracy. Tracy quase podia ver seu cérebro maquinando até surgir a palavra “tira”. Isso deixou Kelly ainda mais furiosa, se é que isso era possível.

Ela parecia pior de perto — cabelo escorrido, pele acinzentada de defunto, olhos vampirescos injetados de sangue e uma inquietação de viciada que fez Tracy querer dar um passo para trás. Mas ela ficou onde estava. A criança, manchada de lágrimas, tinha parado de chorar e olhava de boca aberta para Tracy. Isso a fazia parecer idiota, mas Tracy supôs que fosse um nariz entupido. Sua aparência não ficou melhor com uma lagarta de ranho verde saindo do nariz. Três anos? Quatro? Tracy não sabia exatamente como se calcula a idade de uma criança. Talvez fosse através de seus dentes, como os cavalos. Os dentes da menina eram pequenos. Alguns eram maiores que os outros. Isso era mais longe do que ela estava disposta a ir naquele jogo de adivinhação.

A criança estava vestida em vários tons de rosa, com uma pequena mochila rosa presa nas costas feito uma craca, então a impressão geral era a de um merengue deformado. Alguém — certamente não Kelly — tentara trançar o cabelo ensebado da criança. O rosa e as tranças sinalizavam seu gênero, algo que não era imediatamente óbvio por sua feição rechonchuda e andrógina.

Era apenas uma criança desengonçada, mas havia a fagulha de algo em seus olhos. Vida, talvez. Partida, mas não quebrada. Ainda. Que chance tinha aquela criança com Kelly como mãe? Realisticamente? Kelly ainda estava segurando a mão da criança, não exatamente segurando, mas agarrando com força, como se ela estivesse prestes a voar pelos ares.

Um ônibus estava se aproximando, sinalizando, reduzindo a velocidade.

Algo aconteceu dentro de Tracy. Uma pequena comporta se abriu deixando fluir uma corredeira de desespero e frustração enquanto contemplava a tela em branco, mas já suja, que era o futuro da criança. Tracy não soube como isso aconteceu. Em um momento, estava parada em um ponto de ônibus na Woodhouse Lane, contemplando a ruína humana que era Kelly Cross; no momento seguinte estava dizendo a ela:

— Quanto?

— Quanto o quê?

— Quanto pela criança? — perguntou Tracy, cavoucando em sua bolsa e desenterrando um dos envelopes que continham o dinheiro de Janek.

Ela o abriu e mostrou para Kelly.

— Tem três mil aqui. Dou tudo em troca da criança.

Manteve o segundo envelope com os dois mil restantes fora de vista, para se precisasse "aumentar a aposta". Entretanto, não foi necessário, pois Kelly repentinamente ergueu a cabeça em atenção. Seu cérebro pareceu desligar por um segundo, seus olhos piscando rapidamente de um lado para o outro, e então, com uma rapidez inesperada, sua mão disparou e ela agarrou o envelope. No mesmo segundo ela largou a mão da criança. Então, riu com uma exultação genuína quando o ônibus chegou à parada atrás dela.

— Muito obrigada! — gritou ela, enquanto subia a bordo.

Enquanto Kelly estava na plataforma, procurando moedas, Tracy levantou a voz e disse:

— Qual é o nome dela? Qual é o nome de sua filha, Kelly?

Kelly puxou o bilhete da máquina e disse:

— Courtney.

— Courtney?

Nome típico de suburbana — Chantelle, Shannon, Tiffany, Courtney.

Kelly virou-se, o bilhete agarrado na mão.

— Sim — disse ela. — Courtney.

Em seguida, lançou-lhe um olhar confuso, como se Tracy fosse maluca. Começou a dizer algo.

— Só que ela não é...

Mas as portas do ônibus se fecharam sobre suas palavras.

O ônibus se foi.

Tracy seguiu-o com o olhar. Como idiota, não com o nariz entupido. Percebeu um aumento repentino de ansiedade. Tinha acabado de comprar uma criança. Ela não se mexeu até que a mão pequena, terna e pegajosa buscou a dela.

— Para onde Tracy foi? — perguntou Grant, sondando os monitores. — Ela simplesmente desapareceu.

Leslie deu de ombros.

— Não sei. Fique de olho naquele bêbado do lado de fora da Boots, pode ser?

— Alguém deveria fazer alguma coisa.

Tilly ficou surpresa ao perceber que estava falando alto. Aliás, tão alto. Tipicamente classe média. "Ressoe!" Ela podia ouvir sua velha treinadora de voz na faculdade de teatro exclamando. "Ressoe! Seu peito é um sino, Matilda!" Franny Anderson. Senhorita Anderson, você nunca a chamaria de algo mais íntimo. Coluna reta como uma vareta, a treinadora de voz tinha uma pronúncia perfeita e bem articulada. Tilly ainda fazia os exercícios de voz que a senhorita Anderson lhe ensinara — "a-o-u-a-e-i-a" — toda manhã, a primeira atividade, mesmo antes de tomar uma xícara de chá. O apartamento em que morava, em Fulham, tinha paredes finas como papel, os vizinhos deviam pensar que era louca. Passara-se mais de meio século desde que Tilly estudara teatro. Todo mundo pensava que a vida agitada em Londres começara nos anos sessenta, mas já nos anos cinquenta a cidade parecia excitante para uma garota ingênua de 18 anos vinda de Hull, diretamente da escola primária. Uma garota de 18 anos naquela época era mais jovem do que uma garota da mesma idade nos dias de hoje. Tilly dividira um espaço pequeno no Soho com Phoebe March, *Dame* Phoebe agora, é claro — você terá problemas se esquecer o título. Fora a Helena em *Sonho de uma noite de verão*, de Shakespeare, enquanto Phoebe representara Hermia, em Stratford, oh Deus, décadas atrás.

Tinham começado em pé de igualdade, veja só, e agora Phoebe estava sempre interpretando rainhas inglesas e usando túnicas e tiaras. Tinha Oscars (de atriz coadjuvante) e prêmios Baftas saindo pelas orelhas, enquanto Tilly estava enfiada em um avental e chinelos fingindo ser a mãe de Vince Collier. Oh-oh.

Não exatamente em pé de igualdade. O pai de Tilly fora dono de uma loja de peixe fresco na Land of Green Ginger, uma rua mais romântica no nome do que era na realidade, enquanto Phoebe, embora se dissesse uma "garota do norte", vinha na verdade das classes latifundiárias — casa projetada por John Carr de York perto de Malton — e era sobrinha de um primo do velho rei, casa enorme na Eaton Square, à qual ela podia recorrer se as coisas ficassem complicadas no Soho. As histórias que Tilly podia contar sobre Phoebe — *Dame* Phoebe — o deixariam de cabelo em pé.

A senhorita Anderson deveria estar morta há muito tempo, é claro. Além disso, não era do tipo que apodrece de qualquer jeito na sepultura. Tilly imaginou que ela teria se tornado uma múmia seca, sem olhos e enrugada, e tão leve quanto uma samambaia morta. Mas ainda com a dicção perfeita.

Tilly sabia que sua indignação era inócua, não seria ela quem iria enfrentar a temível mulher tatuada. Muito velha, muito gorda, muito lenta. Muito amedrontada. Mas alguém deveria, alguém mais corajoso. Um homem. Os homens não eram mais o que costumavam ser. Se é que algum dia foram. Agitada, olhou em torno no shopping. Querido Deus, este lugar era terrível. Nunca teria voltado, mas teve que pegar seus óculos novos na Rayners. Nunca teria vindo aqui, de jeito nenhum, mas uma assistente de produção, boa garota, Padma — indiana, agora todas as boas garotas eram asiáticas — agendara um horário para ela. "Pronto, senhorita Squires, há algo mais que eu possa fazer para lhe ajudar?" Que doçura. Tilly sentara em cima de seus velhos óculos. Coisa fácil de fazer. Sem eles, era cega como um morcego. Difícil dirigir o velho calhambeque quando não se conseguia ver coisa alguma.

E depois de todo esse tempo enterrada no campo, pensara em ir para a cidade. Mas não esta, talvez. Guilford ou Henley, quem sabe, algum lugar civilizado.

Eles a tinham colocado em um buraco no meio do nada durante o período de filmagem. Uma aparição como convidada em *Collier*, contrato de doze meses, sua personagem seria morta no final, não que ela soubesse disso quando concordara em fazê-la. "Oh, querida, você deve, disseram todos seus colegas de teatro. Vai ser divertido — e pense no dinheiro!" Pode apostar que ela estava pensando no dinheiro! Estava praticamente vivendo um dia depois do outro nestes últimos tempos. Nada no teatro há três anos. Roteiros eram complicados, a velha memória não era mais o que fora um dia. Tivera sérios problemas para decorar suas falas. Tinha tido problemas antes, começou a representar quando tinha 18 anos. A ingênua. (Algo que se aprendida na escola, claro, fora de moda agora.) Uma peça diferente toda semana, sabia todas as suas falas, assim como também as dos outros. Certa vez, muito tempo atrás, apenas para provar que podia, decorou a peça *Três irmãs* inteira, apesar de interpretar apenas Natasha!

— Velho morcego senil — ouvira alguém dizer ontem. Era verdade que tudo estava escurecendo. As luzes estavam se apagando por toda a Europa. As criancinhas sofrendo. Ela deveria procurar um policial? Ou telefonar para a emergência? Parecia uma coisa terrivelmente dramática a ser feita.

A última coisa que fizera na televisão fora um episódio da série *Casualty* em que interpretara a mãe que pilotara uma arma antiaérea na guerra e morria de hipotermia no apartamento em um arranha-céu, o que levou a vários debates por parte dos personagens ("Como isso poderia acontecer nos dias de hoje e nessa idade?", "Essa mulher defendeu seu país na guerra" etc.). É claro que ela realmente não era velha o suficiente para o papel. Ainda era uma criança durante a guerra, podia apenas se lembrar de certas coisas horríveis daquilo tudo. A mãe a levando para o abrigo antibomba no meio da noite, o cheiro de terra molhada dentro dele. A cidade de Hull levara uma surra terrível.

Ao pai despreparado fora dado um trabalho burocrático no Corpo de Alimentação do Exército. De qualquer forma, não havia muito peixe para se vender durante a guerra, os barcos de pesca foram requisitados pela marinha. Os barcos que permaneceram em atividade foram bombardeados para fora da água, os corpos dos pescadores afundando em espirais nas gélidas profundezas.

"Essas são pérolas que foram seus olhos", diria Shakespeare em *A tempestade*. Interpretara Miranda na escola.

— Já pensou em trabalhar no palco, Matilda?

Sua diretora não achava que ela fosse muito boa para outra coisa.

— Você não tem exatamente o que se pode chamar de inclinação acadêmica, não é, Matilda?

Tilly desejou ter idade suficiente para ter lutado na guerra, ter sido uma garota corajosa em uma arma antiaérea.

Os produtores de *Collier* a seduziram no sofisticado e exclusivo clube do restaurante Ivy com um coquetel chamado "O brilho", nome bastante perturbador para Tilly, pois era por ele que sua recatada mãe designava a genitália feminina. Tilly sempre preferiu muito mais a palavra "vagina", soava como uma garota certinha ou uma nova terra descoberta.

Quando a viu pela primeira vez, a garotinha estava pulando e cantando, "Brilha, brilha, estrelinha". O hino das crianças em toda parte. Isso fez Tilly pensar em sua mãe novamente. A garotinha fechou as mãos (tão pequeninas!) e cada vez que cantava a palavra "brilha" ela as abria, como pequenas estrelas do mar. A menina estava no tom, a afinação perfeita, alguém deveria ter dito à mãe que a pequena tinha um dom. Alguém deveria ter dito alguma coisa.

Quando Tilly as viu novamente, dez minutos depois, a pobre criança não estava mais cantando. A mãe, uma mulher bruta com tatuagens toscas e um telefone celular preso à orelha, estava gritando com ela:

— Será que você não pode calar essa boca, Courtney, você está me enchendo o saco!

Estava furiosa, puxando-a e gritando com ela. Você sabia o que acontecia a crianças como aquela quando chegavam em casa. Atrás das portas fechadas. Crueldade infantil. Cortando fora todos os botões para que eles nunca pudessem florescer.

"Uma coisinha preta no meio da neve." Era assim o trecho daquele poema de Blake, não era? Não que a menina do "Brilha, brilha" fosse preta. Exatamente o oposto, era como se nunca tivesse visto o sol.

"Chorando 'Buá! Buá!' em notas de aflição", pensou em Blake novamente. Era surpreendente como as crianças não sofriam mais de raquitismo. Talvez sofressem. A avó de Tilly tivera raquitismo, existia uma fotografia de quando era criança, a única fotografia dela, tirada em um estúdio em alguma parte sombria e abandonada do East Riding. "Eu junto às águas do Humber choraria minhas mágoas", lembrou-se das palavras de Andrew Marvell. Sua avó, se um dia teve 3 anos, tinha as pernas um pouco curvadas dentro das botas, seu coração molhado de lágrimas pelo passado. Você não pode mudar o passado, apenas o futuro, e o único lugar em que você podia mudar o futuro era no presente. É isso que eles diziam. Tilly não achava que alguma vez tivesse mudado alguma coisa. Exceto sua opinião.

"Há, há. Muito engraçado, Matilda."

Collier revelara não ser tão "divertido", no final das contas. É certo que não havia nada de divertido em circular pelo estúdio (basicamente um hangar de aviões no meio do nada) às 6h30, morrendo de frio. O estúdio tinha sido construído no terreno de uma mansão pertencente ao conde ou duque sei-lá-quem. Bizarro, mas pelo jeito a aristocracia estava sempre à procura de dinheiro, mesmo nos dias de hoje.

Um estúdio "especialmente construído", disseram-lhe os produtores. "Custa milhões, mostra um comprometimento com a longevidade." *Collier* costumava passar uma vez por semana, agora eram três vezes e eles estavam cogitando quatro. Atores girando uma roda, feito burros.

Trouxeram Tilly para interpretar a mãe de Vince Collier porque desejvam tornar a personagem "mais humana", mais vulnerável. Tilly trabalhara antes com o ator que interpretava Vince Collier quando ele era adolescente, e ela o chamava pelo seu verdadeiro nome — Simon — em vez de Vince. Sete tomadas hoje apenas para dizer adeus a ele de uma porta. "Adeus, Simon", seis vezes, na sétima tomada ela falou apenas "Adeus, querido."

— Até que enfim — ela ouviu o diretor dizer (um pouco alto demais).

O nome ("Vince, Vince", murmurou o diretor, "como pode ser tão difícil?"), o nome continuava lhe escapando. Estava em seu cérebro, mas ela não conseguia encontrá-lo.

Bom menino, Simon. Repassava suas falas com ela o tempo todo e lhe dizia para não se preocupar. Homossexual como um ganso. Todos sabiam, o segredo mais mal guardado da televisão. Você não diria, porque presumia-se que Vince Collier era muito macho. O namorado de Simon, Marcello, estava com ele, cabana alugada, melhor que a de Tilly. Eles convidaram Tilly para jantar, com montes de gim, e Marcello preparou uma galinha ao "estilo siciliano". Depois beberam um rum maravilhoso que os garotos trouxeram das férias nas ilhas Maurício e jogaram baralho. Todos os três gloriosamente joviais. (Ela não era uma bêbada como a dame você-sabe-quem). Uma adorável noite fora de moda.

Ela pensou que tivesse assinado com eles por toda a duração da série ("Minha aposentadoria", murmurara alegremente no terceiro "brilho") e, então, na semana anterior eles lhe disseram que seu contrato não seria renovado e que ela iria morrer no final de sua participação. Só tinha mais algumas poucas semanas pela frente. Não lhe disseram como seria. Isso estava começando a preocupá-la de uma forma curiosamente existencial, como se a morte fosse saltar sobre ela em uma esquina, sacudindo sua foice e gritando: "Buuu!" Bem, talvez não "bu". Ela esperava que a morte tivesse mais conteúdo do que isso.

A própria Tilly estava começando a perceber uma falta de compromisso com a longevidade. Em alguns dias, sentia seu velho coração como um pequeno nó apertado em seu peito, em outros dias era como um pássaro suave e esvoaçante tentando escapar de sua gaiola. Suspeitava que seu alter ego, a pobre e velha Marjorie Collier, encontraria uma morte dolorosa em vez de dar o último suspiro graciosamente em sua cama. E então! Assim que saiu da Rayners, encontrou a morte, exatamente como temia. Pensou que iria cair morta no local, mas era apenas um garoto bobo com uma máscara de caveira. Zombando dela, pulando para cima e para baixo como uma marionete de esqueleto. Isso não deveria ser permitido.

Chalé Bluebell. Esse era o nome do lugar onde Tilly estava hospedada. Um nome inventado, obviamente. Tinha sido a cabana dos trabalhadores de uma fazenda. Camponeses pobres, cobertos de lama e sangue, que acordavam ao amanhecer com os animais no campo. Ela participara de uma montagem de Hardy, anos atrás, na BBC, e tinha aprendido muito sobre trabalhadores agrícolas no decorrer do programa.

— Temos uma linda casa para você — disseram eles —, geralmente alugada para turistas.

Eles mantinham o elenco e a equipe alojados em toda parte — pensões com cama e café da manhã, hotéis baratos em Leeds, Halifax, Bradford, casas alugadas e até em trailers. Fariam bem melhor se tivessem apenas construído um hotel da rede Travelodge no estúdio. Tilly teria gostado de um bom hotel, um três estrelas já estaria bem para ela. O que eles não lhe disseram foi que iria dividir a cabana com Saskia. E, pela cara de Saskia, também não lhe haviam dito. Não que ela tivesse algo contra Saskia em si. Pura pele e ossos, extremamente magra, vivia de ar fresco e cigarros. A dieta de março de *Dame* Phoebe.

— Você não se importa, não é? — perguntou para Tilly na primeira vez que sacou um maço de Silk Cut. — Quer dizer. Eu só vou fumar no meu próprio quarto, ou lá fora.

— Oh, vá em frente, querida — disse Tilly. — Estive cercada de fumantes minha vida inteira.

(Era um milagre que não estivesse morta.) Não queria discutir com ela. Tilly odiava discutir com as pessoas. Era engraçado, porque Saskia era uma garota muito limpa (de forma obsessiva, obviamente tinha um problema, liderando sozinha uma guerra bacteriológica) e fumar era um hábito tão imundo. Bailarinas eram as piores, claro, fumando feito chaminés um segundo após saírem da aula. Pulmões como carvão. Tilly morara com uma bailarina. Isso fora logo depois de Phoebe deixar o apartamento do Soho (1960 foi uma grande década para as duas), de onde saiu para morar com um diretor em Kensington. Douglas. Ele pertencera a Tilly primeiro, mas Phoebe não suportava que Tilly tivesse algo que ela não tinha. Um homem muito bonito. Também cortava para o outro lado, é claro. Nada mais estranho do que as pessoas, como dizem no norte. Phoebe o usou e o deixou depois de um ano, ou algo assim. Tilly e Douglas continuaram gostando um do outro até o final. O final dele, no caso.

Saskia interpretava a parceira de Vince Collier, a detetive Charlotte ("Charlie") Lambert. Não diga a ninguém, mas ela não era a melhor atriz do mundo. Parecia ter apenas duas expressões. Uma era "preocupada" (com a variação "muito preocupada") e a outra era "mal-humorada". Muito limitada, pobre menina, embora, como muitas delas, ficasse bem na tela. Tilly a vira em uma peça no National. Estava péssima, simplesmente péssima, mas ninguém parecia perceber. A roupa nova do imperador. (Sombras de *Dame* Phoebe novamente.)

Agora que tinha óculos novos e podia ver realmente, era aterrorizante. Na quarta-feira, o turno costumava ir até o meio-dia. Seu pai fechava as persianas da loja na Land of Green Ginger e saía para viver sua outra vida misteriosa com seus colegas rotarianos. Ele também passava bastante tempo no loteamento, embora nunca houvesse vegetais o suficiente para justificar isso. Nada mais de meio turno, tudo aberto o tempo todo agora, ganhando e gastando, vamos desperdiçando nossas energias, como diria Wordsworth. E para onde tinha ido todo o dinheiro? Você vai dormir vivendo em um país próspero e acorda em um país pobre, como isso aconteceu? Para onde tinha ido todo o dinheiro, e por que eles não podiam apenas pegá-lo de volta?

Ela precisava sair deste lugar esquecido por Deus e tomar o caminho do estacionamento.

— Você ainda deveria estar dirigindo? — perguntara-lhe um assistente depois que fracassara diversas vezes em dar a ré em sua vaga no estacionamento do estúdio.

Ele precisara assumir o volante para ela. Que vergonha! E, de qualquer forma, estacionar não era o mesmo que dirigir. Ela ainda estava na casa dos 70, com seu velho pássaro ainda cheio de vida.

Por tudo que há de mais sagrado! Ela era uma covarde. Como alguém poderia ser tão horrível com uma criança? Um pinguinho de gente, pobre criaturinha. Partiu o velho e sibilante coração de Tilly. Se tivesse tido filhos, ela os embalaria em lã de cordeiro e os trataria como um ovo frágil e perfeito. Perdera um bebê nos tempos do Soho. Um aborto, mas nunca dissera a ninguém. Bem, Phoebe, que tentara convencê-la a livrar-se dele, disse que conhecia um homem em Harley Street. Seria como ir ao dentista, disse ela. Tilly nem sonhou em fazê-lo. O bebê viveu quase cinco meses em seu ventre, um ratinho no ninho, antes que ela o perdesse. Já era um bebezinho formado. Hoje provavelmente conseguiriam salvá-lo.

— Foi melhor assim — disse Phoebe.

Nunca mais aconteceu e Tilly assumiu que o esquecera. Talvez se tivesse casado ou encontrado o homem certo, se não tivesse se preocupado tanto com a carreira. Poderia ter uma família agarrada à barra de sua saia agora, um filho saudável ou uma filhinha meiga, netos. Teria uma vida, em vez de estar enfiada no meio do nada. Apesar de Tilly ser do norte (fazia tanto tempo), o lugar agora a assustava, a cidade e o campo. Do norte, como o vento, como a rainha do inverno.

Tilly conseguia entender o motivo pelo qual as primeiras pessoas deixaram a África, mas o motivo pelo qual continuaram seguindo para o norte, para as cidades a sudoeste e leste de Londres, as Home Counties, estava além de sua compreensão. Que idiotice, deveria ter ido para Harrogate, isso sim. Deveria ter previsto isso. Agora não havia sinais da mulher tatuada e da pobre criança. Não gostaria de pensar que tipo de vida doméstica levava. Deveria ter feito alguma coisa, deveria mesmo. Chore, chore, Tilly.

Na banca de jornais, comprou o *Telegraph*, balas de hortelã extrafortes (para manter as velhas cordas vocais funcionando) e uma barra de chocolate com avelãs e passas, para beliscar. Dias de folga significavam que não haveria as refeições fornecidas pelo estúdio. Tilly adorava aquelas refeições — enormes cafés da manhã, cheios de frituras, pudins bem-feitos e cobertos de creme de ovos. Ela era uma péssima cozinheira, em casa vivia de sanduíches de queijo.

Não tinha dinheiro trocado suficiente, então deu uma nota de vinte libras à moça atrás do balcão, mas a moça devolveu troco para dez.

— Desculpe — disse Tilly, hesitante, porque detestava esse tipo de coisa —, mas eu lhe dei uma nota de vinte libras.

A moça olhou para Tilly com indiferença e disse:

— Era uma nota de dez.

— Não, não, desculpe, não era — disse Tilly.

Confronto era algo que a fazia contorcer-se por dentro. Algo que herdara de seu pai, há tantos anos. Ele nunca estava errado. Um homem grande e tempestuoso, que atacava os filés de bacalhau no seu balcão de mármore como se estivesse lhes dando uma lição. Tilly deveria ter aprendido com ele. Por fim, acabou fugindo e nunca mais voltou para a Land of Green Ginger, reinventou-se no Soho, como muitas outras antes dela.

— Era uma nota de vinte — insistiu Tilly, de forma gentil.

Sentiu que estava ficando irritada.

"Calma, calma", disse para si mesma. "Respire, Matilda!"

A moça atrás do balcão exibiu uma nota de dez tirada do caixa, como se fosse prova irrefutável. Mas aquela poderia ser qualquer nota de dez! O coração de Tilly martelava desconfortavelmente dentro do peito.

— Era uma nota de vinte libras — disse Tilly mais uma vez.

Podia ouvir a si mesma soando menos convicta. Entrara na fila do caixa e entregara uma nota de vinte libras. Não tinha mais nada na bolsa, por isso dera à moça uma nota de vinte logo de cara. Conseguia perceber um murmúrio de descontentamento atrás de si, na fila; ouviu um áspero "mexa-se". Você imaginaria que ao fim desses anos todos na profissão ela seria capaz de incorporar uma personagem; ficava, afinal, muito confortável na pele de outra pessoa. Uma personagem de proa, alguém autoritário, lady Bracknell, lady Macbeth, saberia como lidar com a moça, mas, quando Tilly procurou em seu coração, a única coisa que encontrou foi a si mesma.

A moça a olhava como se ela não fosse ninguém, um nada. Invisível.

— Você é uma ladra — Tilly ouviu-se dizendo de repente, em um tom estridente demais. — Uma ladra vulgar.

— Suma daqui, sua vaca estúpida — disse a moça —, ou eu chamo um segurança.

Precisaria de dinheiro para tirar o carro do estacionamento do shopping center. Onde colocara a carteira? Tilly procurou na bolsa. Nada da carteira. Olhou de novo. Ainda nada da carteira. Uma porção de outras coisas que não deveriam estar ali. Recentemente percebera todos esses objetos aparecendo de repente em sua bolsa — chaveiros, apontadores, facas e garfos, apoios de copos. Não fazia ideia de como tinham ido parar lá. Ontem tinha encontrado uma xícara e um pires! A ênfase em talheres e xícaras sugeria que ela estava tentando fazer um jogo de utensílios completo.

— Você está se tornando uma cleptomaníaca, Tilly? — Vince Collier dissera, rindo dela no refeitório outro dia.

— O que quer dizer com isso, querido? — perguntara a ele.

Vince não era seu nome verdadeiro. Seu nome verdadeiro era... hum...

Mamãe mantinha um garfo de churrasco com um longo cabo, pendurado ao lado dos utensílios da lareira. Estava sempre polindo os utensílios, sempre polindo tudo. Papai gostava das coisas limpas, ele se daria bem com Saskia. O garfo de churrasco tinha três macacos espertos no topo do cabo. Não vejo o mal. Havia muito mal para ver naquela casa. Tilly costumava se sentar junto do fogo tostando torradas nas quais mamãe passara manteiga. As torradas ficavam presas nos dentes do garfo. Papai atirou o garfo de churrasco em mamãe certa vez. Como uma lança. Ficou preso na perna dela. Mamãe uivava como um animal. Um pobre e simples animal trespassado por um garfo.

Esvaziou o conteúdo da bolsa no banco do passageiro. Uma misteriosa colher de servir e um pacote de batatas fritas sabor queijo e cebola. Não comprara aquilo, sequer gostava de batatas fritas, como teriam ido parar ali? Decididamente, nada da carteira. Seu coração ficou apertado de medo. Onde estaria? O que faria agora? Estava com ela na banca de jornais. Será que aquela moça desagradável a roubara? Mas como? O que faria agora? Estava presa ali no estacionamento. Encurralada! Conseguiria ligar para alguém? Para quem? Não adiantaria ligar para alguém em Londres, não poderiam fazer grande coisa. A assistente de produção mais simpática, que marcara uma consulta no oftalmologista para ela, como se chamava? Tilly teve um branco. Algo indiano e, portanto, mais difícil de lembrar. Percorreu o alfabeto — A-B-C-D-E — um método que a ajudava frequentemente a vasculhar sua memória. Percorreu todo o alfabeto e nada apareceu. Tilly tola.

Talvez estivesse tensa demais. Era o que diziam quando ela era criança. O médico da família receitou xarope de ferro, uma coisa verde e espessa, como muco, que a fazia engasgar, apesar de não ser tão mau quanto o óleo de rícino ou o xarope de figos, ah, Deus, as coisas que costumavam dar às pobres crianças sofredoras. Muito tensa, de fato. Temperamento artístico, era assim que Tilly preferia considerá-lo. Como se um xarope de ferro pudesse curar isso.

Pense em outra coisa e então você se lembrará. Era o que esperava. Olhou-se no espelho retrovisor central, ajustou sua peruca. Quem imaginaria que se transformaria nisso? Pelo menos era uma peruca muito boa, feita por um dos melhores, custara uma fortuna. Ninguém diria. Fazia com que parecesse mais jovem (bem, a esperança é a última que morre), nada a ver com a peruca horrível que tinha que usar para fazer o papel de mãe de Vince Collier. Parecia palha de aço. Não era completamente careca, não como sua mãe era quando tinha sua idade (como uma bola de bilhar), apenas tinha pouco cabelo no topo da cabeça. Nada mais risível do que uma mulher careca.

Padma! Era esse o nome da moça. Claro, Tilly vasculhou suas coisas à procura do celular, não era muito boa com celulares, os botões eram tão pequenos. Colocou seus óculos novos e fuçou, procurando o telefone. Óculos errados, precisava dos óculos de leitura, mas, quando os encontrou, percebeu que não se lembrava de como usar o telefone, não tinha nem uma vaga ideia. Tirou os óculos e olhou fixamente pelo vidro do carro, para os carros estacionados. Sua visão ficara embaçada, não tinha a menor noção de onde estava.

Colocou o telefone no banco do passageiro. "Respire, Matilda." Olhou suas mãos, no colo. O que faria agora?

Quando você está perdido, precisa de um mapa. Ariadne e suas linhas, Tilly e o Guia Leeds de *A* a *Z*, que encontraria na banca de jornais. De alguma forma, conseguiu encontrar o caminho do estacionamento de volta ao shopping center. A luz ali era muito brilhante, mais intensa do que o sol. Tilly poderia jurar que sentiu o zumbido da eletricidade passando através de seus ossos. Ficou desconcertada ao ouvir a voz da mãe saindo do sistema de alto-falantes do shopping, ecoando das profundezas de sua infância, dizendo:

— Se você se perder, procure um policial.

Tilly sabia que deveria estar enlouquecendo, porque a última vez que a mãe lhe dissera isso fora há mais de sessenta anos, para não mencionar o fato de sua mãe ter morrido há trinta anos; e, mesmo que estivesse viva, seria improvável que estivesse fazendo anúncios públicos em um shopping center em Leeds.

De qualquer forma, não se via um policial em lugar nenhum.

A tabacaria era familiar, decididamente, já estivera ali. Colocou os óculos e abriu o guia. Por quê? O que estava procurando? Uma saída do 9º círculo do inferno. Era para lá que iam os traidores, não era? Era a ele que pertencia Phoebe, não Tilly. À medida que se dirigia para fora da loja, com o rosto enfiado no guia, uma moça de cara feia que mascava chiclete gritou-lhe um "Oi!". Tilly achou melhor ignorá-la, nunca se sabe o que esse tipo de moça quer.

Chegou ao pé de uma escada. Abanava o guia *A–Z*, mas era inútil. Fazia muito calor ali, o calor deveria estar afetando seu cérebro. Abanou-se com o guia *A–Z*. Um jovem, com o rosto coberto de acne como o interior de uma romã, materializou-se a sua frente.

— Pagou por isso, senhora? — perguntou, apontando para o guia.

O coração de Tilly começou a bater com força, uma britadeira anunciando o fim. Sua boca estava seca, havia um zumbido em seu ouvido como se um inseto estivesse tentando fugir de seu cérebro. Uma cortina desceu sobre os olhos, abanando, ondulante, como imaginou que seria a aurora boreal, apesar de nunca tê-la visto. Gostaria de vê-la, sempre quisera ir ao Polo Norte, um destino tão romântico. As Luzes do Norte. Estava tão quente, febril. "Não tenha medo." Pense em algo frio. Tilly lembrou-se de tremer nas docas com seu pai, no inverno, enquanto observavam as traineiras navegando para o porto, depois de pescarem nas águas do Ártico. Lugares misteriosos, Islândia, Groenlândia, Murmansk. O gelo ainda macio nos conveses dos barcos. Seu pai comprando peixe no mercado, tabuleiros maravilhosos de bacalhau arrumadinhos sobre o gelo picado. Peixe grande, puro músculo. Pobrezinhos, pensava Tilly, nadavam nas águas profundas e frias do norte e acabavam no balcão de seu pai. Do norte. Como o vento, como os monarcas de inverno, rei Bacalhau.

— Tem uma nota disso, senhora?

O volume da voz do jovem cheio de espinhas subiu repentinamente e depois se tornou mais suave. A cortina de Luzes do Norte vibrou e retraiu-se, desaparecendo em um ponto preto.

— Por favor, desculpe-me — murmurou Tilly.

Ela pensou que iria cair, mas dois braços fortes a ampararam e uma voz disse:

— Aguente firme. Segure-se. A senhora está bem, precisa de ajuda?

— Obrigada, estou bem, sabe?

Conseguia ouvir-se ofegante. Como um veado. Seu coração pulsando como um veado em fuga.

"Se um homem precisa de uma mulher, Rosalinda serve."

Ela fizera *Como gostais* duas vezes quando era jovem. Ótima peça. O veado branco era o portador da desgraça para os celtas. Douglas disse isso a ela. Ele sabia tanto! Memória maravilhosa. O veado branco em Drury Lane costumava ir lá algumas vezes, com Douglas, e bebia gim cor-de-rosa. Ninguém mais bebe gim cor-de-rosa, bebe? Oh, meu Deus, faça tudo isso parar.

— Estava procurando um policial — disse ao homem, que lhe perguntava se precisava de ajuda.

— Bem, eu já fui policial — disse ele.

O homem simpático que já tinha sido policial levou-a até uma saleta. O jovem cheio de espinhas mostrou o caminho. Uma salinha sombria, pintada com vários tons de bege de repartição pública. Lembrava-lhe a sala da enfermaria da escola. Havia uma mesa de metal, com topo de fórmica e duas cadeiras de plástico duras. Ela seria interrogada? Torturada? Agora havia uma moça, em vez do jovem espinhento. Ela puxou uma das cadeiras e disse a Tilly:

— Fique aqui, volto em um minuto.

Cumprindo com a palavra, voltou com uma xícara de chá doce e um prato de biscoitos Rich Tea.

— Meu nome é Leslie — disse a moça —, com "ie". Aceita um? — perguntou ao homem que já tinha sido policial.

— Não, tudo bem — respondeu ele.

— Você é americana? — perguntou Tilly à moça, em um esforço para iniciar uma conversa educada. Chá, biscoitos, conversa. Há que se manter os objetivos definidos.

— Canadense.

— Oh, claro, desculpe. — Tilly costumava ter bom ouvido para sotaques.

— Perdi minha carteira, sabe? — disse.

— Ela não vai ser presa por furto à loja, vai? — perguntou o homem que já tinha sido policial.

Furto à loja! Tilly gemeu, horrorizada. Ela não era uma ladra. Nunca roubara sequer um lápis. (Todas aquelas facas e garfos e chaveiros e pacotes de batatas fritas não poderiam ter sido roubados porque ela não os queria. Ora, pelo contrário!) Não era como Phoebe. Phoebe estava sempre pedindo "emprestado" pulseiras e sapatos e vestidos. Pedira Douglas emprestado e nunca o devolvera.

— A senhora vai ficar bem? — perguntou o homem, agachando-se para ficar perto dela.

— Sim, sim, muito obrigada — disse.

Que bom encontrar um cavalheiro nos dias que correm.

— Certo. Vou indo, então — ouviu-o dizer à moça.

— Sente-se melhor agora? — perguntou a moça chamada Leslie, quando o homem foi embora.

— Você vai me processar? — perguntou Tilly.

Conseguia ouvir a oscilação em sua voz. Tilly julgou que a moça a considerava lelé. Não que Tilly a culpasse. Era uma velha tonta que não conseguia achar o caminho pra casa.

"Tilly tola."

— Não — disse a moça. — Você não é uma criminosa.

O chá estava maravilhoso. Tilly quase gritou quando deu o primeiro gole. Restabeleceu-a em todos os sentidos.

— Que tola — disse. — Não sei por quê, tive um branco sabe? Não, claro que você não sabe — acrescentou, sorrindo para a moça. — Você é jovem.

— Deve ter sido o choque de perder a carteira — disse a moça, Leslie, de forma simpática.

— Havia uma mulher — disse Tilly — que estava sendo horrível com uma criança. Pobrezinha, queria encontrar alguém que fizesse alguma coisa. Mas não encontrei. Você não vai mesmo me prender?

— Não — disse Leslie. — Você se esqueceu de si mesma, foi só isso.

— Foi isso mesmo! — disse Tilly imediatamente animada com a ideia. — Foi isso o que aconteceu. E agora me lembrei de mim. E tudo vai ficar bem, vai mesmo.

Ele pensava em Leeds como um lugar onde sempre chovia, mas hoje o tempo estava perfeito. O Roundhay Park estava cheio de gente ansiosa para arrancar um bom dia do clima inglês. Hordas por toda parte, ninguém ali tinha emprego? Ele supunha que podia se fazer a mesma pergunta.

Deparou com uma inesperada imagem de felicidade. Um cão, pequeno e estabanado, corria pelo parque como se tivesse acabado de ser libertado da prisão. Perturbou um bando de pombos que se dedicavam a um sanduíche abandonado. Os pássaros levantaram voo em um frêmito de irritação quando o cão, animado, ganiu para eles. Disparou novamente, correndo a todo vapor e derrapando até estacionar, com um segundo de atraso, ao lado de uma mulher deitada em um tapete. Ela gritou e jogou um chinelo nele. O cão pegou o chinelo no ar, balançou-o como se fosse um rato e então o deixou cair, correndo em direção a uma garotinha que gritava enquanto ele pulava sobre ela, tentando lamber o sorvete em sua mão. Quando a mãe da criança ameaçou-o aos gritos, o cão fugiu e latiu para uma coisa imaginária por um longo tempo antes de encontrar um galho quebrado que arrastou em círculos, até sua atenção ser capturada pelo cheiro de algo mais interessante. Ele farejou ao redor até encontrar a fonte do odor — cocô seco de outro cão. O cão cheirou-o com o prazer de um conhecedor, antes de ficar entediado e trotar em direção a uma árvore, onde ergueu a perna.

— Cai fora! — gritou um homem que estava por perto.

Parecia que o cão não pertencia a ninguém, mas um homem ergueu-se pesadamente, brigando com o animal, ladrando ordens para ele:

— Seubostinhavenhaaquiquandoeuchamo!

Ele era um cara grande, expressão má no rosto, com o peito abarrilado como o de um rottweiler. Some-se a isso a cabeça raspada, os músculos de levantamento de peso e uma bandeira de St. George tatuada no bíceps esquerdo, fazendo par com uma mulher seminua estampada no antebraço direito, e *voilà*, temos o perfeito gentleman inglês.

O cão usava coleira, mas, em vez de uma guia, o homem trazia uma corda fina como um varal, com um laço em uma ponta. Sem aviso prévio, agarrou o cão pela nuca e laçou-o. Então, lançou o cão pelos ares de modo que ele começou a engasgar, suas pequenas pernas agitando-se impotentes. Logo, o cão foi jogado ao chão e o homem deu um chute que atingiu suas costas delicadas. O cão se encolheu de medo e começou a tremer de uma forma que era de partir o coração. O homem puxou a coleira de corda e arrastou o cão, gritando:

— Vou acabar com você, deveria ter feito isso quando aquela vadia foi embora!

Cães e ingleses malucos ao sol do meio-dia.

Uma comoção começou a se espalhar rapidamente, pessoas agitadas protestavam enfaticamente contra o comportamento do homem, uma confusão e um murmúrio de palavras raivosas: "criatura inocente"; "escolha alguém do seu tamanho"; "cuidado, cara". Telefones celulares foram sacados e as pessoas começaram a fotografar o homem. Ele sacou seu próprio iPhone. Resistira às tentações da Apple por um longo tempo, mas agora cedera. Era um aparelho adorável. Até fazer 8 anos, quando sua família comprou uma televisão usada que parecia estar transmitindo de Marte, eles tinham apenas o rádio para fornecer entretenimento e informação. No meio século de sua vida, um mero segundo no tempo até o Juízo Final, testemunhara os avanços tecnológicos mais inacreditáveis. Começara ouvindo um velho rádio a válvulas Bush no canto da sala e agora tinha um telefone na mão com o qual podia fingir que estava jogando um pedaço de papel amassado no cesto de lixo. O mundo esperara um longo tempo por isso.

Ele tirou algumas fotos do homem batendo no cão. Evidência fotográfica, nunca se sabe quando se precisará dela.

A voz estridente de uma mulher destacou-se entre as demais:

— Vou chamar a polícia.

E o homem rosnou:

— Cuide de sua vida.

E continuou a arrastar o cão pelo caminho. Estava puxando tão rápido que ele capotou talvez duas vezes de cabeça para baixo e se ralou, para depois pular pela superfície dura da calçada.

Punição cruel e incomum, ele pensou. Estivera às voltas com a violência de um jeito ou de outro a vida toda, nem sempre do lado da vítima, mas era preciso estabelecer um limite em algum ponto. Um cão pequeno e impotente parecia um bom lugar para traçar esse limite.

Seguiu o homem fora do parque. O carro dele estava estacionado perto e ele abriu a porta, agarrou o cão e arremessou-o para dentro. O cão se encolheu no banco traseiro, tremendo e ganindo.

— Espere para ver, seu merdinha! — disse o homem.

Ele já tinha o celular aberto e segurava-o contra uma orelha enquanto apontava o dedo em riste para o cão, para o caso de ele tentar fugir.

— Ei, gata, é Colin! — disse ele, a voz ficando oleosa, um Romeu de lutas de vale-tudo.

Ele franziu a testa imaginando o que seria do cão quando o homem o levasse para casa. Colin. Parecia improvável que algo de bom esperasse o animal. Deu um passo à frente, deu um tapinha no ombro de "Colin" e disse:

— Com licença?

Quando o Homem Testosterona se virou, ele disse:

— Em guarda!

— Do que você está falando, droga? — perguntou Colin.

Ele respondeu:

— Estou sendo irônico.

E aplicou um gancho cruel e satisfatório no diafragma de Colin. Agora que não estava mais sujeito às regras institucionais que governam a brutalidade, sentia-se livre para bater nas pessoas segundo sua vontade. Era verdade que estivera às voltas com a violência a vida toda, mas apenas recentemente estava começando a ver o sentido daquilo. Antes seu latido era pior que a mordida, e agora era o contrário.

Sua filosofia, no que diz respeito à luta, era abster-se de coisas extravagantes. Um golpe bom e bem colocado geralmente era o que bastava para abater um homem. O golpe era motivado por um ímpeto de ira negra. Havia dias em que ele sabia quem era. Era filho de seu pai.

Na mesma hora, as pernas de Colin falharam e ele desabou no chão, com a expressão de um peixe sufocado. Barulhos estranhos de rangidos e guinchos saíram de seus pulmões enquanto lutava para recuperar o fôlego.

Ele se agachou ao lado de Colin e disse:

— Faça isso de novo com qualquer pessoa ou coisa, homem, mulher, criança, cão, até com uma porcaria de árvore, e você será um homem morto. E você nunca saberá se estou observando ou não. Entendeu?

O homem assentiu em reconhecimento, apesar de ainda não ter sido capaz de retomar o fôlego e de seu rosto indicar que talvez não respirasse nunca mais. No fundo, os valentões eram sempre covardes.

O telefone caíra na calçada, e ele pôde ouvir uma voz de mulher dizendo:

— Colin? Col...? Você ainda está aí?

Ele se ergueu e pisou no telefone, estraçalhou-o contra o cimento. Desnecessário e ridículo, mas ainda assim prazeroso.

O cão ainda estava encolhido no banco traseiro. Não poderia deixá-lo ali, então pegou-o e surpreendeu-se ao descobrir que seu corpinho estava quente, apesar de tremer como se estivesse congelado. Ele o embalou contra o peito e acariciou sua cabeça, esforçando-se para assegurar-lhe de que não era outro homem grande prestes a espancá-lo.

Afastou-se com o cão ainda em seus braços, olhando para trás uma vez para certificar-se de que Colin estava vivo. Não ficaria muito chateado se estivesse morto, mas não queria uma acusação de assassinato nas costas.

Podia sentir os batimentos cardíacos do cão, fracos e amedrontados, uma pulsação contra seu peito. "Tique-tique-tique."

— Está tudo bem — disse, usando o tom de voz que usava para acalmar sua própria filha quando pequena. — Tudo está bem agora.

Fazia muito tempo que não falava com um cão. Tentou afrouxar a corda em torno do pescoço do animal, mas o nó estava muito apertado. Virou a placa de identificação presa na coleira para poder lê-la.

— Vamos ver se você tem um nome — disse ele. — O Embaixador? — perguntou Jackson, olhando incredulamente para o cãozinho. — Que tipo de nome é esse?

Estava à deriva, um turista em seu próprio país, não exatamente um feriado, mais uma exploração. Feriado era deitar em uma praia quente, em um país pacífico, com uma mulher ao lado. Jackson tivera o costume de pegar suas mulheres onde quer que as encontrasse. Geralmente não saía à procura delas.

Morara em Londres nos últimos dois anos, assumindo o aluguel do pequeno apartamento em Covent Garden no qual compartilhara brevemente um falso júbilo marital com sua esposa de mentira, Tessa. Um homem chamado Andrew Decker se matara (de forma um pouco atrapalhada) na sala do apartamento e Jackson surpreendeu-se com o quão pouco isso o incomodara. Uma empresa especializada na limpeza de cenas traumáticas viera (isso é o que se pode chamar de profissão que você não gostaria de ter) e, depois que Jackson trocou o carpete e jogou fora a cadeira na qual Andrew Decker atirara em si mesmo, ninguém jamais diria que algo tão desagradável acontecera ali. Fora uma morte desejada, planejada, e Jackson supunha que isso fazia diferença.

A identidade oficial de Jackson estava totalmente no passado — Exército, polícia, investigação particular. Aposentara-se por um tempo, mas isso fizera com que se sentisse desnecessário para o mundo. Agora chamava a si mesmo de "semiaposentado", porque esse era um termo que podia significar muita coisa, nem todas elas estritamente legais. Andava desocupado ultimamente, pegando trabalhos aqui e ali. Sua especialidade era procurar pessoas. Isso não queria dizer que necessariamente as encontrava, mas ainda era melhor do que nada.

— Na verdade, você está procurando sua própria irmã — dissera Julia. — Seu Santo Graal. Você nunca irá encontrá-la, Jackson. Ela se foi. Nunca irá voltar.

— Eu sei disso.

Não fazia diferença nenhuma, continuaria procurando todas as garotas perdidas, as Olivias, as Joanas, as Lauras. E por sua irmã, Niamh, a primeira garota perdida (a última garota perdida). Muito embora soubesse exatamente onde Niamh se encontrava, a cinquenta quilômetros de distância de onde ele estava no momento, apodrecendo no barro frio e úmido.

Baixando suas expectativas com relação a carros, Jackson ficara positivamente surpreendido com o Saab de terceira mão que comprara em um leilão em Ilford. Havia algumas pistas que não ajudavam muito sobre os antigos donos do Saab — uma Virgem Maria acesa no painel, um cartão-postal amassado de Cheltenham ("Aqui está tudo legal, tudo de bom, N.") e uma pastilha de menta coberta de fiapos no porta-luvas. A única coisa que Jackson fez para melhorar o Saab foi instalar um tocador de CDs. Descobriu que era fácil viver na estrada. Tinha seu telefone, seu carro e sua música — do que mais um homem precisava?

Antes de Tessa, Jackson apreciava carros caros. O dinheiro que sua segunda esposa lhe roubou fora um legado imprevisto — dois milhões de libras deixados para ele por uma velha maluca que fora sua cliente. Parecera uma soma imensa na época, menor agora em comparação com os trilhões perdidos pelos mestres do universo, embora dois milhões provavelmente ainda comprassem a Islândia.

— Bem — dissera Josie, sua primeira esposa —, como sempre, você foi o arquiteto de sua própria derrota.

Ele não ficara exatamente desamparado. O dinheiro da venda de sua casa na França entrou em sua conta no banco um dia depois de Tessa tê-la esvaziado.

— Jackson sempre dá a volta por cima — dissera Julia.

Claro que ele nunca realmente sentira ter direito ao dinheiro, e o roubo de Tessa fora sentido mais como um golpe do azar do que como pura safadeza. Não era bem uma esposa, e sim uma trapaceira, uma golpista. Tessa não era seu nome real, claro. Ela o escolhera para o seu golpe mais demorado: seduzira, cortejara, casara e roubara-o completamente. Parecia uma ironia perfeita que o policial tivesse se casado com a criminosa. Ele a imaginara deitada em uma praia em algum ponto do Oceano Índico, com um coquetel na mão, o clássico final de filme para um assalto.

— Bem, as mulheres sempre foram embusteiras, Jackson — dissera Julia, como se estivesse elogiando mais do que condenando seu sexo.

Encontrar pessoas era o seu forte; irônico, portanto, que sua esposa errante lhe tivesse escapado completamente até agora. Jackson seguira pistas, uma trilha de migalhas de pão que, até agora, o levara a toda parte e a lugar nenhum. Ele era bom, mas Tessa era tão, tão melhor. Ele quase a admirava por isso. Quase.

Jackson continuava procurando-a, sua busca desdobrava-se pelo país, ele rastreava a vida dela como um caçador preguiçoso seguindo um rastro.

Nem era que ele quisesse seu dinheiro de volta — boa parte estava em ações que haviam perdido totalmente o valor —, só não gostava de ser feito de idiota.

— Por que não, se você é um idiota?— perguntara Josie.

Na companhia do Saab, ele fora a Bath, Bristol, Brighton, à costa de Devon, descera até a pontinha de Cornwall, subira até o Peak District, os Lagos. Evitara a Escócia, o país selvagem onde tanto seu coração quanto sua vida já haviam corrido perigo duas vezes. ("O melhor dos tempos, o pior dos tempos", como bem sabia Dickens.) A terceira vez, ainda mais azarada, suspeitava ele. Mas aventurara-se pelo País de Gales, de onde surpreendentemente gostara, antes de dirigir pela sufocante paz rural de Herefordshire, Wiltshire, Shropshire, os campos de Gloucestershire, a decadência pós-industrial das Midlands. Ziguezagueara pelos montes Peninos para observar as desoladas vítimas do thatcherismo. O carvão acabado, o aço acabado, os navios acabados. Como na maioria dos países, descobriu, o enigmático quebra-cabeça que era sua terra natal parecia estar em contradição consigo mesmo. Um reino desunido.

Depois de ter desistido de brincar de gato e rato, Jackson viu-se cada vez mais atraído por métodos menos diretos. Ficara preguiçoso nas estradas de volta, seguindo as veias do mapa. Viajando pelo circuito turístico, dirigindo preguiçosamente pelas estradinhas verdes e frondosas, procurando a Inglaterra pastoral perdida, armazenada em sua cabeça e em seu coração. Uma era dourada, pré-industrial. Infelizmente, aquele passado árcade não era mais do que um sonho.

"Arcádia" era uma palavra que Julia lhe ensinara em um fim de semana distante em Paris, que parecia ter acontecido muito tempo atrás. Estavam visitando o Louvre e ela apontara a pintura de Poussin *Les bergers d'Arcadie* e o túmulo representado com as palavras *"Et in Arcadia ego"*.

— Está aberto a interpretações, claro — disse ela. — Significa que a morte está aqui, mesmo neste simples paraíso, isto é, não há como escapar dela, colega. Um *memento mori*, por assim dizer, uma coisa tipo "Já fui um dia o que você é agora". Ou significa que a pessoa que está morta também aproveitou as coisas boas da vida um dia, o que no fundo é a mesma mensagem. De um jeito ou de outro, estamos todos condenados. Mas, é claro, e isso é bem irritante, essa coisa toda ficou confusa depois daquela baboseira de *Código Da Vinci*.

Julia podia ficar instintivamente atraída por todos os tipos de besteira, mas no fundo era uma classicista. Também era muito tagarela e Jackson parara de ouvi-la bem antes de ela terminar a explicação. Ainda assim, ficara impressionado com a pungência da inscrição.

E agora estava procurando seu próprio gazebo árcade. O que começara como uma busca bastante vaga por Tessa metamorfoseara-se em algo com um propósito bem diferente. Era um homem em uma missão imobiliária. Estava procurando um cabideiro para pendurar seu chapéu, um cão velho procurando um novo canil, um que não estivesse maculado pelo passado. Um novo começo. Em alguma parte, havia um lugar para ele. Tudo o que tinha de fazer era encontrá-lo.

Guardara a melhor parte para o final. North Yorkshire, o condado de Deus, vizinhança que estivera circundando todo esse tempo. Nenhuma de suas outras paradas ou peregrinações poderia exercer o mesmo tipo de atração para o ímã de seu coração quanto North Yorkshire. Claro, Jackson era um homem de West Riding, feito de fuligem, liga de rúgbi e gordura de porco, mas isso não queria dizer que tivesse qualquer intenção de ir morar lá. O último lugar onde pretendia terminar era no lugar em que começara, o lugar onde toda a sua família jazia sem descanso na terra.

Ele programou o GPS para o coração do sol, ou, para ser mais preciso, York. A voz no GPS de Jackson era "Jane", com quem vinha mantendo uma relação contenciosa há muito tempo.

— Por que não colocá-la no mudo, simplesmente? — dissera Julia racionalmente. — Aliás, por que você precisa dela, você sempre fica se vangloriando de ter um bom senso de direção.

Ele *tinha* um bom senso de direção, respondera defensivamente. Gostava da companhia, só isso.

— Vá se danar, querida.

— Vá em direção ao leste, seu velho — ele balbuciara para si mesmo enquanto digitava as coordenadas em Jane e preparava-se para cruzar o topo dos montes Peninos novamente e retornar ao berço da civilização.

Ligeiramente a sudeste, Jane corrigira-o silenciosamente.

Vinha tentando visitar todos os Betty's Tea Rooms — Ilkley, Northallerton, dois em Harrogate, dois em York. Um itinerário refinado que daria orgulho a um vagão lotado de senhoras idosas. Jackson era um grande fã dos Betty's. Podia-se ter certeza de encontrar uma xícara de café decente nos Betty's, mas seus atrativos iam além do café decente, da comida respeitável e do fato de que todas as garçonetes pareciam ser boas moças (e mulheres) empacotadas em algum momento da década de trinta e desembrulhadas na manhã de hoje. Era o jeito com que tudo ali parecia tão correto e apropriado. E limpo.

— Quanto mais velho você fica, mais se parece com uma mulher — dissera Julia.

— Mesmo?

— Não.

Muito tempo depois de o relacionamento deles terminar, depois que a própria Julia se casara novamente e tivera a criança que por um longo tempo negara ser de Jackson, ela ainda tagarelava em seu cérebro.

Se a Grã-Bretanha tivesse sido governada pelos Betty's, nunca teria sucumbido ao Armagedom econômico. Sobre um bule de café da casa e um prato de ovos mexidos e salmão defumado no café na St. Helen Square em York, Jackson fantasiava ser governado por uma oligarquia Betty's — ministras em aventais brancos imaculados e torradas de canela por toda parte. Até mesmo Jackson, em seus momentos mais exageradamente masculinos, teria de concordar que o mundo seria um lugar melhor se fosse comandado por mulheres.

— Deus criou o homem — dissera sua filha Marlee algumas semanas atrás, e por um momento Jackson pensou que seu pessimismo adolescente a fizera recorrer a algum tipo de religião fundamentalista cristã. — Deus criou o homem — repetiu ela. — E então ele teve uma ideia melhor.

Rá, rá. Ou kkk, como diria sua filha.

Em York, ele passara muitas horas na grande construção do Museu Nacional Ferroviário, onde prestou homenagem ao Mallard, fabricado em Yorkshire, o trem a vapor mais rápido do mundo, um recorde que nunca poderia ser tirado dele. O coração de Jackson enchera-se de orgulho com a visão dos brilhantes flancos azuis do motor. Não passava um dia sem que lamentasse a perda da engenharia e da indústria.

Este não era um país para velhos.

Além das casas de chá, Jackson também descobrira um prazer inesperado em vistoriar as abadias em ruínas de Yorkshire em sua jornada — Jervaulx, Rievaulx, Roche, Byland, Kirkstall. O novo passatempo de Jackson. Trens, moedas, selos, abadias cistercienses, Betty's — tudo fazia parte do impulso masculino semiautista de colecionar — uma necessidade de ordem ou um desejo de possuir, ou ambos.

Ele ainda precisava passar em revista Fountains, a mãe de todas as abadias. Anos atrás (décadas atrás), Jackson fizera uma viagem escolar para a abadia Fountains, uma coisa rara, pois ele não estudara no tipo de escola que fazia passeios. Tudo de que conseguia se lembrar era de jogar futebol entre as ruínas, até um professor pôr fim naquilo. Ah, sim, e de tentar beijar uma garota chamada Daphne Wood no banco de trás do ônibus no caminho de volta. E de receber uma pancada pelos seus esforços. Daphne Wood tinha um tremendo gancho de direita. Foi Daphne Wood que lhe ensinou o valor de já chegar com um golpe rápido e nervoso em vez de ficar gingando com a *finesse* de um duelista. Jackson se perguntava onde ela estaria agora.

Rievaulx era sublime, mas sua abadia favorita até agora era Jervaulx. Propriedade privada, com uma caixa de coleta no portão e sem a plaquinha azul que indicava ser aquele um lugar protegido pela sociedade histórica English Heritage, as ruínas haviam tocado sua alma em um lugar desarticulado e melancólico, a coisa mais próxima do sagrado para um Jackson ateu. Ele sentia falta de Deus. Mas, até aí, quem não sentia? De acordo com Jackson, Deus deixara o prédio há muito tempo e não iria mais voltar, mas, como qualquer bom arquiteto, deixara seu trabalho como legado. North Yorkshire fora desenhada quando Deus estava em uma fase cheia de pompa, e cada vez que Jackson visitava as ruínas do lugar, era impactado novamente pelo poder que as paisagens e a beleza tinham sobre ele ultimamente.

— É sua idade — dizia Julia.

Naturalmente, aquelas eram as mesmas riquíssimas e poderosas abadias que na Idade Média criavam ovelhas, a lã de ouro que estabeleceu as bases do comércio de lã e da riqueza da Inglaterra e que levaram, por sua vez, aos satânicos moinhos de West Riding, e então à pobreza, à superpopulação, às doenças, à exploração de crianças em todos os níveis para além da imaginação e à morte e destruição do sonho da Arcádia.

"Pela falta de um cravo." Aqueles moinhos agora eram museus e galerias, as abadias em ruínas. O mundo segue em frente.

No dia em que Jackson visitou Jervaulx o lugar estava deserto, a não ser pelas eternas ovelhas (cortadores de grama naturais) e uns carneirinhos gorduchos. Vagando por entre as pedras pacíficas onde flores silvestres brotavam das rachaduras, desejou que sua irmã pudesse descansar em meio a uma paz como esta em vez de no cemitério municipal mundano que fora a última morada de seu corpo nesta terra. Ele tinha um negócio inacabado ali, a promessa que nunca fizera à irmã morta de vingar sua morte sem sentido. Supunha que Niamh estaria sempre lá, chamando-o para voltar para casa, soando como o canto de uma sereia, para o resto de sua vida.

— Todos os caminhos levam para casa — dizia Julia.

— Todos os caminhos levam para longe de casa — dizia Jackson.

Josie, sua primeira esposa, dissera-lhe uma vez que se ele corresse para longe o bastante terminaria onde começara, mas Jackson achava que o lugar onde começara não existia mais. Voltara alguns anos atrás, levara Marlee para conhecer seus parentes mortos e descobrira que não era a cidade da qual se lembrava. As pilhas de detritos haviam sido niveladas, a maquinaria da mina há muito desaparecera, restando apenas a roda do moinho, partida em dois e plantada em uma rotatória na periferia da cidade, mais como um ornamento do que como um memorial. Não havia muitas provas de que aquele fora o lugar onde seu pai passara a vida trabalhando imerso em uma escuridão aveludada.

A própria Niamh estava sob a terra havia quase quarenta anos — tarde demais para rastrear pistas, detectar DNA, entrevistar testemunhas. O caixão estava fechado, o caso tão frio quanto o barro em que fora enterrada. Quando foi assassinada, sua irmã era apenas três anos mais velha do que sua filha era agora. Marlee tinha catorze anos. Uma idade perigosa, embora, devemos admitir, Jackson pensava, qualquer idade era perigosa para uma mulher.

Dezessete, a vida de Niamh mal começara quando foi interrompida. Sua irmã não podia parar para morrer, então ele havia, muito gentilmente, parado por ela. Emily Dickinson. Poesia? Jackson? Acredite se quiser.

A poesia começara a interessá-lo alguns anos atrás, mais ou menos na época em que quase morrera em um acidente de trem. (Quando resumida, a vida de Jackson sempre soava mais dramática do que o leve tédio de vivê-la todos os dias.) Ele não achava que as duas coisas tinham necessariamente a ver uma com a outra, mas em sua vida ressuscitada decidira tirar o atraso, bem tarde em sua existência, de algumas das coisas que perdera em sua educação empobrecida. Como a cultura. Quando morara em Londres, comprometera-se com um programa de autoaprimoramento, servindo-se do banquete liberal em oferta na capital do país — galerias de arte, mostras, museus, até mesmo o ocasional concerto de música clássica. Desenvolvera certo gosto por Beethoven, ou pelo menos pelas sinfonias. Exuberantes e melodiosas, pareciam feitas para a alma. Ele assistiu à *Quinta Sinfonia* no Proms. Nunca estivera no Proms antes, repelido por toda aquela baboseira patriótica do Last Night e, de fato, os frequentadores arrogantes do local mostraram-se riquinhos imbecis e presunçosos, mas Beethoven não compusera a música para eles. Ele a compusera para o Homem Comum, disfarçado de policial de meia-idade que se surpreende ao ver-se comovido até as lágrimas pelo crescendo florescente e triunfante dos metais e violinos.

Não era teatro, Julia e seus amigos atores haviam matado qualquer esperança para ele nessa área. Cometera o erro de levar Marlee a três horas de um Brecht de deixar a bunda quadrada, ao final do qual ele queria gritar: "Sim! Você está certo, a Terra gira ao redor do Sol, você disse isso da primeira vez que entrou no palco, está dizendo isso desde então, não precisa continuar dizendo. Entendi!"

Marlee dormira durante a maior parte do tempo. Ele a adorou por isso.

Essa tentativa de melhoramento estendera-se para além de pinturas e recitais de piano e artefatos de museu: ele também lutara severamente com os clássicos mundiais. A ficção nunca fora do agrado de Jackson. Os fatos pareciam suficientemente desafiadores sem coisas inventadas. O que descobriu foi que os grandes romances do mundo eram sobre três coisas — morte, dinheiro e sexo. Ocasionalmente, uma baleia. Mas a poesia insinuara-se nele sem ter sido convidada. "Um Sapo, pode morrer de Luz!" Sim, Dickinson. Que loucura. Ali estava ele, então, pensando na irmã há tanto tempo morta e perdida, amparado por uma mulher com a cabeça cheia de ideias sombrias.

Ao sair de Jervaulx, Jackson deixara uma nota de vinte libras na caixa de coleta — mais do que pagaria por qualquer taxa de visitação em lugares conservados pelo English Heritage, mas aquilo valia esse dinheiro. E, além disso, gostava do fato de que mesmo nesses tempos havia alguém disposto a confiar na honestidade de um homem.

Aos 13 anos, Jackson passara um dos melhores verões de sua vida em uma fazenda chamada Howdale, na beirada de Yorkshire Dales. Não estava certo de como esse idílio rural acontecera, Igreja ou Estado, um dos dois provavelmente envolvido em algum momento — o padre da paróquia ou o assistente social deviam ter organizado aquilo, supunha ele. O assistente social fora uma melhoria temporária, surgindo um dia do nada no meio do pior ano de sua vida e desaparecendo tão misteriosamente quanto alguns meses depois, mesmo que aquele *ainda* fosse o pior ano de sua vida. O assistente social esteve presente (aparentemente) para guiá-lo por aquele terrível ano de perdas, que começara com sua mãe morrendo de câncer e terminara com seu irmão se matando depois de sua irmã ter sido assassinada. ("Tente me superar", surpreendia-se pensando de forma jocosa quando era policial e ouvia um lamento menos impressionante de algum estranho.)

As férias em Howdale foram um descanso da sombria vida após a morte que ele vinha compartilhando com seu pai, um homem raivoso com um coração de carvão. Na época, Jackson não analisou seus sentimentos de luto, nem se perguntou por que um agradável homem idoso que ele nunca vira antes ("Sou o que chamam de voluntário, cara") o conduziu de sua casa pequena e incrustada de fuligem até o interior de Dales, deixando-o em uma fazenda onde uma horda de vacas pretas e brancas estava a caminho de uma sala de ordenha. Jackson nunca chegara perto de uma vaca antes.

A fazenda era administrada por um casal chamado Reg e Joan Atwell. Eles tinham um filho e uma filha adultos. O filho trabalhava para uma empresa de seguros em York e a filha era enfermeira na St. James Infirmary em Leeds, e nenhum deles tinha interesse em administrar a fazenda que pertencia à quinta geração dos Atwell. O bicho do mato que Jackson se tornara deve ter sido uma dura prova à paciência dos Atwell, mas eles foram pessoas extraordinariamente tolerantes e boas, e Jackson esperava não os ter desapontado. Se os desapontara, certamente estava arrependido disso agora.

Ele ainda podia ver a cozinha da fazenda com seu forno Rayburn sempre aquecido, abrigo permanente de uma grande chaleira marrom cheia de chá da cor de folhas de carvalho envelhecidas. Ele ainda podia sentir o cheiro dos lautos cafés da manhã, mingau com creme e açúcar mascavo, ovos fritos, presunto, pão e geleia caseira que a sra. Atwell servia. Dois trabalhadores da fazenda uniam-se a eles no café da manhã, homens que já haviam realizado metade do trabalho do dia no momento em que se sentavam para comer sua primeira refeição.

Havia um sofá antigo na cozinha, coberto por uma manta áspera de crochê, onde eles se sentavam à noite. Os Atwell meio que viviam na cozinha. O cão de pastoreio, Jess, uma border collie, deitava-se no tapete feito de trapos na frente do Rayburn. O sr. Atwell dizia:

— Dê espaço no sofá para o menino, mãe.

Mas Jackson sempre se sentava no tapete de trapos com Jess. Foi a única vez antes ou depois disso que Jackson se lembrava de ter se sentido próximo de um cão. Sua família nunca teve um animal de estimação e, quando ele teve sua própria família, sua esposa, Josie, restringira a propriedade de animais ao lado pequeno da Criação — hamsters, porquinhos-da-índia, camundongos. Quando era pequena, sua filha, Marlee, teve um coelho, Muffin, um bicho bruto e grandalhão, com orelhas de abano, que media Jackson de alto a baixo como se estivesse no ringue, preparado para lutar todos os *rounds* sem ser nocauteado. "Animalzinho de estimação" não teria sido o termo escolhido por Jackson para descrevê-lo.

Ele dera um border collie para Louise. Um filhote. Fora uma escolha inconsciente. Ele fugira da Escócia, e de Louise Monroe do Centro de Inteligência, e em seu lugar, inconscientemente, deixara uma criatura próxima das emoções mais profundas de seu coração. Ela estava melhor com o cão do que com ele. Agora não poderia mais ficar com Louise. Ela estava dentro da lei, ele estava fora.

Houvera uma possibilidade de permanecer em Howdale no fim do verão, mas infelizmente fora trazido de volta, pelo mesmo cavalheiro misterioso e idoso, para as horríveis comodidades do lar. Jackson escreveu para os Atwell (a primeira carta que jamais escrevera), agradecendo-lhes pela hospitalidade, mas não recebeu nada de volta até que muitos meses depois a filha deles lhe escreveu (a primeira carta que Jackson jamais recebera) para "informá-lo" de que seus pais haviam morrido com um mês de diferença, seu pai primeiro, de um coração doente, e depois sua mãe, de um coração partido. Jackson, tendo sorvido culpa do leite de sua mãe católica, sentiu a acusação não dita de que ele de alguma forma contribuíra para suas mortes prematuras.

Às vezes ele se perguntava... Se os Atwell possuíssem um coração mais forte, teriam ficado com ele? Teria se tornado um menino da fazenda, estaria agora mesmo dirigindo um trator pelas montanhas com um cão de pastoreio e uma espingarda? "Pela falta de um cravo."

Por um tempo, depois de seu *annus horribilis* (a rainha, muito prestativa, ensinara-lhe a frase), Jackson fantasiara que tinha outra família em algum lugar, a diáspora irlandesa que sua mãe negligentemente deixara de mencionar. Imaginara-a voltando dos mortos para contar-lhe sobre eles ("Ah, com certeza, os McGurks de Pontefract, eles vão cuidar de você, Jackson.") Gente perfeitamente comum, do tipo que ele via na televisão e a respeito das quais lia em revistas em quadrinhos e (ocasionalmente) em livros — primos que trabalhavam em escritórios e lojas, dirigiam táxis, faziam partos. Tios que trocavam seu próprio papel de parede e mantinham hortas, tias que assavam bolos e sabiam o valor do amor e do dinheiro — todos eles existiam em algum lugar, habitantes de sua novela pessoal, esperando que os encontrasse e fosse esmagado contra seu peito coletivo e reconfortante. Mas essas pessoas nunca se manifestavam e, pelos três anos seguintes, Jackson habitara um vazio emocional, apenas ele e o pai, trancados juntos em uma muda desconsideração.

Aos 16 anos, Jackson entrara para o Exército. Aderira a sua nova existência austera com o zelo de um monge guerreiro que descobre a vantagem da disciplina. Era destruído e então reconstruído, sua única aliança a sua nova e brutal família. O Exército era duro, mas não era nada comparado à vida de antes. Jackson estava simplesmente aliviado de ter, enfim, um futuro. Qualquer futuro.

Se sua mãe tivesse ido a um médico mais cedo com seu câncer em vez de sofrer o antigo martírio arquetípico da mãe irlandesa, talvez então tivesse dado um tapa na cabeça de seu irmão com um rolo de jornal (uma forma comum de comunicação na família deles) e dito a ele que se levantasse (ele estava se recuperando de uma ressaca feia) e enfrentasse a chuva para buscar sua irmã que estava saindo do ônibus. Então Niamh não teria sido atacada pelo agressor desconhecido que a estuprou e estrangulou e depois lançou seu corpo no canal.

"Pela falta de um cravo."

Depois de sua visita a Jervaulx, Jackson saíra em peregrinação para encontrar Howdale de novo. Agindo instintivamente, com uma pequena ajuda e algumas perturbações de Jane do GPS, embrenhara-se por estradas secundárias até chegar a uma placa que anunciava *Howdale Farm Holiday Homes*. Virou o carro seguindo a indicação, entrando na estrada que fora uma trilha lamacenta, agora limpa de mato e recentemente asfaltada, e viu a casa quadrada da fazenda ao longe. A leiteria adjacente e uma porção de chalés dos trabalhadores da fazenda dos quais se esquecera estavam agora pintados de branco e verde. Nenhum sinal de vacas ou ovelhas, nenhum cheiro de esterco e silagem, nada de marcas enferrujadas de equipamentos agrícolas antigos. O lugar fora transformado em uma fazenda de livro, higienizada. Um dia Jackson apagara seu passado, agora era seu passado que o apagara.

Jackson saiu do carro e olhou em volta. Havia um parquinho de crianças onde Joan Atwell pendurava as roupas lavadas e um grande largo circular de cascalho onde um dia houvera um velho celeiro. Um grupo de pessoas de todas as idades (eles chamavam isso de família, Jackson lembrava) divertia-se, com bebidas nas mãos, em um gramado onde ficava outrora o pátio da fazenda. Ele sentiu o cheiro primitivo de carne tostando. Com a visão de Jackson, os adultos do grupo ficaram incomodados e um dos homens levantou a voz, pronto para a beligerância, com um par de pinças de churrasco preso à mão como uma arma, dizendo:

— Posso ajudá-lo?

Jackson não queria suscitar hostilidade, então deu de ombros e disse:

— Não. — Uma resposta que pareceu deixar o grupo ainda mais inquieto.

Ele voltou para o Saab e olhou a si mesmo no espelho retrovisor. Uma pessoa um tanto selvagem olhou de volta. Fazia vários dias que não se barbeava e o cabelo sujo caía sobre os olhos. Tinha uma aparência magra e faminta que não reconhecia. Pelo menos ainda *tinha* cabelo. Ultimamente, todos os homens vinham raspando sua calvície congênita em uma tentativa fútil de parecerem durões em vez de simplesmente calvos. Jackson fizera 50 anos recentemente, um fato que ainda não aceitara totalmente.

"Os anos dourados." (Ah-hã, sei.)

— Um marco — Josie gargalhava, como se fosse uma grande piada.

Evitara o aniversário completamente, passando o fim de semana miseravelmente sozinho em Praga, tentando fugir dos ingleses bêbados e suas despedidas de solteiro e chás de panela. Na volta, partira em sua jornada.

Sua definição de idoso mudara conforme ele próprio se aproximara do horizonte da morte. Quando tinha 20 anos, gente velha tinha 40. Agora que ultrapassara o meio século, a definição começava a alongar-se em direção a algo mais flexível, mas, ainda assim, aos 50 anos não havia como escapar do fato de que você tinha um bilhete só de ida para uma viagem sem escalas rumo ao fim.

Foi embora, ciente de que a família do churrasco o observava o tempo todo. Ele compreendia, também desconfiaria de alguém como ele.

Em Knaresborough, Jackson procurara a caverna Old Mother Shipton, um destino que fora uma parada naquele passeio escolar até Fountains. O menino Jackson olhara fixamente, cheio de surpresa, para os itens petrificados na caverna Old Mother Shipton — guarda-chuva, botas, ursinhos de pelúcia — pendurados sob a nascente. A alquimia de Dropping Well se devia simplesmente ao alto conteúdo mineral da água e, apesar disso, o Jackson adulto ainda sentia algo estranhamente comovedor em sua preservação de objetos mundanos. Seu eu mais jovem pensara que "petrificado" significava "aterrorizado" e perguntara-se se, se ficasse demasiado aterrorizado por alguma coisa, ou pessoa, acabaria como aqueles objetos inertes do dia a dia. Não era assim, agora ele sabia. O que transformava você em pedra não era ficar aterrorizado, e sim ser a pessoa que causa o terror.

Depois de quase ter morrido no acidente de trem, Jackson ficou grato por ter sobrevivido, mas parte dele temera que o fato de ter sido salvo iria amolecê-lo a ponto de se tornar um daqueles gurus do otimismo e da vida positiva ("Todo dia é uma dádiva, farei meu tempo na terra valer a pena" etc.). No entanto, para sua surpresa, a nova versão de Jackson que emergira dessa agonia era mais fria e dura do que imaginara.

— Jackson ainda mais magro e mais malvado — gargalhara Julia. — Ai, que medo.

Talvez ela devesse sentir medo.

Ele nunca se livraria dela agora que estavam unidos pelo filho. Dois tornam-se um. Como diriam as Spice Girls em uma música.

Ele conhecera Julia em Rievaulx. Atualmente, costumava encontrá-la em território neutro. Houvera um infeliz incidente alguns anos atrás quando um Jackson cansado e emotivo aparecera na porta do chalé de Dales que ela dividia com seu marido ultraburguês e metido a artista, Jonathan Carr, para "explicar-lhe" categoricamente que Nathan não era, como Jonathan pensava, filho dele. E ele tinha como provar isso, disse Jackson, brandindo triunfantemente o resultado de um teste de DNA na cara de Jonathan, o marido.

Houve, naturalmente, alguma violência, mas isso quase não importava. Jackson ameaçara um oficial de custódia, mas ele mesmo sabia que era bravata e Julia também. (A opinião de Jonathan Carr não contava, pelo menos não para Jackson.) Jackson não queria criar outra criança, com ou sem Julia, queria apenas estabelecer o princípio fundamental da propriedade.

Agora havia uma sutileza não dita na relação triangular deles. O homem que fora pai do menino, o homem que o estava criando e a mulher traiçoeira no vértice. "Meu filho chama outro homem de papai." O compositor Hank Williams entendia o coração de Jackson.

Ele se encontrara com Julia e Nathan não na própria Rievaulx, mas em um dos terraços acima, onde havia aquela vista panorâmica de uma beleza de tirar o fôlego. Aquilo despertou a alma romântica de Jackson, antigamente escondida em uma mina escura e profunda, mas que nos últimos tempos vinha botando a cabeça desavergonhadamente para fora à luz do dia. Ele podia ter se tornado uma versão mais dura de si mesmo do lado de fora, mas internamente o espírito ainda era capaz de elevar-se. Rievaulx, a Quinta de Beethoven, o reencontro com a mãe de seu filho e o garoto deles.

Eles haviam passeado entre os dois templos gregos — extravagâncias construídas para entreter aristocratas do século XVIII, agora sob custódia do National Trust.

— Caramba, imagine ter tudo isso como um terreno privado para fazer piquenique — espantara-se Julia. — Imagine.

Ela soava ainda mais rouca do que o habitual.

— Alto teor de pólen — dissera ela, sacudindo uma cartela de Zyrtec.

Jackson ficou aliviado por Nathan não mostrar nenhum sinal de ter herdado os pulmões de sua mãe (ou, de fato, o talento dela para o drama).

— Ninguém deveria poder ser o dono exclusivo de uma vista como essa — dissera Jackson.

— Ah, você pode tirar o garoto de seu passado coletivista, mas não pode tirar o passado coletivista do garoto.

— Isso é uma bobagem — dissera Jackson.

— É mesmo?

Nathan pulava à frente deles na grama. "O menino", Julia o chamava, bom e amoroso. O único menino. Homens eram uma presença contínua na vida de Julia, mas sempre de importância periférica, incluindo, suspeitava Jackson, seu marido pseudoartístico (parabéns ao homem que conseguia ficar casado com a inconstante Julia). Mas não o menino, o menino brilhava calorosamente no centro de seu universo.

— Jonathan sabe que você está aqui? — perguntara ele.

— Por que deveria? — perguntara Julia.

— Por que não deveria? — devolvera Jackson.

Ela ignorou a pergunta. Não havia nada que se pudesse fazer com Julia, ela era impossível. (Nisso, pelo menos, ela era constante.)

— Coros arruinados e tudo o mais — dissera Julia, mudando de assunto. — Shakespeare, a dissolução dos monastérios — acrescentou ela instrutivamente, tendo percebido ao longo dos anos os grandes buracos negros nos conhecimentos gerais de Jackson.

— Eu sei — dissera ele. — Sei disso. Não sou totalmente ignorante.

— Mesmo? — disse ela, mais distraída do que irônica.

Sua atenção estava totalmente dirigida ao garoto, e não ao homem. Jackson, na verdade, aprendera muito sobre o choque e o pavor da Reforma ao longo de seus passeios pelas abadias de Yorkshire, mas não havia por que ser didático com Julia, ela sempre iria saber mais do que ele sobre tudo. Ela era o produto de uma educação sólida e de uma boa memória, enquanto, admitamos, Jackson não possuía nem uma coisa nem outra.

Jackson ignorou-a em resposta, olhando meditativamente (alguns, principalmente as mulheres, poderiam dizer "estupidamente") para o anfiteatro, bacia paradisíaca da natureza, que continha Rievaulx. Mesmo em ruínas a abadia era incomparável, celestial. Maravilha. "Maravilha", a voz *blasé* de sua filha adolescente, Marlee, soava em sua cabeça.

Quando Nathan virasse adolescente, Jackson teria mais de 60 anos. Seus anos de diamante.

— Anime-se, querido — dissera Julia —, pode ser que nunca aconteça.

— Já aconteceu — dissera ele melancolicamente.

Jackson, ocasionalmente, tinha que se lembrar de que havia um terceiro propósito para o seu prazenteiro progresso bizantino pelo país. Tudo vinha (e ia) em três, pelo que ele podia ver. Três destinos, três fúrias, três graças, três reis, três macacos, um Deus tripartite.

— Cães de três cabeças — acrescentara Julia. — Para os pitagóricos, três era o primeiro número real, porque eles o viam como tendo um começo, um meio e um fim.

Jackson estava trabalhando em nome de uma cliente. Apesar do fato de não ser mais um detetive particular, apesar do fato de que não tinha mais clientes, de que não mais se envolvia no tédio destruidor de almas de casos de divórcio, de dívidas e de animais de estimação desaparecidos, apesar de tudo isso, de alguma forma, ele agora trabalhava para uma mulher chamada Hope McMaster que morava o mais longe de Yorkshire a que se podia ir sem cair das bordas do mundo. Em outras palavras, na Nova Zelândia.

Ele deveria ter dito não, na verdade tinha bastante certeza de que dissera não quando Hope McMaster lhe enviara um longo e-mail (longo demais, uma história de vida) abruptamente no fim do ano passado. "Fui adotada e gostaria de saber se você poderia obter informações sobre meus pais biológicos." Ah, como aquilo soava descomplicado para seus ouvidos agora.

Exatamente como Hope McMaster obtivera seu endereço era incerto, mas em algum ponto — o que era bastante comum — parecia envolver Julia ("uma amiga de um amigo de um amigo"). Nenhum lugar no mundo era seguro. Julia provavelmente tinha amigos na Lua (ou amigos de amigos de amigos, *ad infinitum*). E, de alguma forma, os seis graus de separação de Julia sempre terminavam em Jackson.

Ao longo de sua apática odisseia pelo país, Jackson conseguira coordenar perfeitamente a perseguição de sua esposa ladra e falsa com a busca pelo caso de Hope McMaster. Cornwall, Gwynedd, Doncaster, Harrogate foram locais onde tentara, sem sucesso, rastrear a misteriosa identidade de Hope McMaster.

— Então — dissera Julia, enquanto deixavam os terraços de Rievaulx para trás e dirigiam-se para os reconfortantes braços do Black Swan em

Helmsley —, você está basicamente procurando duas mulheres, sua esposa e Hope McMaster, e não tem a menor ideia de quem elas realmente são.

— Sim — dissera Jackson. — Exatamente isso.

Na periferia de Leeds, ele havia deparado com a abadia de Kirkstall. Era a primeira abadia que encontrava cujas pedras haviam sido incongruentemente enegrecidas pela fuligem industrial da época em que toda a lã de ouro das ovelhas era transformada em peças de tecido. No dia seguinte teria uma reunião com uma mulher chamada Linda Pallister, uma conselheira de adoção do Serviço Social com quem Hope McMaster já estivera em contato. O advogado de Hope em Christchurch fizera uma procuração, instruindo Jackson a agir em nome dela. Jackson tinha esperanças em Leeds. Leeds era o lugar onde tudo começara para Hope McMaster e ele realmente esperava que fosse o lugar em que tudo terminaria.

Linda Pallister não compareceu à reunião.

— Sinto dizer que Linda teve que ir para casa. Uma emergência familiar — disse uma recepcionista do Serviço Social. — Mas ela pediu para remarcar para amanhã.

Depois de Linda Pallister ter faltado ao compromisso com ele, Jackson passara o que restara da tarde passeando sem rumo — um *boulevardier* — em Briggate, Calls e Arcades. O prédio da Corn Exchange, o paço municipal (aquele grande monumento ao poder municipal), o shopping Merrion Centre, Roundhay Park — peças que erguiam uma cidade que parecia familiar e, ao mesmo tempo, totalmente estranha. Era como se estivesse procurando algo que reconheceria apenas depois de encontrar. Sua juventude perdida, talvez. Ou o jovem que ele mesmo fora. A velha cidade suja da qual se lembrava fora sobreposta por algo novo e brilhante. O que não significava que a cidade velha e suja ainda não estivesse lá, claro.

Jackson julgava que devia fazer mais de trinta anos desde a última vez em que estivera em Leeds. Costumava vir ainda menino, quando a cidade representava o cume da sofisticação metropolitana, não que "metropolitana" fosse uma palavra de seu vocabulário naquela época e "sofisticação" não ia muito além de comprar um pacote de dez maços de Embassy e adentrar furtivamente uma sessão de filme pornográfico. Jackson lembrava-se de ter realizado pequenos furtos na Woolworths, em Leeds. Coisas sem importância — doces, chaveiros, pilhas. Seu pai o esfolaria vivo se tivesse descoberto, mas aqueles nunca pareceram roubos de verdade, apenas um desrespeito insolente à autoridade. Agora a Woolworths nem existia mais. Quem poderia imaginar? Talvez ainda existisse se as crianças não tivessem continuado a roubar os doces, chaveiros e pilhas. Ao longo dos anos, todo aquele espólio somado provavelmente daria uma fortuna.

No shopping Merrion Centre, ajudara uma senhora confusa que um idiota da segurança estava tentando prender.

— A senhora está bem? — perguntara ele. — Quer ajuda?

Jackson dera voz a seu mantra pessoal, "Já fui policial", que soava reconfortante.

Havia algo de familiar nela, mas Jackson não conseguia dizer exatamente o quê. Ela usava uma peruca que escorregara e se assentara em um ângulo desastroso. Jackson esperava que alguém o acertasse antes que chegasse àquele estágio. Mas supunha que teria que dar um fim a si próprio. Planejava deitar-se em um campo nevado ("A coisa toda pode demorar um pouco"), com uma garrafa de algo tão velho quanto ele mesmo e cair em um sono profundo. Torcia para que o aquecimento global não inviabilizasse esse plano.

Sua parada final fora Roundhay, uma caminhada agradável, pensou, um pouco de luz do sol e ar fresco longe das multidões urbanas. Não esperara sair dali como dono de um cão. A jornada interrompida, o presente inesperado, o encontro imprevisto. A vida seguia por caminhos incalculados.

Depois, olhando retrospectivamente, Jackson podia ver que seu encontro não realizado com Linda Pallister fora o momento em que tudo começara a dar errado. Se ela tivesse comparecido, ele teria vivido uma hora construtiva, teria se sentido satisfeito e dotado de um propósito, e muito possivelmente poderia ter passado outra noite em um hotel, comendo uma refeição do serviço de quarto enquanto assistia a um filme ruim no pay-per-view, em vez de ficar inquieto, de apagar por um longo período de tempo e fazer sexo promíscuo e insignificante.

"Pela falta de um cravo."

Bem, culpe Linda Pallister. No fim, todo mundo culparia.

Para encobrir a confusão em que se metera, Tracy ligou avisando que estava doente.

— Um pouco de dor de estômago, acho, vou para casa mais cedo.

E Leslie disse:

— Sem problemas, espero que você melhore logo.

Então, Tracy voltou para o estacionamento para pegar seu Audi A4 e dirigir com Courtney até uma loja Mamas and Papas no Birstall Shopping Park onde comprou uma cadeirinha para o carro que custou os olhos da cara. Atravessou todo o trajeto até o centro comercial esperando ser presa pela falta da já mencionada cadeirinha e, em um surto paranoico, fizera a criança se deitar no banco de trás, exatamente como uma vítima de sequestro. Para Tracy, era como se houvesse um sinal de neon no teto do carro, alardeando: "Esta mulher não é a mãe desta criança!" Deu à menina o enroladinho de linguiça da padaria Greggs para mantê-la ocupada. Havia uma manta xadrez no porta-malas e Tracy perguntou-se se a menina ficaria apavorada se a cobrisse com aquilo. Provavelmente sim. Decidiu não o fazer.

Um passeio incômodo pela loja Mamas and Papas revelou o que Tracy sempre suspeitara: crianças eram absurdamente caras. Ela deveria saber, acabara de comprar uma, mesmo que tivesse sido em uma promoção. Crianças tinham tudo a ver com varejo. Se você não comprasse e vendesse as próprias crianças, você comprava e vendia em nome delas. Tracy sentiu uma súbita pontada de ansiedade. As duas mil libras que permaneciam em sua bolsa pesaram. Deveria ter entregado as cinco mil libras para Kelly Cross. Comprar a criança por um preço barato parecia um erro agora.

Tracy deixou a cadeirinha na loja enquanto andava em direção à Gap, Courtney arrastando-se ao seu lado como um cão sob o efeito de drogas. A criança gritara bastante no Merrion Centre, mas agora estava seguindo os passos de Helen Keller.

Tracy tinha plena consciência de todas as câmeras de segurança. Imaginou um par delas no programa policial *Crimewatch*, o rosto de Courtney disfarçado por um borrão e o dela amplificado para o público. "Você viu esta mulher? Ela abduziu uma criança em um centro comercial em Leeds." Ultrapassara o tênue limite de caçadora a caçada em um movimento fácil.

O que ela diria se fosse parada – "Está tudo bem, comprei a criança e está tudo nos conformes"? É, soaria bem quando eles a arrastassem para a delegacia. Ela era a arrebatadora de crianças, o bicho-papão, o pesadelo de toda mãe. Mas não de Kelly. Kelly provavelmente a via como uma salvadora. Kelly certamente não era a primeira mãe a vender a própria filha. Mas e se... e se Kelly não fosse a mãe verdadeira da criança? Tracy perdera a conta de quantas crianças Kelly havia gerado. Estavam todas em abrigos? E se ela estivesse cuidando de Courtney para outra pessoa? Nesse caso, Tracy raciocinava, já imaginando argumentos para os assistentes sociais, a polícia, os tribunais, quem quer que fosse a mãe dela não se importara suficientemente com Courtney para colocá-la em um par de mãos seguras. Entregar sua filha para Kelly Cross era como entregá-la para um pit bull. Em suma, a criança estava em risco.

Ela se lembrava de Kelly Cross na plataforma de ônibus antes das portas se fecharem, o olhar confuso em seu rosto enquanto ela dizia: "Mas ela não é." Não é o quê? Não é minha filha? Tracy fechou as portas do ônibus em sua mente. Baixara as grandes portas metálicas de segurança. Ela não ouvira nada. Pensou, em vez disso, naquela mãozinha quente dentro da mão dela.

Conhecia alguém que poderia descobrir mais. Linda Pallister. Ela ainda trabalhava com guarda e adoção, não? Se não tivesse se aposentado, poderia descobrir quem eram e onde estavam os filhos de Kelly Cross.

Tracy não se lembrava de quando fora a última vez que vira Linda Pallister. Provavelmente no casamento da filha de Barry Crawford, três anos antes. O detetive-superintendente Barry Crawford, ex-colega de Tracy. A filha de Linda, Chloe, era a melhor amiga da filha de Barry, Amy, e fora sua madrinha, uma aparição em cetim laranja queimado.

— Eu tinha pensado em "bronze" para os vestidos delas, sabe? — dissera pesarosamente Amy Crawford para Tracy.

A pobre garota não podia pensar em nada agora que habitava a terra dos mortos-vivos. Seu próprio vestido fora o tradicional vestido branco exagerado, o buquê feito de vulgares flores amarelas e alaranjadas. Nas lapelas dos homens havia uma única gérbera laranja, como uma coisa que um palhaço usaria para esguichar água.

— Eu queria uma coisa um pouquinho diferente — dissera Amy.

— Ah, é tão alegre! — comentara Barbara Crawford, mãe da noiva, fazendo caretas de desgosto por causa de toda aquela ostentação e falta de gosto.

A própria Barbara vestiu-se com uma elegante seda turquesa.

— Paule Vasseur — murmurou para Tracy, como se fosse segredo.

Barry e Barbara não pouparam com o casamento de sua única filha e o montante gasto foi estratosférico. Educadamente, ninguém mencionou que a barriga da noiva já marcava seu vestido.

Os sapatos das madrinhas também eram cor de laranja queimado, suas pontas bicudas saindo debaixo de vestidos cor de hepatite como o pôr do sol no fim do mundo. Os buquês pendiam de seus braços em bolsas de fitinhas, grandes esferas de flores que pareciam bolas de canhão coloridas.

— Tentei sugerir algo diferente, tentei mesmo — dissera Barbara Crawford na mais alta *sotto voce* que Tracy jamais ouvira. — Amy sempre foi tão teimosa.

O marido de Amy chamava-se Ivan. "Ivan, o Terrível", Barry sempre o chamava, naturalmente.

— Ivan? Que tipo de nome é esse? — dissera ele a Tracy depois que o noivado foi anunciado. — Russo maldito.

— Na verdade, acho que é porque ele tinha um avô norueguês — dissera Tracy.

— Norueguês? — respondera Barry incredulamente, como se ela tivesse acabado de anunciar que a família de Ivan viera da Lua.

Ivan era consultor financeiro. Tracy havia se aconselhado com ele quando estava pensando no que fazer a respeito de sua aplicação anual.

— Apareça para uma conversa, para um amigo de Barry não cobro nada — dissera ele a Tracy no casamento.

Ivan parecia ser um cara legal, bastante inofensivo no geral, e isso era basicamente o melhor que se podia esperar de um ser humano, na opinião de Tracy. Infelizmente, ele fora à falência pouco depois e perdera o negócio. Ninguém queria conselho financeiro de um homem que não era capaz nem de manter seu próprio dinheiro. Barry sugeriu que havia fraude, mas quando Tracy visitou Ivan para buscar alguns papéis, ele explicou que perdera um pen drive com os detalhes de todos os seus clientes.

— Deve ter escorregado do meu bolso — dissera Ivan tristemente para Tracy.

A maioria de seus clientes abandonou-o depois disso.

— Eu teria feito o mesmo — disse Ivan.

— Nem um bolo de frutas tradicional — irritara-se Barbara, vendo Tracy garfar o bolo de casamento, que consistia em um pão de ló de chocolate e creme.

— Bem, pelo menos não é laranja — dissera Tracy.

Naturalmente, Tracy não estava em posição de fazer comentários sobre o estilo do que quer que fosse. Estava desconfortável em um terninho de poliéster azul que emitia tanta estática que temeu entrar em combustão espontânea antes de cortarem o bolo. Comprara um chapéu, mas desistira de usar. Com ele, Tracy parecia um homem travestido de mulher. Podia contar os casamentos aos quais fora convidada nos dedos de uma das mãos, enquanto os funerais aos quais comparecera podiam ser empilhados até o teto. Vítimas de assassinato, em sua maioria. Nunca fora a um batizado. Isso dizia algo sobre sua vida, não?

O laranja queimado fora uma escolha particularmente infeliz para Chloe Pallister, amiga de Amy, com seu cabelo louro e escorrido e seu corpinho gorducho.

— Mãe da madrinha, nunca mãe da noiva — dissera Linda Pallister, esgueirando-se na direção de Tracy, sorrindo esperançosamente.

Ela não tinha mais ninguém com quem conversar. As roupas de casamento de Linda Pallister, uma camiseta de veludo preto e uma saia que pareciam ter sido feitos de teias de aranha descoloridas por uma técnica de tingimento hippie, não poderiam ser mais inadequadas. Linda também usava uma grande quantidade de anéis e pulseiras de prata, além de um enorme crucifixo em uma corrente de couro. O crucifixo parecia mais uma penitência do que um artefato religioso. Linda tornara-se cristã nos anos oitenta, uma década fora de moda para o evangelismo, embora ela não tivesse se importado com isso, abraçando com fé o anglicanismo. Nenhum sinal do filho mais velho de Linda, Jacob. Tracy ouvira rumores de que ele era gerente de banco.

— Chloe está uma graça — Tracy mentira.

Se Tracy telefonasse para Linda Pallister e começasse a perguntar sobre os filhos de Kelly Cross, estaria dando bandeira, não? "O quê, uma das filhas de Kelly Cross está desaparecida? Outro dia mesmo Tracy Waterhouse estava me pedindo para contá-los!" Tracy roubara uma criança. Não importava o quanto você pagasse, não importava o quanto você tentasse transformar o ato em algo correto, aquilo não o tornava um ato legal.

Ela levou a criança para almoçar no restaurante Bella Italia. A criança comeu seu peso em penne e Tracy mordiscou um pouco de pão de alho. Perdera o apetite. A dieta do sequestrador. Tracy fizera todas elas em sua época — toranja, F-Plan, repolho, Atkins. Tortura autoinfligida. Fora um bebê grande, uma criança grande, uma adolescente grande, parecia improvável que subitamente se tornasse uma mulher pequena na pós-menopausa.

Na Gap, Tracy comprou roupas para Courtney, colocando-as contra a menina para adivinhar o tamanho, em vez de basear-se nas etiquetas que não pareciam ter relação com o tamanho real da criança.

— Quantos anos você tem, Courtney?

— Quatro — disse Courtney, mais uma pergunta do que uma resposta. Ela cabia tranquilamente nas roupas de "2-3 anos".

— Você é pequena para sua idade — disse Tracy.

— Você é grande — disse Courtney.

— Bem, isso é verdade — disse Tracy.

Sem ter muita certeza das regras de relacionamento com uma criança pequena, Tracy decidira que era melhor se ambas fingissem ser adultas e conversassem de acordo.

Comprou mais roupas para Courtney do que pretendera, mas eram tão bonitas e fofas, o tipo de roupa que Tracy nunca tivera quando fora uma menininha. Meio século atrás, sua mãe a vestia com vestidos frouxos de alças com jaquetas de nailon e sapatos Clark de cadarços marrons, um visual no qual mesmo uma criança graciosa teria dificuldade em parecer bonita. Imagine Tracy. Seus pais tinham mais de 40 anos quando Tracy nasceu, velhos antes do tempo.

— Nós havíamos desistido — dissera sua mãe, como se fazê-lo fosse um alívio. — E então você apareceu.

Seus pais estavam envolvidos demais com a guerra que travavam um contra o outro para prestar atenção à filha. Enredados em seu ataque passivo-agressivo, mantinham-se presos a um silêncio hostil enquanto Tracy vivia em seu confinamento solitário de filha única. Pensava em si mesma como uma prisioneira de guerra, ainda que a guerra já tivesse acabado muito antes de ela nascer.

A última compra de Tracy para Courtney foi um casaco de lã vermelho em promoção, uma roupa que sua versão mais jovem, tristemente vestida em gabardine marrom, sempre cobiçara. O casaco de lã rústica tinha um macio forro xadrez e botões de madeira. Era uma peça de roupa que dizia que alguém se importava com a menina. Se não estivesse tão quente na loja, teria sugerido que a criança saísse vestindo o casaco, mas Tracy sentia o suor escorrendo desconfortavelmente pelas costas, e a criança realmente parecia estar sendo cozida.

Tracy estava se cansando. Lera em algum lugar que lojas e museus eram os lugares mais cansativos para as pessoas. A criança parecia exausta como um cão.

— Quer que eu carregue você? — disse Tracy.

Os joelhos de Tracy quase dobraram com aquele peso. Quem diria que uma criança minúscula poderia ser tão pesada? Tinha a gravidade de um pequeno e denso planeta. Tracy arrastou-se novamente para a loja Mamas and Papas com Courtney em seus braços, recuperou a cadeirinha e instalou-a no Audi. Pegara a criança há menos de três horas e sentia-se desfigurada pela exaustão, não era de admirar que os pais que via no Merrion Centre andassem por aí como zumbis.

Ajudou Courtney a sentar-se no banco do carro e ficou surpresa quando a criança afivelou o cinto. Eles deveriam ser capazes de fazer isso? Se você conseguia afivelar um cinto, isso significava que você também conseguia desafivelá-lo.

— Não desafivele o cinto — advertiu ela.— Há muitos motoristas ruins na estrada.

A criança murmurou algum tipo de concordância. Suas pálpebras estavam azuladas de cansaço e ela também tinha o olhar surpreso que Tracy vira em crianças vítimas de abuso. Coisa que não seria difícil de imaginar. Dificilmente seria uma surpresa, era mesmo bem provável, na verdade. As coisas que as pessoas faziam com as crianças eram capazes de fazer o cérebro doer. Agulha quente etc. Ou, talvez, assim como Tracy, a criança estava apenas exausta com a reviravolta que o dia trouxera. Eram 16 horas, mas o tempo se tornara elástico, estendendo o dia até o infinito.

Ela espiou pelo espelho retrovisor e viu que Courtney já estava dormindo, fazendo um zumbidinho, como uma abelha grandinha.

Jackson perguntou-se do que um cão poderia precisar. Comida e um pratinho onde comer, supôs. Encontrou ambos em uma loja chamada Paws for Thought. Jackson sentiu que estava entrando de cabeça em território desconhecido. Tinha um novo papel. Sabia quem era, era um dono de cão. Achava suficientemente difícil lidar com o fato de ter um filho, o cão seria forçar ainda mais a barra.

— Que border terrier mais fofo você tem! — disse a mulher atrás do balcão.

— É mesmo? — perguntou Jackson, estudando o cão.

Presumira que fosse um vira-lata, não um cão de raça, e muito menos um cão atraente. Havia traços de sangue em seu focinho e pelagem e a mulher disse:

— Puxa, ele esteve brigando?

— Mais ou menos — respondeu Jackson.

A mulher lançou um olhar desaprovador para a corda ao redor do pescoço do cão e disse:

— Como o pobrezinho se chama?

Jackson percorreu uma lista mental de nomes que poderiam ser mais apropriados do que o nome que o cão já tinha e não conseguiu pensar em nada, tirando Jess, mas aquele nome era propriedade perpétua do sheepdog dos Atwell.

— O Embaixador — confessou enfim. — Ele se chama O Embaixador.

As orelhas do cão ficaram em pé, em estado de alerta. Jackson se perguntou como o cão ganhara esse nome. Tentou imaginar seu dono feio e grande — ex-dono — gritando "Embaixador!" em campo aberto. Em Roundhay, o vocabulário de Colin não parecera ser grande coisa. Ele supunha que fosse uma piada, imagine alguém dizendo "O Embaixador precisa ser escovado" ou "O Embaixador está dormindo no cesto."

A mulher do pet shop ergueu as sobrancelhas ceticamente e disse:

— O Embaixador? Imagino que esse seria o nome de um cão maior.

— Ele é grande por dentro — disse Jackson defensivamente.

A mulher fez um gesto mostrando a loja com a mão e perguntou:

— Algo mais? Que tal um casaco? Para o cão — acrescentou quando Jackson lançou-lhe um olhar vago.

Jackson achava que a natureza dera um casaco perfeitamente bom para o cão, então disse que não, mas comprou uma guia de couro e saiu antes que ficasse empolgado com, digamos, o pequeno uniforme de marinheiro de quatro pernas que estava pendurado atrás do balcão, que vinha completo, com o chapeuzinho.

Jackson pegou seu canivete suíço e, mostrando-o para o cão, disse:

— O melhor amigo do homem.

O cão ficou sentado passivamente enquanto Jackson cortava a corda firmemente atada em torno de seu pescoço.

— Bom menino — disse Jackson.

Quando Jackson viu o cão pela primeira vez, o animal parecera indisciplinado, mas agora parecia simplesmente cheio de energia, andando confortavelmente na coleira, sem puxar ou fazer bagunça, e parecia encantado de estar na companhia de Jackson. Perguntou-se se estava com cara de idiota ao andar pelas ruas com um cão pequeno em uma coleira trotando determinadamente ao seu lado. Perguntou-se o que as mulheres pensavam de homens que possuíam cães pequenos. Pensariam que ele era homossexual? Considerariam Jackson mais confiável do que um homem que não tinha cão? (Hitler gostava de cães, ele se lembrava.)

Ele se pegou parando nos semáforos. Normalmente, teria corrido heroicamente até o outro lado da rua (ou lunaticamente, dependendo de que lado você estivesse — do de Jackson ou do lado da maioria das mulheres de sua vida), mas agora ele esperava estoicamente pelo homenzinho verde, súbita e novamente transformado em um pai ao se responsabilizar por alguma coisa menor do que ele.

De volta às imediações do shopping Merrion Centre (perguntou-se o que teria acontecido com a senhora confusa, confiara que a garota canadense não chamaria a polícia), Jackson fez o check-in em um hotel Best Western meio fora de vista e pediu um quarto duplo porque não gostava de pensar em si mesmo como um homem solteiro em um quarto para uma pessoa.

— Você parece estar vivendo a vida de um caixeiro-viajante —, dissera Josie.

— Tomara que você não vire um inseto gigante – gargalhara Julia.

— Hein? — perguntara Jackson.

O hotel deu-lhe um quarto com duas camas, o que pareceu pior, a cama desocupada como uma espécie de afronta.

Jackson era um viajante naturalmente frugal. "Mão fechada como uma vaca", é o que seu irmão teria dito. Fora criado com os valores da prudência e da economia — ou, para dizê-lo de outra forma, na pobreza — e quanto mais velho ficava, mais se tornava parcimonioso. Isso não queria dizer que fosse incapaz de uma ocasional prodigalidade, para com as garçonetes dos Betty's, por exemplo.

Jackson ficara hospedado em alguns dos melhores hotéis do mundo, mas agora se sentia bastante satisfeito em dormir entre as econômicas e finas paredes dos Travelodges e Premier Inns que encontrava ao longo de sua rota nômade. Aqueles eram lugares onde você parava e seguia em frente e nada se prendia a você. Havia algo reconfortante em acordar no meio da noite com o som das máquinas do hotel enquanto elas navegavam em direção à manhã. Ele sabia quem era em um hotel: era um hóspede.

Depois de seis meses na estrada, estava começando a se perguntar se queria parar. Jackson Brodie, o andarilho. Um vagabundo. Os hotéis estavam ficando chatos, mas e um trailer? Os pais de Josie possuíam um pequeno trailer que haviam emprestado a Jackson e Josie nos primeiros dias de seu casamento, quando ainda podiam ser considerados recém-casados. Jackson, que acabara de voltar do Golfo e sair do Exército, pensara em se alistar na Legião Estrangeira francesa, se aquilo era o que sua vida teria que ser dali em diante — feriados acampando na companhia de ingleses ultranacionalistas. Agora, porém, enxergava certo charme na obsessão de seus ex-sogros de carregar os vagões e seguir adiante, pioneiros da estrada aberta.

Ele poderia viajar assim (pensava em um trailer maior, talvez um Romany em vez de um Sprite), como se fosse um pequeno barco, e um Jackson em ótima forma poderia ferver água em uma fogueira, caçar coelhos com armadilhas de arame, dormir com o cheiro de madeira queimada nos cabelos. Tirando o ocasional acidente de estrada ou o abate por misericórdia de uma vítima de mixomatose, nunca matara um coelho conscientemente, mas supunha que poderia fazê-lo se fosse uma necessidade. Especialmente se fosse um coelho grande chamado Muffin.

Refletindo melhor, não era um homem de acampamento. E, para falar a verdade, estava ficando cansado de sua vida errante. Queria um lar. Gostaria de uma mulher naquele lar. Não o tempo todo, acostumara-se a fazer companhia a si próprio. Houve um tempo em que fora um homem que só se sentia realizado ao encarar a vida lado a lado com uma mulher. Gostara de ser casado, talvez mais do que sua esposa. Sua verdadeira esposa, não a trapaceira mentirosa que fora sua segunda esposa.

— Uma fada Morgana — dissera Julia. — Uma miragem.

Julia disse a ele uma vez que o parceiro ideal era aquele que você podia manter em um armário e tirar quando sentisse vontade. Jackson achava improvável que houvesse mulheres por aí que concordariam em ser mantidas em um armário. O que não impedia os homens de tentar encontrá-las.

Pressentindo que animais não seriam bem-vindos no Best Western, ele entrara com o cão furtivamente, escondido em sua mochila. Antes, no estacionamento, Jackson removera metade do conteúdo da mochila e convidara um cão não inteiramente obediente a entrar no já mencionado espaço. Com algum encorajamento de Jackson, o cão enfim se acomodou nas entranhas da mochila. Havia algo a se admirar na personalidade do cão.

— Bom menino — disse ele, pois o elogio parecia apropriado.

Uma vez no quarto, ele libertou o cão de sua prisão. Abriu uma lata de comida de cachorro, jogou-a dentro do pratinho que comprara, e o cão comeu como se estivesse morto de fome. Havia uma "bandeja de boas- -vindas" no quarto com chá, café, uma chaleira elétrica, xícaras e pires. Jackson pegou um dos pires e encheu-o de água no banheiro. O cão bebeu-a como se tivesse atravessado o deserto.

Ele passara em uma farmácia a caminho do hotel e comprara um kit de primeiros socorros. Agora usava o antisséptico e o algodão para limpar as arranhaduras do cão. O animal ficou parado estoicamente enquanto era cutucado e empurrado e só recuou ligeiramente quando o antisséptico atingiu a pele rasgada e quando Jackson encontrou uma contusão.

— Bom menino — disse Jackson novamente.

Jackson ligou o interruptor da chaleira elétrica e fez uma caneca de chá, dividindo o pacotinho de biscoitos com o cão. Quando terminou, o cão pulou em uma das camas, deu várias e várias voltas até parecer satisfeito, e então se ajeitou e adormeceu imediatamente. Era a cama que Jackson teria escolhido para si próprio, estando mais próxima da porta (para Jackson, a parte mais importante de um quarto eram suas saídas), mas o cão, apesar de seu tamanho, parecia totalmente inamovível.

O telefone de Jackson vibrou em seu bolso como uma vigorosa vespa presa. Duas mensagens. A primeira era uma mensagem de texto de Marlee pedindo-lhe o dinheiro do aniversário antecipadamente. Seu aniversário era só dali a seis meses, o que, para Jackson, conferia todo um novo significado à palavra "antecipadamente". Era uma mensagem descaradamente mercenária com um "amo você" perfunctório adicionado no final. Pensou em não fazer nada e deixá-la suar por alguns dias. Nunca imaginara, quando sua filha era pequena e infinita, eternamente amável, que desenvolveria um relacionamento combativo com ela.

A segunda mensagem era mais benigna — um e-mail de Hope McMaster. "Como vão as coisas?", dizia. "Faz tempo que não tenho notícias." Ele tentou descobrir que horas seriam na Nova Zelândia. Estavam doze horas à frente? Lá era de manhã cedo. Hope McCaster estava vivendo no amanhã — um conceito que aturdia o cérebro de Jackson. Ela lhe parecera o tipo de pessoa que poderia acordar cedo para enviar e-mails. Ou ela era uma insone que estava ficando cada vez mais ansiosa conforme Jackson se aproximava do buraco negro no início de sua vida? ("É um vazio", dissera ela.)

Jackson suspirou e digitou uma mensagem. "Estou em Leeds. Verei Linda Pallister amanhã."

Houve uma resposta imediata de Hope McMaster. "Fantástico!", respondeu ela. "Vamos torcer para que ela tenha algumas respostas."

— Sim, tudo bem — disse Jackson para o telefone, soando para seus próprios ouvidos desconcertantemente como sua própria filha teimosa.

— Não — dissera ele da última vez que haviam estado juntos. - Você não pode fazer uma tatuagem, não importa o quão "bonita" ela seja, ou colocar um piercing no umbigo, pintar uma mecha azul no cabelo, ou ter um namorado. Especialmente um namorado.

"Sim", ele digitava agora para Hope McMaster, "vamos torcer para que sim."

O caso de Hope McMaster tornara-se um assunto morno. Há meses Jackson vinha escrevendo para ela, e-mails ocasionais e lacônicos que provocavam uma resposta alegre e imediata sobre o clima em Christchurch ("Neve!") ou sobre o primeiro dia do "pequeno Aaron" na creche ("Não me importo em lhe dizer que fui para casa e chorei como louca"). Hope McMaster compartilhava com Julia uma fé (deslocada) em pontos de exclamação. A empolgação nunca era bem expressa pela palavra escrita, na opinião de Jackson.

Ele sempre pensara nos neozelandeses como uma raça bastante sombria — os escoceses do além-mar —, mas Hope parecia tão feliz e empolgada quanto era possível ser. É claro que muito da informação que Jackson possuía sobre os neozelandeses vinha de assistir ao filme *O piano*. No cinema, nos primeiros dias de seu (verdadeiro) casamento, antes de terem um bebê, antes de tudo começar a dar errado. Depois que Marlee nasceu, alugavam vídeos e adormeciam na frente deles. Agora, como tantas outras coisas no mundo de Jackson, vídeos eram obsoletos.

Ainda assim, a Nova Zelândia o intrigava, porém menos devido a Hope McMaster do que ao fato de que, no ano anterior, lera os diários do capitão Cook e ficara impressionado pelo heroísmo de sua navegação e liderança. Primeiro homem a navegar ao redor do mundo em ambas as direções. Como o Mallard, um recorde que nunca seria quebrado. O Endeavour e o Mallard, belas máquinas com suas curvas femininas.

Cook foi um homem de Yorkshire, naturalmente. Era impossível não se maravilhar com sua primeira viagem, a magnífica viagem, observar o trânsito de Vênus, encontrar o mítico continente ao sul que o levou ao Taiti, Austrália e Nova Zelândia. "Heart of Oak", o hino oficial da marinha britânica, ecoava em seus ouvidos. Às vezes, Jackson lamentava a certeza de que jamais deixaria sua marca na história, que nunca mapearia um novo país, nunca lutaria uma luta justa.

— Seja grato por uma vida comum — dissera Julia, aquela que sempre quisera ser extraordinária de alguma forma.

— Eu sou — dissera Jackson. — Sou mesmo.

Mas.

Imagine navegar até a Poverty Bay pela primeira vez, imagine capitanear um heroico barquinho de três mastros até o outro lado do mundo. Uma terra recém-descoberta onde o sol nasce antes. "Bem, Christchurch é realmente bastante inglesa de muitas formas, sabe", Hope McMaster lhe escrevera. "Não quero que você se decepcione. Você deveria conhecer! Você adoraria a Nova Zelândia!" Será?

Hope tinha 2 anos de idade quando viu a Inglaterra pela última vez. Do que poderia se lembrar? De nada. Do que poderia se lembrar de sua vida antes de ter sido adotada? De nada.

A próxima parada planejada no itinerário de Jackson depois de Leeds era Whitby, o velho lugar preferido de Cook. Ele gostava muito de viver perto do mar, podia se ver em um chalé de um velho pescador construído com as vigas de um navio antigo. "Heart of Oak." Ele poderia fazer um passeio pela praia todos os dias na companhia do cão e tomar um trago com os velhos marinheiros à noite. Jackson, o camarada dos pescadores.

Whitby foi onde Cook teve seu aprendizado e onde o Endeavour começara sua vida como um barco importante, controlando o comércio de carvão por toda a Costa Oeste. Um *collier,* um carvoeiro. Jackson rosnava para o mundo. Ele odiava Collier. O detetive da televisão. Vince Collier, não um homem, mas uma construção, um híbrido de tudo o que era ruim, reunido por uma comissão e aprovado por um grupo focal.

"Mamãe disse que quando nasci meu nome era Sharon Costello", escrevera Hope. Seus pais adotivos haviam sido um casal sem filhos de Harrogate, dr. Ian Winfield, um pediatra da St. James Infirmary em Leeds e sua esposa, Kitty, uma ex-modelo. Os Winfield rebatizaram Sharon de Hope.

"Agora que mamãe está morta — câncer de pulmão, não é um jeito muito bonito de partir — sinto que posso fazer essas perguntas sobre minhas 'origens'", escrevera Hope McMaster.

(— Ela gosta de detalhes, não? — comentara Julia.)

Jackson achava que o melhor momento de encontrar respostas para as perguntas de Hope McMaster teria sido antes de sua mãe morrer, mas não disse isso.

Hope Winfield era casada com Dave McMaster ("que administra uma imobiliária bem-sucedida") havia cinco anos e abdicara de ensinar geografia em uma escola secundária para criar o pequeno Aaron e sua segunda filha, ainda por nascer ("'A lula', é assim que a chamamos!"). De início, fora mais uma questão de "curiosidade", disse ela. Gostaria de ser capaz de "contar" mais coisas para "as crianças" sobre sua genealogia. "Quando você tem um filho, começa a se perguntar sobre sua herança genética e ainda que meus pais 'de verdade' sejam mamãe e papai para sempre, não posso evitar a curiosidade... você sabe, é como se você tivesse perdido alguma coisa, mas não sabe exatamente o quê."

Os genes ruins do próprio Jackson haviam sido modificados em Marlee (assim ele esperava) pela herança mais temperada de Josie. Mas que esperança havia para Nathan? Não eram apenas os pulmões de Julia que estavam comprometidos. Toda a família dela fora caoticamente disfuncional de um jeito que ultrapassava o gótico. Traída emocionalmente pelos pais, Julia perdera um grupo de irmãs, a mais velha, Sylvia, para o suicídio, Amelia para o câncer e a caçula da família, Olivia, para o assassinato — por Sylvia. Houvera também outro bebê, Annabelle, que vivera por apenas algumas horas, e a quem a mãe das meninas juntara-se no túmulo pouco tempo depois.

Julia era a única pessoa que Jackson conhecera que podia superá-lo no jogo da catástrofe pessoal. Era o que os havia atraído mutuamente no começo, era o que os havia separado no fim.

— Um a um, todos aqueles passarinhos caíram do ninho — dissera Julia.

Ela argumentava que havia um "conforto a ser extraído das metáforas". Jackson não via as coisas assim. Ele não assinalara para Julia que Amelia era mais parecida com uma abetarda e que a suicida e assassina Sylvia era pior do que um cuco.

— Cristo rouba a Ninhada/Sabiá por Sabiá/Ao Sono Contrabandeada — dissera Julia.

Jackson completara:

— Emily Dickinson.

Só para ver a expressão de surpresa no rosto dela.

— Você não está doente, não é? — perguntara ela. — Ou louco?

— "Demasiada Loucura é o mais divino Juízo" — respondera ele alegremente.

— Assassinato e suicídio não são *genéticos* — dissera Julia, devorando sanduíches no Black Swan, em Helmsley, depois da visita deles aos Rievaulx Terraces. — Nathan não é *predisposto* à tragédia.

Jackson não tinha tanta certeza disso, mas guardava esse pensamento para si.

Segundo Hope, John e Angela Costello, de Doncaster, foram mortos quando um motorista de caminhão bêbado atingiu a traseira do carro deles. Sua filha de 2 anos, Sharon, não estava com eles naquele momento, o que parecia invocar a seguinte questão: "Onde estava ela?". Recém-órfã, foi adotada pelos Winfield, rebatizada de Hope, e logo depois a família emigrou para a Nova Zelândia.

"Eles não tinham mais esperanças de ter filhos", dissera Hope, "então eu apareci, como um presente". Algumas pessoas doavam órgãos quando morriam. John e Angela Costello haviam doado sua filha.

— Então não eram os Winfield que não tinham mais esperança — dissera Julia. — Eram os Costello.

Considerando retrospectivamente, Jackson via que quando lera a missiva introdutória de Hope, vinda do nada (alguns romances eram mais curtos e menos detalhados do que os e-mails de Hope McMaster), sua antena intuitiva detectara algo. Nenhum parente? O passado obliterado? Um nome trocado? Uma criança pequena demais para se lembrar de qualquer coisa? Uma remoção súbita para uma terra distante?

— Sequestrada — dissera Julia decisivamente, passando manteiga em um bolinho, mas até aí ela sempre tivera uma queda pelo drama.

Antes de assumir a tarefa de investigar seu passado, sentira-se obrigado a relembrar a Hope McCaster do que a curiosidade fizera ao gato.

— Caixa de Pandora — dissera Julia, já pegando um segundo bolinho antes de terminar o primeiro. — Embora a palavra *pithos* deva ser traduzida como "grande pote". Pandora lançou o mal no mundo e...

— Eu sei — interrompera Jackson. — Eu sei o que ela fez.

— As pessoas têm uma necessidade de encontrar a verdade — dissera Julia. — A natureza humana não tolera a existência do mistério.

Na experiência de Jackson, encontrar a verdade, qualquer que fosse ela, apenas aprofundava o mistério do que realmente acontecera no passado. E talvez o pequeno Aaron e a lula de Hope descobrissem uma história familiar que eles prefeririam que tivesse ficado muito bem escondida e trancada, a salvo do alcance travesso de Pandora.

— Sim, mas o objetivo não é *gostar* do que você descobre, é *conhecer* — dissera Julia.

Sempre que ele estava na companhia de Julia, a conversa degenerava para uma mistura de familiaridade reconfortante e discussão irritante. Um pouco como um casamento, mas sem o divórcio. Ou a cerimônia de casamento, diga-se.

Nathan correra loucamente pelos terraços e, um sanduíche e um prato de sorvete depois, estava adormecido nos braços de Jackson, deixando

Julia livre para atacar seu chá da tarde sem nenhum entrave. O peso do menino em seus braços, macio como um saco de areia, era perturbador. Jackson não tinha certeza de querer que seu coração fosse mexido por laços sacrificiais inquebrantáveis.

Surpreendera-se ao se perceber mais intimidado do que feliz quando ficou provado que Nathan era seu filho. Isso apenas demonstrava que nunca se sabia o que se sentiria até senti-lo.

Recentemente, Julia começara a deixar implícito que Jackson devia ser uma "figura paterna mais forte" para Nathan e que eles deveriam passar algum tempo juntos, "como uma família".

— Mas nós não somos uma família — protestara Jackson. — Você é casada com outra pessoa.

Quando Jackson fora forçado a decidir com qual dos filhos passar o dia de Natal, optara por sua filha temperamental (uma decisão desastrosa). Julia interpretara aquilo, talvez corretamente, como um claro exemplo de favoritismo.

— A escolha de Jackson — dissera ela.

— Não posso estar em dois lugares ao mesmo tempo — reclamara Jackson.

— Um átomo pode estar em vários lugares ao mesmo tempo, de acordo com a física quântica — dissera Julia.

— Não sou um átomo.

— Você não é nada além de átomos, Jackson.

— Talvez, mas ainda assim não consigo estar em dois lugares ao mesmo tempo. Só existe um Jackson.

— Isso é tão verdadeiro! Bem, tenha um feliz Natal. Deus amou tanto o mundo que deu a ele seu único filho etc. Jackson não conseguiu nem dar um presente ao seu no dia de Natal.

— Ah, mentira — dissera Jackson.

No restaurante Black Swan, Julia lambeu o sorvete dos dedos de um jeito que um dia teria parecido provocante para Jackson. Ela usava batom vermelho, mas ultimamente não vinha pintando os lábios. Da mesma forma, seus cabelos rebeldes estavam penteados para trás e presos por uma presilha. A maternidade de algum jeito transformara-a em uma versão mais pálida da mulher que um dia fora. Jackson ficava surpreso ao constatar o quanto sentia falta de Julia, às vezes. Ou quem sabe era a mesma Julia e o que lhe fazia falta era estar com ela. Esperava que não. Não havia espaço no seu coração, de um jeito ou de outro. O espaço (bem pequeno) ultimamente disponível para uma mulher no armário do coração de Jackson era quase que inteiramente ocupado pela vela que queimava por sua nêmesis escocesa, a detetive inspetora-chefe Louise Monroe. Uma velha chama que flamejava fraca, em vez de queimar brilhantemente, à qual fora negado oxigênio devido à ausência de um na vida do outro. Nunca haviam feito sexo, não a via há dois anos, ela era casada com outra pessoa e tivera um filho. Não era o que a maioria das pessoas considerava um relacionamento. Alguém deveria apagar a chama.

— O coração é infinito — dissera Julia. — Há bastante espaço.

Talvez no coração de Julia, não no de Jackson, contraído e ficando cada vez menor a cada golpe sofrido.

"Um pobre coração partido, um coração em frangalhos." Sempre Dickinson.

— Bobagem — dissera Julia.

Ocorria que John e Angela Costello, os supostos pais da pequena Sharon, prestes a ser transformada em Hope Winfield, nunca haviam se tornado pó. Nunca foram dados como perda total em um acidente automobilístico, nunca caminharam pelas ruas escuras de Donny. Eles não haviam morrido, porque nunca haviam vivido.

Nenhum acidente de carro, nenhum atestado de óbito, nenhum registro de um casal com aqueles nomes que algum dia tivesse morado em Doncaster. Não havia certidão de nascimento para uma "Sharon Costello" com pais que tivessem aqueles nomes. Só para ter certeza, Jackson perseguira outra Sharon Costello, nascida na mesma data que Hope McMaster — 15 de outubro de 1972 — que morava em Truro. Ela acabara se revelando um bicho do mato, confusa com o interesse de Jackson por ela.

Claro que os Winfield poderiam ter mudado a data de nascimento de Hope, assim como seu nome. É o que Jackson teria feito se estivesse tentando manter uma criança sob disfarce.

As informações sobre os Winfield batiam. Eles certamente haviam morado em Harrogate, a cidade-sede dos Betty's, o que oferecia uma desculpa — não que ele precisasse de uma — para que Jackson passasse agradáveis vinte e quatro horas naquela cidade, possivelmente um dos lugares mais civilizados que jamais visitara. Mas até aí, é claro, todos sabiam, e Jackson particularmente, que a civilização era um fino verniz.

Ian Winfield certamente fora pediatra em St. James de 1969 a 1975, quando saiu para assumir um cargo em Christchurch. E ele certamente fora casado com Kitty, que realmente fora modelo. Hope McMaster enviara alguma de suas fotografias profissionais por e-mail — Kitty Gillespie, com uma franja anos sessenta e maquiagem nos olhos, um tipo pelo qual Jackson sentia uma atração instintiva. Jackson tinha uma vaga lembrança na cabeça: "Kitty Gillespie, a Jean Shrimpton dos pobres." Não tão pobres, a julgar pela aparência dela. O passado não parecia ser história para Jackson, e talvez nunca parecesse.

"Mamãe era uma coisa, não?", escrevera Hope McMaster. "Nada parecida comigo, tão facilmente esquecível — prova definitiva de que fui adotada!" Hope lhe enviara muitas fotinhos de sua família — de si mesma, de Dave, de Aaron, do cão deles (um golden retriever, o que mais?), de um dos Winfield e de si mesma quando criança ("Dave escaneou tudo!").

Os Winfield pareciam de fato ter se dado o trabalho de adotar uma criança que não se parecia em nada com eles. Eles eram altos, morenos e elegantes; Hope era uma criança loura, robusta e com uma expressão antiga, que se tornara uma mulher loura, robusta e com uma expressão antiga, se é que era possível se basear nas fotografias dela. "A primeira fotografia minha da qual se tem notícia!", ela etiquetara uma foto tirada na chegada dos Winfield à Nova Zelândia. A família recém-formada estava em algum tipo de atração turística, e Hope, de rosto sardento e gorducho e cabelo espetado como um ouriço, estava sorrindo para a câmera, a epítome da felicidade. Todas aquelas crianças vítimas de abuso que eram notadas somente quando morriam. Os jornais sempre publicavam uma fotografia delas, sorrindo alegremente. Algumas crianças ligavam o botão automaticamente para a câmera. "Sorria!"

O que começara como um pedido inócuo ("gostaria de saber se você poderia obter informações sobre meus pais biológicos") conduzira Jackson a um labirinto que levava a ruas sem saída a cada volta. Hope McMaster era um enigma existencial. Ela poderia até existir no antípoda aqui e agora, esposa de Dave, mãe do pequeno Aaron. Ela poderia fazer aulas de pré-natal na companhia invisível de lula ("e pilates, é um milagre!"), mas qualquer encarnação prévia parecia ser um produto da imaginação.

Apesar de Jackson não ter certeza de a quem pertencia essa imaginação.

Pandora avançava em direção à caixa, o gato curioso parecia estar em perigo mortal.

— Talvez haja um gato dentro da caixa — brincara Julia —, como o de Schrödinger.

— Quem? — perguntara Jackson antes que pudesse se conter.

— Você sabe, o gato de Schrödinger. Na caixa. Vivo e morto ao mesmo tempo.

— Essa ideia é ridícula.

— Talvez na prática, mas em teoria...

— Isso por acaso tem alguma relação com os átomos?

— *Verschränkung* — dissera Julia com prazer.

Felizmente, a chegada de um novo bule de chá distraiu-a daqueles mistérios.

Depois de passar por um aconselhamento obrigatório para pessoas adotadas na Nova Zelândia, Hope McMaster inscrevera-se na Leeds Crown Court em busca de sua certidão de nascimento original. Na semana anterior, recebera a notícia de que ela não existia. Tampouco havia qualquer registro de que sua adoção tivesse sido feita.

— Viu? Sequestrada. Posso servi-lo? Quem sabe, assim, serei útil para você.

O telefone estava tocando quando elas entraram em casa. Tracy tirou o telefone do gancho e disse:

— Alô?

Mas só obteve silêncio do outro lado da linha. Havia alguém lá, tinha certeza, e ela trocou um diálogo mudo com o interlocutor, como uma batalha entre pessoas muito determinadas. O interlocutor desistiu primeiro e ela ouviu o clique de um telefone.

— Já vai tarde — disse Tracy.

Tinha coisas mais importantes em sua agenda. Como uma criança sequestrada.

Não haviam comprado nada de comida — não que Tracy tivesse energia suficiente para cozinhar — e então ela comprara uma pizza no caminho para casa. Melhor não arriscar, todas as crianças gostavam de pizza, podia não ser a coisa mais saudável do mundo, mas agora Tracy não se importava, contanto que Courtney não vomitasse de novo. Muito tempo para legumes, verduras e frutas no futuro. O futuro subitamente era um lugar onde você poderia gostar de estar, em vez de um lugar onde você teria de lutar com o tédio do dia a dia. Um lugar verdadeiramente apavorante onde você poderia querer estar.

O armário estava vazio, nem um osso para um cão, nem uma lata de feijão para uma criança sequestrada, apenas algumas bananas em processo de decomposição que repousavam acusatoriamente em uma fruteira. Tracy não cozinhara nada desde que Janek começara a trabalhar na cozinha, vinha se alimentando de entregas de comida e pratos congelados para micro-ondas (nada de novo, claro), mas quando olhou em volta, percebeu que a cozinha estava quase pronta, só faltavam a decoração e o linóleo, alguns ajustes aqui e ali. A mochila com as ferramentas de Janek repousava ordenadamente em um canto. Teria que voltar ao banco e tirar mais dinheiro para ele. Na manhã de hoje, a ideia de que ele iria embora dali a pouco era profundamente deprimente, e agora aquilo mal parecia importar. Embarcara em uma aventura inesperada e perigosa e era possível que viesse a cair para além das bordas do mundo.

— Mais uma fatia? — perguntou Tracy, e Courtney olhou para ela inexpressivamente, de boca aberta.

Será que Tracy teria que extrair as adenoides da criança, será que aquilo ainda era feito? Não era uma criança bonita, mas Tracy identificava-se com isso. Levou alguns segundos para que as palavras de Tracy atingissem o cérebro de Courtney (provavelmente seria uma boa ideia levá-la a um audiologista também), então balançou a cabeça, para cima e para baixo, e continuou balançando até Tracy dizer-lhe que parasse com aquilo. Seria ela um pouco idiota? "Retardada", mas não era mais permitido dizê-lo. O que isso importava, uma criança era uma criança.

Tracy estava tensa demais para comer. Apenas o álcool poderia dar conta do estado mental em que se encontrava, mas não queria que a criança a visse bebendo, provavelmente estivera na companhia de bêbados durante toda a sua breve vida, então, em vez disso, Tracy preparou uma sóbria xícara de chá e observou Courtney comendo, imaginando aulas particulares para fazê-la ficar mais rápida, muitas visitas ao Departamento de Otorrinolaringologia, um teste ocular (ela espremia um pouco os olhos), um bom corte de cabelo, seguido de uma escola cuidadosa e centrada na criança, talvez uma daquelas escolas meio hippies — Linda Pallister deveria conhecer algumas. Depois disso, quem sabe, poderia conseguir uma vaga em algum tipo de universidade politécnica, e Tracy estaria lá quando ela se formasse de toga e capelo, bebendo vinho branco barato com outros pais orgulhosos.

Parte do cérebro de Tracy ainda estava no ritmo do shopping Merrion Centre e não alcançara o giro bizarro que os eventos do dia haviam tomado. Essa parte atrasada do cérebro pareceu, subitamente, levantar--se e tomar nota. Que diabos está acontecendo? perguntou-se. Você está fazendo planos de longo prazo para viver fora da lei! “Sim”, disse Tracy à parte recalcitrante do cérebro. “É exatamente isso o que estou fazendo.” Era uma sequestradora. “Uma sequestradora de crianças.” Nunca pensara na origem do termo antes.

Como iria explicar a súbita aparição de uma criança em sua vida? Seria mais fácil se ambas desaparecessem, começassem de novo em um lugar onde ninguém as conhecesse (“Sou a sra. Waterhouse e esta é minha menininha, Courtney”). Mudar o nome de Courtney para algo mais classe média — Emily ou Lucy. Estabelecer novas raízes no interior, talvez, em Dales ou nos Lagos. Elas podiam muito bem viver com a aposentadoria de polícia de Tracy. A menina podia frequentar uma pequena escola primária da cidade e Tracy podia comprar algumas galinhas, plantar uns legumes, cozinhar refeições nutritivas. Imaginou-se na festa anual da cidade, pintando os rostos das crianças, assando bolinhos (“Oh, Tracy é uma mãe maravilhosa, não é?”). Claro que nunca assara um bolinho em toda a sua vida, mas todo mundo começava de algum lugar.

Correr para as montanhas. Ou para os Dales, para os Lagos. Que ótimo que tinha aquele chalé do National Trust reservado para sexta-feira, não podia ter se programado melhor mesmo se soubesse de antemão que sua vida iria virar de cabeça para baixo. Um espaço para respirar. Tempo para pensar. Raposas em um buraco, escondendo-se dos cães de caça. Apenas para o caso de alguém vir procurá-las antes que pudessem fugir em definitivo. Alguém como Kelly Cross, mudando de ideia sobre a venda recente. Caveat emptor. O risco é do comprador. E depois daquilo, ficar ou correr? Lutar ou fugir. Começar uma nova vida (“Imogen Brown e sua menininha, Lucy") ou tentar seguir com a vida antiga (Tracy machona e a criança sequestrada), arriscar ser descoberta e sofrer as consequências?

Ela também teria que mudar o próprio nome, nunca gostara de Tracy. Imogen ou Isobel, algo feminino e romântico. Supunha que não se parecia com uma Imogen. Imogens eram garotas de classe média das Home Counties, com longos cabelos louros e mães vagamente boêmias. Seu sobrenome também teria que mudar, algo simples, que não chamasse a atenção. "Imogen Brown e sua menininha, Lucy", andando de mãos dadas, e a menina com um futuro limpo e imaculado pela frente. Ela se vingaria por todas as outras crianças perdidas. Um filhote de pássaro caído que voltara ao ninho.

Seria ela muito velha para se passar por mãe? Uma fertilização *in vitro*, seguida por uma viuvez súbita e precoce, responderia a muitas perguntas. Novos nomes, novas identidades, seria como entrar em um programa de proteção a testemunhas. A única coisa estranha era que Courtney não mencionara sua mãe. Nenhum "Cadê a mamãe?", ou "Quero minha mamãe". Absolutamente nenhum sinal de que sentia falta de alguém. Seria ela uma coisa descartável, ou algo precioso que fora roubado?

— Courtney — disse ela com hesitação —, onde você acha que sua mamãe está agora?

Courtney deu de ombros de forma extravagante e começou a comer outro pedaço antes de declarar:

— Não tenho uma mamãe.

(Mesmo? Aquilo era uma boa notícia. Pelo menos para Tracy.)

— Bem, agora você tem — disse Tracy. A criança ergueu a cabeça e olhou fixamente para Tracy antes de passar os olhos com desconfiança pela cozinha.

— Onde?

Tracy pôs a mão no peito e disse, bem heroicamente:

— Aqui. Eu serei sua mamãe.

— Mesmo? — disse Courtney desconfiada.

Ela deveria estar, pensou Tracy. A quem ela estava enganando? (Palavra que rima com "sequestrando".)

— Último pedaço?

Courtney pôs o dedão para baixo, uma pequena imperatriz no Coliseu. Ela bocejou.

— Hora de ir para a cama — disse Tracy, tentando soar como se soubesse o que estava fazendo.

Deu um banho na criança sonolenta. Muita sujeira, mas nenhuma contusão, nenhum sinal óbvio de ferimento. Perninhas e bracinhos magrelos, saboneteiras magras que eram como asinhas protuberantes. Uma marca de nascença perceptível, tatuada por uma minúscula leitura equivocada do código genético, no antebraço da criança. A marca era uma mancha no formato da Índia, ou da África? A geografia nunca fora o forte de Tracy. "Algum sinal particular?" Um selo de posse estampado na pele para sempre. Um estigma. Talvez houvesse como removê-la. Tratamento com laser, quem sabe.

Courtney sentou-se passivamente enquanto Tracy a ensaboava e enxaguava, desfazia as trancinhas, lavava cuidadosamente o cabelo e depois a embalava em uma toalha para removê-la da água. Tracy não percebera como uma criança era pequena. Pequena e vulnerável. E pesada. Era como se responsabilizar por um vaso da dinastia Ming, aterrorizante e revigorante ao mesmo tempo. Graças a Deus, Courtney não era um bebê minúsculo, Tracy achava que não seria capaz de controlar os nervos.

A casa recém-adquirida por Tracy fora reformada pela última vez em algum ponto dos anos oitenta — estava longe de ser a última moda em decoração — e a suíte do banheiro era da cor de abacate lamacento, a cor do Shrek. Tracy assistira aos DVDs de Shrek sozinha. Se você tinha um filho, podia assistir desenho animado, ir ao teatrinho, visitar a Disneyland sem se sentir um perdedor patético. A visão do corpinho nu sentado no seu banheiro cor de ranho quase a comovera até as lágrimas. Surpreendera--se ao encontrar (quanto mais explicar) poços tão profundos de emoções primitivas por dentro da casca calcificada.

— Só um segundo, querida — disse ela pegando Courtney, que estava embalada na toalha e sentada no vaso sanitário.

Ela vasculhou o armário do banheiro e encontrou um par de tesourinhas de unha.

— Só vou arrumar você um pouquinho — disse ela, pegando um cacho do cabelo lambido da menina e cortando-o.

Parecia uma violação, mas era só cabelo, disse a si mesma.

Ajudou Courtney a vestir seus novos pijamas Gap e disse:

— É só cair na cama, querida.

E sentiu o coração comovido mais uma vez quando Courtney obedientemente se enrolou na cama, deitou de costas e puxou as cobertas até o queixo. Cristo, dava para mandar uma criancinha fazer qualquer coisa, era só falar e elas faziam. Horrível.

Tracy olhou ao redor com novos olhos e percebeu que o pequeno quarto extra com sua caminha ruim era irremediavelmente estéril e inóspito. Havia um terceiro quarto, mas estava cheio de caixas de papelão de sua própria mudança, bem como de lixo da casa de seus pais, que Tracy não tivera a energia ou o interesse de organizar: um amontoado de panos bordados, pratos lascados e fotografias de parentes não identificados. Por que tentar arrumar tudo aquilo se podia simplesmente pegar a tralha toda e jogá-la na caçada de uma instituição que recolhia donativos, como a Oxfam?

Deveria ter feito alguma coisa com os quartos antes de começar a trabalhar no andar de baixo. Tracy ficara satisfeita quando decorou a sala, tendo percorrido *The Worlds of Interiors* e *Houses & Gardens* por semanas a fio, mas, quando olhou em volta, percebeu que ela mais parecia um espaço público de uma grande rede de hotéis do que um ninho acolhedor. Seu próprio quarto fora decorado pelo dono anterior com um papel de parede estampado com grandes flores roxas de aparência vagamente obscena.

O pequeno quarto extra, com seu painel sem graça de madeira, parecia ter sido usado como um escritório. Venezianas de plástico continuavam penduradas na janela e um carpete bege barato recobria o chão. Tracy desejava ter pensado nisso antes, comprado cortinas alegres e um tapete bom e macio e pintado o quarto de agradáveis cores em tom pastel. Ou branco. Pura e imaculada, a cor dos cisnes e da cobertura dos bolos de aniversário. Uma mulher de visão teria antecipado o sequestro de uma criança.

Leite quente? Ou chocolate quente? Tracy estava tentando inventar uma infância que ela mesma nunca tivera, seus pais autocentrados tendo esperado que Tracy se criasse de alguma forma. Nunca haviam se interessado muito por ela e apenas quando morreram Tracy percebera que jamais se interessariam. Pais melhores (pais amorosos) e talvez ela tivesse sido diferente: confiante e popular, com a habilidade de levar o sexo oposto para a cama e para o amor, para que agora tivesse sua própria filha em vez de uma filha de segunda mão.

Chocolate quente, decidiu, sua própria ideia de um agrado. Quando voltou com uma caneca para cada uma, encontrou Courtney sentada na cama com o conteúdo de sua pequena mochila rosa espalhado sobre a colcha da Ikea. Ela parecia ter uma coleção de itens totêmicos, sua significância conhecida apenas por sua pequena proprietária:

O dedal de prata manchado
A moedinha chinesa com um buraco no meio
A bolsinha com a cara de um macaco sorridente
O globo de neve com um modelo grosseiro do Parlamento britânico feito de plástico
A conchinha em forma de bomba de chocolate
A conchinha em forma de chapéu chinês
Uma noz-moscada

— Que tesouro, querida! — disse Tracy.

A criança levantou os olhos de suas conchas e olhou inescrutavelmente para ela, e então, pela primeira vez desde que Tracy a comprara, Courtney sorriu. Um sorriso beatífico de raio de sol. Tracy sorriu de volta, uma bolha estourada de confusões misturadas — êxtase e agonia em igual e confusa medida dentro dela — crescendo no peito. Jesus. Como é que os pais conseguiam lidar com esse tipo de coisa todos os dias? Ela notou que tinha que segurar as lágrimas.

— Infelizmente, não tenho um livro de histórias — disse ela rapidamente.

A própria Tracy gostava de ler longos livros de Jackie Collins. Nunca teria contado isso a ninguém, eles eram como um vício secreto, um prazer inenarrável como a pornografia (ou a Disney). Nada apropriado para uma criança, então, em vez disso, inventou um conto de fadas sob medida que tratava de uma pobre princesa chamada Courtney, que tinha uma mãe malvada e foi resgatada por uma madrasta muito boa. Ela inseriu um monte de parafernálias míticas — rocas e anões — e quando o chinelinho de vidro estava sendo inserido no pezinho da princesa Courtney para ver se servia, a criança já estava dormindo.

Tracy beijou-a na bochecha com hesitação. A criança cheirava a sabonete e algodão novo. Tracy não se lembrava de ter beijado uma criança antes, e uma parte pequena e primitiva dela sentia que era como se tivesse trespassado, violado alguma lei natural. Ela meio que esperava que algo grandioso fosse acontecer — que o céu fosse abrir como um ovo quebrado ou que um anjo fosse aparecer — e quando nenhuma dessas coisas ocorreu, Tracy deu um suspiro de alívio. Sentiu que havia conquistado alguma coisa, embora não tivesse certeza do quê.

Quando voltou para baixo, a secretária eletrônica estava piscando, embora não tivesse ouvido o telefone tocar. Colocou a mensagem para tocar, preocupada com que pudesse estar denunciando seu passo em falso. "Você pode confirmar que está escondendo uma criança que pertence a outra pessoa?" Crianças eram possessões, as pessoas não gostavam quando tinham suas coisas roubadas. Há anos vinha sendo o trabalho dela impedir que isso acontecesse. Dormir, comer, proteger, em modo contínuo.

Ficou aliviada ao saber que era um recado de Linda Pallister, embora o motivo pelo qual Linda estivesse entrando em contato de forma inesperada fosse um mistério. Havia algo de assustador sobre o modo como Tracy vinha pensando em procurar Linda e agora Linda a procurara. Quando Linda Pallister telefonara para ela em casa? Nunca, pelo que Tracy se lembrava. A mensagem dela era ainda mais perturbadora.

"Tracy? Tracy? Não sei para quem posso telefonar. Tenho que conversar com você. Acho que estou... correndo perigo."

Como Linda Pallister poderia estar correndo perigo? E o que isso teria a ver com Tracy? Houve um longo silêncio e então Linda retomou a fala, pouco mais do que um murmúrio.

"Trata-se de Carol Braithwaite. Você se lembra de Carol Braithwaite, Tracy? Uma pessoa tem me perguntado sobre ela. Ligue para mim quando pegar esta mensagem, certo? Por favor."

Carol Braithwaite? Tracy ficou perplexa. Depois de todos esses anos? Linda Pallister estava telefonando para falar sobre *Carol Braithwaite*? Tracy colocara Carol Braithwaite em uma caixa, colocara a caixa em uma estante no fundo de um armário, fechara a porta do armário e não a abrira havia mais de trinta anos. E aqui estava Linda Pallister querendo conversar sobre ela. Linda Pallister, o sepulcro caiado. Linda Pallister que fizera uma criancinha desaparecer completamente. Puf.

O passado era o passado, Tracy autoaconselhou-se, e o passado estava morto ou perdido, mas o presente estava vivo e passando bem e dormindo no quarto dos fundos. Por outro lado... se ela retornasse a ligação de Linda, poderia casualmente mencionar outro assunto ao longo da conversa. "Kelly Cross, Linda, você sabe se todas as crianças dela estão no sistema?" Mas quando discou o número de Linda, ninguém atendeu. Tracy ficou aliviada, tinha problemas suficientes sem ter de carregar os fardos de Linda Pallister. Mas ainda assim... Carol Braithwaite. Tracy não pensava nisso há muito tempo. Aquele dia horrível. Aquela pobre criancinha.

Tirou uma lata de cerveja do congelador, abriu-a e discou o número de seu ex-colega, Barry Crawford. Ele parecia irritado ao telefone, mas aquele era seu estado normal.

— Só queria saber se você cruzou com Kelly Cross recentemente, Barry?

— O quê, aquela criatura encrenqueira? Não, estou situado bem longe na cadeia alimentar para cruzar com um comedor de carniça como ela. Por quê? Você não está sentindo falta da rua, está?

— Não, não, não é nada. Não houve nenhum registro recente de criança desaparecida, houve?

— Crianças? Posso perguntar por aí. Não sei se você está gagá demais para lembrar, mas você se aposentou há alguns meses.

— Sim, sim.

Barry retornou a ligação quase que imediatamente. Nada de nada, nenhum pintinho caído de nenhum ninho. Ela ouviu o som de uma sirene ao fundo e conversas de policiais semiaudíveis. Um inferno, mas ela sentia falta.

— Onde você está?

— Na van de emergências. Mulher encontrada morta em uma caçamba de entulho na região de Mabgate — disse Barry. — Uma profissional.

— Ei, todas nós somos profissionais, Barry. O que você está fazendo aí?

— Só dando uma olhada. Calhei de estar de plantão e peguei o caso.

— Quem é o policial responsável?

— Designei Andy Miller para o caso — disse Barry. — Você não o conhece. Formou-se bem rápido. Muito brilhante.

Barry não era nada brilhante. *Jurássico.* Como Tracy. Educado na escola da porrada antes de se formar na universidade da vida.

— Tenho uma menina nova, uma das suas, acho — disse ele. — Veio do Departamento de Drogas e Crime Organizado. Gemma alguma coisa.

— Gemma Holroyd. Ela virou inspetora uns dois meses atrás. Por que você não a designa como policial responsável? Seria a primeira vez dela.

— Uma virgem? Não, muito obrigado.

— Ela é boa e não é uma menina, Barry. Elas são chamadas de mulheres.

— Achei que ela fosse lésbica.

— Bem, elas também são mulheres.

Por que ela se importava? Barry era tão conservador quanto uma pessoa podia ser, e iria se aposentar e morrer daquele jeito, totalmente descompassado com o modo como as coisas funcionavam hoje em dia. Dava para colocá-lo nos anos setenta. Ele teria se encaixado perfeitamente. Gene Hunt sem o carisma. Jack Regan sem a rígida bússola moral.

— Então, em quem você está pensando? — perguntou Tracy. — Um cliente, presumo?

— Quem mais?

Barry provavelmente acreditava que as prostitutas faziam por merecer. Na verdade, ela sabia que ele pensava assim. "Prostitutas", era o que Barry sempre dizia, era impossível fazê-lo parar de falar assim, não importava o que se dissesse para ele. ("Correção política? Com profissionais? Por favor.")

Tracy teve uma recordação súbita e inesperada da tarefa interminável e ingrata de indexar fichas durante a investigação Ripper. A polícia botou gente para anotar placas de carros no bairro da prostituição, localizando alguns que apareciam regularmente, três vezes em Bradford, Leeds e Manchester. Sutcliffe era um desses, claro — interrogado nove vezes e descartado como suspeito. Tantos erros. Tracy ainda era ingênua, não fazia ideia de quantos homens usavam prostitutas, milhares deles de todas as áreas da vida. Ela mal podia acreditar. Jogo, bebida e prostituição — os três pilares da civilização ocidental.

Tracy ainda se lembrava da primeira vez que vira uma prostituta. Tinha 12 anos e estava no centro de Leeds em um sábado, com uma colega de escola, Pauline Barratt. Um hambúrguer em Wimpy era o cúmulo da sofisticação para elas e a aplicação clandestina de rímel Miners nos banheiros da Schofields dava uma sensação de pura audácia. Elas entraram em uma matinê de *O que terá acontecido a Baby Jane?* no velho cinema Odeon de Leeds e depois que saíram de lá, em uma rua lateral próxima da estação, surgindo da neblina insossa de um crepúsculo de inverno, aparecera uma mulher surpreendente. Estava encostada a uma porta, o cabelo no estilo Myra Hindley e uma saia curta que revelava a celulite das coxas, azuis de frio e de contusões. A sombra verde brilhante em suas pálpebras fez Tracy pensar em uma cobra.

— Prostituta! — sussurrou Pauline, e elas fugiram aterrorizadas.

Ela era a mulher menos atraente que Tracy jamais vira, aprofundando ainda mais o mistério sobre o que os meninos queriam com as meninas. Se ela pensasse em sua mãe, reprimida e convencional, em sua própria desinteressante pessoa de 12 anos, Tracy compreendia que não havia competição com a mulher de olhos verdes da noite.

— Não sentirei falta disso — disse Barry. — Ficar de pé no frio olhando para prostitutas mortas.

— De pé? Achei que você estivesse na van de emergências.

Barry suspirou pesadamente e disse, a respeito de nada em específico, ou pelo menos assim parecia a Tracy:

— O mundo agora está diferente, Trace.

— Sim. É um mundo melhor, Barry. O que está acontecendo, você está sofrendo de terror existencial pela primeira vez na vida?

Provavelmente era a coisa errada a se dizer para um homem que perdera um neto e cuja filha era um vegetal. ("Estado vegetativo persistente", corrigira Barbara.) Em algumas manhãs, Tracy acordava, especialmente se estivera bebendo cerveja, e se perguntava se ela mesma não estava em estado vegetativo persistente. Estagnada.

— Sinto falta dos bons e velhos tempos.

— Eles não eram bons, Barry. Eram um lixo.

"Os bons e velhos tempos." Ela teve uma súbita visão de madame Cookridge, morta no assento de veludo em *City Varieties*. Barry lembrava-se do nome dela, mas ela não lhe daria esse gostinho.

— Quanto tempo falta para você se aposentar, Barry?

Barry ficara na polícia ainda mais tempo do que Tracy.

— Duas semanas. Vou embarcar em um cruzeiro. Caribe. Ideia de Barbara. Deus sabe por quê. Aposto que você ficou feliz de sair, não, Trace?

— O papa é nazista? — Tracy forçou uma gargalhada. — Teria saído anos atrás se eu soubesse.

"Mentirosa", pensou consigo mesma.

— Você ouviu o que aconteceu com Rex Marshall? — perguntou Barry.

— Caiu morto no campo de golfe. Já foi tarde, aquele traste.

— Bem, ele não era um chefe ruim — disse Barry defensivamente.

— Talvez para você — disse Tracy.

— Então você não irá ao funeral no sábado?

— A não ser que você me pague... Barry? Tem outra coisa.

— Tem sempre outra coisa, Trace. Até que você morre, e então não tem mais nada. Claro que acontece de nem precisar estar morto para isso — disse ele melancolicamente.

— Linda Pallister deixou um recado na minha secretária eletrônica — disse Tracy.

— Linda Pallister? Aquela maluca?

Barry não conseguiu evitar a gargalhada. Aquela gargalhada transformou--se em um tremendo suspiro de insatisfação. Tracy sabia o que estava acontecendo com Barry: Linda Pallister fazia-o pensar em Chloe Pallister, Chloe Pallister fazia-o pensar em Amy, e pensar em Amy transportava-o a um lugar sombrio.

— Sobre o quê? — perguntou ele. — Sobre o que era o recado?

— Ela disse que estava correndo perigo. Mencionou o nome de Carol Braithwaite.

— Carol Braithwaite? — perguntou Barry, como se nunca tivesse ouvido esse nome antes. Barry era um péssimo mentiroso, sempre fora.

— Sim, Barry, Carol Braithwaite. O assassinato de Lovell Park. Você se lembra, não finja que não.

— Oh, *aquela* Carol Braithwaite — disse ele, com uma indiferença estudada. — O que tem ela?

— Não sei — respondeu Tracy. — Linda não disse. Tentei ligar de volta para ela, mas não houve resposta. Ela entrou em contato com você?

— Carol Braithwaite?

— Não, Barry — disse Tracy pacientemente —, a menos que ela tenha se levantado do túmulo. Linda *Pallister*, Linda telefonou para você?

— Não.

— Bem, se telefonar, tente descobrir o que está acontecendo, certo? Talvez ela confesse.

— Confessar? — perguntou ele.

— Sobre o que aconteceu com a criança.

Tracy não sabia por que estava fazendo aquilo. Tinha problemas maiores para resolver. E não tinha mais nada a ver com ela. Estava começando uma nova vida. *Estava saindo de casa.*

— Bem, enfim, valeu pela informação, Barry — disse ela, subitamente ríspida. — Vejo você por aí.

— Não se eu a vir primeiro, sua vaca.

— Estou de folga a partir de sexta-feira, na verdade.

— Bem, não se esqueça de estar de volta para a minha festa de despedida.

— Que festa de despedida?

— Haha. Cai fora.

O dia de hoje não terminaria nunca? Aparentemente não.

Pouco antes da meia-noite o telefone tocou. Quem ligava a essa hora? Problema, isso sim. Um espasmo de medo apoderou-se do coração de Tracy. Fora descoberta, alguém queria a criança de volta. Pensou naquela coisinha indefesa no quartinho de hóspedes e seu coração apertou-se ainda mais.

Tracy respirou fundo e pegou o gancho.

"Que seja a louca da Linda Pallister", rezou ela. Tracy ficou aliviada por ser apenas o interlocutor misterioso. Eles se ouviram mutuamente por mais ou menos um minuto. O silêncio era quase calmante.

— Não se eu a vir primeiro, sua vaca.

O mais próximo que ele chegava da afeição. O que aquilo tudo queria dizer? "Não houve nenhum registro recente de criança desaparecida, houve?" As crianças sempre impressionavam Tracy. Bem, elas impressionavam todo mundo, mas Tracy tinha um negócio com crianças. Começara em Lovell Park.

Carol Braithwaite não era um nome que Barry esperara ouvir de novo e aquela louca da Linda Pallister telefonara antes, gaguejando sobre estar correndo perigo. Ele não conversara com ela desde o funeral de Sam. Chloe fora madrinha de Amy. Ele não podia voltar àquele lugar, não podia pensar naquele dia, conduzindo-a pelo altar. Não devia tê-la entregue, devia tê-la segurado. Mantido em segurança.

— Sr. Crawford — dissera Linda. — Barry? Você se lembra de Lovell Park?

— Não, Linda — respondera Barry.— Não me lembro de nada.

— Alguém anda fazendo perguntas — dissera ela.

— Sempre há alguém fazendo perguntas — dissera Barry. — Porque nunca há respostas suficientes para todo mundo.

— Um detetive particular chamado Jackson veio me ver essa manhã — dissera Linda Pallister. — Ele estava fazendo perguntas sobre Carol Braithwaite. Não soube o que dizer.

— Eu continuaria de boca fechada, se fosse você — dissera Barry. — Você conseguiu mantê-la assim por trinta e cinco anos.

E agora Tracy resolvia ligar para ele, perguntando se Linda entrara em contato para falar de Carol Braithwaite. Ele mentira, é claro. O que era aquilo, pensou Barry, um galo cantando? "Levantado do túmulo", Tracy dissera. Um enorme galo. Um, dois, três.

Tracy costumava insistir no assunto Linda Pallister e Carol Braithwaite, argumentando que Linda fizera a criança "desaparecer". Na época, ele lhe dissera que estava falando bobagem. Mas é claro que estava certa, todo mundo sabia mais sobre Lovell Park do que deixava transparecer, todo mundo com exceção de Tracy. Ela fora como um cão de caça, tentando descobrir. Foi há muito tempo. Todos aqueles caras, Walter Eastman do DCS, Ray Strickland, Rex Marshall, Len Lomax, uma lei para eles, uma lei para todos os demais. Eastman estava morto há muito tempo e agora Rex Marshall também jogara sua última partida de golfe, deitado em alguma funerária com as artérias cheias de entulho como velhos canos de chumbo. Caindo como pinos de boliche. Restavam apenas Strickland e Lomax. E Barry. Quem seria o último homem a cair?

Barry deveria ter dito alguma coisa, feito alguma coisa, mas, na época, uma prostituta morta não parecera demasiado importante em uma perspectiva mais ampla. Quando você ficava mais velho percebia que cada pequena coisa contava. Especialmente os mortos.

Ele levantou o colarinho para se proteger do frio. Todo o calor do dia desaparecera. Por que os homens de sua idade não usavam mais chapéus? Quando aquilo parara? Seu pai usava uma boina. *Tweed*. Ele mesmo gostaria de ter uma, mas Barbara não deixava. Ela controlava seu guarda-roupa. Ele preferiria estar ali no frio olhando para o corpo de alguma prostituta morta em um contêiner a ficar em casa com sua esposa. Barbara sentava-se no sofá, toda empertigada e correta, assistindo a alguma porcaria na televisão, fervendo silenciosamente sob a maquiagem. Ela passara trinta anos tentando mudá-lo, não iria desistir do desafio agora. Tentar melhorar um homem era o trabalho da mulher. O trabalho do homem era resistir à melhora. Era assim que o mundo funcionava, funcionara e funcionaria.

Antes, antes de seu neto morrer, antes que Amy, sua adorável filha, fosse reduzida a um casco vazio, não prestara atenção no estado de seu relacionamento com Barbara. Era um casamento tradicional e antiquado, com todas as características típicas: ele saía para o trabalho, Barbara ficava em casa e cochilava. Ele passou metade da vida de castigo na casinha do cachorro devido a uma ou outra contravenção doméstica. Não o incomodava, simplesmente ia para o bar.

Depois do acidente, nada mais tinha sentido. Toda a esperança desaparecera. Mas ainda assim ele prosseguia, um pé depois do outro. Sr. Arrastado, o policial. Fazendo seu trabalho. Porque quando parasse, teria que ficar em casa com Barbara todos os dias. Encarar a futilidade de tudo. Maldito cruzeiro pelo Caribe, como se aquilo fosse melhorar as coisas.

— Chefe?

— Sim?

— O pessoal na cena do crime está dizendo que podemos transportar o corpo.

— O caso não é meu, cara, converse com o investigador Miller. Sou apenas um espectador inocente.

Dez horas. Uma longa e solitária noite estendia-se a sua frente.

Jackson pensou em ligar para Julia, o último recurso do insone, uma mulher que abominava o vácuo de um silêncio. Ela podia fazer qualquer um dormir, botar os carneirinhos para trabalhar e a cuca para correr. Então ele se lembrou de como ficara irritada da última vez que telefonara tarde da noite ("Tenho de estar no set às seis. É importante?") e decidiu não se arriscar a sofrer com a indignação dela.

O tédio fez com que lesse o folheto de informações do hotel do começo ao fim, as rotas de fuga de incêndio atrás da porta, uma cópia da *Yorkshire Life*, qualquer coisa na qual conseguisse colocar as mãos. Considerou e rejeitou a ideia de jogar um jogo idiota em seu telefone e acabou sendo levado a procurar uma Bíblia nas gavetas do criado-mudo, mas ao encontrar uma percebeu que ainda não estava tão desesperado. Uma nota em um post-it amarelo caiu de dentro da Bíblia. A lápis, alguém escrevera: "O tesouro aqui é você." Jackson colou o post-it na testa e morreu de tédio.

Ele voltou do mundo dos mortos dez minutos depois, um Lázaro trazido para a vida pela lambida de um redentor canino. O cão parecia preocupado. Um cão podia parecer preocupado? Jackson bocejou. O cão bocejou. A vida tinha que ser melhor do que aquilo. Ele dobrou o post-it e colocou-o em sua carteira, para o caso de morrer e as pessoas que o encontrassem duvidarem de seu valor real.

— Bem, o sol já se pôs faz tempo — disse. — É hora de atacar o minibar.

Ele costumava falar em voz alta? Antes de ter o cão? Tinha certeza de que não. *Ergo,* como Julia teria dito, estava conversando com o cão. Era um mau sinal? O cão olhou para ele como se estivesse interessado no que estava dizendo. Jackson suspeitava estar atribuindo emoções ao cão que ele não estava verdadeiramente sentindo.

Entornou uma microgarrafinha de uísque e procurou por outra. Leeds era famosa por sua vida noturna, pensou Jackson, por que não experimentá-la? Só porque estava em seus anos dourados não queria dizer que não podia dançar um pouco, fazer contato com sua juventude prateada interior. Certamente melhor do que ficar em um quarto de hotel conversando com um cão.

A irmã dele saía para dançar em Leeds nas noites de sábado com as amigas. Ainda era capaz de se lembrar das noites de sábado. Francis engolindo o jantar às pressas para poder sair, beber e pegar garotas e Niamh em uma nuvem de laquê e perfume, com medo de perder o ônibus. Ela sempre voltava para casa no último ônibus. Até o dia em que não voltou mais.

Depois disso, antes de Peter Sutcliffe ser preso e confessar, quando ele ainda era o estripador sem nome e possuía um grande catálogo negro de assassinatos em seu nome, Jackson às vezes se perguntava se não era possível que Niamh tivesse sido capturada por seu olhar maligno. Ele só fez sua primeira vítima em 1975, mas começara a atacar mulheres antes disso. Em 1969, já fora encontrado com um martelo e acusado de "estar equipado para roubar", e apenas retrospectivamente era possível ver para que servia o martelo. Manchester, Keighley, Huddersfield, Halifax, Leeds, Bradford eram seu território de caça, a uma curta distância da cidade de

Jackson. Niamh fora estrangulada; como regra, as vítimas de Sutcliffe eram golpeadas na cabeça e esfaqueadas. Mas quem pode saber dos erros que um homem cometia quando ainda era inexperiente no trabalho?

Por que homens matavam mulheres? Depois de todos esses anos Jackson ainda não sabia a resposta para essa pergunta. Não tinha certeza de que gostaria de saber.

Tomou um banho rápido e tentou se ajeitar antes de levar o cão para fazer a toalete da noite, passando por todo o processo de convencimento com a mochila de novo. Pensou em comprar uma coisa menor, uma mochila do tamanho de um terrier, tinha certeza de que a Paws for Thought venderia algo assim. Tentara enfiar o cão dentro da jaqueta, mas parecia estar grávido. Nunca um bom visual. Pelo menos não em um homem.

Jackson sentiu-se mal com o fumegante rastro marrom deixado pelo cão e teve de tirar um jornal velho de um cesto para embrulhá-lo. Esse não era um problema com o qual se preocupara antes em sua vida, e agora percebia que teria de comprar alguma coisa para remover cocô. Era a primeira verdadeira desvantagem de ter um cão que encontrara.

Reconduziu o cão até o quarto e deixou-o deitado como uma esfinge na cama, observando-o tristemente. Jackson sentiu um olhar de abandono trágico pesando sobre ele enquanto tomava o elevador, passava pela recepção e chegava à rua. Talvez devesse ter deixado a televisão ligada.

Quando chegou à rua, percebeu que estava morrendo de fome. Não comera nada depois de um café e um sanduíche no café da abadia Kirkstall bem mais cedo. Saiu em busca de comida e terminou em um restaurante italiano que parecia um jardim, onde bebeu meia garrafa de Chianti e comeu uma indiferente tigela de massa antes de sair para procurar as luzes brilhantes. Depois disso, tudo ficou um pouco borrado. Infelizmente.

Ela acordou no escuro, sem fazer ideia de quanto tempo dormira. Pensou que estivesse de volta a sua casa, em sua velha cama. Precisou de um bom tempo para lembrar que estava no chalé Bluebell. Tilly sentia falta do barulho de Londres, precisava daquilo para dormir. Aqui era escuro. Escuro demais. Escuro e silencioso. Antinatural.

Tilly sentou-se na cama e prestou atenção, mas o silêncio era profundo.

Às vezes, quando prestava atenção no meio da noite, ouvia todo tipo de rangidos e guinchos e gritos, como se uma misteriosa fauna selvagem estivesse saltitando ao redor do chalé. Ocasionalmente, era acordada por um lamento estridente terrível, que suspeitava pertencer a alguma pequena criatura atacada por uma raposa. Sempre imaginava as raposas vestidas com casacos e calças justas, um chapéu com uma pena. Um legado, ela supunha, de algum livro de sua infância. Quando criança, vira em algum lugar um diorama de coelhos vestidos como humanos. Veados de vestido e pelica, alces vestidos como dândis e cavalheiros, um quarteto musical completo, com instrumentos em miniatura. Coelhos posando de criados com touquinhas de pano, aventais. Uma fila desoladora de bebês-coelhos deitados na cama, dormindo eternamente. Era repulsivo e fascinante ao mesmo tempo e aquilo assombrou a imaginação de Tilly por muitos anos.

Mas essa noite não havia coelhos dançantes ou quadrilhas de ratos, a astuta sra. Raposa não estava seduzindo as galinhas, havia somente um silêncio tão profundo e escuro que era como os sons de outra dimensão, mais do que a ausência de ruídos.

Tilly levantou-se da cama desajeitadamente, dirigiu-se à janela aberta. Ao abrir a cortina, ficou surpresa de ver uma vela queimando na janela de um quarto no chalé do outro lado. Lembrou-se do hino religioso que dizia: "Jesus deseja que brilhemos com uma luz pura e clara." Alguém fazendo vigília ou mandando um sinal? Dormindo tarde ou acordando cedo? A vela parecia ter um significado para além de si mesma, mas ela não podia imaginar qual era. "Como uma pequena vela queimando na noite."

Então, a mão invisível ergueu o castiçal e retirou-o da janela. Sombras ardiam e pairavam na parede e o quarto caiu novamente na escuridão.

De repente, estava acordada de novo. Estivera correndo atrás de uma menininha, correndo e correndo por corredores sem fim, subindo e descendo escadas, mas não conseguia alcançá-la. Então *ela* era a menininha e estava segurando a pata de um coelho pequeno. Estavam correndo como se a vida deles dependesse disso, mão e pata dadas, enquanto eram perseguidos por um bacalhau gigante. O bacalhau nadava pelo ar, sinuoso e poderoso, chicoteando o corpo prateado pelas esquinas. Ridículo, levava a gente a pensar de onde vinham os sonhos. O coelho soltou um grito terrível quando os grandes e feios lábios do bacalhau abocanharam seu rabo. O coelho era seu bebê, pelo que entendia. Aquele que perdera havia tantos anos. Acordou quando ouviu uma voz dizer: "Alguém deveria fazer alguma coisa, Matilda." Era o bacalhau que havia falado? Era um sotaque bem afetado, não dava para imaginar um bacalhau falando com um sotaque afetado. Bem, é claro que tampouco dava para imaginar um bacalhau falando. Apenas quando estava adormecendo novamente Tilly percebeu se tratar da voz de sua velha professora de teatro, Franny Anderson.

Tracy tirou as trufas vienenses da bolsa. Foi em outra vida que as comprara na Thornton's. Uma vida diferente. Antes de Courtney. AC.

Ligou a televisão. As trufas haviam derretido e se fundido umas às outras. Mas tinham o mesmo gosto, se você não olhasse para elas. *Britain's Got Talent* terminara há muito tempo. Procurou um filme nos canais a cabo e a única coisa assistível que encontrou foi um episódio antigo de Elf. Ela o gravou no Sky Plus para Courtney. Apertar o botão vermelho de gravação parecia significar um compromisso com o futuro. Não que elas fossem ficar ali para assistir, mas a intenção era o que contava.

Se a vida de Carol Braithwaite não tivesse sido interrompida tão abruptamente, poderia estar sentada no sofá agora, com os pés para cima, taça e cigarro na mão, zapeando mais de seiscentos canais e não encontrando nada que valesse a pena assistir. Nos anos anteriores, provavelmente não teria vivido uma vida de grandes consequências, mas, até aí, quem vivia? Mas ela desaparecera muito tempo atrás. Era possível imaginar que desaparecera para sempre, mas o nome dela permanecera, pelo que parecia. A porta do armário estava aberta, a caixa estava fora da prateleira, a tampa estava aberta. Por que Linda Pallister queria conversar com ela sobre Carol Braithwaite?

Linda trabalhara na Assistência a Crianças a vida toda, devia ter visto o pior que as pessoas podiam fazer. Tracy vira o pior, e mais. Sentia-se suja por tudo o que testemunhara. Imundície, pura e simples. Clubes de massagem e de striptease na extremidade boa e, na outra extremidade, DVDs pesados de pessoas fazendo coisas repugnantes umas com as outras. As coisas inclassificáveis que mexiam com suas sinapses, tamanha a depravação. Jovens garotas comercializando a alma junto com o corpo, saunas e bordéis baratos nos porões, sordidez para além da imaginação, garotas viciadas em crack que faziam qualquer coisa por dez libras. Qualquer coisa. Prender garotas com mandados judiciais e assistir enquanto voltavam direto para as ruas; garotas estrangeiras que pensavam ter vindo trabalhar como garçonetes e babás e viam-se trancadas em quartos sórdidos, servindo um homem após o outro o dia todo; estudantes trabalhando em "clubes de cavalheiros" (rá!) para pagar as mensalidades. Discurso livre, benfeitores liberais, os direitos do indivíduo, "desde que não prejudicasse mais ninguém". Blá-blá-blá. Era nisso que dava. Roma sob o comando de Nero.

Não havia fim para o mal. O que se podia fazer? Era possível começar com uma criança pequena.

1974 : véspera de Ano-Novo

Um jantar dançante de gala no Metropole. Era em benefício de alguma instituição de caridade para crianças, doentes ou surdas ou cegas. Ray Strickland não reparara bem, sabia apenas que era caro.

— A caridade começa em casa — dissera Margaret, sua esposa.

Ray não estava totalmente certo de saber o que aquilo significava. Sua esposa era uma pessoa boa.

— Filha dos mansos — dissera ela. — Fui criada para acreditar que você tem o dever de ajudar os menos afortunados.

— Ou seja, eu — brincara Ray.

Margaret era originalmente de Aberdeen. Eles haviam se conhecido em uma noite dez anos atrás, no pronto-socorro, quando Ray ainda usava o uniforme de polícia e entrevistava um bêbado que se envolvera em uma briga. Ela viera a Leeds fazer o treinamento de enfermeira na St. James, querendo "ver a Inglaterra". Ray lhe disse que a Inglaterra ia além de Leeds, apesar de, na época, ele mesmo não ter ido muito além de Manchester. Antes de conhecê-lo, Margaret nutrira planos de tornar-se uma missionária em algum canto longínquo e escuro do mundo. Então ficaram noivos e foi isso, ele se tornou a missão dela, seu próprio canto escuro no mundo.

Quando estavam namorando, ele costumava encontrá-la ao fim de seu turno e eles atravessavam a estrada em direção à velha Cemetery Tavern, onde bebiam alguma coisa. Já fazia muito tempo que isso não acontecia. Meia garrafa de cerveja Tetley's Mild para Ray, cerveja frutada de limão para Margaret, coisa ousada para ela na época — fora criada na abstinência. Ray também, claro, um cristão protestante de West Yorkshire, que quando jovem fizera o juramento e tudo o mais. A promessa havia sido quebrada muito tempo atrás.

Em outra vida, Margaret teria sido santa ou mártir. Não no mau sentido, não no sentido em que os outros homens que conhecia falavam da própria esposa. "Acha-se uma maldita santa, ela." Ou: "ela é uma mártir do serviço doméstico." Ray valorizava a bondade dela. Esperava que, de alguma forma, aquilo fosse transmitido para ele. Ele chegava ao fim de cada dia sentindo-se como se tivesse falhado.

— Não seja tonto — dizia Margaret. — Você faz do mundo um lugar melhor, mesmo que só um pouquinho.

Ela depositava pouca fé nele. Ray vivia a vida em um estado de culpa, todo dia esperando ser descoberto. Nem tinha certeza do que fizera.

Procurou Margaret pelo salão e não a encontrou.

Figurões. Magistrados, homens de negócios, advogados, vereadores, médicos, policiais, muitos policiais. Os bons e os justos reunidos para dizer adeus ao ano velho. O ar estava pastoso — charutos, cigarros, álcool, perfume, tudo misturado com o cheiro das sobras do bufê. Coquetel de frutos do mar, pratos de presunto e frango e ovos ao curry, salada de batata, tigelas de pavê. Aquilo o estava deixando enjoado. Seu chefe, Walter Eastman, continuava lhe oferecendo grandes quantidades de malte. Todos eles eram bebedores pesados — Eastman, Rex Marshall, Len Lomax.

— Você é dos nossos, cara — disse Eastman. — Então beba como um dos nossos.

Ray não sabia ao certo quem eram os "nossos". Maçons, polícíais, membros do clube de golfe? Talvez ele simplesmente quisesse dizer homens, em oposição às mulheres.

— Você está em uma trajetória ascendente, Strickland — disse Eastman. — Agora você é um detetive, mas, quando menos esperar, será um inspetor.

Havia uma porção de figurões no salão, claro. E era por isso que Ray, embaraçado por usar aquele traje de pinguim que tivera que comprar na Moss Bros, estava ali. Eastman o convencera a comprar os convites.

— Vai ser bom para você, rapaz, você ficará ombro a ombro com os caras mais velhos e graduados da corporação.

Eastman. Ele era o protegido de Eastman.

— Isso é uma coisa boa — dizia Margaret. — Não é?

As mulheres primorosamente vestidas, cetim e brilhantes — persuadindo maridos e noivos a adentrar a pista de dança, coisa que eles faziam relutantemente, executando passos de foxtrote ineptos e tropeçando nos *quicksteps*, desesperados para voltar para os seus cigarros e bebidas. Eastman tinha orgulho de sua valsa, tinha pés leves para um cara tão pesado. Insistira em levar Margaret para uma incursão pela pista de dança.

— Sua esposa é uma boa mulher — disse ele.

— Eu sei.

Ray seguiu o olhar de Eastman e vislumbrou Margaret do outro lado do salão. Ela estava usando seu vestido de renda azul-escuro e seus cabelos macios estavam arrumados em cachos que não se moviam. Tinha 30 anos, mas os anos sessenta nunca passaram por ela. Tinha uma aparência bastante recatada em comparação com os decotes em exibição, lobas disfarçadas de gatinhas. Margaret era o oposto, gatinha vestida de loba. Ray admirava a modéstia em uma mulher. Sua mãe era a esposa ideal, mas jamais teria se casado com alguém tão instável quanto Ray. Não ter o pé no chão, esse era o problema dele.

— Pare de se colocar para baixo, Ray — dizia Margaret, acariciando as costas geladas e tensas do marido na enorme e árida cama de casal que partilhavam.

Ela estava sentada em uma mesa com Kitty Winfield, a cabeça deles bem próxima uma da outra como se estivessem compartilhando segredos. Formavam um par estranho. Kitty Winfield, vestida de veludo negro, pérolas em torno do pescoço, cabelo longo esculpido em um penteado sofisticado. A única mulher no salão que sabia que menos era mais. Todos cientes de que fora modelo. Kitty Gillespie, como era então conhecida. Todos presumiam que tinha um passado picante, namorara pessoas famosas, saíra nos jornais, fora uma das primeiras a usar minissaia, mas agora era pura classe. As mulheres queriam ser amigas dela, os homens admiravam-na acima de qualquer suspeita, quase que acima de qualquer luxúria. Se Margaret era uma santa, Kitty Winfield era uma deusa.

"Ela caminha na beleza", murmurou Eastman ao lado de Ray. Eastman era companheiro de golfe do marido de Kitty Winfield, Ian. Margaret trabalhava com Ian Winfield no hospital. Margaret parecia pertencer a outra espécie sentada ao lado de Kitty. Uma pomba desmazelada ao lado de um cisne.

— Kitty — disse Eastman. — Tão frágil.

Ray entendeu que aquele era um termo educado para neurótica.

Ray conhecia o laço que unia Margaret e Kitty Winfield. Fertilidade. Ou a falta dela. Kitty Winfield não podia conceber um bebê, Margaret não podia levar uma gestação a termo. Margaret sofrera três abortos espontâneos e tivera um natimorto prematuro. No ano anterior, os médicos lhe disseram que não podia mais tentar, havia algo de errado dentro dela. Chorara o caminho todo do hospital até em casa.

Ela passara anos tricotando coisinhas de renda em tons pastel.

— Tenho que ter alguma coisa pronta — dizia ela.

Armários cheios de roupas de bebês. Triste. Agora tricotava para "bebês da África". Ray não tinha certeza de que as criancinhas africanas gostariam de vestir lã, mas não dizia nada.

— Podemos adotar — dissera ele naquela última terrível volta para casa do hospital. Aquilo fez com que ela chorasse ainda mais.

Ele pediu licença para Eastman e atravessou o salão até chegar aonde Margaret e Kitty Winfield estavam sentadas. A tragédia daquilo era, naturalmente, que Margaret era enfermeira na ala infantil, passava o dia todo com os filhos de outras mulheres. E — isso também era uma ironia — o marido de Kitty Winfield era um médico de crianças. Pediatra em St. James.

Até recentemente, não haviam se misturado nos mesmos círculos sociais. Os Winfield faziam parte da turma dos coquetéis, mansão em Harrogate.

— Cosmopolitas — dissera Margaret.

— Palavra grande — dissera Ray.

Agora tudo era diferente. Margaret estava sempre "aparecendo" para ver Kitty Winfield.

— Ela entende o sentimento de não ser capaz de ter um bebê — dissera Margaret.

— Eu entendo — dissera Ray.

— Entende?

— Por que não adotamos? — Ray tentara novamente.

Margaret fora mais receptiva à ideia dessa vez. Uma enfermeira e um policial, frequentadores da igreja, totalmente saudáveis, certamente eles seriam o casal ideal aos olhos de uma agência de adoção, não é?

— Talvez — dissera Margaret.

— Não crianças africanas, por favor — pedira Ray. — Não é preciso ir tão longe.

Antes do Natal, haviam sido convidados para uma festa na casa dos Winfield em Harrogate. Margaret criara caso com a roupa que iria vestir, e no final decidira-se pelo vestido de renda azul-escuro de novo.

— Pelo amor de Deus — dissera Ray —, compre alguma coisa nova para si mesma!

— Mas ele está em perfeitas condições — dissera ela.

E então ele se surpreendera ao vê-la descer as escadas usando um vestido preto tomara que caia.

— Vestidinho preto — dissera ela. — Kitty me deu. Usamos o mesmo número.

Ninguém diria ao olhar para elas, não em um milhão de anos.

— Estou bonita? — perguntara ela, em dúvida.

Ele nunca a vira vestindo algo que lhe caísse pior do que o vestido de festa de Kitty Winfield.

— Uma graça — dissera ele. — Você está uma graça.

Ray sentiu-se intimidado pelos Winfield. Ian Winfield estava todo amistoso e cordial.

— Detetive, veio nos prender? — perguntou ele ao abrir a porta principal adornada por uma guirlanda, com uma taça cheia na mão.

— Por quê? Está envolvido em alguma confusão? — disse Ray.

Dificilmente uma réplica espirituosa, não?

Kitty Winfield alcançara-o sob o azevinho no corredor e ele corou quando ela o beijou. Foi delicado, na face, não como algumas mulheres que fazem parecer que você estava sendo beijado por um salmão, lábios e línguas — qualquer oportunidade para botar as mãos em um homem que não fosse seu marido. Kitty Winfield tinha o cheiro que Ray imaginava ser o das mulheres francesas. E estava bebendo champanhe. Ray nunca conhecera ninguém que bebesse champanhe.

— Não quer uma taça? — ofereceu ela, mas ele tomou um uisquinho a noite toda.

A casa dos Winfield em Harrogate não era um local apropriado para ficar bêbado e inconveniente. Nos últimos tempos, Margaret vinha tomando gosto por Dubonnet e gim.

— Só uma dosezinha.

A banda no Metropole terminou um chá-chá-chá dançado desordenadamente e um cantor subiu ao palco. A julgar por sua aparência, ele tinha sobrado da guerra. Se eles não tivessem cuidado, ele começaria a cantar "Danny Boy", mas ele surpreendeu Ray ao atacar "Seasons in the Sun", provocando alguma rebeldia na pista de dança.

— Dê-nos alguma coisa alegre — murmurou Len Lomax.

O sargento-detetive Len Lomax, um mulherengo bebedor. Um jogador de rúgbi. Um canalha. Amigo de Ray. Sua esposa, Alma, era uma megera teimosa, trabalhava como compradora para uma fábrica de roupas. Não tinham filhos, por escolha própria, gostavam demais de seu "estilo de vida". Alma era a única pessoa que Ray podia se lembrar da qual Margaret não gostava. Se Ray pensasse em seu próprio "estilo de vida" (o que quer que isso fosse), sentia um anel de ferro estreitar-se em sua testa.

— Ray! — disse Kitty Winfield quando ele avançou em direção a ela e Margaret. Ela sorriu como se ele fosse uma câmera.

— Desculpe, estou monopolizando sua esposa.

— Não, tudo bem — disse Ray desajeitadamente.

Ele acendeu o cigarro para ela, e estavam suficientemente próximos para ele sentir aquele perfume francês de novo. Perguntava-se o que seria aquilo. O cheiro de Margaret não ia além do sabonete.

Eles estavam na mesma mesa, os Winfield, os Eastman, Len e Alma Lomax e um vereador chamado Hargreaves que participava da comissão de transportes. Len Lomax inclinara-se por cima de Margaret e, em um tom de voz baixo, dissera para Ray:

— Você sabe que a mulher que está com Hargreaves não é a esposa dele?

Margaret fez questão de fingir que ele era invisível. A mulher em questão, que parecia velha para ser a amante fogosa de alguém, parecia envergonhada, com os olhos fixos em seu prato vazio.

— Ele é muito deselegante, seu amigo — disse Kitty Winfield para Ray em tom de reprovação, inalando o cigarro profundamente. — Senti pena daquela pobre mulher. E daí que eles não são casados? Estamos em 1975, e não na Idade das Trevas, pelo amor de Deus.

— Bem, tecnicamente ainda é 1974 — disse Ray, olhando para o relógio.

"Oh, céus, Ray", ele pensou consigo próprio. "Relaxe." Kitty Winfield transformava-o em um idiota.

Tudo sobre a mesa estava uma confusão agora, o tecido manchado de comida e vinho, pratos sujos que as garçonetes ainda estavam retirando. Um enorme camarão rosado enrolado como um embrião no prato. Aquilo fez o estômago dele revirar de novo.

— Você está bem? — perguntou Margaret. — Você está pálido.

— Chame um médico — disse Kitty Winfield rindo. — Você não o viu por aí, né? — perguntou ela a Ray.

— Quem? — Ele não tinha nem ideia de sobre quem ela estava falando.

— Meu marido. Não o vejo há décadas. Acho que vou atrás dele. Vocês dois deveriam dançar — disse ela, levando-se graciosamente das ruínas da mesa.

— Vamos? — disse Margaret, depois de Kitty Winfield desaparecer na multidão. — Dançar?

— Estou me sentindo um pouco enjoado, para ser sincero — admitiu ele. — Acho que bebi demais.

Então Eastman voltou e disse:

— Ray, há algumas pessoas às quais quero lhe apresentar.

Voltando-se para Margaret, ele disse:

— Você não se importa se eu pegar seu marido emprestado, não é?

— Desde que o traga de volta inteiro.

Ele foi ao banheiro masculino e em seguida perdeu-se por algum corredor. Não percebera o quão bêbado estava. Batia nas paredes como se estivesse em um navio navegando por um mar agitado. Teve que parar algumas vezes e recostar-se na parede, depois de ter caído no chão, tentando concentrar-se apenas em respirar. Zumbindo, tudo zumbia, ele se perguntava se alguém lhe dera um "boa noite, Cinderela". A equipe de garçons que transitava pelos corredores ignorava-o. Quando finalmente voltou para o salão, Margaret agarrou-o e disse:

— Aí está, achei que você tivesse sido sequestrado. Chegou bem na hora!

O cantor de antes estava fazendo a contagem regressiva:

— ... cinco, quatro, três, dois, um... Feliz Ano-Novo, pessoal!

O salão entrou em erupção. Margaret beijou-o e abraçou-o e disse:

— Feliz Ano-Novo, Ray.

A banda começou a tocar "Auld Lang Syne", ninguém conhecia a letra depois dos dois primeiros versos, com exceção de Margaret e um par de escoceses bêbados e loquazes. Então Eastman e alguns de seus amigos aproximaram-se e cumprimentaram-no, balançando sua mão para cima e para baixo.

— Um brinde a 1975! — disse Rex Marshall. — Que seus problemas sejam pequenos!

Com o canto dos olhos, Ray viu Margaret tremer. Sodomita estúpido.

Os homens todos beijaram Margaret e ele pôde observá-la tentando não desviar de seus hálitos fedidos. Os Winfield reapareceram, Kitty aparentemente conseguira encontrar o marido, embora estivesse com uma aparência de cansaço ainda pior que a de Ray. Houve mais apertos de mão e beijos, Kitty oferecendo sua adorável face pálida de um jeito que fez com que todos quisessem se comportar melhor. Mas não por muito tempo.

— Cavalheiros, ao bar! — gritou Len Lomax, estendendo o braço a sua frente como se estivesse prestes a conduzi-los à Carga da Brigada Ligeira.

Tanto Ray quanto Ian Winfield hesitaram, mas Kitty Winfield riu e disse:

— Oh, xô, vão lá, xô!

E empurrou seu marido na direção dos outros. Ela deu o braço para Margaret e disse:

— Vamos, Maggie, esses homens vão ficar aqui por um bom tempo. Vou chamar um táxi, dou uma carona para você.

— Boa ideia — disse Margaret afavelmente. — Divirta-se! — disse ela para Ray, dando-lhe um tapinha afetuoso na face.

— Os homens são todos iguais — ele ouviu Kitty Winfield murmurar enquanto as duas mulheres se afastavam.

Os homens não mereciam as mulheres.

— Não as merecemos — disse ele a Ian Winfield enquanto se encaminhavam para o bar.

— Oh, Deus, não — disse ele. — Elas são muito superiores a nós. Mas eu não gostaria de ser uma delas.

Ray teve que se esquivar e voltar ao banheiro, onde vomitou até o último pedacinho de camarão, frango e pavê. Eastman entrou animado, como um homem que tinha bastante pressa, e posicionou-se frente ao urinol.

Desabotoou as calças de forma expansiva, como se estivesse prestes a libertar alguma coisa que seria admirada.

— Mijando como um cavalo — disse ele com orgulho.

Abotoou as calças novamente, ignorou pia, sabão e água e, dando um tapinha nas costas de Ray, disse:

— Pronto para outra, rapaz?

Sabe Deus quanto tempo depois. O ano de 1975 já devorado, tempo perdido nunca reencontrado. De volta ao banheiro, inclinando-se contra uma cabine, tentando permanecer consciente. Perguntou-se se iria terminar no hospital com intoxicação alcoólica. Imaginou quão desapontada sua mãe ficaria se pudesse vê-lo agora.

De alguma forma, acabou na cozinha. A equipe da festa estava fazendo sua própria celebração. Eram todos estrangeiros, ele podia ouvir espanhol, levara Margaret a Benidorm no ano passado. Não haviam gostado muito.

Um homem vestido com roupas de chef botou fogo em uma bacia com álcool e a bacia toda tornou-se uma grande chama azul, etérea, como um sacrifício aos deuses antigos. Em seguida, o homem pegou uma concha e começou a erguê-la da bacia, deixando um traço de chama azul para trás. Ele repetiu o gesto várias e várias vezes, cada vez mais alto. Era hipnótico. Uma escadaria para o paraíso.

Ele caíra. Tivera um caso com uma moça do escritório — Anthea, um tipo moderno, sempre falando dos direitos das mulheres. Ela sabia o que desejava, isso ele tinha que reconhecer. Não queria nada dele além de sexo e era um alívio estar com alguém que não estava em luto permanente por um útero vazio.

— Divertido — dissera ela. — A vida tem que ser divertida, Ray.

Ele nunca pensara na vida daquela maneira antes.

Faziam sexo em todo e qualquer lugar, carros, florestas, vielas, o quarto de paredes finas do apartamento que ela dividia com uma amiga. Aquilo não tinha nada em comum com o que ele e Margaret faziam na cama, onde Ray sempre sentia estar lhe impondo uma indignidade enquanto ela tentava fingir que ele não estava. Anthea fazia coisas das quais Ray nunca nem ouvira falar. Foi um aprendizado, certamente. Len Lomax o acobertava o tempo todo. Mentir era tão fácil para Len quanto respirar. O aprendizado terminara agora, Anthea disse que não acreditava em relacionamentos a longo prazo, temia que ele ficasse "emocionalmente dependente" dela. Parte dele ficara aliviada para além da conta, vivia apavorado com a possibilidade de Margaret descobrir, mas outra parte sofria pela simplicidade daquilo tudo.

— Ah, a transa descomplicada — dissera Len com aprovação.

— Certo — dissera Ray, embora odiasse a crueza de tal palavra sendo aplicada a sua própria vida.

— Você é uma mulherzinha, Ray, sério — gargalhara Len.

Ray pensou que talvez tivesse desmaiado, porque no momento seguinte a equipe de cozinha estava brigando, gritando sabe Deus o quê uns para os outros. Um deles lançou uma panela enorme pela cozinha que fez um barulho incrível quando caiu.

Ele cambaleou para fora, de volta ao bar. Cruzou com Rex Marshall.

— Mas que droga, Strickland — disse Marshall —, você está com uma cara péssima! Vamos, beba alguma coisa.

Se acendesse um fósforo em si mesmo, pegaria fogo. Queimadura de chama azul. Descansou a cabeça no bar. Perguntou-se onde Len Lomax estava.

— Tenho que ir para casa — sussurrou ele quando Walter Eastman se aproximou. — Antes que eu morra. Chame um táxi para mim, por favor.

Eastman disse:

— Não gaste dinheiro com uma droga de táxi. Chame a polícia!

Gargalhadas ruidosas vindas do bar. Eastman usou o telefone no balcão do bar para fazer uma ligação e algum tempo depois — podem ter sido dez minutos, podem ter sido dez anos, Ray não tinha mais uma relação normal com o mundo — um jovem policial adentrou o bar e disse a Eastman:

— Senhor?

Aqueles eram os bons tempos.

— O que você está fazendo aqui? — disse Tracy.

— Trabalhando de chofer por hoje — disse Barry Crawford. — Eastman me pediu para buscar um detetive bêbado e levá-lo para casa.

— Você é um verdadeiro puxa-saco.

— Sim, bem, melhor do que ficar em casa com minha mãe assistindo à porcaria de Ano-Novo na televisão.

Ele estava reclinado casualmente contra o carro, fumando. Estava congelando lá fora. Ela deveria ter vestido um colete térmico. Toda vez que alguém saía do Metropole trazia um rastro de barulho e luz consigo.

— Aquilo é como uma orgia romana — disse Barry.

— Você acha?

Tracy se perguntou o que Barry saberia acerca de romanos ou orgias. Eles haviam feito o treinamento policial juntos e, naquela ocasião, ela percebera que ele era simultaneamente ambicioso e preguiçoso, então provavelmente se daria bem. Ele "curtia" uma garota chamada Barbara, uma moça picante que prendia os cabelos em um coque enorme e trabalhava em uma loja de cosméticos em Schofields, mas ele não tinha coragem de convidá-la para sair.

— E você? — disse Barry para Tracy.

— De plantão. Obviamente — respondeu ela, apontando para seu uniforme. — Fui chamada por causa de uma perturbação da ordem. Uma espécie de briga na cozinha. Acho que eles acabaram de descobrir que não estavam ganhando hora extra por trabalhar depois da meia-noite ou qualquer coisa assim.

Como Barry pusera as mãos em um carro de polícia? Tracy se inscrevera para fazer o curso de motorista e não ficara sabendo de nada.

— Você está sozinha? — ele perguntou a ela.

— Estou com Ken Arkwright. Ele está nos banheiros. Quem é esse detetive que você vai levar?

— Strickland.

— Falando no demônio, Barry, lá vem sua tarefa desta noite. Jesus, veja o estado dele. Você vai passar o primeiro dia de 1975 limpando vômito.

Ray Strickland estava sendo conduzido para fora do Metropole, apoiado por um par de homens corpulentos do Departamento de Investigações Criminais.

—Vá se danar! — disse Barry amigavelmente para Tracy, jogando o cigarro no chão e esmagando-o com o pé.

Ken Arkwright apareceu.

— Ei! — disse ele para Tracy — A Terceira Guerra Mundial está estourando lá dentro. Esses tipos mediterrâneos são uns descontrolados. Melhor a gente ir lá e instituir uma trégua antes que eles se matem.

— Bem — disse Tracy para Barry — fique aí trabalhando como taxista, Barry, porque nós vamos fazer um trabalho de polícia de verdade.

— Vá se ferrar.

— O mesmo para você! — disse ela alegremente. — Feliz Ano-Novo.

— Sim, feliz Ano-Novo, cara — disse Arkwright.

Quando Tracy olhou por sobre os ombros, viu o detetive Eastman reclinado na janela do motorista e ouviu-o dando o endereço de Strickland para Barry. Então, deu-lhe alguma coisa mais, Tracy não pôde ver o quê, dinheiro ou bebida provavelmente.

— Que pentelho — disse Arkwright.

— Barry Crawford?

— Não. Ray Strickland.

— Para casa, chefe? — disse Barry.

— Não — disse Ray.

— Não?

— Não. — Strickland inclinou-se para a frente e pronunciou com voz pastosa um endereço em Lovell Park, e Barry disse:

— Tem certeza?

— Claro que tenho certeza, droga!

Strickland recostou-se no banco do carro e fechou os olhos.

Quando chegaram a Lovell Park, ele quase caiu do carro. Barry viu-o caminhando cheio de vacilação até as portas da frente. Não havia como não torcer, pelo bem do pobre coitado, que os elevadores estivessem funcionando.

A meio caminho de seu destino, Strickland virou-se e ergueu meia garrafa de uísque em um gesto de triunfo.

— Feliz Ano-Novo! — gritou.

Seguiu tropeçando por mais alguns metros e então virou-se novamente e gritou, dessa vez mais alto:

— Qual é seu nome?

— Crawford — Barry gritou de volta. — Agente de polícia Barry Crawford. Feliz Ano-Novo, senhor.

PERIGO

Quinta-feira

Tracy foi acordada por um grito, um som incipiente no escuro. Meio em estado de coma, pensou que eram as raposas que visitavam o jardim na maioria das noites e cujo acasalamento soava como assassinato. Ouviu o grito de novo e precisou de vários segundos para se lembrar de que não estava sozinha em casa.

Courtney!

Saindo da cama, foi se arrastando cheia de sono até o quarto extra, onde encontrou a criança profundamente adormecida, respirando pesadamente, de boca aberta. Quando Tracy virou-se para sair, Courtney gritou de novo, um ruído rouco que parecia indicar estresse. Ela subitamente agitou um braço como se estivesse tentando se proteger de um ataque, mas no segundo seguinte estava tão completamente adormecida que poderia ser um cadáver. Tracy sentiu-se impelida a dar-lhe uma cutucada e ficou aliviada quando ela estremeceu, emitindo um gemido, como se fosse um cão sonhando.

Tracy sentou-se na cama, esperando para ver se a criança acordaria novamente. Não era de admirar que o sono de Courtney estivesse perturbado — ela não sabia onde estava, com quem estava. Tracy sentiu uma pontada de culpa por tê-la subtraído de seu hábitat, mas então relembrou a expressão assassina no rosto de Kelly Cross enquanto arrastava Courtney pelo Merrion Centre. Tracy vira muitas crianças vítimas de violência que assistentes sociais haviam mantido em famílias para as quais não se daria um cão. Famílias nem sempre eram lugares tão bacanas, especialmente para crianças.

Ela deve ter caído no sono, pois, da próxima vez que acordou, Tracy se viu desconfortavelmente esparramada ao pé da cama estreita, enquanto a luz do dia banhava as feias lascas de madeira. De Courtney não havia nem sinal, e Tracy viveu um inesperado momento de pânico, como se uma espécie de mão gigante tivesse agarrado seu coração. Talvez a mãe da criança, com toda a justiça, tivesse aparecido na calada da noite para roubá-la de volta. Ou talvez um estranho tivesse entrado pela janela e levado a menina. Se bem que quais eram as chances de uma criança ser abduzida duas vezes em vinte e quatro horas? Provavelmente não tantas quantas se imaginava.

Quando uma Tracy exausta entrou às cegas na cozinha, porém, encontrou a criança sentada à mesa, comendo estoicamente uma tigela de cereal seco.

— Você está aqui — disse Tracy.

Courtney olhou para ela rapidamente

— Estou — disse ela. — Estou aqui. — Voltou a encher a colher de cereal.

— Quer leite para acompanhar? — disse Tracy, apontando a tigela de cereal.

A criança assentiu de forma extravagante e continuou balançando a cabeça até que Tracy lhe disse para parar.

Tracy não sabia o que era mais perturbador, perder a menina ou encontrá-la.

Tracy dormira em uma camiseta gasta do Ursinho Pooh que mal alcançava o topo de suas imensas coxas, e pelos saíam de todos os lugares errados. Rapidamente, vestira um par de calças de moletom para completar o conjunto. Tinha uma aparência lúgubre, provavelmente não tão diferente assim de Kelly Cross nas primeiras horas da manhã, apenas muito maior. Ainda assim, poderia estar vestindo um saco de lixo e Courtney não teria percebido. Crianças não se interessavam pelo aspecto exterior. Havia algo definitivamente animador em estar com uma pessoa pequena que não a julgava.

Courtney, por outro lado, fizera um razoável esforço, vestindo-se com algumas das roupas novas compradas no dia anterior. Algumas delas estavam do avesso, mas ela entendera a ideia. Os esforços de Tracy em cortar os cabelos da menina na noite anterior não tinham sido inteiramente bem-sucedidos. À luz cruel do dia, a coisa toda parecia bem amadora. Ela terminara o cereal e olhava fixamente, como Oliver Twist, para a tigela vazia.

— Torrada? — ofereceu Tracy. A criança fez sinal de positivo.

Tracy cortou a torrada em triângulos e colocou-as sobre o prato. Se estivesse sozinha, teria lançado o pão em um pedaço de papel-toalha e pronto. Era diferente ter alguém para quem fazer as coisas. Tornava você uma pessoa mais cuidadosa. "Atenta", diria um budista. Só sabia disso porque muito tempo atrás namorara um budista por algumas semanas. Ele era um fracote de Wrexham, que administrava um sebo. Ela desejava a iluminação, terminou com mononucleose infecciosa. Aquilo a afastara da religiosidade para o resto da vida.

Tracy colocou Courtney no sofá na frente da televisão, onde a menina se sentou mesmerizada por um desenho animado incompreensível e barulhento, estranho e japonês. Obviamente a criança deveria estar fazendo alguma coisa mais estimulante para a mente — brincando com Lego ou aprendendo o alfabeto ou o que quer que crianças de 4, talvez 3 anos, deveriam fazer.

Tracy ligou o laptop e esperou que ele esquentasse antes de começar a pesquisar propriedades oferecidas por vários agentes imobiliários. Tudo o que havia de bom em uma localização agradável — os Dales, os Lagos — custava mais de duas vezes o que conseguiria pela casa em Leeds. O exterior parecia uma opção melhor por todos os tipos de motivos. Elas poderiam se perder na França rural ou na agitada e urbana Barcelona, um lugar onde ninguém pensaria duas vezes sobre a mudança delas.

Espanha, era impossível encontrar imóveis na Espanha ultimamente, os ingleses partiam para lá em massa. Criar a criança no sol. Costa del Gângster. Muitos criminosos haviam conseguido, por que não as pessoas que falharam ao capturá-los? *Mi casa es mi casa*. Não o tipo de imóvel que se pudesse comprar pela internet. Elas teriam que voar até lá. E não voltar. Depois que obtivesse um passaporte para a menina, é claro. Um lugar mais distante? Nova Zelândia, Austrália, Canadá. Leslie podia lhe dar um novo começo no Canadá. Muita natureza selvagem onde se perder por lá. Até onde era preciso correr para não ser pego? Sibéria? A Lua?

Quando o desenho animado terminou, Tracy colocou na GMTV, procurando as notícias. Nada nos jornais nacionais ou locais, ninguém dando falta de uma criança ainda. Todo mundo perceberia imediatamente se tivesse perdido uma. (Ou não?) Kelly Cross era mãe de Courtney. Tinha que ser. Nenhuma dúvida sobre isso. Nenhuma.

Elas ainda tinham mais um dia à toa antes que Tracy pudesse pegar as chaves do lugar para passar o feriado. Ela se perguntava o que deveriam fazer. Havia uma mostra de filmes infantis no cinema de Cottage Road, em Headingley. E havia um Wacky Warehouse em Leeds, um parquinho ao lado de um bar, o maior sonho das classes de Pais Inúteis, e várias vezes ela passara por algo chamado Diggerland, perto de Castlefore, onde aparentemente as crianças podiam operar equipamentos de construção. Bob, o Construtor tinha muito a explicar.

Tracy enviou um e-mail para Leslie no Merrion Centre (não para Grant, que fora rejeitado como cadete de polícia. Em algum lugar, uma vila estava sem o seu idiota) dizendo que os veria depois do feriado e que também não trabalharia hoje, "ainda estou com um pouco de virose, não quero passar para vocês". Aquilo os surpreenderia, Tracy estava sempre em excelente forma. A constituição de um touro. Era taurina, nascida sob o signo de Touro. Não que acreditasse em nada daquilo. Não acreditava em nada que não pudesse tocar.

— Ah, uma empirista — dissera um homem que conhecera em um clube de solteiros.

Ele era professor na Universidade, falava mais que a boca e fazia cálculos frios. Levou-a ao Grand para ver *Sete noivas para sete irmãos.*

— ... baseada no amplamente lendário incidente do "estupro das Sabinas" — disse ele. — Apesar de que, no musical, "estupro", rapto, tem a ver com abdução ou sequestro. Diz-se que o interior do teatro baseia-se no La Scala de Milão, é claro.

E etc. E etc. E etc.

Na semana seguinte, levara-a para ver *Disque M para matar.*

— Deve ter tudo a ver com você — dissera ele.

Courtney virou-se para olhar para Tracy e disse queixosamente:

— Estou com fome.

— De novo?

— Sim.

A criança era uma comilona, disso não havia dúvida. Talvez ela estivesse compensando alguma coisa.

— Courtney? — disse Tracy, hesitante. — Seu nome é Courtney mesmo, não é?

A criança assentiu. Parecia entediada, embora as expressões dela parecessem indecifráveis no melhor dos casos.

— Bem, eu estava pensando, agora que você tem uma nova casa — ela viu os olhos de Courtney passearem pela sala anódina —, e se a gente arranjasse um nome novo para combinar com a casa?

Courtney olhou para ela com indiferença. Tracy se perguntou se a criança teria assumido outra identidade antes, se Courtney seria mesmo seu nome. Seria por isso que ninguém a estava procurando? Estariam procurando por um tipo de criança completamente diferente — uma Grace, uma Lily, uma Poppy? (Uma Lucy, talvez.) Algo como um ácido biliar subiu à garganta de Tracy. Aquilo vinha, supunha ela, do poço de terror que se abrira em seu estômago. O que ela fizera? Fechou os olhos em um esforço de apagar a culpa — fútil — e quando os abriu a criança estava de pé a sua frente, parecendo interessada.

— Que nome? — perguntou.

Deveria fazer a criança tomar um pouco de ar fresco, pensou Tracy. Tinha o rosto pálido, como se tivesse passado a vida toda trancafiada.

— Venha — disse Tracy depois de consumir mais torradas.

Pois é, a criança gostava de Marmite, a pasta de levedura.

— Por que a gente não sai um pouco, toma um ar fresco? Vou me trocar.

Courtney olhou para ela com interesse e Tracy acrescentou:

— Trocar de roupa.

Tracy vestiu algo menos confortável e, quando voltou para a sala, a criança havia saído de debaixo da mesa e pegara sua mochila rosa. Era dócil como um cão, embora sem o mesmo entusiasmo de um cão que abana o rabinho.

Antes que pudessem sair de casa, ouviram uma chave girando na fechadura da porta da frente. Tracy teve um branco, não podia pensar em nenhuma razão pela qual alguém teria a chave da porta de sua casa, por que quem quer que fosse estaria entrando em sua casa. Por um momento de loucura pensou que poderia ser o anônimo que lhe telefonara. Por um momento de ainda mais loucura, pensou que poderia ser Kelly Cross e fez um rápido reconhecimento do corredor para ver o que poderia usar como arma. A porta se abriu.

Janek! Tracy esquecera-se completamente dele.

Ele pareceu divertir-se com a surpresa dela e, ao avistar Courtney apoiada na porta da cozinha, sorriu com prazer.

— Olá — disse ele. Courtney olhou de volta inexpressivamente.

— Minha sobrinha — disse Tracy. — Minha irmã é bem mais nova do que eu — acrescentou, subitamente envergonhada de como deveria parecer velha para Janek.

Claro que ele tinha seus próprios filhos, não? Poloneses provavelmente gostavam muito de crianças. A maioria dos estrangeiros gostava de crianças mais do que os britânicos.

— Estamos saindo —disse ela apressadamente, antes de se envolver com qualquer coisa mais complicada acerca das origens da criança.

— Coma uns biscoitos — acrescentou ela.

Que diferença um mero dia fazia.

Ele acordou sem fazer ideia de onde estava ou de como chegara lá. Aquilo era o álcool.

Jackson não estava sozinho. Havia uma mulher deitada ao seu lado, seu rosto esmagado contra o travesseiro, sua expressão parcialmente escondida por um ninho de cabelos embaraçados. Ele nunca deixava de se admirar com a quantidade de mulheres promíscuas que havia no mundo. Em um súbito momento de paranoia, aproximou-se da mulher e verificou a respiração dela, ficando aliviado ao constatar que estava azeda e regular. A pele da mulher tinha a aparência ferida e cerosa de um cadáver, mas, ao olhar de perto, Jackson percebeu que era apenas a maquiagem da noite anterior, borrada e manchada. De perto, mesmo iluminada pela luz que vinha da rua, dava para ver que era mais velha do que inicialmente pensara. Quarenta e poucos, calculou Jackson, talvez um pouco mais nova. Talvez um pouco mais velha. Ela era esse tipo de mulher.

Um relógio digital ao lado da cama dizia-lhe que eram 5h30. Da manhã, presumia ele. Inverno ou verão, essa era a hora que acordava, graças ao alarme interno de seu próprio corpo, programado há muito tempo pelo Exército. Acordar com as cotovias. Jackson achava que nunca vira uma cotovia. Nem, aliás, ouvira. "Disseca a Cotovia — e a Música acharás, Bulbo após Bulbo, a flutuar em Prata." Que tipo de mulher criava uma imagem como essa? Jackson estava razoavelmente certo de que Emily Dickinson não acordava de ressaca com um homem estranho em sua cama.

A alvorada estava começando a abrir o céu. Era bom começar o dia em vantagem. O tempo era um ladrão e Jackson sentia que conquistava um pequeno triunfo ao roubar de volta algumas das horas da manhã. Tinha a sensação de que era quinta-feira, mas não teria colocado a mão no fogo por isso.

A mulher sem nome deitada a seu lado resmungou alguma coisa ininteligível enquanto dormia. Virou a cabeça e abriu os olhos, tinham a mesma qualidade vazia do olhar dos mortos. Quando viu Jackson, os olhos dela ganharam um pouco de vida e ela murmurou:

— Cristo, devo estar com uma cara péssima.

Ela de fato estava um caos, mas Jackson engoliu sua infeliz compulsão por honestidade e, sorrindo, disse:

— Nem tanto.

Jackson não sorria muito ultimamente (quando ele sorrira com frequência?) e isso pegava as mulheres de surpresa. A mulher na cama (teria ela lhe dito seu nome em algum momento?) se contorceu de prazer, deu um risinho e disse:

— Prepare uma xícara de chá para mim, garanhão?

Ele disse:

— Volte a dormir. Ainda é cedo.

Estranhamente obediente, a mulher cerrou os olhos e em minutos roncava suavemente. Jackson suspeitou ter atacado uma vítima muito fácil.

Ele tinha uma lembrança — vaga a princípio, mas que infelizmente estava ficando cada vez mais clara — de entrar em um bar no centro da cidade, determinado a obliterar seus anos dourados. Parecia se lembrar de ter procurado um *pastis,* um lugar aconchegante em uma cidade fria, mas o lugar era uma espécie de bar repleto de homens exaustos facilmente superados em número pelas hordas de mulheres atrevidas. Uma gangue delas o abordara, febris de álcool e ansiosas por separá-lo da horda de homens locais. As mulheres pareciam ter começado a beber em algum momento do século passado.

Estavam celebrando o divórcio de uma das mulheres do grupo. Jackson achava que o divórcio possivelmente constituía antes um bom motivo para um velório do que para uma dança animada, mas, até aí, ele não sabia de nada, tinha um histórico particularmente fraco no que dizia respeito a casamentos. Jackson ficou surpreso ao constatar que todas as mulheres pareciam ser professoras ou assistentes sociais. Nada mais aterrorizante do que uma mulher de classe média quando ela solta a franga. Quem eram aquelas mulheres gregas que rasgaram os homens em pedacinhos? Julia saberia.

Apesar de estarem no meio da semana, as mulheres estavam bebendo drinques com nomes ridículos — Lamborghini Flamejante, Sapo Esmagado, Vagabunda Ruiva — e Jackson sentiu-se levemente perturbado pelos conteúdos doentios de suas taças. Só Deus sabia que tipo de cara elas teriam quando acordassem para trabalhar na manhã seguinte.

— Sou Mandy — disse bastante animada uma das mulheres.

— Vá lá, querido, pegue-a — disse outra, a garganta imunda de anos de cigarro.

— É assim que funciona — disse Mandy ignorando a amiga —, eu digo "meu nome é Mandy", e você diz...?

— Jackson — disse Jackson, relutantemente.

— O que é "Jackson"?— perguntou uma delas. — Nome ou sobrenome?

— Você decide — disse Jackson.

Ele gostava de manter as conversas descomplicadas. Não havia muita coisa que não fosse possível comunicar com "sim", "não", "faça" e "não faça". Todo o resto era basicamente ornamental, apesar de a inserção de um ocasional "por favor" poder fazer maravilhas, e "obrigado", mais ainda. Sua primeira esposa deplorara sua inaptidão para conversas fiadas ("Jesus, Jackson, não dá para ter uma conversa inútil?"). Essa era a mesma esposa que, no começo da paquera, admirara-o por fazer o tipo "forte e silencioso".

Talvez ele devesse ter buscado mais palavras para dar a Josie. Quem sabe então ela não o teria deixado. E, se não o tivesse deixado, ele não se envolveria com Julia, que o distraiu, e então ele certamente não teria conhecido a falsa segunda esposa, Tessa, que o pilhara e roubara completamente. "Pela falta de um cravo."

— Esposa boa, esposa má — dissera Julia. — No fundo, você sabe quem prefere, Jackson.

Sabia? Qual? Ninguém, nem mesmo Tessa, jamais mexera com sua cabeça como Julia fazia.

— A Viúva Negra — disse ela com prazer. — Você teve sorte de ela não o ter devorado.

As mulheres frequentemente se sentiam atraídas por Jackson, pelo menos de início, mas ele não dava mais muita importância à aparência, fosse a dele próprio ou (ao que parecia) a do sexo oposto, tendo presenciado demasiadas vezes o estrago provocado pela beleza sem a verdade. Apesar de ter havido uma época em que, por mais bêbado que estivesse, não teria se sentido atraído por alguém como a mulher com a qual acordou na manhã de hoje. Ou talvez os padrões simplesmente caíam conforme você envelhecia. É claro que Jackson, que no fundo era tão fiel quanto um cão, passara boa parte de sua vida adulta em relacionamentos monogâmicos nos quais esses problemas haviam sido meramente hipotéticos.

Ele não havia pensado em si mesmo como sendo priápico. Desde Tessa, estivera em um estado ascético, quase monacal, apreciando a falta de necessidades na vida deles. Um cisterciense. E então, subitamente, todos os votos que não haviam sido feitos foram quebrados por um bando de mulheres liberadas.

— O que o traz a essas plagas? — perguntou uma das mais sóbrias do clã. ("Meu nome é Abi, sou a adulta do grupo." Um fato que parecia torná-la amarga.)

Jackson não gostava muito de perguntas e, se pudesse escolher, preferiria fazê-las a respondê-las. Professoras e assistentes sociais, ele lembrava.

— Imagino que você não conheça Linda Pallister, por um acaso? — perguntou ele.

Um grupo de mulheres uivou como hienas:

— Você não encontraria Linda em um lugar como esse nem morta. Ela deve estar reciclando gatos ou adorando árvores em alguma parte.

— Não, ela não é pagã, ela é cristã — disse alguém.

Esse fato pareceu levá-las a um novo nível de hilaridade.

— O que você quer com ela, afinal? — perguntou a petulante Abi.

— Eu tinha uma reunião com ela nessa tarde, mas ela não apareceu.

— Ela trabalha com adoção. Você foi adotado? — disse uma delas, aproximando-se e segurando a mão dele. — Pobre criança. Você foi órfão? Abandonado? Indesejado? Vem para a mamãe, bichinho.

Outra mulher disse:

— Ela é *velha*. Você não a quer. Você quer a gente.

Uma das mulheres aproximou-se tanto dele que ele pôde sentir o calor de sua face perto da dele. Ela estava bêbada a ponto de pensar que estava sendo sedutora quando lhe perguntou em uma voz sussurrada:

— Quer um Mamilo Atrevido?

— Ou um Boquete? — gritou outra mulher.

— Elas estão sacaneando você — disse uma terceira mulher, esgueirando-se para perto dele —, são nomes de bebidas.

— Só se for para você — riu a primeira mulher.

— Vamos lá, querido, dê-lhe uma trepada — disse outra mulher ainda. — Ela está desesperada de vontade, acabe com a aflição dela.

O que acontecera com as mulheres? Jackson se perguntava. Elas faziam com que se sentisse quase recatado. (Obviamente, não suficientemente recatado para resistir aos dúbios encantos de uma delas.) Mais e mais ultimamente, percebera ele, sentia-se um visitante de outro planeta. Ou do passado. Às vezes, Jackson pensava que o passado não era simplesmente outro país, era um continente perdido em algum lugar no fundo de um oceano desconhecido.

— Você está de cara feia — disse Abi.

— Essa é a minha cara — disse Jackson.

— Não se preocupe, a gente não morde.

— Ainda não — riu uma delas.

Jackson sorriu e a temperatura a seu redor subiu um grau. O tesouro ali claramente era Jackson. A atmosfera do bar estava tão carregada que havia um risco real de que aquelas mulheres selvagens simplesmente explodissem de excitação.

Bem, pensou Jackson, o que acontece em Leeds fica em Leeds. Não é isso que dizem?

— Não estou preocupado — disse ele. — Mas se vocês estão pagando, senhoras, vou tomar um Pernod.

Hora de cair fora. Jackson esgueirou-se da cama silenciosamente e encontrou as roupas onde devia tê-las jogado algumas horas antes. Movia-se com certa delicadeza. Sua cabeça parecia de chumbo, como se o peso fosse grande demais para a frágil base do pescoço. Esgueirou-se por um corredor estreito e sentiu-se grato por ter adivinhado qual porta dava para o banheiro. Fazer o reconhecimento da casa como se estivesse em território hostil parecia uma abordagem tão sensata quanto qualquer outra. Era uma versão melhorada da casa onde ele fora criado, um fato que o enervava, da mesma forma que alguns sonhos.

O banheiro era quente e limpo e o tapete combinava com a privada, ambos em um tom rosa-morango. A suíte também era rosa. Jackson não se lembrava de ter urinado em uma privada rosa antes. Havia uma primeira vez para tudo. Os azulejos do banheiro eram floridos, os artigos de higiene pessoal estavam alinhados ordenadamente no fundo do banheiro. Jackson se perguntou sobre a mulher que morava aqui e por que ela dormiria com um completo desconhecido. Ele poderia se fazer a mesma pergunta, é claro, mas parecia menos relevante. Duas escovas de dentes repousavam em uma caneca na estante sobre a pia. Jackson considerou o que aquilo significava.

Ele lavou as mãos (fora domesticado por uma geração de mulheres que remontava à Idade da Pedra) e se viu no espelho de relance. Tinha uma aparência tão depravada quanto sua sensação de depravamento. Ele caíra. Como Lúcifer.

Estava desesperado para tomar um banho, mas mais desesperado para sair daquela casa claustrofóbica. Desceu as escadas apoiando os pés nas pontas de cada um dos íngremes degraus acarpetados, para que as vigas de madeira não rangessem tanto. A mulher morava com alguém que deixara uma bicicleta estacionada no corredor. Provavelmente a mesma pessoa que lançara um par de botas de futebol enlameadas descuidadamente pela porta. Um skate estava recostado contra a parede. A visão do skate (onde estava o dono?) deprimiu Jackson.

Por algum motivo, ele teria preferido que a segunda escova de dentes pertencesse a um parceiro ou amante em vez de a um filho adolescente. Subitamente, sentiu-se inesperadamente grato por sua primeira esposa ter se casado de novo, não porque ela estava (aparentemente) feliz, ele não ligava nem um pouco para a felicidade dela, mas porque isso significava que ela não pegava homens estranhos (como ele) à noite. Homens estranhos livres para andar pela casa onde sua filha estava às portas de uma intensa e infeliz adolescência.

Jackson não respirou até fechar a porta atrás de si e sair ao ar enevoado da manhã. O dia parecia ter a possibilidade de pender para um lado ou para o outro, e ele não estava pensando apenas no tempo.

Programou sua bússola interna para "Centro da Cidade" e correu de volta para a cidade em um ritmo mais calmo do que o normal, esperando se distanciar de uma ressaca heroica. Jackson recomeçara a correr recentemente. Com sorte, se seus joelhos aguentassem, planejava continuar correndo.

— Por quê? — perguntara Julia. — Por que correr?

— Interrompe o pensamento — dissera ele de forma animada.

— E isso é bom?

— Com certeza.

De bônus, em sua jornada pela Inglaterra e pelo País de Gales, descobrira que a corrida era uma boa forma de conhecer um lugar. Você podia ir da cidade ao interior antes do café da manhã e passar da decadência urbana ao subúrbio burguês sem alterar o passo. Uma ótima maneira de avaliar os imóveis em oferta. E ninguém reparava em você, você era apenas o maluco que saíra de manhã tentando provar que ainda era jovem.

Jackson finalmente chegou ao Best Western, onde planejara passar a noite, em vez de nos braços de uma estranha. Fazia muito tempo que Jackson tivera um caso de uma noite só. "Você ainda me amará amanhã?", dizia a música de Carole King e Gerry Goffin. Bem, tomara que não.

Pegou o elevador até seu andar e pensou que poderia compensar um pouco do sono que perdera. Seu encontro com Linda Pallister era às 10 horas, a um passo de distância do hotel. Tempo suficiente para tirar um cochilo, tomar um banho, fazer a barba e tomar café, pensou enquanto entrava no quarto. Uma xícara decente de café. Até mesmo uma xícara indecente serviria na atual situação.

Esquecera-se completamente do cão.

Ele estava esperando ansiosamente do outro lado da porta, como se não tivesse certeza de quem entraria por ela. Quando viu que não era o Colin de outrora, começou a abanar o rabo loucamente. Jackson agachou-se e cedeu à felicidade do cão por um minuto. Sentiu-se mal por tê-lo deixado trancado a noite toda. Se o tivesse levado consigo na noite anterior, provavelmente o cão teria monitorado sua aventura e preservado sua moralidade — uma pata amiga no ombro em algum momento, um conselho para pensar duas vezes.

"Vá para casa, Jackson. Não faça isso. Apenas diga não."

Correu os olhos pelo quarto do hotel para verificar se presentinhos marrons haviam sido depositados e, ao não encontrá-los, disse:

— Bom menino!

E embora aquela fosse possivelmente a última coisa no mundo que gostaria de fazer naquele momento, agarrou a coleira e disse:

— Vamos lá, então! — E abriu o zíper da mochila para o cão.

Ela não fizera nada para ajudar aquela pobrezinha. "Sofram as criancinhas", o que diz Stephen King naquele conto? Ela pensava na menininha que cantara sua canção de inocência, "Brilha, brilha, estrelinha", no shopping Merrion Centre, e sua terrível mãe encrenqueira.

Courtney. "Cale a boca, Courtney." O que havia de errado com as pessoas para que se comportassem assim? Um eco do pai. "As crianças devem ser vistas e não ouvidas, Matilda." Ele achava que elas não deveriam ser nem ouvidas nem vistas. Houvera outra criança, um irmão, já falecido quando Tilly nasceu, a sombra andando a sua frente durante toda a sua infância. Todos aqueles túmulos do passado, cheios de criancinhas, as lápides como dentinhos quebrados. A medicina moderna teria salvado a maioria deles, teria salvado seu irmão. Era preciso, porém, mais do que a medicina para salvar as pequenas Courtneys do mundo.

Engraçado como era capaz de se lembrar do nome de uma criança que não conhecia e tinha dificuldade em lembrar o nome de objetos simples do cotidiano. Chaleira. Essa semana precisara de dez minutos para desenterrar a palavra "chaleira".

— A coisa para ferver água — disse ela impotente para Saskia. — *Água*. "O movimento da água." "Lagoa." Você sabe.

— Lagoa? — repetiu Saskia em dúvida.

Dava para ver que ela não fazia ideia do que era aquilo.

— De "Matilda valsando", a canção folclórica! — disse Tilly. — Que é o meu nome, claro, Matilda.

Ela cantou alguns compassos úteis:

— "Um belo dia um vagabundo contente acampou em uma lagoa..."

E Saskia disse:

— Oh, hã, sim. Claro.

Pelo menos "água" tinha alguma coisa a ver. A primeira palavra que ela rebocara e trouxera à tona de lá do fundo fora "frango".

— Vou ligar o como-chama... frango... para uma xícara de chá, sim?

Saskia olhava para ela como se tivesse duas cabeças. Tilly tonta. Tilly-tonta. Ontem haviam sido lírios no lugar de lâmpadas:

— Oh, está escuro, acendo os lírios?

Eles nem ligam nem giram nos soquetes. As lâmpadas estavam sumindo da Europa. E palavras sem sentido para objetos mundanos, cortinas, gavetas, xícaras transformadas em "poque", "gipo", "rotlo". Todas as suas palavras se transformando em mingau, a linguagem desaparecendo até sobrarem apenas os sons, "ar", "ó", "u", "ar", "e", "i", "ar"... Até que, finalmente, apenas o silêncio.

Tilly assustou a garota. A loucura do rei Lear. A pobre Ofélia descendo o rio com uma mochila cheia de facas e garfos e — hoje mesmo — um carretel de fita vermelha e uma agulha de tricô, como se tivesse passado por uma loja de armarinho em seu sono. Fizera o papel de Ofélia, a peça constava do repertório da companhia teatral. O ator que fazia o papel de Hamlet era meio baixinho. A plateia ficara inquieta. Tilly compreendera, esperava-se que Hamlet tivesse certa altura. "Reme, reme, reme seu barco, suavemente rio abaixo", dizia a canção infantil.

— Você já interpretou os clássicos? — perguntara ela a Saskia em outra ocasião — Shakespeare etc.?

— Oh, Deus, não — Saskia respondera, como se Tilly tivesse sugerido alguma coisa de mau gosto.

Saskia não era nem um pouco como Padma. Padma era gentil, sempre perguntava se podia fazer qualquer coisa por Tilly. Às vezes, Tilly sentia-se como uma inválida, do jeito que a menina a tratava. Inválida. Inválida. Dependia de onde você punha ênfase, não? Doente ou sem validade. Ela estava se tornando ambas as coisas. Antes morta do que louca. Ofélia sabia.

A menininha do "Brilha, brilha" agora estava misturada com todos os outros pobrezinhos do mundo. E alguns bebês-coelhos de pelúcia também. Seu bebê perdido. Todos confundidos em um pequeno e impotente bebê uivando ao vento. O nome da menina do "Brilha, brilha" lhe escapou, ela o sabia um minuto atrás e agora... desaparecido, assim como todas as chaleiras. Oh, Senhor.

Ela quisera contar ao homem que disse ter sido policial sobre a menininha do "Brilha, brilha". Dissera alguma coisa à moça simpática no Centre sei lá o quê? "Muckle", "mickle", "metric", Merrion Centre. Estivera tão envolvida com seus próprios problemas que provavelmente não dissera nada. O mal prevalece quando boas mulheres não fazem nada. Ela ainda não encontrara sua carteira, é claro. Julia e Padma haviam lhe emprestado algum dinheiro. E até mesmo Saskia dera-lhe uma nota de cinco libras, dizendo:

— Isso irá lhe ajudar.

Tinha certeza de que a menina tinha um bom coração, apesar de que Tilly ouvira-a reclamando para alguém da produção:

— Aquela velha. Hábitos imundos. Preciso morar sozinha.

Boa sorte, eles são um bando de avarentos.

Ela deveria ter feito alguma coisa. Imaginou-se capturando a criança em seus braços e fugindo do Merrion Centre com ela. Poderia tê-la colocado no carro (se conseguisse se lembrar de como dar a partida) e dirigido até o chalé Bluebell, onde teria alimentado a pobrezinha com ovos moles e um pouco daquelas gostosas peras Beurre d'Anjou que Padma comprara. Não sabia como preparar um ovo mole, é claro. A mãe costumava prepará-los para ela em um pequeno utensílio de porcelana. Coisa bonita. Mole era uma palavra adorável, como amor. Se Tilly tivesse uma menininha para cuidar, ela a amoleceria. Ou um coelho, um pobre coelhinho de veludo fugindo da raposa ou da arma. Como dizia a canção? "Corra, coelho, corra."

Seus pensamentos foram bruscamente interrompidos por batidas urgentes na porta.

Ela não podia imaginar quem poderia ser àquela hora. Abriu a porta cautelosamente. Uma jovem mulher que parecia familiar estava ali. Ela estava sem fôlego, seu peito pouco substancioso arfava. Estava usando uma imensa e horrível quantidade de maquiagem. Sob a maquiagem, Tilly enfim reconheceu Saskia. Ela a empurrou rudemente para dentro de casa, perguntando, como se sua vida dependesse disso:

— Vince está aqui?

— Vince? — disse Tilly. — Não há ninguém aqui chamado Vince, querida.

Tilly supunha que o chalé Bluebell, sendo um estabelecimento turístico, fora ocupado por muita gente diferente. Embora ela não soubesse por que Saskia estivesse procurando por alguém. Subitamente, reparou na arma na mão de Saskia.

— Oh, querida — disse Tilly —, que diabos você vai fazer com isso?

— Corta! — berrou alguém.

Corta? Cortar o quê? Perguntou-se Tilly.

Tracy decidiu parar no supermercado para fazer compras. Primeiro encheu o carrinho com bananas, refeição rápida para crianças pequenas. Enquanto se arrastavam pelos corredores, a mente de Tracy estivera dividida entre se preocupar com as câmeras de segurança e se perguntar se Courtney ficaria presa no assento do carrinho — e o que faria se ficasse — quando viu um rosto familiar vindo na direção delas.

A esposa de Barry Crawford. Barbara. Droga. Ela iria querer saber quem Courtney era. De todos os supermercados do mundo...

Barbara Crawford estava avançando no corredor dos enlatados como se estivesse andando sobre alfinetes, tratando seu carrinho de compras como se fosse um carrinho de bebê. Uma perfeita zumbi. Não importava o que estivesse acontecendo internamente, Barbara estava sempre preparada para um convite surpresa para um almoço com a rainha. Unhas e maquiagem imaculadas. Vestido de lã, cinto de corrente dourada, meias francesas, os cabelos negros tão brilhantes quanto os sapatos. Tracy calculava que, se estivesse de luto, vestiria-se de trapos, espalharia carvão e lama na cara e faria dreadlocks no cabelo. Cada um na sua, supunha ela. Depois de casar-se com Barry, Barbara passara anos trabalhando como vendedora da Avon. Dim-dom. "Você já pensou em usar blush, Tracy? Faria maravilhas por você." Seria necessário mais do que blush.

Barbara trazia um sorriso rígido no rosto que parecia ter sido vestido naquela manhã e ninguém seria capaz de tirá-lo de lá. Ela era o tipo de esposa que você ficava feliz de deixar em casa. O tipo que seguia regras rígidas e cumpria seus deveres, uma criatura da rotina, casada com uma pessoa cujo trabalho não era nada rotineiro. Aquilo a levava à loucura. Levava Barry aos bares e às prostitutas.

— O que mais faria um homem que ama sua esposa? — perguntara ele. — Esposas são para a posição papai e mamãe, isso mostra que você as respeita, e as prostitutas servem para todo o resto.

Tudo o que as prostitutas queriam eram dinheiro, Barry "explicou" para Tracy. As esposas faziam você pagar com o sangue. Tracy ficava feliz por não ser esposa de ninguém. Na maior parte dos dias, ficava grata por seu estado de solteira, aliviada por não estar envelhecendo na companhia de alguém que a olhava indiferentemente por sobre a torrada e a geleia enquanto ela se perguntava no que ele estaria pensando.

Agora, porém, aqueles dias haviam acabado para Barry. Muitas coisas acabaram no dia em que o pequeno Sam morreu.

— Oh, que droga — murmurou Tracy enquanto Barbara se aproximava. Ia fazer dois anos agora, não?

— Droga, droga, droga.

Courtney olhava para ela com ansiedade, o rosto subitamente contraído.

— Está tudo bem, querida — disse Tracy —, só me lembrei de uma coisa, só isso. Barbara! Olá!

Tracy modificou a voz, assumindo um tom mais sensível e misericordioso, apropriado para os enlutados.

— Como vai você?

Tracy estava com Barry quando ele atendeu ao telefonema, sua mão começou a tremer tanto que ele deixara o telefone cair. Tracy pegara o telefone, dissera "Alô", e recebera as más notícias de outra pessoa em primeira mão.

Barry Crawford era um incompetente miserável, mas eles se davam bem. Tracy lembrava-se de quando Amy nasceu, lembrava-se de molhar a cabeça do bebê em um bar cheio de policiais. Barry já era um inspetor naquela época, Tracy ainda estava nas ruas. (É claro.) Não muito tempo depois de o Estripador ter sido pego.

— As mulheres estão novamente em segurança — dissera um inspetor para ela em meio às cervejas de congratulação e Tracy estava tão bêbada que rira na cara dele. Como se a remoção de um maluco malvado das ruas garantisse a segurança de todas as mulheres.

— A minha nova filha — dissera Barry, levantando o copo de duplo malte para o ambiente em geral. Devia ser o seu sexto naquela noite.

— Mais sorte da próxima vez — dissera um palhaço no fundo do bar.

Quando o bebê de Amy, Sam, nasceu, o marido de Amy, Ivan, estava na sala de parto com ela, suando a cada minuto do trabalho de parto.

— Os tempos mudaram — dissera Barry sardonicamente para Tracy. — Agora você tem de "dar apoio". Os homens têm de ser como mulheres ultimamente, Deus nos ajude.

— Algumas de nós estão até se transformando nos homens com quem gostaríamos de nos casar — dissera Tracy.

— Hein?

— Gloria Steinem. Pioneira do feminismo.

— Mas que droga, Tracy!

— Citação do dia da minha agenda. Só estou dizendo.

Barry suspirara e ergueu o copo.

— Ao meu neto, Sam.

Eles estavam em um bar em Bingley. Cidade natal do Estripador. Deveriam colocar uma placa comemorativa. História passada, agora. Havia apenas dois deles brindando ao bebê agora, dinossauros sobreviventes de eras pré-históricas.

— Se você não evolui é deixado para trás — dissera Barry.

— Se você não evolui, morre — dissera Tracy.

Amy não fora batizada quando bebê.

— Não somos verdadeiramente religiosos — dissera Barry.

Eles a batizaram, porém, depois do acidente, enquanto ela estava entubada.

— Só para garantir — dissera Barry.

Agarrando-se à ninharias. Amy saiu da entubação, Sam, não. Ivan estava em outra ala, sofrendo uma tração ortopédica como uma mosca em uma teia de aranha. Barry e Barbara foram visitá-lo apenas uma vez, quando tiveram que conversar com ele sobre o desligamento de todas aquelas máquinas brilhantes e sobre a consagração de Sam à eternidade.

— Você não é capaz de entender — dissera Barbara Crawford quando Tracy lhe oferecera seus pêsames no crematório. — Você não tem filhos, netos. Se ao menos pudesse ter acontecido comigo.

Tracy se perguntava se seus próprios pais estariam dispostos a se sacrificar para salvá-la. Sua mãe perseverara após a morte do pai de Tracy, e em seus últimos dias dera a impressão de que não partiria a menos que pudesse levar Tracy junto. Sua mãe tinha o DNA de um escorpião, feito para sobreviver a um inverno nuclear. O câncer, porém, pegou-a no fim da vida. Nada dura para sempre, nem mesmo Dorothy Waterhouse. Os diamantes e as baratas estavam livres para herdar a Terra agora que ela se fora.

Barbara Crawford estava certa, é claro. Tracy nunca tivera aquele sentimento. Um amor exorbitante, lancinante, um amor de dar a própria vida. Exceto, quem sabe, daquela única vez com o filho de Carol Braithwaite, naquele apartamento infernal em Lovell Park. E agora, com esse pedacinho de ser humano sentado em um carrinho de supermercado. Tracy não sabia ao certo se amor era a palavra correta para designar esse sentimento, mas, o que quer que fosse, dava vontade de chorar, estivessem os filhos vivos ou mortos.

A filha de Barbara e Barry, Amy, não estava nem viva nem morta, mas flutuando em algum lugar no meio do caminho. Em uma "instituição". Tracy se perguntava com que frequência Barbara visitava Amy. Todo dia? Toda semana? Tinha ficado menos frequente à medida que o tempo passava?

Tracy fora vê-la uma vez. Só conseguia pensar na Disney — Branca de Neve, Bela Adormecida. Parecia um conjunto de referências idiota. Tracy queria acabar com aquilo por ela, fazer o favor que Barry e Barbara não poderiam fazer a si mesmos. Tracy nunca voltou para uma segunda visita. Ela ainda era capaz de ver Amy dançando com seu pai no dia do casamento, a enorme saia do vestido branco contra seu terno escuro, a flor de comédia em sua lapela. Agora Amy estava eternamente suspensa, feliz ou não. O que Barry dissera? "Até que você morra e não tenha mais nada. Claro que nem é preciso estar morto para isso."

Sam, porém, estava morto. Estraçalhado em um acidente de carro, o carro dirigido por seu próprio pai, Ivan. Quase três vezes acima do limite de velocidade, "dirigindo como um maníaco", de acordo com uma testemunha. Ele acabara por mostrar ser Ivan, o Terrível, afinal. Por que Amy entrara no carro com ele, com uma criança? Agora não adiantava, era tarde demais. Ivan recebeu uma curta sentença na prisão, o juiz considerou que ele já "pagara um alto preço por um dia que lamentaria pelo resto de sua vida".

— Bobagem — dissera Barry.

Tracy mal podia suportar a visão de Barry Crawford subindo ao altar da igreja, curvado sob o peso do pequeno caixão branco.

— Pesado — dissera ele para Tracy depois —, para uma coisinha tão pequena dentro.

Olhos vermelhos lavados com uísque. Pobre homem. O mesmo altar pelo qual ele conduzira sua filha um ano antes. Ivan sairia do hospital logo. Tracy se perguntava se Barry o mataria no instante em que ele visse a luz do dia. Às vezes, Tracy pensara em fazer isso por ele, algo encoberto. Tinha certeza de que poderia cometer o assassinato perfeito se precisasse. Todo mundo tinha um assassino dentro de si esperando para sair, alguns mais pacientes do que outros.

— Como vou? — disse Barbara Crawford, como se aquela fosse uma pergunta que demandasse uma reflexão séria em vez de um cumprimento educado. — Ah, você sabe... — disse ela vagamente, pegando uma lata de ervilhas e analisando-a como se um alienígena tivesse acabado de entregá--la para ela e dito "é isso que comemos em nosso planeta".

Ela estava drogada até as tampas, é claro. Bem, por que não deveria estar? Ela nem comentou a presença de Courtney no carrinho do mercado, nem pareceu notá-la. Tracy estivera preparada para enrolar, "criança do abrigo, pensei em fazer alguma coisa de útil agora que tenho um emprego mais tranquilo", mas não foi necessário.

Barbara recolocou a lata na prateleira e balançou a mão no ar como se estivesse tentando dizer alguma coisa, mas não conseguisse pensar nas palavras.

— Bem — disse Tracy livrando-se dela —, prazer em vê-la, Barbara. Mande lembranças a Barry.

Ela não disse a Barbara: "falei com Barry pelo telefone ontem. Ele estava com uma mulher morta." Ele dissera a Tracy certa vez que preferia que elas estivessem mortas, pois não podiam responder.

— Brincadeira, Tracy — dissera ele. — Jesus, o que há de errado com as mulheres? Vocês não têm senso de humor?

— Aparentemente, não — dissera Tracy.

— Bem, enfim — disse ela a Barbara —, tenho que ir.

— Sim — murmurou Barbara. Seu olhar subitamente fixou-se em Courtney e ela se encolheu levemente.

— Babá — disse Tracy, fazendo uma manobra radical com o carrinho e acelerando pelo corredor de laticínios, pegando caixas de leite e iogurte como se as vacas fossem sair de moda.

Enquanto isso, a menina demolia silenciosamente um pacote de bolinhos Jaff que conseguira surrupiar de algum lugar.

— Roubar é crime — disse Tracy. — Courtney estendeu o pacote.

Tracy pegou dois bolinhos Jaff e enfiou-os na boca.

— Obrigada — murmurou ela.

— De nada — disse Courtney.

O coração de Tracy desabou. Onde a criança aprendera boas maneiras? Parecia pouco provável que tivesse sido com Kelly Cross.

— O que você gostaria de fazer agora? — perguntou a Courtney.

Como ela parecia ser uma menina que nunca pudera fazer uma escolha, Tracy pensou em dar a ela essa oportunidade. Dar uma oportunidade de escolha para a criança. Dar uma oportunidade para a criança. Dar uma oportunidade a todos eles.

1975 : 21 de março

Oito da noite. Kitty estava com frio e subira para pegar um cardigã. Estava ventando, o vento tentava entrar na casa através de toda e qualquer fresta. "O vento tinha um som tão chuvoso/Gemendo pela cidade." Quem escrevera aquilo? Rossetti? Kitty nunca fora chegada em literatura. Ela fora a "musa" de um escritor por um tempo. Mal se ouvia falar no nome dele hoje. Ele fora famoso em sua época, embora possivelmente mais famoso por seu estilo de vida do que por sua obra. Era infiel e bebia do café da manhã até o jantar. Beber e transar, dizia ele, os Direitos do Homem. Ela fora um de seus troféus, "musa" uma palavra chique para amante. Ele morava em Chelsea, mas tinha uma esposa e três filhos pequenos escondidos em algum lugar do interior.

Ela era muito jovem, foi bem no começo de sua carreira, ficara terrivelmente chocada com algumas das coisas que ele queria que ela fizesse. Nunca falava com Ian sobre essa parte de sua vida. Ela tremia. Fazia mais frio nos quartos do que em qualquer outro lugar da casa. Eles desligavam os radiadores no andar de cima, Ian achava que não era saudável dormir em um quarto quente. Ele sempre escancarava as janelas, Kitty sempre as fechava. Não era uma briga, apenas uma diferença de opinião. Afinal, não era um assunto sobre o qual se podia chegar a um acordo. Uma janela tinha que ficar ou aberta ou fechada.

De uma gaveta, retirou um cardigã de caxemira cor de camelo com o qual recobriu os ombros graciosamente. Estas eram as palavras em sua cabeça: "Kitty Winfield recobriu os ombros graciosamente com a caxemira." Desde criança ela fazia isso. Comentários sobre si própria. Ausentava-se e observava-se, quase como se fosse uma experiência extracorporal. Todo aquele balé, sapateado, boas maneiras, oratória, sua mãe lhe dissera que ela estava destinada a alguma coisa. Fazia um papel no teatro local todos os Natais, havia algo de promessa. Criada em Solihull, passara muito tempo desaprendendo seu sotaque. Que garota "promissora" gostaria de ficar nas West Midlands em 1962?

"A revelação Kathryn Gillespie está destinada a grandes coisas."

Fora para a capital a fim de fazer um curso de dança como estudante em tempo integral. As mensalidades eram pagas por sua mãe. Estava lá havia apenas uma semana quando um homem abordou-a na rua e disse:

— Já lhe disseram que você pode ser modelo?

Ela pensou que era uma piada, ou uma trapaça, sua mãe lhe advertira quanto a homens assim a vida toda, mas acabou que era uma coisa legítima, ele de fato era um olheiro de uma agência. E da noite para o dia ela não era mais Kathryn, era Kitty. Eles tentaram emplacar uma palavra só, como Twiggy, mas não pegou.

Sua mãe morrera no início do ano. "Kitty Winfield postou-se ao lado do túmulo de sua mãe e chorou silenciosamente." Câncer de pulmão, terrível. Kitty voltou para Solihull e cuidou dela. Não sabia o que era pior, ver a mãe morrer ou revisitar seu próprio passado promissor. Estava tendo terríveis dificuldades em superar a morte de sua mãe. Uma besteira, na verdade, pois Kitty quase nunca a via.

Trabalhar como modelo era muito mais fácil do que dançar. Só era preciso ter bons ossos e certo temperamento estoico. Nunca pediram que ela fizesse coisas cafonas, nada de nudez. Muitos adoráveis retratos em branco e preto feitos por fotógrafos famosos. Grandes sessões de fotos, todas as revistas, e uma vez na capa da Vogue. As pessoas chamavam-na "a cara dos anos sessenta" durante uma época. Elas ainda lembravam o nome dela. "Kitty Gillespie, ícone dos anos sessenta, onde está ela agora?" Semana passada mesmo o suplemento dominical a rastreara, querendo fazer uma entrevista com ela sobre seu "anonimato".

Tudo acabara em 1969. Ela conheceu Ian e decidiu abandonar as luzes em troca de segurança. Constância. Podia dizer com honestidade, com a mão no coração, que nunca se arrependera dessa decisão.

Quisera ser estrela de cinema, é claro, mas, admitamos, não era capaz de atuar por nada deste mundo. "Kitty Gillespie adentrou o set e deixou-o iluminado." Infelizmente não. Tinha a aparência perfeita, mas simplesmente não conseguia dizer as palavras. Dura como uma tábua. Tentara uma ponta em um filme, um daqueles trabalhos inovadores, avant-garde, estrelado por um controverso cantor de rock. Tudo muito boêmio. Kitty estava refestelada no sofá, supostamente em uma espécie de viagem movida a sexo e drogas. Uma fala a dizer: "Aonde você vai, baby?" Quase ninguém se lembrava do filme hoje, e ninguém se lembrava da atuação de Kitty. Ainda bem.

A estrela do rock gargalhou e disse-lhe:

— Não desista do seu trabalho fixo, querida.

Eles dormiram juntos uma vez, era quase esperado. *De rigueur*, disse a estrela do rock. Às vezes, ela pensava que quando fosse muito velha e todo mundo estivesse morto, poderia escrever sua autobiografia. Ou sua vida durante aqueles anos, pelo menos. Os anos seguintes ao seu casamento dariam um livro tedioso aos olhos dos outros.

Fizera o filme um ano depois de deixar o escritor. Ficara enfeitiçada por ele por quase dois anos, era praticamente como ser refém. Foram os anos em que deveria ter saído com os amigos, aproveitando todas as coisas que uma garota de sua idade normalmente apreciaria. Em vez disso, estava servindo-lhe bebidas e afagando seu ego e tendo que ler seus tediosos manuscritos. As pessoas achavam glamoroso e adulto, mas não era. Era como ser uma babá que ocasionalmente tinha que realizar sórdidas performances sexuais. Ele era quase vinte anos mais velho do que ela, irritava-se com o fato de que na maioria das vezes ela não fazia ideia do que estava falando.

Kitty sentou-se em sua penteadeira e tirou um cigarro de sua cigarreira de prata. Era gravada com suas iniciais e do lado de dentro da tampa havia outra gravação, uma mensagem de aniversário de Ian: "Para Kitty, a mulher que sempre amarei." O escritor famoso uma vez lhe dera um isqueiro com uma gravação de alguma coisa obscena em latim. "Cachorrinha", ele disse, traduzindo para ela. Constrangedor. Ela nunca o utilizara, para evitar que alguém que entendesse latim vislumbrasse as palavras. Era muito mais recatada do que as pessoas imaginavam. Jogou o isqueiro no Tâmisa do Victoria Embankment na manhã em que saiu da casa dele. "Kitty Gillespie foi amarrada nua ao pé da cama e degradada." Havia limites. E além do mais ele se cansara dela, e seu lugar em sua cama e a seu lado fora usurpado por uma poetisa sueca, "mulher inteligente", disse ele, como se Kitty não o fosse. Ele sofreu uma grande tragédia não muito tempo depois, e Kitty só pôde sentir pena de uma pessoa tão imperfeitamente equipada para lidar com qualquer drama cujo centro não fosse ela mesma.

Como era melhor ser uma adorável esposa de médico e viver em uma casa adorável na adorável Harrogate e olhar-se no espelho do quarto e ver seu adorável pescoço branco, adoráveis, adoráveis pérolas brilhando contra sua pele. "Kitty Winfield ajeitou uma mecha de cabelo atrás de uma de suas belas orelhas." Ela suspirou. Havia momentos em que só queria enrolar-se no chão e fingir que nada existia. "Kitty Winfield abriu o frasco de remédio para dormir prescrito para ela por seu marido."

Apagou o cigarro, retocou o batom, passou um pouco de Shalimar na pele delicada e venosa do interior dos pulsos. As mais sutis cicatrizes, pulseiras como algodão branco onde ela tentara cortá-los, muito tempo atrás.

Ian estava no andar de baixo lendo uma revista de medicina, ouvindo Tchaikovsky. Logo ele iria para a cozinha e prepararia uma xícara de algo leitoso para ambos.

— Somos mesmo um casal de velhos — rira ele.

Um vazio tão grande dentro dela onde deveria estar um bebê.

— Você nunca poderá conceber — dissera um obstetra em Londres, não muito tempo antes que Ian e ela se casassem. Ian estava na Great Ormond Street naquela época, Kitty o conhecera na Fortnum and Mason. Ele estava comprando chocolates para o aniversário de sua mãe, ela estava se protegendo da chuva. Ele a convidou para um chá com bolinho no restaurante Fountain; ela pensou, "por que não?".

— Quer que eu tenha uma conversa com seu noivo? — perguntou o obstetra. — Ele é médico, não? Ou deixo isso por sua conta?

Eles estavam conversando em um código educado. Ela gostaria que ele explicasse a Ian "como um procedimento médico ao qual ela fora submetida quando jovem resultara em sua incapacidade de conceber"? Mas Ian, um médico, iria querer saber mais e certamente compreenderia qual havia sido aquele "procedimento médico". "Kitty Gillespie deitou-se sob os lençóis brancos e abriu as pernas."

Depois de deixar o escritor, depois de jogar o obsceno isqueiro no Tâmisa, percebera que estava grávida. Ignorou esse fato, pensando que poderia passar, mas não passou. Sabia que o escritor não ficaria nem um pouco interessado pela situação dela, e nem queria que ele ficasse. Ela o deixara havia cinco meses quando fez o aborto. Phoebe March dera-lhe o nome de um médico.

— Ele vai dar um jeito em você — dissera ela. — Todas as garotas recorrem a ele, não é nada, é como ir ao dentista.

E não era um trabalho com agulhas de tricô em um consultório imundo em uma viela. Ele tinha consultório em Harley Street, uma recepcionista, flores sobre a mesa. Um homem pequeno, pés minúsculos, você sempre repara nos pés deles. "Agora, senhorita Gillespie, abra as pernas." Ela tremia até hoje só de pensar naquilo. Esperara que fosse uma experiência clínica, indolor, mas foi algo brutal. Ele pinçara uma artéria e ela sangrara quase até a morte. Ele a levou até o hospital mais próximo, disse-lhe para sair do carro na porta do pronto-socorro.

Phoebe veio visitá-la no hospital, trazendo alegres narcisos.

— Você teve azar — dissera ela —, mas pelo menos se livrou. Somos trabalhadoras, querida, temos que tomar decisões difíceis. Melhor assim.

Phoebe atualmente fazia o papel de Cleópatra em Stratford. Elas haviam estado juntas, sempre estavam, haviam passado fins de semana juntas, ficado em um bom hotel. Ela não disse a Ian que conhecia Phoebe. Kitty ainda pensava naquele homenzinho de Harley Street. Seus pés minúsculos. Kitty achava que ele devia desprezar as mulheres. Ele mexeu com ela por dentro para sempre.

Um rude médico escocês foi convocado de seu jogo de golfe em Surrey para tentar fechar os pontos de Kitty.

— Você foi uma menina bem tonta — disse ele. — E sinto dizer que você vai ter que pagar por isso pelo resto de sua vida.

Mas não contou nada a polícia; ele era durão, mas tinha coração.

Ela dissera a Ian que não podia conceber. Parecia justo. Ela lhe contara que era um "problema de encanamento", um defeito, e ele lhe perguntara:

— Com quais médicos você se consultou, quais clínicos?

Ela disse:

— Os melhores. Na Suíça.

E quando ele disse:

— Vamos nos consultar com outros.

Ela disse:

— Por favor, não me obrigue a me consultar com outros médicos, querido, eu não aguento.

Ele era bem mais velho do que ela, disse que sempre pensou em ter um filho, ensinaria críquete para ele etc.

— Você deveria se casar com outra pessoa — dissera ela na véspera do casamento, e ele respondera:

— Não.

Estava disposto a sacrificar tudo por ela, até mesmo filhos.

— Você está bem aí em cima?

— Desculpe, querido, distraí-me, comecei a organizar as gavetas. Estou indo.

"Kitty Winfield levantou-se de sua penteadeira e voltou para junto do marido." Antes de fazê-lo, a campainha tocou. Ela olhou para o relógio, o adorável e delicado relógio de ouro que foi presente de Natal de Ian. (Sem gravações.) Quase 21 horas. Eles nunca recebiam visitas nesse horário. Kitty olhou por sobre o corrimão quando ele abriu a porta, deixando entrar uma enorme lufada do congelante vento de março.

— Bom Deus — ela ouviu Ian dizer. — O que aconteceu, Ray?

"Kitty Winfield desceu as escadas suavemente." Ray Strickland estava na porta, com uma criancinha nos braços.

Levar o cão para passear tomava mais tempo do que Jackson esperara. Quando voltaram para o hotel, Jackson lavou as evidências da noite anterior e então viu que estava atrasado. Teve que deixar o hotel às pressas novamente. Percebeu que teria que levar o cão junto com ele, não poderia deixá-lo no quarto e correr o risco de que ele fosse descoberto por alguém que viesse limpar o quarto. Uma "criada". Uma palavra fora de moda. Uma servente, uma virgem. Sua irmã fora uma virgem. Uma jovem virgem. Pertencera a outra época, quando as meninas guardavam a virgindade como um tesouro.

Ele abriu o zíper da mochila e disse ao cão:

— Vamos lá, entre.

Jackson não sabia que cães eram capazes de franzir a testa.

Jackson tinha um gosto na boca como se um rato tivesse passado a noite ali. Vários ratos, possivelmente. Havia um espelho no elevador, e, na trajetória até o saguão, Jackson contemplou seu reflexo meio exaurido pela segunda vez naquela manhã. Imaginava que aquilo não causaria uma boa impressão em Linda Pallister. ("Quando você se preocupou em causar uma boa impressão?", ele ouviu Julia dizer. A que morava em sua cabeça.) Eram apenas 10h45 e já parecia que o dia começara há muito tempo. A mulher de terninho na mesa do concierge lançou-lhe um olhar suspeito quando Jackson saiu do elevador. Ele fez um aceno de rainha-mãe. Ela franziu a testa.

Um enroladinho de bacon para viagem no curto trajeto ao sair do Best Western ajudou a animá-lo um pouco. Ele arrancou um pedaço e colocou-o na mochila para o cão.

Hope McMaster havia se mantido em silêncio durante aquela noite no meridiano de Greenwich, que era seu dia neozelandês. Se Linda Pallister não pudesse jogar luz sobre as origens de Hope McMaster, Jackson não tinha nem ideia do que fazer em seguida. Uma árvore genealógica que era um fractal, os galhos dividindo-se infinitamente. Julia, tendo suas origens na classe média, podia retraçar sua família até a Arca, mas, para Hope McMaster, não havia nem mesmo por onde começar.

Uma jovem mulher, talvez uma secretária, sua função era incerta, apareceu e disse:

— Sr. Brodie? Meu nome é Eleanor, vou conduzi-lo ao escritório de Linda.

Aquilo era uma melhora. Ele não passara da recepção no dia anterior, quando foi informado de que Linda Pallister não poderia vê-lo. Eleanor tinha um rosto comum e cabelos lambidos que pareciam oferecer resistência a penteados. E um fantástico par de pernas, que pareciam um desperdício nela. "Apenas observando, não julgando", disse Jackson silenciosamente, defendendo-se das feministas em geral.

Trazia uma pasta consigo. Ele a comprara no dia anterior, em uma loja barata. Em seus dias de policial militar, Jackson aprendera que carregar uma pasta podia transmitir um ar oficial, de autoridade, e até mesmo, ocasionalmente, de ameaça. Em interrogatórios, sugeria que você tinha informações sobre um suspeito, informações que estava prestes a usar contra ele. Não que Linda Pallister fosse suspeita, ele relembrou. E eles definitivamente não estavam mais no Exército, pensou, enquanto seguia as pernas bem torneadas de Eleanor pelo corredor. A pasta era de plástico, de um rosa-shocking não encontrado na natureza, que subtraía algo da autoridade nela investida. Não continha nada oficial, nem mesmo vagamente, apenas um guia do National Trust de Sissinghurst e os detalhes fornecidos por um agente imobiliário sobre um chalé em Shropshire que brevemente, muito brevemente, despertara seu interesse.

Eleanor era do tipo tagarela, percebia Jackson, bastante cansado — a falta do café estava começando a produzir seus efeitos. Ela parou na frente de uma porta e bateu. Sem obter resposta, disse bem alto:

— Linda? O sr. Brodie está aqui para vê-la.

A ausência de Linda deixou Eleanor perdida sobre o que fazer, e Jackson disse, reconfortando-a:

— Não se preocupe comigo, ficarei na sala de espera.

— Tentarei encontrar Linda — disse ela, afastando-se.

Vinte minutos depois, não havia sinal nem de Linda nem de Eleanor. Jackson pensou que não haveria nenhum mal em dar uma olhada rápida no escritório da misteriosamente ausente Linda Pallister. Ele tinha a autoridade da pasta, afinal.

Estava uma bagunça. Sua escrivaninha servia de lar para uma porção de coisas — ornamentos atrapalhados que pareciam ter sido feitos por crianças, canetas, clipes de papel, livros, documentos, um sanduíche da Marks & Spencer, ainda por abrir, embora datado do dia anterior. Havia pilhas de documentos e pastas por toda parte. Ela não parecia a pessoa mais organizada do mundo.

O sanduíche estava ao lado de uma agenda de compromissos. Todos os compromissos de Linda Pallister de hoje, incluindo o seu, estavam riscados, o que não parecia um bom sinal. Ele folheou as páginas anteriores da agenda, à toa, sem procurar por nada ("Pare de bisbilhotar minhas coisas!", Marlee gritara, ao surpreendê-lo lendo seu diário).

Ontem, o compromisso das 14 horas que ela cancelara com ele ("J. Brodie") estava devidamente riscado, assim como todos os compromissos posteriores a "B. Jackson" às 10 horas. Parecia uma estranha coincidência de nomes. Os dois Jacksons. Teria ela se confundido ou esse Jackson anterior a perturbara tanto que ela começara a cancelar tudo?

Quando Jackson marcara seu primeiro encontro com Linda Pallister, conversara com ela pelo telefone. Não disse que era detetive particular, porque não era, insistia para si mesmo. Era apenas um caso. ("Um argumento capcioso", imaginou Julia dizendo.)

De início, Linda Pallister soara perfeitamente normal, agradavelmente eficiente — um comportamento contrastante com o estado de seu escritório. A menção ao nome de Hope McMaster não mudou nada — Hope fizera contato com ela por e-mail sobre sua certidão de nascimento inexistente —, nem os nomes de John e Angela Costello, mas, quando ele mencionou o dr. Ian Winfield, ela pareceu desequilibrar-se completamente.

— Quem?

— Ian e Kitty Winfield — disse Jackson. — Ele foi médico em St. James. Ela foi modelo, Kitty Gillespie. Eles eram os pais adotivos de Hope McMaster.

— Eles... — ela começou a dizer, e então calou-se.

Jackson ficara intrigado, mas presumiu que, qualquer que fosse a confusão, seria esclarecida quando se encontrasse com Linda Pallister. Esperava, por exemplo, que ela fosse capaz de explicar por que John e Angela Costello não existiam.

Hope McMaster puxara um fio e tudo em que ela acreditara sobre o tecido de sua vida começara a se desfazer. "Mas eu devo ter vindo de algum lugar", escrevera ela. "Todo mundo vem de algum lugar!" Jackson pensou que talvez fosse hora de dispensar os pontos de exclamação, eles estavam começando a soar como toques de pânico. Apesar de sua leveza, parecia que ela começava a lutar com questões existencialistas sobre a natureza da identidade: "Quem somos nós, afinal?" Uma pequena suspeita, era isso o que bastava para que tudo em que você já acreditara fosse silenciosamente devorado.

"Muitas dessas velhas sociedades de adoção perderam os registros", escreveu ele de forma reconfortante. Talvez, ele pensou consigo mesmo, mas seguramente não um Tribunal da Coroa. Hope não aparecera subitamente sobre a terra, totalmente formada, aos 2 anos. Uma mulher lhe dera à luz.

"É como se eu não existisse de verdade! Estou atônita!"

Eu e você, pensou Jackson. O passado de Hope McMaster era feito de ecos e sombras, era como espiar uma caixa de neblina.

O cão estava profundamente adormecido dentro da mochila no chão. Ou isso, ou estava morto. Jackson deu-lhe uma cutucada suave e a mochila tremeu. Pensou na mulher do lado de quem acordara. Ele geralmente não precisava se certificar de que suas namoradas estivessem vivas na manhã seguinte. Desafivelou a mochila e o cão abriu um olho cansado, olhando para ele com a resignação de um refém pessimista.

— Desculpe — disse Jackson. — Vamos dar um passeio depois disso.

O sanduíche era de ovo e agrião. Não era o favorito de Jackson, embora ele estivesse com tanta fome que estava começando a parecer atraente. O prato de massa da noite de ontem no Hearow fornecera uma forragem inadequada para o álcool e a devassidão que se seguira. O enroladinho de bacon de antes desaparecera nas garras de sua ressaca. Ele ouviu um relógio dar 11 horas. Soava como um relógio de igreja, meio incongruente nessa área. Parecia que fora esquecido.

Jackson desistiu e escreveu um bilhete do tipo "estive aqui" no verso de um de seus cartões. O cartão — "Jackson Brodie, investigador particular" — era um dos muitos que ele fizera quando se estabelecera como autônomo anos atrás. Uma impressão de um milhar. Tanto otimismo. Ele provavelmente não havia distribuído mais de cem deles, geralmente porque se esquecia de que os possuía.

Pôs o cartão sobre o sanduíche, onde esperava que Linda Pallister o percebesse. O ovo com agrião de hoje estava, por sua vez, em cima de uma fotografia, quase totalmente obscurecida pela embalagem triangular do sanduíche. A fotografia estava pulando e gritando para ele, pedindo para ver a luz do dia. Quase pulou em suas mãos quando ele a descobriu. Sem moldura, com marcas nas pontas, uma foto antiga. Ele nunca a vira antes, mas certamente vira a modelo recentemente. Nariz arrebitado, sardas, vestes antiquadas para a silhueta robusta — a Hope McMaster cuspida e escarrada da fotografia tirada em sua chegada à Nova Zelândia. No topo da fotografia, a marca onde um clipe de papel enferrujado a anexara a algo.

A fotografia da escrivaninha de Linda Pallister fora tirada em uma praia. Uma praia britânica, a julgar pelo modo como a criança estava coberta de roupas. Apesar do fato de parecer estar congelando, tinha um grande sorriso no rosto. Seu cabelo caía aos cachos. A primeira coisa que você faria com uma criança ilícita seria cortar aquele cabelo longo, adotar um disfarce com um novo corte de cabelo. Espetado como um ouriço. Novo cabelo, novas roupas, novo nome, novo país.

Ele poderia jurar que estava segurando uma fotografia de Hope McMaster. Virou-a. Nada. Nenhum nome ou data que pudessem ajudar, infelizmente; não obstante, Jackson sentia algo visceral, algo que ele reconhecia de seus dias na polícia. Era a reação de um cão a um osso, de um detetive a uma grande e gorda pista. Ele não sabia o que a fotografia significava, sabia apenas que significava alguma coisa tremendamente importante. Ele pensou sobre o quão ético seria roubar a foto por dois segundos inteiros antes de colocá-la em sua carteira. Evidência fotográfica, nunca se sabia quando se poderia precisar dela.

Entusiasmado por sua descoberta e trabalhando com a teoria de que uma pista geralmente levava a outra, começou a vasculhar os escombros de papéis sobre a escrivaninha de Linda Pallister. Nada. Nenhuma referência aos Winfield ou Costello. Tentou as gavetas. Mais confusão e caos. Mas na última gaveta — era sempre a última gaveta, a última porta, a última caixa — havia outro objeto tentando sair da escuridão.

— Eureca — murmurou Jackson consigo mesmo.

Era uma pasta, uma velha pasta de papel manilha, e na frente dela estava um pequeno e enferrujado clipe de papel, exatamente do mesmo tamanho daquele que marcara a fotografia da menina de cabelos cacheados. Jackson, em um gesto instintivo, deslizou a pasta para dentro de sua própria pasta de plástico neorrosa. Ele se sentia como um espião que acabara de descobrir um dossiê de segredos. E bem em tempo, já que Eleanor, aquela das belas pernas e não tão belo rosto, finalmente reapareceu. Ele viu a expressão no rosto dela, uma mistura de desaprovação e confusão que finalmente se transformou em algo mais enigmático. As mulheres geralmente precisavam conhecê-lo um pouco melhor antes que ele visse aquela expressão no rosto delas.

— Oh — disse ela. — Você ainda está aqui. Aliás, você está aqui *dentro*.

— A sra. Pallister não apareceu — disse ele, abrindo bem os braços, um traidor demonstrando inocência, como se pudesse esconder Linda Pallister debaixo dos braços.

Eleanor franziu a testa.

— Você chegou a vê-la hoje? — perguntou Jacksou suavemente.

O franzido na testa de Eleanor se intensificou. Tinha o tipo de rosto que deveria se manter neutro.

— Não sei — disse ela.

— Talvez ela esteja doente — sugeriu Jackson. — Talvez tenha sido o sanduíche que ela não comeu.

A testa franzida evoluiu para uma coisa ameaçadora. Jackson saiu antes que fosse transformado em pedra.

Ele se retirou para o café mais próximo, um lugarzinho italiano que não decepcionou sua suposição de que saberiam fazer café. Escolheu uma mesa de canto e, tomando um expresso duplo, examinou seus troféus roubados.

O papelão fino da pasta de papel manilha estava mole e gasto depois de tanto tempo. Assim eram as pastas antes de se transformarem em plástico neon rosa-shocking. Ele lidara com bastantes pastas em sua época. É claro que até mesmo o neon rosa-shocking era um anacronismo na era do escritório sem papel. Nada de que Linda Pallister tivesse ouvido falar, pensou ele, lembrando-se das dickensianas pilhas de papéis e arquivos em seu escritório desorganizado. Era possível esconder uma criança pequena ali, ou um cão, e a criatura passaria despercebida por dias.

Ele abriu a pasta esperando encontrar algo surpreendente — uma pista, um segredo, até mesmo um pedaço de tédio burocrático —, mas a surpresa era que ali não havia nada. Jackson virou a pasta de cabeça para baixo e balançou-a, para ter certeza.

Não obstante, apesar de estar vazia, a pasta bege e gasta tinha algo a dizer. Havia uma pequena etiqueta afixada ao canto superior esquerdo. Ninguém mais usava máquinas de escrever, era como ver uma mensagem de uma cultura primitiva, de um tempo perdido.

— Carol Braithwaite — Jackson leu. — Oficial responsável: Linda Pallister.

Havia também uma data: 2 de fevereiro de 1975.

Linda Pallister devia ser muito jovem naquela época. Jackson tinha 15 anos em 1975, um ano a mais do que sua filha agora. Metendo-se em confusão, matando aula, roubando bobagens, cometendo pequenos vandalismos, afundando o bom navio *Woolworths*. Muito tempo atrás.

E na frente da pasta estava escrito o nome "Policial feminina Tracy Waterhouse" novamente, dessa vez a caneta esferográfica preta desbotada, e outra data, 10 de abril de 1975. Havia também um número de telefone, de uma época anterior à alteração dos códigos nacionais. O ano era o mesmo em que Hope McMaster fora adotada. Abril era o mês em seu certificado de adoção, aquele que não existia oficialmente. Ela o escaneara e enviara para ele por e-mail, junto com sua certidão de nascimento, que também não existia oficialmente. Se havia falsificações, pareciam bem genuínas, embora ele supusesse que uma cópia escaneada não fosse algo muito confiável.

Sua própria esposa falsificadora possuíra uma certidão de nascimento que parecia bastante oficial. Não era algo tão difícil de fabricar.

Em sua agenda de compromissos, Linda Pallister escrevera: "Telefonar para Tracy Waterhouse". E ali estava o nome de Tracy Waterhouse, trinta e cinco anos atrás. Jackson tirou a fotografia da carteira e olhou para a menininha atarracada e sadia, de cabelos cacheados. Como ele já sabia, o clipe de papel da pasta encaixava-se perfeitamente na marca enferrujada da fotografia.

Schrödinger, quem quer que fosse ele, e seu gato, e quem mais quisesse, estavam todos dentro da caixa de Pandora e jantavam um pote de vermes.

Jackson sentiu o início de uma dor de cabeça; outra, sobreposta à que ele já estava sentindo.

Tracy ficou surpresa com o fato de mais crianças não terem perdido a vida no tal parquinho. As pessoas (pais) pareciam ignorar alegremente o perigo daqueles pequenos corpos subindo alto em balanços aos quais não estavam presos, ou dos mesmos pequenos corpos atirando-se do topo de um escorregador muito mal fixado ao solo. Courtney era assombrosamente descuidada, e uma criança descuidada era algo perigoso.

Outras crianças que brincavam no parque gritavam e riam, mas Courtney parecia simplesmente determinada a testar tudo até o limite, inclusive a si mesma, como um daqueles bonecos para testes de colisão. Não parecia haver muito prazer envolvido no processo. Crianças que sofriam abuso, e havia muitas formas de abuso, frequentemente se fechavam para o mundo e para qualquer tipo de diversão.

Fazia um lindo dia mais uma vez, e a multidão em Roundhay já era grande, corpos brancos e seminus estendidos como cadáveres na grama verde, pessoas desesperadas para tomar um pouco de sol e ar fresco. Era para isso que os parques sempre haviam existido; espaços abertos para os pobres, que passavam seis longos dias por semana dentro das fábricas. Todas aquelas crianças, escravas das máquinas, seus pequeninos e indefesos pulmões cheios de fibras de lã úmida.

Talvez fosse uma insanidade sair daquele jeito; ali estavam expostas ao mundo inteiro, mas, afinal de contas, haveria lugar melhor para esconder uma criança do que às vistas de todos, em um parque público, rodeada de pais e outras crianças? As pessoas levavam as crianças de parques, não a eles. E, como bônus, Roundhay não era o tipo de lugar que Kelly Cross frequentava durante o dia. Além disso, Tracy argumentou com sua própria razão, era bom para ela treinar ser mãe em público. Mais cedo ou mais tarde, teria que se mostrar ao mundo como mãe; então, ali estava ela, Imogen Brown, empurrando sua filhinha Lucy no balanço, girando-a no carrossel e ajudando-a a brincar em uma enorme variedade de geringonças das quais Tracy sequer sabia o nome. Completamente diferente dos parquinhos antiquados de sua infância.

Tracy ficou aliviada quando Courtney desceu de algo que se parecia com uma galinha gigante e anunciou:

— Estou com fome.

Tracy checou o relógio; elas estavam brincando no parque havia menos de quinze minutos. Parecia que horas haviam se passado. Entregou uma banana para a menina.

— Estava boa? — perguntou ela quando Courtney terminou de comer e a menina fez um gesto silencioso e solene de positivo.

Ela era econômica com as palavras, e por que não? Talvez as crianças pequenas achem que correm o risco de usar todas as palavras logo no início da vida, chegando ao fim sem mais nenhuma.

Tracy limpou o fio de catarro verde que escorria de uma das narinas de Courtney e cumprimentou a si mesma por ter se lembrado de comprar lencinhos de papel no supermercado. De dentro de sua enorme bolsa, tirou a rosquinha amassada que comprara no Ainsleys um milhão de anos atrás, partiu-a ao meio e dividiu-a com a criança, sentando-se na grama. ("Doce? Antes do almoço?", ouviu a voz de sua mãe dizer, e Tracy respondeu silenciosamente: "Sim. E o que você vai fazer a respeito, sua vaca caduca?")

Quando Courtney terminou sua metade da rosquinha, lambeu cada dedinho cuidadosamente antes de fazer outro gesto de positivo para Tracy, e então tirou o conteúdo de sua pequena mochila cor-de-rosa, colocando cada item na grama para verificação:

O dedal de prata manchado
A moedinha chinesa com um buraco no meio

A bolsinha com a cara de um macaco sorridente
O globo de neve com um modelo grosseiro do Parlamento britânico feito de plástico
A conchinha em forma de bomba de chocolate
A conchinha em forma de chapéu chinês
Uma noz-moscada
Um pinhão

O pinhão era novo, Tracy notou. Perguntou-se de onde viera. Era como aquele jogo que as crianças costumavam jogar em festinhas, no qual você tinha que se lembrar dos objetos colocados em uma bandeja. Provavelmente não existiam mais festinhas assim. Colocar o rabo no burro, batata quente, o pai de alguém de plantão ao lado da vitrola, levantando a agulha em "The Runaway Train" ou "They're Changing Guard At Buckingham Palace". Hoje em dia, todos iam para "espaços de entretenimento", como o Rascals ou o Funsters, e corriam em círculos. Tracy fora convidada para uma festa em um daqueles lugares uma vez, em Bradford. Uma criança fora dada como desaparecida, mas, no final das contas, estava no fundo de uma piscina de bolas, onde ninguém poderia vê-la, bem viva. Era o paraíso dos pedófilos.

Tracy apanhou a conchinha em forma de bomba de chocolate e a rolou na palma da mão. Quando era criança, seu pai costumava comprar uma caixa com três bombas de chocolate na doceria Thomson, em Bramley, todas as sextas-feiras à noite, quando voltava do trabalho na prefeitura. Tracy não se lembrava da última vez que comera uma bomba de chocolate; não se lembrava da última vez que encostara uma concha ao ouvido e tentara escutar o barulho do mar. Tracy percebeu que, em algum momento, enquanto sonhava acordada, Courtney tirara discretamente a concha de sua mão e estava guardando seu tesouro novamente na mochila.

— Sim, você está certa — suspirou Tracy. — Que tal fazermos nosso piquenique? Que os céus não permitam que passemos mais de dez minutos sem comer.

Tracy trouxera consigo um velho cobertor que guardava no porta-malas do carro. Desenrolou-o e o estendeu na grama, colocando sobre ele o lanche que haviam comprado no supermercado: sanduíches de atum, caixinhas de suco de maçã e laranja, pacotinhos de batatas fritas e uma barra de chocolate Cadbury's. Esta última seria compensada, pelo menos no entender de Tracy, por um pequeno pacote de cenouras em palitos. Era o tipo de piquenique (com exceção das cenouras, talvez) do qual ela teria gostado quando era criança, em vez dos ovos cozidos frios que sua mãe costumava levar, junto com sanduíches de pão branco com uma camada muito fina de pasta de carne e recheados, por algum motivo inexplicável, com folhas de alface. Eles levavam aquelas provisões humildes em passeios dominicais no velho Ford Consul da família, para Harewood House, Brimham Rocks ou o "território Brontë", como sua mãe costumava dizer, ainda que nunca tivesse lido um livro das irmãs Brontë, ou qualquer outro livro que não tivesse sido condensado nas edições do *Reader's Digest.* O mais próximo que jamais chegaram da paróquia fora quando pararam uma vez no vilarejo de Haworth, para que seu pai pudesse comprar um maço de cigarros.

Tracy não conseguia pensar naqueles passeios de domingo sem se lembrar de como era quebrar a casca de um ovo cozido e retirar a membrana da clara branco-acinzentada. Era de revoltar o estômago. Lembrou-se, de repente, de como seu pai costumava colocar um ovo inteiro na boca, como um ilusionista, e a pequena Tracy esperava que uma pomba ou um fio de bandeirolas aparecesse no lugar do ovo. Eles haviam visto algo semelhante, uma vez, em um show de verão em Bridlington. A atração principal era Ronnie Hilton, cujos dias de glória já estavam no passado, mas aquele era de qualquer forma um homem de Yorkshire, e, portanto, digno de orgulho.

O pai de Tracy era um veterano de guerra; seu batalhão, os Green Howards, desembarcara na praia de Gold no Dia D. Ele deveria ter visto muita coisa, mas nunca falara a respeito. Às vezes, uma guerra era um desperdício para as pessoas. Ele nascera em Dewsbury. A capital mundial da mediocridade. O que se poderia esperar de uma cidade que não conseguia aspirar nem mesmo a roupas de segunda qualidade, produzindo verdadeiros trapos? Um lugar sujo, vulgar. Uma cidade onde agora as mulheres drogavam e sequestravam os próprios filhos por dinheiro. O Estripador fora interrogado em Dewsbury, depois de ser preso em Sheffield. Uma patrulha de rotina; falta de sorte dele, muita sorte da polícia. Tracy se lembrava de estar em um mercadinho quando ouviu a notícia, comprando batatinhas e chocolate para si própria e para seu parceiro. De serviço. O balconista estava com o rádio ligado, e, quando a notícia chegou, ele gritou:

— Eles o pegaram, eles pegaram o Estripador de vocês!

O balconista era de Bangladesh, da segunda geração de imigrantes, e Tracy não o censurava por rejeitar a associação com Sutcliffe. Ela não conseguia se lembrar de onde estivera durante todos aqueles outros eventos históricos que faziam as manchetes (provavelmente, na frente da televisão, assistindo ao noticiário), embora se recordasse de estar em uma oficina de manutenção de televisores, comprando um novo leitor ótico para seu aparelho de DVD, quando a segunda torre do World Trade Center caíra.

No dia do casamento de Charles e Diana, um evento que gostaria de ter assistido (embora jamais admitisse), Tracy estava coordenando uma busca de casa em casa, depois do assassinato de uma mulher em Bradford. Morta em defesa da honra. Um casamento de conto de fadas.

A menina já tinha ido à praia?

— Você já foi à praia, Courtney?

Courtney, com a boca cheia de sanduíche de atum, sacudiu a cabeça e então assentiu.

— Sim e não?

— Sim — resmungou Courtney.

— Sim?

— Não.

Era uma conversa incompreensível. Mas elas iriam à praia. Iriam ver peças infantis, iriam ao circo e à Disneylândia Paris. Iriam à praia, nadar nas ondas. Com cuidado. Antes da menina, Tracy teria pensado: "mar, areia, praia." Agora, pensava em criancinhas sendo arrastadas como rolhas de cortiça pelo tsunami. Sem falar que, em uma praia britânica, era de esperar que houvesse uma boa quantidade de pedófilos se divertindo. Cuidado com homens solitários na praia, nas piscinas públicas, nos portões das escolas. Parquinhos, parques de diversão, praias: os territórios dos pedófilos. Lugares que deveriam ser inocentes. Se as pessoas soubessem... A menina saberia? Será que Tracy precisaria adicionar um psicólogo à lista de especialistas médicos que já preparava mentalmente para Courtney? Ou será que o ar fresco, verduras saudáveis e o amor de Tracy (por mais amador e transgressor que fosse) seriam suficientes? Era uma boa pergunta. O que Kelly estava fazendo com aquela criança, se não era mãe dela? Cuidando dela para alguém ou fazendo algo sinistro. A menina estaria acostumada a ser passada de mão em mão? Teria sido traficada? Tracy estremeceu com a ideia.

Ela deveria comprar uma câmera, uma câmera digital de última geração, para poder começar a registrar a nova vida da menina. Seria melhor se houvesse alguma prova da existência dela na vida de Tracy. Tinha uma câmera velha guardada em algum lugar; nada sofisticado como as que as pessoas usam hoje em dia. Não havia muitos motivos para usá-la, já que Tracy nunca encontrara muita coisa que valesse a pena fotografar. Geralmente, saía para passeios solitários, e não havia prazer nenhum em tirar fotos de paisagens sem pessoas. Era melhor comprar um cartão-postal.

O pai de Tracy, que como chefe da casa tinha o controle da câmera, documentara a vida da família durante anos. Ele tinha o hábito de tirar fotografias da árvore de Natal todos os anos. Havia outras fotos da família, abrindo presentes, bebendo vinho, até mesmo soltando fogos. Em algumas fotos, era possível ver partes da árvore, um pedaço do tronco, um galho gracioso, mas jamais *a árvore, toda a árvore e nada além da árvore.* Não era uma piada, nem mesmo uma gracinha.

A maioria daquelas fotografias estava misturada às outras em uma caixa no quarto dos fundos da casa de Tracy; não havia como saber a que Natal uma árvore pertencera, porque eram sempre as mesmas decorações entediantes todos os anos, com arranjos levemente diferentes; a estrela no topo, parecendo mais uma estrela do mar estropiada do que uma estrela-guia que homens sábios seguiriam, e os duendes exaustos observando meio entorpecidos de cima dos galhos, com pontas de fósforos no lugar do nariz e olhos. Quando os pais de Tracy chegaram aos 70 anos, seu pai parou de comprar árvores de Natal.

— Por que se incomodar? — disse sua mãe, quando Tracy foi visitá-los na noite de Natal.

Alegria e contentamento eram coisas adoráveis, pensou Tracy, mas já era tarde demais para tudo aquilo.

Se examinasse a caixa com os olhos de um arqueólogo, Tracy pensou, será que encontraria alguma pista do motivo pelo qual seus pais haviam encarado a vida medíocre deles com o que poderia ser chamado de entusiasmo?

Será que encontraria uma versão mais jovem de si mesma naquela caixa e se surpreenderia com o quão longe chegara? Ou ficaria deprimida com a distância entre as duas? Ronnie Hilton no teatro SPA e uma vida inteira a sua frente. "Um moinho na Velha Amsterdam". A brincadeira da batata quente. Era engraçado; Tracy passara muito tempo tentando deixar sua infância sem graça para trás (onde deveria ficar), mas, desde que começara a cuidar da menina, lembrava-se constantemente de tudo; vislumbres e cacos de memórias. O espelho quebrado.

— Está na hora de ir. Por que não vamos até o lago alimentar os patos?

Havia apenas algumas migalhas do piquenique; a menina devorara tudo. Talvez Tracy tivesse sequestrado um cuco, a filha de um gigante. Ela pagaria caro por aquilo; imaginava a menina crescendo cada vez mais, inchando até tomar conta do carro, do quarto de hóspedes, da casa inteira, devorando tudo o que visse pela frente, inclusive a própria Tracy. Você sequestra o que parece ser uma criança e percebe, tarde demais, que aquilo será sua morte. Como uma tragédia grega. Tracy fora a uma produção de Medeia no West Yorkshire Playhouse, alguns anos antes. Era uma produção africana; "nigeriana, iorubá, na verdade", como seu acompanhante havia lhe informado. O acadêmico do clube de solteiros, mais uma vez. As classes educadas eram um tanto incompreensíveis. Ele tentou agarrá-la na porta de casa. Tracy se sentiu insultada por ele ter pensado que estava desesperada a ponto de considerar a possibilidade. Deu-lhe uma joelhada nos testículos e lhe mostrou o tipo empírico que era. Aquele foi o fim da experiência no clube para Tracy.

Obviamente, com Medeia acontecera o contrário; ela matara os próprios filhos, não fora morta por eles. Tracy não se chocara com a história; acontecia o tempo todo.

Os patos estavam sem apetite e metade de Leeds parecia estar ali, atirando os restos de suas refeições para a vida selvagem indiferente. Os ratos apareceriam mais tarde para limpar a bagunça. Courtney, que claramente não era do tipo que desperdiçava comida, comeu os farelos.

Courtney estava caindo de sono. Crianças deveriam vir equipadas com rodinhas.

— Que tal um sorvete? — perguntou Tracy. Courtney fez um sinal de positivo. Tracy queria dar tudo para a menina, mas nem todos os sorvetes do mundo iriam compensar Kelly Cross e os horrores que ela representava.

"Sorvete, sorvete, eu grito por sorvete." Isso não era uma história de terror?

Caminharam de volta por Soldier's Field, ambas segurando uma casquinha; morango para Courtney, chocolate e menta para Tracy. O Estripador atacara duas vítimas em Roundhay; uma sobrevivera, a outra morrera. Sorte ou azar. 1976 e 1977. Dois anos depois do crime em Lovell Park. Nunca conseguiram ligar aquele crime ao Estripador, mas era algo a se pensar: Wilma McCann, a primeira vítima, fora assassinada apenas seis meses depois de Arkwright arrombar aquela porta em Lovell Park e, antes daquilo, Sutcliffe andara praticando. Arkwright contara a Tracy que ouvira dizer que alguém confessara o assassinato de Carol Braithwaite na prisão e depois morrera. Parecia um modo bem conveniente de resolver um crime.

— Tracy? — Uma pequenina voz interrompeu seus pensamentos. Era a primeira vez que Courtney a chamava de qualquer coisa. Tracy teve vontade de chorar. Será que conseguiria fazer a criança chamá-la de "mamãe"? Como seria ouvir uma coisa daquelas? Como se estivesse voando. Como Wendy em *Peter Pan*, com a fada Sininho logo atrás. Garotas perdidas, juntas.

— Vamos — disse Tracy. — Há uma loja de brinquedos em Batley. Vamos dar uma volta de carro.

Porque voltar para casa, em Headingley, era perturbador. Sozinha, com uma criança, em casa. Como uma mãe. Como se fazia aquilo? Tracy não tinha ideia. De repente, lembrou-se de Janek. Não, claro que não poderia ir para casa enquanto ele estivesse lá. Olhando para Courtney com seus tristes olhos poloneses, perguntando quem ela era e de onde viera.

O próximo item em sua lista de tarefas era comprar um estoque considerável de fraldas para enfrentar a tempestade de cocô de cachorro que inevitavelmente lhe cairia sobre a cabeça. Jackson se sentia um cidadão mais digno quando estava bem equipado. Supunha que deveria ter verificado se as fraldas eram biodegradáveis antes de poluir o planeta ainda mais, mas às vezes não havia muita coisa que um homem pudesse fazer.

Depois disso, veio a visita a um barbeiro das antigas que ele vira mais cedo, perto do hotel Best Western, para uma bela transformação que consistiu em um corte de cabelo radical e fazer a barba com uma toalha quente e uma lâmina. Jackson saiu da barbearia meia hora mais tarde, sentindo-se como um carneirinho recém-nascido (ou um presidiário). "*Boule à zero*", era como os rapazes da Legião Estrangeira se referiam à cabeça raspada. Ele só esperava que ninguém pensasse que sua escolha de visual tivesse algo a ver com calvície genética. Jackson ficou aliviado ao ver que seu reflexo no espelho se parecia mais consigo mesmo do que antes.

O cão tivera permissão de acompanhá-lo na barbearia e ficara sentado, observando os procedimentos atentamente, como se estivesse gravando uma experiência que precisasse explicar mais tarde. O barbeiro revelou ser um apaixonado por cães e disse a Jackson que "exibia pugs", uma declaração que Jackson levou algum tempo para decifrar.

Ele também demonstrou que o cão sabia como dar um aperto de mão, "ou um aperto de pata, na verdade", disse rindo.

— Certo — disse Jackson.

— Compartilhamos 85% de nossos genes com cães — disse o barbeiro.

— Bem, compartilhamos 50% do nosso DNA com bananas — disse Jackson —, portanto, não ache que isso significa alguma coisa.

Entrar com o cão escondido em diferentes lugares estava sendo mais fácil do que Jackson imaginara, não que aquele fosse um assunto no qual pensasse muito anteriormente. Não podia acreditar na quantidade de lugares em que cães não tinham permissão de entrar. Crianças — não que tivesse alguma coisa contra elas, *claro* — podiam entrar em qualquer lugar, e cães se comportavam de forma muito melhor, geralmente.

A próxima parada em sua lista era a Biblioteca Central, onde vasculhou os arquivos do jornal *Yorkshire Post* de abril de 1975. Na edição do dia 10, finalmente encontrou o que estava procurando, quase escondido em uma das páginas internas. "A polícia foi chamada a um apartamento em Lovell Park ontem, onde descobriu o corpo de uma mulher, identificada como Carol Braithwaite. Constataram que a srta. Braithwaite fora vítima de um ataque brutal. Seu corpo estava no apartamento já havia algum tempo, afirmou um porta-voz da polícia." A matéria era assinada por "Marilyn Nettles". E isso era tudo; não havia nenhuma atualização sobre a investigação do crime nas semanas seguintes, nem uma reportagem sobre o inquérito que Jackson pudesse encontrar. Mais uma mulher jogada fora como lixo. Uma mulher assassinada, o criminoso jamais levado ao tribunal, um eco da vida do próprio Jackson.

Sua mochila, que estava no chão, começou a se sacudir como se estivesse para produzir uma forma de vida alienígena. Um latido curto e abafado veio de dentro dela e um focinho apareceu pela abertura do zíper. Provavelmente era hora de ir, Jackson pensou.

Mesmo com o código atualizado, o número de telefone registrado para Tracy Waterhouse se revelara inútil quando Jackson tentara ligar; já estava fora de uso havia muito tempo. Seria Tracy Waterhouse uma guerreira na ativa, ainda trabalhando na polícia depois de tantos anos? Era de duvidar.

Parecia a Jackson que se Tracy Waterhouse fora membro da Força Policial de West Yorkshire em 1975, deveria haver registros. E se não houvesse registros, pelo menos devia haver alguém que se lembrasse dela, embora as chances de alguém se lembrar de uma humilde policial dos anos setenta fossem remotas. Policiais femininas, nos anos setenta, ainda eram vistas como responsáveis por preparar o chá e segurar a mão das vítimas. *Life on Mars* era apenas a ponta do iceberg sexista; aquele mundo acabara e jamais retornaria. ("Quantos homens são necessários para forrar as paredes da sala?", perguntou Marlee. Jackson esperou pela respostinha sarcástica. "Quatro, se você os cortar em tirinhas finas. Ha ha ha.")

O cão estava inquieto, embora tivesse dividido um sanduíche de presunto com Jackson e levantado a pata junto a vários muros e uma ou outra árvore mirrada. O animal passara boa parte do dia confinado, e Jackson imaginava que quisesse sair para dar uma volta. Havia pouquíssimos lugares onde cães e homens podiam se exercitar em Leeds; o centro da cidade parecia estar totalmente desprovido de espaços verdes.

Decidiu que seria melhor não levar o cão para a delegacia, portanto, amarrou-o a um poste na frente do quartel-general da Polícia de Millgarth, colocando-o na linha de visão de uma câmera de observação perto da entrada. Daquela forma, se alguém roubasse o cão, ao menos haveria um registro.

— Pode me chamar de paranoico — disse ele ao cão —, mas não se pode mais confiar em ninguém hoje em dia.

Millgarth era provavelmente um dos prédios mais feios que ele já vira, construído como uma fortaleza, em algum momento dos anos setenta, para manter o inimigo do lado de fora.

Jackson explicou ao sargento de plantão que era um detetive particular e estava trabalhando para um advogado. Uma tia de Tracy Waterhouse lhe deixara uma pequena herança em testamento, mas a família perdera o contato com ela ("Você sabe como é, aquelas coisas de família"), e tudo o que eles sabiam era que ela fora um membro da Polícia de West Yorkshire em 1975. Era melhor contar mentiras simples ("não fui eu"), e aquela era uma mentira complicada, portanto Jackson estava meio que esperando descrédito; mas o sargento de plantão disse simplesmente:

— 1975? Meu Deus, você está realmente voltando ao passado.

Um homem que se parecia com um lutador de boxe profissional saiu de uma sala nos fundos da delegacia e, atirando um arquivo sobre a mesa, perguntou:

— O que há?

O sargento de plantão respondeu:

— Esse cara está procurando uma policial feminina, Tracy... como era mesmo? — perguntou ele, virando-se para Jackson.

— Waterhouse.

— Waterhouse — repetiu o sargento para o boxeador, como se estivesse traduzindo uma língua estrangeira. — Ela era nossa policial em...

— 1975 — informou Jackson.

— 1975.

— Tracy Waterhouse? — perguntou o boxeador rindo. — Trace? Você conhece a Tracy Grandona, Bill — disse ele. - Superintendente-detetive Waterhouse, recentemente nesta paróquia.

— Isso significa que ela está morta? — perguntou Jackson confuso.

— Deus, não. Tracy é indestrutível. Inspetor-detetive Craig Peters, a propósito — disse ele, estendendo a mão para Jackson.

— Jackson Brodie — respondeu Jackson, apertando-lhe a mão.

Ele não se lembrava da Força Policial de West Yorkshire ser tão afável durante sua adolescência rebelde.

— Tracy se aposentou no final do ano passado — disse o inspetor. — Foi trabalhar como chefe de segurança no Merrion Centre.

— Oh, *Tracy Waterhouse* — disse o sargento, como se finalmente tivesse conseguido compreender o idioma.

Uma porta se abriu no final do corredor e um velho tira grisalho saiu correndo por ela. Não se faziam mais tiras como aquele, o que provavelmente era uma coisa boa. Ele observou a área da recepção e Peters disse a Jackson:

— O superintendente-detetive Crawford e Tracy têm uma longa história.

Para Crawford, que se aproximava deles com passos pesados, ele disse, elevando a voz:

— Barry, esse cara está perguntando sobre Tracy.

— Tracy? — repetiu Crawford, parando na frente deles e olhando desconfiado para Jackson.

Jackson supunha que, depois de uma vida inteira na Força Policial, era normal olhar para qualquer pessoa com desconfiança. Embora tivesse seus arrependimentos, Jackson estava feliz por ter saído quando saíra.

— Jackson Brodie — disse ele, estendendo a mão.

Crawford apertou-a com relutância. Jackson repetiu a história sobre o testamento e a prima Tracy, com quem a família perdera o contato. Ele percebeu que estava pisando em um terreno acidentado; não tinha como saber com certeza se Tracy realmente tinha primos, mas Crawford disse:

— Oh, sim, eu me lembro de que a mãe de Tracy tinha uma irmã em Salford. Mas elas não eram muito próximas, pelo que eu me lembro.

— É isso mesmo, Salford — disse Jackson, aliviado por ter ido pelo caminho certo.

O inspetor Peters disse:

— Eu estava dizendo a ele que Tracy trabalha no Merrion Centre agora. — E foi sua vez de receber um olhar reprovador de Crawford.

— O que foi? — Peters deu de ombros. — Não é nenhum segredo de Estado.

— Sim, bem — disse Crawford a Jackson, cheio de empáfia —, não vá perturbá-la no trabalho. E não vou lhe dar o endereço dela, portanto nem me peça. Ela vai sair de férias; na verdade, talvez já tenha viajado. Vou ligar para ela e dizer-lhe que você a está procurando.

— Bem, obrigado — disse Jackson. — Diga a ela que estou hospedado no Best Western. Espere, vou lhe dar o meu cartão.

Entregou um dos cartões com a inscrição "Jackson Brodie, investigador particular" para Crawford, que o colocou displicentemente no bolso e disse:

— Diferentemente de você, sou um detetive de verdade, e, se você não se importa, pode dar o fora. Prazer em conhecê-lo etc.

Encantador, pensou Jackson. Que velho rabugento. Como Julia teria dito. Um velho rabugento que já estava na ativa há tempo demais. Jackson se perguntou se poderia haver um meio de mencionar o nome de Carol Braithwaite sem parecer estranho. Ele decidiu que não havia, mas resolveu agir mesmo assim.

— Oh, a propósito — disse ele, casualmente.

Crawford já estava no meio do corredor. Ele parou e se virou, de orelhas em pé.

— Sim? — disse ele. — O que foi?

— Eu só estava pensando... o nome Carol Braithwaite soa familiar para você?

Crawford olhou fixamente para ele.

— Quem?

— Carol Braithwaite — respondeu Jackson.

— Nunca ouvi falar dela.

O cão parecia inquieto quando Jackson foi buscá-lo do lado de fora de Millgarth. O animal era muito pequeno, comparado com a grande ordem das coisas, e deveria, Jackson supunha, sentir-se vulnerável na maior parte do tempo.

— Desculpe-me por isso — disse Jackson.

Estavam se transformando em Wallace e Gromit, ele podia sentir. Muito em breve, estaria chamando o cão de "rapaz" e dividindo queijo e bolachas com ele. Mas havia coisas piores, Jackson pensou.

— Estou procurando Tracy Waterhouse — disse Jackson para o homem, mais menino do que homem, que apareceu atrás de uma porta cinzenta no Merrion Centre.

O rapaz sofria de acne severa e, se você entendesse braile, provavelmente seria capaz de ler seu rosto. Ele tinha um crachá que anunciava que seu nome era Grant Leyburn. Parecia estar nadando em uma piscina genética muito pequena. Jackson sentiu uma ponta de decepção pelo fato de a simpática garota canadense não estar disponível.

— Tracy Waterhouse. Ela está? — perguntou Jackson.

— Não — disse Grant Leyburn taciturno. — Não está.

— Você sabe onde eu posso encontrá-la? — insistiu Jackson.

— Ela sai de férias amanhã. Não vai voltar antes de uma semana.

— E quanto a hoje?

— Doente.

— Você não pode me dar um número de telefone, imagino? — perguntou Jackson. — Ou qualquer outra informação para contato? — completou ele esperançoso.

Grant ergueu uma sobrancelha enorme e perguntou:

— O que você acha?

— Imagino que não?

— Acertou de primeira.

Jackson apanhou um cartão e entregou-o ao rapaz.

— Talvez você pudesse dar-lhe isso, quando ela voltar?

— Um detetive particular? — disse ele com um risinho irônico. — Mais um? Ela é muito popular.

— Mais um? — repetiu Jackson confuso.

— É, alguém esteve aqui mais cedo. — Ele olhou subitamente para uma pequena câmera redonda de segurança suspensa no teto. Ela se parecia com uma pequena espaçonave. O rapaz franziu a testa e disse: — Tem sempre alguém observando.

— Nem me fale — disse Jackson.

Ele colocou a fotografia da menina com as trancinhas tortas em uma cadeira perto da janela do quarto, onde havia uma luz melhor, e tirou uma fotografia dela com seu celular. A imagem tinha uma aparência levemente fantasmagórica; a foto de uma foto, duplamente distante da vida. Realidade virtual.

Jackson procurou entre as fotografias no arquivo de seu telefone até encontrar a de Hope McMaster quando chegara à Nova Zelândia. Se ela não era a mesma criança que um dia tremera de frio em uma praia britânica, então era uma gêmea idêntica. Em ambas as imagens, a menininha estava sorrindo de orelha a orelha; já era uma criança com pontos de exclamação na mente. Se aquela era uma foto de Hope McMaster, só confirmava uma coisa: ela não aparecera do nada. Tinha um passado. Um dia estivera em uma praia, em um dia de ventania, tremendo e sorrindo, e alguém tirara uma foto dela. Quem?

Já era madrugada no mundo em que Hope McMaster vivia, do outro lado do planeta. "Você acha que essa era você?", ele escreveu, e então achou que aquilo poderia ser prejudicial. Reescreveu a pergunta: "Você reconhece a menina na fotografia?" Quando ela acordasse na manhã seguinte, teria uma surpresa ou uma decepção.

Jackson procurou por "Carol Braithwaite" no Google, em seu celular, e não encontrou nada. Qualquer combinação de Carol Braithwaite/assassinato/Leeds/1975, e qualquer outra palavra que acrescentasse, não resultava em nada. Carol Braithwaite era adulta em 1975 e não poderia ser Hope McMaster, mas poderia ser a mãe de Hope. Ele não encontrara nenhuma menção a crianças na reportagem do jornal, mas aquilo não significava que não houvesse uma. Seria a menina na fotografia filha de Carol Braithwaite? Linda Pallister cuidava de crianças que ninguém queria; teria ela cuidado da filha de Carol Braithwaite? Ajudado em uma adoção clandestina? Um ato de boa vontade, talvez, dando a uma criança um bom lar, impedindo que sofresse passando pelo sistema.

O único registro que conseguiu encontrar on-line de alguma menina sequestrada em 1975 foi o da vítima dos Panteras Negras, Lesley Whittle. O sequestro de uma garotinha teria chegado às manchetes dos jornais, e, se ela nunca fosse encontrada, o assunto continuaria na mídia durante anos. Em sua época na polícia, Jackson procurara muitas crianças desaparecidas; jamais procurara uma que não estivesse desaparecida. Mesmo o mais descuidado dos pais não deixaria de denunciar o desaparecimento de um filho, a menos que tivesse a intenção de sumir com ele, obviamente.

Era mais provável que Hope McMaster fosse uma criança indesejada e que simplesmente tivesse sido dada para adoção. Isso explicaria o motivo de não haver registros. Quando Jackson era criança, muitas adoções "extraoficiais" aconteciam, sem deixar um rastro de documentos. Filhos ilegítimos que eram criados pelos avós, imaginando que suas mães eram suas irmãs. Mulheres estéreis que criavam um sobrinho ou sobrinha, tratando-os como um filho único e adorado. A própria mãe de Jackson tivera um irmão mais velho que nunca conhecera. Ele fora dado para um casal de tios sem filhos em Dublin, antes da mãe de Jackson nascer, e era "mimado", de acordo com a mulher invejosa. "Mimado", no vocabulário da mãe de Jackson, significava que recebera uma boa educação, fora para o Trinity College, tornara-se advogado, casara-se bem e morrera em meio ao conforto da vida burguesa, muitos anos depois.

Linda Pallister era a chave; tudo o que ele precisava fazer era falar com ela, algo que ela parecia estar fazendo o maior esforço para evitar.

Nem Tracy Waterhouse nem Linda Pallister estavam registradas na lista telefônica, mas aquilo não era uma surpresa. Oficiais de polícia e assistentes sociais mantinham um comportamento discreto em público; do contrário, qualquer maluco ou ex-presidiário viria bater em suas portas no meio da noite. Jackson decidiu procurar no site 192.com, um aliado de bisbilhoteiros e investigadores sem acesso a registros oficiais.

Lá, encontrou uma "Linda Pallister" e quatro "T. Waterhouse", dos quais um era "Tracy". Ele tinha créditos mais que suficientes no 192. com e conseguiu os endereços das duas mulheres. Elas eram prudentes o suficiente para ficarem de fora da lista telefônica, mas não eram espertas o suficiente para removerem os nomes do registro eleitoral, e era assim que o 192.com conseguia as informações. Aquilo não deveria ser permitido, mas era, graças a Deus.

Jackson foi buscar o Saab no edifício-garagem do Merrion Centre, onde o carro estivera estacionado desde que ele chegara a Leeds no dia anterior. Não sabia muito bem qual era o protocolo envolvendo cães em carros. Você os via o tempo todo espiando pelas janelas ou sentados no banco do passageiro, as orelhas esvoaçando ao vento, mas um cão mal acomodado era um acidente prestes a acontecer. Quando Jackson estava na Força Policial, ouviu falar de uma mulher que morrera em um acidente de trânsito. Freara subitamente ao ver o sinal vermelho e o dálmata que estava no banco de trás foi lançado contra ela. Quebrou-lhe o pescoço. Que forma idiota de morrer.

O cão pulara para o banco de trás como se estivesse acostumado a se acomodar ali, mas Jackson, o Cão Alfa, disse-lhe severamente:

— Não.

O animal parecia inseguro, mas disposto a agradar, estudando o rosto de Jackson, procurando uma pista.

— Aqui — disse Jackson, apontando para o chão do banco do passageiro, e o cão pulou para dentro do carro, sentando-se.

— Tudo bem — disse Jackson, quando finalmente se sentiu satisfeito e convenceu-se de que o cão não seria arremessado do carro como um míssil. — Vamos achar algumas mulheres.

Colocou uma música de Kendel Carson, "Cowboy Boots", para tocar no som do carro, uma música que não era tão caipira quando o título sugeria.

Ligou o motor e ajustou o espelho retrovisor. Vendo seu próprio reflexo, surpreendeu-se de novo com seu visual militar.

Linda Pallister morava em uma casinha tradicional, perto de Roundhay Park. As cortinas estavam fechadas, apesar de ser de tarde. Parecia uma casa em luto. Jackson tocou a campainha e bateu com força na porta, mas não houve resposta. Ele tentou a porta dos fundos, com o mesmo resultado. A misteriosamente ausente Linda Pallister continuou exatamente assim, misteriosamente ausente.

Jackson bateu na porta da casa vizinha. Teve sorte dessa vez, com a mulher ("sra. Potter") que atendeu a porta. Ele conhecia o tipo; ela provavelmente estava assistindo a reprises de *Midsomer Murders* ou *Poirot* por trás das cortinas de rendinha no meio da tarde, com um bule de chá e biscoitinhos digestivos na mesa. Pessoas assim eram testemunhas valiosíssimas, porque estavam sempre observando.

— Ela recebeu uma visita ontem à noite — relatou a sra. Potter. — Um homem — completou ela deliciada.

— A senhora a viu hoje?

— Eu não sei; não passo todo o meu tempo observando a vida dos vizinhos. Não sei por que as pessoas pensam isso de mim.

— Claro que não, sra. Potter — disse Jackson, fingindo simpatia.

Aquela nunca era uma tática que funcionava bem para ele (especialmente com mulheres), mas isso não o impedia de tentar.

— Olhe — ele tirou um dos cartões da carteira e entregou-o para a mulher —, se ela voltar, a senhora poderia dar isso a ela e pedir-lhe que me telefone?

— Detetive particular? — perguntou a sra. Pottter, lendo o cartão. Ele não precisava ter se preocupado em demonstrar simpatia; a ideia de um investigador particular era intrigante o suficiente para que ela lhe dissesse:

— Pode me chamar de Janice. — Ela abaixou a voz, como se Linda Pallister pudesse estar ouvindo a conversa. — O senhor poderia me dizer por que está interessado em Linda?

— Eu poderia, mas depois teria que matá-la — disse Jackson. Por um momento, a mulher parecia ter acreditado nele. Jackson sorriu. Sim, ele estava disposto a oferecer uma emoção barata a uma mulher, ultimamente.

Havia mais movimento na casa de Tracy Waterhouse, em Headingley, embora infelizmente o movimento não fosse da própria Tracy. A porta da frente estava aberta e um homem guardava ferramentas em uma van. Tracy, ele informou a Jackson com um sotaque da Europa Oriental (o clássico operário polonês, Jackson pensou), saíra naquela manhã e ele não sabia quando voltaria.

— Mas espero que ela volte — disse rindo. — Ela me deve dinheiro.

Apesar de Jackson afirmar ser um primo distante de Tracy, o trabalhador se recusou a lhe dar o número do celular dela.

— Ela é uma pessoa muito reservada — afirmou.

Em vez de colecionar abadias cistercianas, agora parecia que Jackson estava colecionando mulheres.

Ele se sentou dentro do carro, no estacionamento, e discou o número do celular de Tracy. A ligação caiu direto na caixa postal e ele deixou uma mensagem. O carro de Barry cheirava a frésias, as flores preferidas de Amy. Por que ela não as escolhera para o buquê do casamento deles, em vez daquelas margaridas idiotas? Não havia nenhuma flor que significasse algo para ela, agora. E era tudo culpa de Ivan. Era o culpado de tudo. Ele seria solto no sábado; um amigo de Barry no sistema prisional lhe contara a data e a hora. Barry estaria lá para recebê-lo.

Ele estava levando as frésias para o pequeno túmulo de Sam. Barry ia ao cemitério com mais frequência do que dizia a Barbara. Visitavam a sepultura separadamente. Barbara deixava ali coisas que faziam o estômago dele revirar: ursinhos de pelúcia e caminhõezinhos de brinquedo. Ele sempre levava frésias.

Barry vasculhou os bolsos, procurando o cartão que aquele tal de Jackson havia lhe dado, mas não conseguiu encontrá-lo. Telefonou para o número de Tracy no Merrion Centre e algum imbecil atendeu, dizendo que ela estava em licença médica. Telefonou para o número da casa dela, mas havia apenas uma mensagem genérica na secretária eletrônica. Finalmente, tentou o celular e deixou uma mensagem. Tentou de novo e deixou uma segunda mensagem. Lembrou-se de mais uma coisa e deixou uma terceira mensagem.

Havia alguma coisa errada, mas o quê exatamente? Tracy não tinha nenhum primo. Não tinha nenhum parente, era filha única de filhos únicos. Ela não conhecia ninguém em Salford, isso era certo. Ele precisava alertá-la, se alguém mal-intencionado estivesse atrás dela. Linda Pallister mencionara um detetive particular chamado "Jackson" que andava bisbilhotando, e agora aparecia esse maluco em Millgarth, procurando por Tracy. "O nome Carol Braithwaite soa familiar para você?", perguntara ele. Era mais como o soar de um grande sino, dobrando pelos mortos e acordando os vivos. Toquem os sinos, tragam os mortos de volta.

Antes do acidente de Amy, ele costumava sentir pena de Tracy, uma daquelas mulheres que sacrificavam a maternidade pela carreira. Elas chegavam à menopausa e percebiam que não tinham filhos, que seu DNA iria morrer com elas, e ninguém jamais as amaria como um filho. Era realmente triste. Mas depois do acidente de Amy, Barry passou a sentir inveja de Tracy. Ela nunca teria que sentir uma dor insuportável a cada segundo de cada dia de sua vida.

Ligou o motor e dirigiu até o cemitério, respirando o perfume das frésias durante todo o caminho.

— Nós já vamos para casa? — perguntou Courtney quando Tracy prendeu-lhe o cinto de segurança no banco de trás do carro, estacionado em frente à loja de brinquedos.

O porta-malas estava cheio de coisas, a maioria delas feita de plástico. Todas aquelas pequeninas e antigas formas de vida marinha, desaparecendo no fundo do oceano para um dia voltarem à vida como personagens de um conjunto de chá da Disney.

A pedido de Courtney, Tracy também comprara uma fantasia: uma roupa cor-de-rosa de fadinha, com asinhas, uma varinha mágica e uma tiara. Courtney insistira em vestir a roupa no carro e agora estava sentada imóvel no banco de trás, em uma pose que fazia Tracy se lembrar da rainha no dia de sua coroação.

— Já estamos indo para casa? — repetiu Tracy, pensativa, como se aquela não fosse uma pergunta, e sim um enigma psicológico.

"O que Courtney quer dizer com 'casa'?", Tracy se perguntou. Onde era a casa dela? O apartamento inegavelmente deteriorado de Kelly, ou outro lugar?

Havia coisas que se faziam com crianças e coisas que não se faziam. Durante toda a sua carreira, Tracy testemunhara as coisas que não se devia fazer com elas. Construir castelos de areia na praia, dar farelo de pão aos patos, fazer um piquenique sobre um cobertor xadrez no parque: essas eram as coisas que se devia fazer com crianças. Roubá-las era uma das coisas que não se devia fazer. Ponto final. Ela havia tomado uma criança que não lhe pertencia.

— Na verdade — disse Tracy –, nós ainda não estamos indo para casa. Tenho algumas coisas para fazer.

Ela se demorou meia hora no banco, esvaziando sua conta de poupança. A menina comeu uma banana e uma maçã. Tracy havia trazido seu passaporte e conhecia os procedimentos de prevenção de fraude; mesmo assim, a caixa agia como se ela estivesse roubando o lugar. Câmeras de segurança por toda parte e trinta mil libras em dinheiro em sua bolsa; era difícil não parecer culpada.

Depois, elas foram ver o advogado de Tracy, e ela lhe deu instruções para vender a casa. Advogados eram criaturas lentas e não era possível tirá-los de seus escritórios antes do tempo necessário para se comer duas bananas. Seria possível ter uma overdose de bananas? Tracy podia ouvir a voz de sua mãe: "Você vai se transformar em um salgadinho de queijo e cebola, se continuar a comer desse jeito." (Nada disso acontecera.) E as bananas eram pequenas, "miniaturas", de acordo com o rótulo do supermercado. Tracy comeu uma no carro e se perguntou o que as pessoas faziam antes de existirem as bananas. Ela não entendia o significado de "miniatura" no contexto de uma banana. Tracy prendera um cara uma vez por posse de pornografia infantil; um dos vídeos se chamava "diversão em miniatura". Não havia nada de inocente nisso. Não havia inocência em lugar nenhum.

— Agora nós estamos indo para casa? — perguntou Courtney quando elas voltaram para o carro.

A menina estava acostumada a ser jogada de um lado para o outro, como uma bola de bilhar. Crianças não tinham nenhum poder de decisão sobre aonde iam e com quem.

— Logo. Primeiro, precisamos ir ver um homem. — Pelo espelho retrovisor, viu Courtney franzindo o rosto, e completou: — Um homem legal.

Ele parecia legal, pelo menos, se a memória de Tracy não lhe falhava. Bem, talvez legal não fosse a melhor definição. Ele também era um trambiqueiro, um ladrão e um mercenário, mas Tracy não mencionou isso para a criança. Morava em uma casa impressionante em Alwoodley, comprada, sem dúvida, com os lucros de uma vida dedicada ao crime, e manteve uma expressão admiravelmente impassível quando abriu a porta e deu de cara com Tracy e uma pequena fada cor-de-rosa.

— Superintendente — disse ele, simpático —, ah e uma amiguinha. Que surpresa agradável!

— Estou aposentada — disse Tracy.

— Eu também — murmurou Harry Reynolds. — Por favor, entrem.

Era um homem cheio de estilo — gravata, vinco perfeito em suas calças de lã bege e o tipo de chinelos elegantes que podem passar por sapatos — e havia solicitado seu passe de ônibus já havia algum tempo, embora Tracy duvidasse de que Harry Reynolds usasse transporte público, especialmente porque havia um Bentley estacionado na entrada da casa.

Ele as conduziu a uma sala de estar absolutamente estonteante: as portas de excelente qualidade davam para o pátio e um lago artificial com carpas, como se Harry Reynolds quisesse ver os peixes caríssimos sem ter que abandonar o conforto de seu sofá.

Do lado de dentro, as paredes estavam cobertas de fotografias emolduradas de duas crianças, um menino e uma menina. Tracy reconheceu o uniforme de uma escola preparatória particular, com um nome que ela jamais soubera pronunciar corretamente.

— Meus netos — exibiu Harry Reynolds com orgulho. — Brett tem dez anos, e Ashley tem oito.

Tracy presumiu que Brett fosse o menino e Ashley a menina, mas não dava para saber com certeza nos dias de hoje. O resto da decoração era horroroso: grandes vasos de vidro que poderiam ter sido considerados "arte" na década de setenta, e ornamentos patéticos de palhaços com balões ou crianças tristonhas com cachorrinhos. Um grande relógio de bronze adornava uma das paredes e, em outra, um jogo de futebol estava passando na maior televisão que Tracy já vira na vida. O crime compensa. Havia um surpreendente aroma de biscoitos assando, invadindo toda a casa.

— Eu não quero interromper o jogo — disse Tracy educadamente, embora todos aqueles anos fazendo a segurança dos jogos do Leeds United a fizessem ter vontade de atirar um martelo na tela.

— Não, não — disse Harry Reynolds. — É uma droga de jogo, se você me desculpa a franqueza, queridinha — completou ele, olhando na direção de Courtney. — De qualquer modo, não é uma transmissão ao vivo, posso ver a gravação mais tarde.

Ele tinha o tipo de sotaque de Yorkshire que Tracy considerava "ambicioso". Como o sotaque de Dorothy Waterhouse.

Harry Reynolds desligou a televisão e acomodou-as em sofás macios, grandes como botes e forrados de couro em um tom ultrapassado de bege. Parecia um destino indigno para uma vaca. Ele pediu licença, e saiu para buscar "refrescos". O sol brilhava com força no jardim, mas as janelas e portas estavam fechadas e a casa inteira estava hermeticamente isolada do mundo exterior. Tracy sentia a blusa se colar a suas costas, e o cinto de suas calças parecia estar lhe cortando ao meio. Ela sempre inchava na metade do dia. Como aquilo acontecia?, perguntou-se.

Courtney estava sentada em silêncio, olhando pela janela. Talvez Kelly a tivesse drogado. Nada de novo nisso; era só pensar nos litros de láudano que as mães usavam para dopar os filhos e mantê-los quietos. Hoje em dia, havia muito mais crianças dependentes de tranquilizantes e pílulas para dormir do que as pessoas imaginavam. Se dependesse de Tracy, muitos pais seriam esterilizados. Não se podia dizer isso por aí, obviamente; você corria o risco de soar como um nazista. Mas não se podia negar a verdade dos fatos.

O telefone de Tracy tocou. "Für Elise." Ela o apanhou na bolsa, esperando que fosse seu perseguidor misterioso, e franziu o rosto ao ver a tela. "Barry", dizia o identificador de chamadas. O medo a invadiu; teria ele descoberto alguma coisa sobre Courtney? Deixou a chamada cair na caixa postal.

Harry Reynolds voltou para a sala, carregando uma bandeja. "Für Elise" começou a tocar de novo. Barry, de novo. Caixa postal, de novo.

— Algum problema?

— Uma ligação inconveniente — disse Tracy, com displicência.

"Für Elise" tocou mais uma vez.

"Pelo amor de Deus", pensou ela, "suma, Barry."

— Você quer que eu faça algo a respeito disso?

Tracy se perguntou o que "fazer algo a respeito disso" significaria para alguém como Harry Reynolds.

— Não — disse ela. — Provavelmente é só uma daquelas chamadas feitas por computador, da Índia ou da Argentina, ou algo do gênero.

— Malditos negros — disse Harry Reynolds. — Estão dominando tudo.

Ele colocou a bandeja na mesinha. Bule, xícaras e pratos, porcelana de alta qualidade; suco de laranja e uma travessa de scones. Manteiga, um potinho de geleia. Ele empurrou a travessa de scones na direção de Tracy.

— Acabaram de sair do forno; eu mesmo os assei — disse ele. — Um homem tem que se manter ocupado, não é?

— Sim — respondeu Tracy. — Ocupado.

Ela ia recusar os scones educadamente, mas não conseguiu resistir. Passara o dia inteiro dirigindo, sem nada no estômago além de duas barrinhas de cereal e meia rosquinha velha. Oh, sim, e duas xícaras de café forte. E um sanduíche de atum, no piquenique. E um pacotinho de salgadinhos sabor sal e vinagre. Algumas lascas de cenoura, embora isso mal contasse. Era surpreendente como tudo se acumulava. Tracy entrara no "Mundo Magro" no ano anterior, e precisava manter um "diário alimentar". Depois de algum tempo, ela começou a inventar os registros no diário. "Pão integral, queijo cottage, aipo em tirinhas, duas maçãs, uma banana, salada de atum no almoço; frango grelhado e feijão verde no jantar." Ela não conseguia confessar que comia porcarias o dia inteiro. Ganhou peso na primeira semana e abandonou o programa.

— Eu fiz a geleia de framboesa também — disse Harry Reynolds. — Há um lugar perto da rodovia A65, pouco depois de Guiseley, onde você pode apanhar o quanto quiser. Você conhece?

— Não, acho que não.

Até parece. Tracy nunca apanhara nada em sua vida além de piolhos e margaridas, e as margaridas eram mais uma suposição do que uma lembrança real. Ela mordiscou um scone. Estava quentinho e amanteigado, e a geleia era doce e amarga ao mesmo tempo. Ela comeu o restante, tentando não parecer gulosa.

— São um pecado, mas estão ótimos — riu Harry Reynolds, dando uma dentada em um dos scones.

Os scones faziam Tracy pensar em muitas coisas que deixara passar na vida. Como fazer um desvio na A65 para ir a um lugar onde você pode apanhar frutas. Fora chamada para investigar um assassinato uma vez, ao sul de Otley. Uma prostituta que pegara seu último cliente e acabara atirada em uma vala. Ouvira boatos sobre o envolvimento de Harry Reynolds no esquema de prostituição e pornografia nos anos sessenta, mas, para Tracy, ele não parecia o tipo. Um pecador, mas um pecador legal. Ela pensou na mulher de Cookridge que distribuía xerez e nozes. Mas aqueles eram os anos setenta. Não havia nada de inocente neles. Norah, esse era o nome dela. Norah Kendall.

— Você conhecia Norah Kendall? — perguntou ela a Harry Reynolds.

— Oh, Norah — riu ele. — Que mulher. Ótima cabeça para os negócios — completou ele com admiração. — Mas aquele era um mundo diferente, não era, superintendente? Livros proibidos escondidos por aí e homens de sobretudo expondo os genitais para menininhas de escola. Tudo muito inocente. — Ele suspirou nostalgicamente.

Tracy mordeu a língua para não dar uma resposta rude. Ela não se lembrava de nada inocente.

— Não dá para diferenciar uma boa menina de uma prostituta hoje em dia — disse Harry Reynolds. — Todas elas se vestem e se comportam do mesmo jeito.

— Eu sei — disse Tracy, surpresa ao ver-se concordando com alguém como Harry Reynolds.

Mas era verdade; você olhava para aquelas jovens, usando saltos altos, vestidas como prostitutas, tropeçando pela rua, bêbadas nas noites de sábado no centro de Leeds, e pensava: foi para isso que nos atiramos sob as patas dos cavalos, sofremos humilhações e castigos e fomos ridicularizadas? Para que as mulheres pudessem se comportar pior do que os homens?

— Elas são piores que os rapazes hoje em dia — disse Harry Reynolds.

— É biológico — disse Tracy. — Elas não podem evitar. Precisam atrair um homem, reproduzir-se e morrer. São como insetos.

— *O tempora o mores* — respondeu ele.

— Nunca pensei que você fosse um classicista, Harry.

— Sou como um *iceberg*, superintendente. Sou muito mais do que aparento na superfície. — Ele deu uma mordida em um scone com a dentadura brilhante e mastigou. — Tem gente demais neste planeta — disse ele. — E você pode castrar animais, mas não pode castrar pessoas.

Aquele era um eco infeliz do que Tracy estivera pensando momentos antes. Parecia mais fascista vindo da boca de Harry do que em sua mente.

"Teria Harry Reynolds mandado assassinar pessoas?", perguntou-se Tracy. Possivelmente. Aquilo a incomodava? Não tanto quanto deveria.

— Vejo que nosso amigo Rex Marshall finalmente chegou ao 18º buraco — disse Harry Reynolds.

— Ele não é meu amigo — resmungou Tracy, com a boca cheia de carboidratos. — E nem seu, ou pelo menos eu achava que não.

— Frequentamos o mesmo clube de golfe — disse ele. — É como fazer parte da maçonaria. Lomax, Strickland, Marshall, todos adoram jogar uma partida com seu digníssimo amigo aqui. Até mesmo Walter Eastman, nos velhos tempos.

— Não sei por que estou surpresa.

Tracy engoliu o último pedaço de scone e disse:

— Harry?

— Superintendente?

— Lembra-se de 1975?

— A Copa do Mundo de críquete aconteceu em Headingley, em junho. Os australianos jogaram contra nós. A Índia nos derrotou na final. Digam o que quiserem a respeito dos negros, eles sabem jogar críquete.

— Sim, bem, além disso. Você se lembra do assassinato de uma mulher chamada Carol Braithwaite?

— Não — respondeu ele, olhando para os peixes. — Acho que não. Por quê?

— Por nada. Eu só estava pensando.

A menina acabara de tomar o suco de laranja e comer dois scones, e parecia um pouco mais animada. Sua tiara prateada estava torta e sua boca estava manchada de geleia de framboesa. A varinha mágica estava jogada sobre o sofá, ao seu lado. Ela fechava o punho e então abria a mão, formando uma estrela. Aquele parecia ser um sinal de aprovação. Apanhou a varinha novamente.

— Tenha cuidado com isso — disse Harry Reynolds, sorrindo com indulgência. — Você não vai querer enfeitiçar ninguém.

Courtney olhou fixamente para ele.

— Ela é uma matraquinha, não é? — disse Harry Reynolds. — Não há nada de errado com ela, há?

— Claro que não — disse Tracy irritada. Tentou limpar a geleia de framboesa do rosto de Courtney com um lenço de papel, sem sucesso.

Havia também traços de atum, rosquinhas e chocolate. Tracy percebeu que, quando elas fossem ao supermercado novamente, teria que tomar medidas mais drásticas. Como lenços umedecidos.

— Então... já faz muito tempo, superintendente — disse Harry Reynolds. — Somos ambos civis agora, não é? Quer outro scone?

— Não, obrigada. Bem, talvez. Mas continue. Você está mesmo fora do jogo, Harry?

— Já passei dos 70 — disse Harry Reynolds. — Minha esposa faleceu desde que nos vimos pela última vez. Câncer. Eu cuidei dela até o fim e ela morreu nos meus braços. Mas não posso reclamar. Tenho uma filha maravilhosa, Susan, e as crianças ficam aqui o tempo todo. Eu as mimo demais, e por que não? As coisas costumavam ser diferentes no meu tempo; um tapa na orelha e pão puro, e um pouco de leite no chá, se você tivesse sorte...

Tracy sentia que ia pegar no sono. Ela se perguntou se Harry Reynolds se importaria... e se perguntou se ele sequer perceberia se ela se deitasse naquele sofá, maior do que uma vaca, e tirasse um cochilo.

— ... e, obviamente, todos vêm para cá aos domingos para um assado, com tudo o que tem direito. Gosto de fazer sobremesas decentes: torta de frutas, pão de ló, rocambole. Pouca gente se importa em cozinhar direito hoje em dia, não é? Ninguém mais sabe como preparar pudim de Yorkshire.

Tracy quase podia sentir o cheiro da carne assada e dos vegetais cozidos. Por um segundo, pareceu voltar ao bangalô em Bramley, ao ar confinado das manhãs de domingo, quando sua mãe "desfrutava" de uma pequena dose de xerez.

— As pessoas costumavam pensar no almoço de domingo como algo intocável — continuou Harry. — Algo que vinha desde os tempos imemoriais. Era impossível imaginar que a tradição seria substituída por uma pizza ou por um prato feito de restaurante chinês. Não é de espantar que este país esteja indo para o buraco.

Tracy mordiscou outro scone para manter-se acordada. Ela se sentia como se tivesse caído acidentalmente em um comercial de margarina. Será que todos os criminosos ficavam sentimentais ao chegar à velhice? (E os policiais? Provavelmente não.) Talvez elas pudessem se mudar para a casa de Harry Reynolds agora que ele abandonara a carreira do crime e se transformara em um vovozinho, embora fosse um vovozinho fascista e racista. Quantos quartos haveria naquela casa? Quatro, pelo menos. O suficiente. Elas poderiam viajar nos fins de semana, ou Courtney poderia ficar e brincar com Brett e Ashley.

— Ela é sua filha? — perguntou Harry Reynolds.

O tom dele era casual, agradável, mas subitamente a atmosfera se tornou mais pesada.

— Estou aqui a negócios — disse Tracy.

— Pensei que você tivesse dito que estava aposentada, superintendente.

— Um tipo diferente de negócios — retrucou Tracy.

As compras que elas haviam feito no supermercado naquela manhã continuavam no porta-malas do Audi. Tracy imaginou a comida fresca apodrecendo lentamente, virando uma gororoba dentro dos sacos plásticos. Na maior parte, eram mantimentos para elas levarem para o chalé nas férias. As pessoas sempre compravam cinco vezes mais do que precisavam. E ela não ia cozinhar naquela noite, de jeito nenhum.

— Vamos sair para tomar chá — disse ela para Courtney, quando ambas estavam acomodadas no Audi.

Courtney assentiu e continuou a assentir. Como um cãozinho ensinado.

— Você pode parar agora — Tracy disse a ela.

O movimento diminuiu, até parar.

Antes de partir, Tracy checou as mensagens da caixa postal, temendo ouvir más notícias de Barry. Mensagem número um: "Aqui é o Barry, Tracy. Um cara veio procurá-la na delegacia. Disse que você recebeu uma herança em dinheiro de uma tia em Salford. Eu sei que você não tem nenhuma tia, em Salford ou em qualquer outro lugar, e não sei do que se trata."

Mensagem número dois: "É o Barry de novo. Ele disse que se chama Jackson alguma coisa. Parece familiar para você? Ligue para mim."

Mensagem número três: "Ele disse que é detetive particular. Acho que está mentindo. Ele está hospedado no Best Western, aquele hotel perto do Merrion Centre. Ele me deu um cartão, mas eu o perdi."

Ninguém conseguia pronunciar as palavras "detetive particular" com tanto desprezo quanto Barry. Jackson? O nome não significava nada para ela. Será que estava atrás da criança? Teria sido enviado para tomá-la de volta? Era melhor manter uma boa distância dele, fosse ele quem fosse.

Havia um Avensis cinza atrás delas, sumindo e aparecendo novamente no espelho retrovisor. Tracy tinha certeza de que era o mesmo carro que estava estacionado ao lado do delas no supermercado. Ela o notara por causa do coelho cor-de-rosa pendurado no retrovisor: "coelhinho purificador de ambientes". Uma coisa estúpida. Ganhara um de seu amigo secreto de Natal, no ano anterior. Amigos secretos de Natal e coelhinhos não pareciam combinar. O Avensis desapareceu de vista. Será que era o tal Jackson?

— Fique de olho em um carro cinza — ela disse a Courtney.

Crianças da idade dela conheciam todas as cores? Será que a menina podia dizer quais eram as cores do arco-íris?

— Você conhece a cor cinza?

— É a cor do céu — Courtney explicou.

Tracy suspirou. Um terapeuta faria uma festa com aquela menina.

Elas foram jantar no restaurante chinês local. A menina examinou o cardápio cuidadosamente e Tracy perguntou:

— Você sabe ler, Courtney?

— Não. — Courtney sacudiu a cabeça e continuou a examinar o cardápio.

Ela começou a devorar um prato de macarrão típico de Cingapura.

— Acho que há uma menina gorda dentro de você, louca para sair — disse Tracy.

Courtney fez uma pausa entre as garfadas e olhou fixamente para Tracy. Alguns fios de macarrão pendiam de sua boca, como os bigodes de um peixe-boi.

— Não literalmente — disse Tracy.

Ela suspirou e se serviu de mais arroz de jasmim.

— A minha menina gorda escapou há muito tempo.

Quando terminaram de jantar, não antes de Courtney devorar um prato de banana frita com sorvete, Tracy pagou a conta com duas notas de vinte tiradas de seu rolo de trinta mil libras, mas procurou em vão na bolsa por algumas moedas e disse a Courtney:

— Não tenho dinheiro suficiente para a gorjeta.

Courtney olhou para ela, fazendo sua imitação de esfinge, e então vasculhou no fundo de sua mochila cor-de-rosa, encontrando a bolsinha com a cara de macaco e tirando dela quatro moedas de um centavo, que colocou cuidadosamente no prato, murmurando:

— Um, dois, três, quatro.

— Até quanto você sabe contar, Courtney?

— Um milhão — Courtney disse imediatamente.

— Mesmo?

Courtney ergueu a mão esquerda e contou lentamente, nos quatro dedinhos e no polegar.

— Um, dois, três, quatro, um milhão.

— Só isso?

Courtney olhou fixamente para ela. Tracy podia ver um fio de macarrão preso entre os dentes da frente da menina. Finalmente, Courtney ergueu o dedo indicador da mão direita e disse:

— Um milhão e um.

Ela ainda não havia terminado com a gorjeta. Procurou na mochila e finalmente retirou dela a noz-moscada, que colocou junto das moedas. O garçom removeu o prato com a impassividade dos garçons, e, como em um passe de mágica, fez aparecer um biscoito da sorte e o entregou cerimoniosamente a Courtney. Ela o colocou cuidadosamente na mochila, sem quebrá-lo.

— Vamos para casa — disse Tracy.

Antes que conseguissem chegar perto da casa em Headingley, o telefone de Tracy tocou. Seu coração se apertou no momento em que ouviu a voz estridente do outro lado da linha. Era Kelly Cross, querendo o pagamento que Tracy nem sequer sabia que devia. Mas ela podia levar tudo. Podia levar o que quisesse. Às vezes, você precisa fincar os pés no chão. Comer, dormir, proteger. Principalmente proteger.

1975 : 9 de abril

O fedor lá dentro era inacreditável. Decomposição. Tracy não conseguiria tirá-lo das narinas por dias. Estava impregnado em sua pele, em seu uniforme, em seus cabelos. Anos depois, tudo o que precisava fazer era pensar no apartamento em Lovell Park para sentir o cheiro novamente. A criança estava parada ali, no corredor, quando os policiais arrombaram a porta. Imunda, nada mais do que pele e ossos, parecendo absolutamente faminta.

Ainda exausto depois de subir quinze andares e arrombar uma porta surpreendentemente resistente, Ken Arkwright movia o corpo enorme pelo corredor com uma velocidade espantosa, apanhou a criança no colo, passou a coisinha emaciada para Tracy e começou a vasculhar os outros cômodos.

Tracy segurou o corpinho frágil, acariciando-lhe os cabelos sujos e murmurando:

— Está tudo bem agora. — Ela não conseguia pensar em mais nada que pudesse dizer, que pudesse fazer.

Arkwright reapareceu e disse:

— Não há mais nenhuma criança, mas...

Com uma inclinação de cabeça, ele indicou uma porta que abrira no fundo do corredor.

— O quê? — perguntou Tracy.

— No quarto.

— O quê?

Arkwright abaixou a voz e, murmurando, disse:

— A mãe.

— Droga. Há quanto tempo?

— Algumas semanas, pelo que parece — respondeu Arkwright. Tracy sentiu o estômago revirar. Disse a si mesma para se segurar, para pensar nas rosas de seu pai, no perfume de sua mãe, qualquer coisa que não cheirasse a carne podre.

Ela carregou a criança até a sala de estar e olhou rapidamente para o quarto ao passar, protegendo-lhe os olhos, embora eles já estivessem fechados. Ela vislumbrou algo no chão, mas não podia reconhecer o que era, embora soubesse que era algo ruim.

O detetive Ray Strickland e o sargento Len Lomax foram os primeiros policiais a chegar à cena em Lovell Park. Eles certamente demoraram. Tracy olhou pela janela da sala de estar, todos aqueles andares até o chão, e os viu finalmente chegar, freando o carro com um estrondo. Em vez de correrem para dentro do prédio, entretanto, eles saíram do carro e ficaram parados ao lado dele, absortos em uma conversa ou em uma discussão — era difícil dizer lá de cima. Havia algo conspiratório na atitude deles.

— Mas que diabos eles estão fazendo? — perguntou Arkwright.

Tracy respondeu:

— Não sei. Onde está a ambulância? Por que está demorando tanto?

E se a criança morresse agora? Já era um milagre que tivesse conseguido continuar viva por todo aquele tempo; ela deveria ter vasculhado os armários em busca de comida.

— Não morra, por favor — murmurou Tracy.

Era mais uma prece do que um pedido.

Tracy e Arkwright haviam andado por todo o apartamento. A contaminação das provas deveria ter sido fenomenal. Não se pensava tanto sobre isso, naquela época. Agora, eles teriam se afastado no segundo em que descobrissem o corpo, e não voltariam antes do pessoal da criminalística ter examinado cada centímetro da cena do crime.

Tracy observou enquanto uma bicicleta se aproximava. Uma moça desmontou, e os dois detetives se afastaram um do outro. A moça estava vestindo uma túnica longa, que parecia uma camisola, e seus cabelos escorriam pelos ombros, dos dois lados de seu rosto pálido. Arkwright disse:

— Olhe só, os hippies chegaram.

— Mas onde está a porcaria da ambulância? — perguntou Tracy. Antes de entrar para a Força Policial, ela nunca dissera nada mais ofensivo do que "Oh, meu Deus". Agora, xingava como os melhores tiras. Observou enquanto a moça dizia algo para Lomax e Strickland, e os três se viravam e entravam no prédio.

— Ouça — disse Arkwright, inclinando a cabeça para o lado. — Aquele elevador caindo aos pedaços está funcionando agora, dá pra acreditar? É como se o universo tivesse uma regra para eles e outra para nós, proletários.

Quando Lomax e Strickland chegaram à porta de Carol Braithwaite, a moça os seguia de perto.

— Linda Pallister — disse ela, fazendo um gesto de cabeça na direção de Ken Arkwright; Tracy era, aparentemente, invisível. — Sou a assistente social de plantão.

Com a cara lavada e as pernas firmes de ciclista, ela se parecia mais com uma estudante do que com uma mulher adulta com um emprego.

— Não precisamos de uma maldita assistente social, precisamos de uma porcaria de uma ambulância — sibilou Tracy para ela.

Strickland saiu correndo do quarto de repente e todos o ouviram vomitar no banheiro.

— Rapaz sensível, o nosso Ray — disse Len Lomax. — Não há sinal do patologista — continuou ele —, mas a ambulância chegou.

— Certo — disse Linda Pallister quando os homens da ambulância chegaram à porta do apartamento.

Ela tomou a criança dos braços de Tracy, que a segurou por um segundo mais do que o necessário.

— Está tudo bem, eu sei o que estou fazendo — disse Linda Pallister.

Tracy assentiu silenciosamente, sentindo um medo súbito de começar a chorar.

Quando eles saíram, Tracy disse a Len Lomax:

— Perguntei para a criança quem fez aquilo, quem machucou a mamãe.

— E?

— Ela disse "o papai".

Lomax riu, um som brutal em meio ao silêncio.

— É uma criança sábia, a que conhece seu próprio pai. E quanto àquela ali — disse ele, apontando com o polegar na direção do quarto onde o corpo putrefato da mulher ainda jazia –, eu apostaria cem libras que ela não saberia dizer o nome do pai.

Ele apanhou seu caderninho com um gesto estranhamente teatral e olhou ao redor, como se conseguisse encontrar pistas nas paredes.

— Você a conhecia? — perguntou Tracy.

Lomax olhou para ela como se outra cabeça tivesse aparecido em seu pescoço.

— É claro que eu não a conhecia, que inferno! — disse ele.

Tracy olhou para Ray Strickland. Ele parecia trêmulo e seu rosto estava verde, como se estivesse prestes a vomitar de novo. Ele nem sequer tinha ido verificar o corpo ainda. Quando eles entraram no apartamento, Tracy os ouvira conversando no corredor, e ouvira Lomax dizer a Linda Pallister:

— É no quarto à esquerda que o corpo está.

— Como ele sabia disso? — perguntou ela a Arkwright no bar, depois que terminaram o expediente.

— Ele é médium — disse Arkwright. — Ele interpreta batidas em mesas e recebe espíritos nas quintas-feiras à noite.

Arkwright tinha um modo tão casual de dizer as coisas que por um segundo Tracy pensou que ele falava a sério.

— Acho que a próxima rodada é sua, moça — riu ele.

Nem Lomax nem Strickland se incomodaram em pedir uma declaração a Tracy.

— O que você poderia nos dizer que ele já não tenha dito? — disse Lomax, apontando um dedo na direção de Arkwright.

Barry, logo ele, intrometeu-se, dizendo a Strickland:

— Senhor?

— Quer dizer que ele está bancando o capacho do Ray, é? — murmurou Arkwright para Tracy.

Strickland disse algo inaudível para Barry, e a cara de Barry ficou tão verde quanto a de Strickland. Os dois desapareceram na cozinha pequenina e gelada, onde pacotes vazios de cereal e de tudo o mais que a criança fora capaz de encontrar estavam espalhados pelo chão. Era um milagre que não tivesse morrido de hipotermia ou de fome.

Lomax disse a Arkwright:

— Dê o fora, e comece a bater nas portas. E leve-a com você — completou ele, fazendo um gesto de cabeça na direção de Tracy.

Arkwright manteve uma expressão admiravelmente impassível.

— Vamos andando, garota — disse ele.

Carol Braithwaite, informaram os vizinhos secamente. Ninguém parecia conhecê-la.

— Ela se mudou para cá no Natal. Era um tanto encrenqueira, ouvi algumas brigas — disse um deles.

Ouvira mais alguma coisa?

— Uma criança chorando.

— Ela trazia homens para casa — disse outro.

De outro, a clássica afirmação:

— Ela ficava na dela.

Ninguém a conhecia. E, agora, ninguém a conheceria.

Claro que tudo era subjetivo. Não havia um ponto fixo no mundo. Tracy estava começando a entender isso.

Tracy e Arkwright, batendo de porta em porta em Lovell Park.

— Com paredes tão finas — Tracy disse a ele —, seria de imaginar que alguém tivesse ouvido alguma coisa.

Carol Braithwaite. Aprovada em três exames escolares e condenada duas vezes por prostituição.

— Uma garota da vida — disse Arkwright.

“Uma garota da vida.” Jargão policial. Não ajudava nada em uma investigação dizer a palavra “prostituta”. Elas tinham o que mereciam e mereciam o que recebiam.

— Não me parece que ela aproveitasse muito a vida — disse Tracy.

Um daqueles três certificados escolares fora obtido em trabalhos manuais, o segundo fora em culinária e o terceiro em datilografia. As informações haviam sido dadas por Linda Pallister. Carol poderia ter sido uma boa esposa, mas, por algum motivo, não fora aquele o caminho que escolhera. Na escola, Tracy sempre desconfiara da turma de economia doméstica; meninas metódicas, com caligrafia perfeita, sem defeitos ou excentricidades. Por alguma razão, elas também eram muito boas em basquete, como se o gene que lhes permitia saltar alto para alcançar a cesta também contivesse as informações necessárias para preparar uma torta de queijo com cebolas ou um pão de ló. Seus caminhos profissionais não levavam, normalmente, à prostituição. Claro que nos anos setenta a genética não era um assunto tão quente quanto era agora. Tracy se perguntou se Carol Braithwaite jogara basquete alguma vez na vida.

Mesmo na época da escola, Tracy já suspeitava de que não seria uma boa esposa para ninguém. Não era capaz de pregar um botão, nem de cozinhar um simples macarrão com queijo, nem de arrumar uma cama do jeito certo. Mas tinha um excelente golpe de direita. Descobrira isso em uma noite movimentada de sábado, com ocorrências de brigas e bebedeiras, quando dois rapazes a encurralaram em Boar Lane. O fato fizera muito bem a sua reputação como tira, mas não ajudara muito seu status como mulher.

"Ela parece ser feita de concreto, aquela tal de Tracy Waterhouse."

Quando eles finalmente voltaram à cena do crime, depois de baterem em todas as portas, todos já haviam ido embora, tendo sido substituídos por Barry, o único oficial que guardava a porta arrombada do apartamento.

— Recebi ordens de não deixar ninguém entrar — disse ele cerimoniosamente. — Sinto muito.

— Vá se danar, seu grande idiota — disse Arkwright, empurrando-o. — Deixei meus cigarros lá dentro.

Tracy riu.

— Você pode me dizer o que aconteceu aqui?

— Hã? — disse Arkwright.

— Marilyn Nettles, repórter policial do *Yorkshire Post*. — Ela mostrou uma carteirinha com suas credenciais. Eles estavam parados na entrada do edifício em Lovell Park, no frio, congelando, enquanto Arkwright acendia um cigarro.

— Está mais frio do que os peitos de uma bruxa — disse ele. Tracy viu de longe a bicicleta de Linda Pallister, encostada a uma cerca. Ela acompanhara a criança na ambulância. Parecia improvável que a bicicleta ainda estivesse ali quando voltasse. Havia uma cadeirinha de criança na parte de trás.

Tracy se lembrava de Marilyn Nettles de algum lugar, mas não conseguiu se lembrar de onde até que Arkwright lhe contou mais tarde:

— Ela se infiltrou na festa de despedida de Dick Hardwick.

— Infiltrou-se? — perguntou Tracy. — Você quer dizer que ela estava no mesmo bar, na mesma hora?

— Como eu disse, ela se infiltrou. É uma vaca bisbilhoteira.

— E não somos todos?

Magricela, 30 e poucos anos, cabelos pretos provavelmente tingidos na década passada, aparados tão curtos que dava a impressão de que cortariam sua mão se você chegasse muito perto dela. Tinha o nariz adunco, que lhe dava uma aparência faminta. Era o tipo que passaria por cima dos corpos dos mortos para conseguir uma boa história.

— Temo não poder comentar sobre o que aconteceu aqui — disse Arkwright a ela. — Há uma investigação em andamento. Deve haver uma coletiva para a imprensa mais tarde, querida.

Marilyn Nettles se encolheu ao ouvir a palavra "querida". Tracy quase podia vê-la dizendo: "Não use esse vocabulário machista e condescendente comigo, seu policial ignorante." Mas Marilyn teve que morder a língua e dizer:

— Os vizinhos estão dizendo que a vítima é uma mulher chamada Carol Braithwaite.

— Não posso comentar nada sobre isso.

— Acredito que ela era uma prostituta conhecida.

— Também não sei nada a respeito disso. Sinto muito.

— Ora, vamos lá, detetive, você não pode me dar *nada*?

Marilyn Nettles fez um trejeito engraçado com a boca, seguido por outro trejeito engraçado com os olhos. Tracy levou um segundo para perceber que ela estava tentando flertar com Arkwright. Ela estava completamente iludida. Era como tentar flertar com um armário.

— Você está com algum problema no olho? — perguntou Tracy inocentemente.

Marilyn Nettles ignorou-a, estranhamente concentrada em Arkwright.

— Ajude uma pobre garota — disse ela, unindo o polegar ao indicador. — Você não pode me dar nada? Nadinha mesmo?

Com uma lentidão ensaiada, Arkwright colocou a mão no bolso do uniforme e retirou dele uma moeda de dez centavos. Fazia mais de quatro anos que a Grã-Bretanha adotara o sistema monetário decimal, mas Arkwright ainda se referia ao "dinheiro novo".

— Aqui está, garota — disse ele a Marilyn Nettles, entregando-lhe a moeda. — Vá comprar um pacote de batatinhas. Você precisa engordar.

Ela girou nos calcanhares e se afastou, irritada, na direção de um Vauxhall Victor vermelho.

— Eu é que não ia querer ir para a cama com ela — disse Arkwright. — Seria como abraçar um esqueleto.

Ele olhou para a moedinha rejeitada e a lançou para o alto, apanhando-a na curva descendente com as costas da mão.

— Cara ou coroa? — perguntou ele a Tracy.

— Você está bem, menina? — disse Arkwright, bebendo sua cerveja e olhando em volta como se esperasse que outra se materializasse no ar.

— Estou — disse Tracy.

— Quer mais uma?

Tracy suspirou.

— Não, vou para casa. Minha mãe está fazendo um ensopado de carneiro.

Pelo menos ele aprendera a lição e não seria uma presa fácil do tédio naquela noite. Em vez disso, pediu algo aparentemente inócuo ao serviço de quarto, sem álcool para acompanhar, e, quando a comida chegou, ele se esticou na cama com seu prato e apanhou o controle remoto.

Collier. Obviamente. Jackson suspirou. Logo quando achava que era seguro ligar a televisão.

Collier era um inspetor-detetive rude, mas ocasionalmente sensível, que trabalhava em uma cidade árida do norte ("Bradthorpe") e em um vale de campos verdes ("Hardale"). Ele frequentemente desconsiderava qualquer demonstração de autoridade em sua busca pela verdade, e seus meios eram invariavelmente justificados no final. Tinha um estilo próprio, não obedecia a regras, mas (como alguém sempre dizia pelo menos uma vez em cada episódio) era "um detetive brilhante". Mulheres não podiam confiar nele de forma nenhuma, e, ainda assim, eram constantemente seduzidas por ele. Em sua própria experiência, Jackson descobrira que, na verdade, era o contrário que acontecia: quanto menos confiável ele era (normalmente não por culpa sua, como gostava de enfatizar), menos impressionadas as mulheres ficavam com ele.

Julia, logo ela, Julia, que "desistira da carreira de atriz para se dedicar a ser esposa e mãe" (uma declaração em que ninguém, e Jackson particularmente, acreditava), havia recentemente se juntado ao elenco de *Collier*. Jackson imaginara que ela seria um cadáver, ou, na melhor das hipóteses, uma garçonete, mas ela estava interpretando uma patologista forense.

— Uma patologista forense?

Ele foi incapaz de disfarçar a incredulidade em sua voz.

— Sim, Jackson — dissera ela, com uma paciência que parecia exagerada. — Eu não tenho um diploma de medicina, nem realizo autópsias. Isso se chama "interpretar".

— Ainda assim... — Jackson murmurara.

A detetive-superintendente Charlie Lambert, uma atriz chamada Saskia Bligh, era a glamorosa (durona, mas justa; sexy, mas profissional) parceira de Vince Collier. Ela discutia, assediava, convencia, corria de um lado para o outro e dava golpes de caratê ao longo de todo o episódio. Era uma loura magra, com olhos grandes e um tanto tristonhos, e daria para pendurar roupas na ossatura de seu rosto (como a mãe de Jackson teria dito). Não era bem o tipo de Jackson. (Ele tinha um tipo? E qual seria? A mulher da noite anterior? Certamente que não.) Saskia Bligh parecia do tipo que se machucava facilmente, e Jackson gostava de mulheres robustas.

Collier e Lambert. Eram só os dois. Morse e Lewis, Holmes e Watson; uma dupla capaz de solucionar todos os crimes do distrito com um mínimo de ajuda de técnicos e policiais semianônimos. Jackson gostaria de ver uma daquelas duplas trabalhando em um caso no mundo real. A personagem de Julia só existia para acrescentar "um desafio para o relacionamento deles".

— Não tem a ver com crimes, você precisa entender isso — dissera Julia. — Trata-se deles como pessoas.

— Eles não são reais — argumentara Jackson.

— Eu sei disso. A arte simula a realidade.

— Arte? — repetira Jackson incrédulo. — Você chama *Collier* de "arte"? E eu sempre achei que simulação era algo que você faz com máquinas.

— Você sabe o que quero dizer.

Julia estava substituindo o patologista anterior, um homem. O ator que interpretava o papel fora apanhado com pornografia infantil em seu computador, e a personagem fora discretamente enviada para trabalhar em uma prisão qualquer. Era uma justiça irônica, uma forma de jurisprudência pela qual Jackson sentia uma afeição particular. Justiça cósmica era algo muito bom, mas geralmente suas rodas levavam mais tempo para começar a girar.

Vince Collier adquirira recentemente uma mãe, que aparecera do nada (afetuosa, mas intrometida; prudente, mas ansiosa). Uma daquelas atrizes antigas, que pareciam nunca parar de trabalhar.

— Para humanizá-lo — explicara Julia.

Jackson não acreditava que ter uma mãe "humanizasse" alguém (seja lá o que isso significasse). Todo mundo tem mãe: assassinos, estupradores, Hitler, Pol Pot, Margaret Thatcher.

— Bem, a ficção é mais estranha que a realidade — dissera Julia.

O rosto da mãe de Vince Collier era familiar. Jackson tentara se lembrar do motivo, mas os pequeninos operários que controlavam sua memória ultimamente (levando e trazendo pastas, comparando o conteúdo com o índice, arquivando tudo em caixas que eram então colocadas em fileiras infindáveis de prateleiras de metal cinzento, para nunca mais serem encontradas) andavam escondendo aquela informação específica. Aquela imagem do funcionamento neurológico de seu cérebro fora formada durante a infância de Jackson, por influência dos Numskulls, personagens da revista em quadrinhos *Beezer*; e ele jamais conseguira desenvolver um modelo mais sofisticado.

Jackson supunha que os pequeninos habitantes do cérebro das outras pessoas realizavam suas tarefas como controladores de tráfego aéreo; sempre a par da localização precisa de tudo, nunca parando para um café ou se escondendo por entre as sombras de prateleiras raramente acessadas, onde fumavam cigarros clandestinamente ou reclamavam de suas precárias condições de trabalho. Um dia, eles simplesmente abandonariam o posto, obviamente.

A mãe de Vince Collier fora aparentemente arquivada na caixa errada, na prateleira cinzenta.

"Tilly das dez tomadas", era assim que Julia a chamava. Jackson fora visitá-la no estúdio sem avisar, quando percebera um dia que estava passando na frente da locação onde filmavam *Collier*.

— Pobrezinha, a memória dela não funciona mais — dissera Julia. — Eles deveriam ter percebido isso antes de contratá-la. Ela será morta em breve.

— Morta? — perguntara Jackson.

— Só no programa.

Eles estavam tomando café, sentados no que parecia ser um estábulo, um anexo gelado do caminhão de refeições, ao redor do qual algumas mesas haviam sido armadas.

— Não é um estábulo, é um celeiro — dissera Julia.

— É real ou parte do cenário?

— Tudo é real — respondera Julia. — Por outro lado, é claro que você poderia dizer que nada é real.

Jackson batera a cabeça na mesa de madeira. Mas não de verdade.

Julia estava vestida para a filmagem, com um jaleco azul e os cabelos presos em um coque.

— Você sempre gostou de mulheres de uniforme — dissera ela.

— Talvez, mas nunca tive um fraco por mulheres que cortam cadáveres.

— Nunca diga nunca — retrucara Julia.

Jackson se perguntou onde o filho deles estaria. Nenhum dos dois o mencionara.

— Jonathan está cuidando de Nathan? — perguntara ele finalmente, e Julia deu de ombros de forma displicente.

— Ou está ou não está. E não venha me dizer que ele está fazendo as duas coisas ao mesmo tempo. Não estamos discutindo universos paralelos.

Ela suspirou profundamente antes de dizer:

— Não, não está. Tenho uma babá, uma menina da vizinhança. E é um pouco tarde para você se preocupar com o bem-estar de seu filho.

— Bem, eu não me preocupei antes porque você me disse que ele não era meu filho — dissera Jackson, tentando ser razoável.

— Preciso ir — dissera ela. — Tenho uma autópsia às 15 horas.

A ficha caiu de repente.

— Ora, eu nunca... — disse Jackson para o cão.

O cão olhou para ele como se estivesse esperando pelo resto da frase. A mãe de Vince Collier não era outra senão a mulher confusa do Merrion Centre.

— Sabia que a tinha visto antes. Foi a peruca que me confundiu.

Ele assistiu a *Collier* até o amargo final. Julia apareceu duas vezes ("dra. Beatrice Butler", maternal, mas esperta; sexy, mas intelectual — uma versão distorcida da complexidade da própria Julia). Na primeira vez que ela apareceu na tela, estava analisando a cena de um assassinato, onde fez a estimativa da hora da morte de uma prostituta mutilada; pouco tempo depois, estava no necrotério, onde fingia abrir o cadáver de uma vítima. Jackson preferia programas sobre a natureza; mesmo os mais sangrentos eram preferíveis àquela porcaria.

— O programa é muito popular — dissera Julia. — Ótimos níveis de audiência.

Assassinatos reais eram nojentos. Fediam, bagunçavam tudo e eram normalmente de partir o coração, invariavelmente sem sentido, ocasionalmente entediantes; jamais aquela narrativa organizada, esterilizada. E as vítimas eram quase sempre prostitutas, descartáveis como lenços de papel, tanto na realidade como na ficção.

— Arte uma ova — murmurou Jackson para o cão.

Ele esperou que o nome da mãe de Vince Collier aparecesse nos créditos. Marjorie Collier, interpretada por Matilda Squires.

— Olhe, eu estava certo — disse ele para o cão.

"Tilly das dez tomadas." O cão espirrou de repente, três vezes seguidas, pequenos sons que Jackson achava estranhamente (e inexplicavelmente) tocantes.

Desligou a televisão e voltou para seu velho amigo Google, digitando o nome "Marilyn Nettles" no telefone. Tudo o que ele fazia era procurar mulheres. Estava prestes a desistir quando encontrou algo em um site "dedicado a escritores de Yorkshire".

"Marilyn Nettles escreve sob o pseudônimo de Stephanie Dawson. Nettles é uma ex-repórter policial do *Yorkshire Post* e vive na cidade histórica de Whitby."

Jackson comemorou com uma xícara de chá da bandeja de cortesia. O frigobar fora reabastecido pela camareira de manhã, e ele abriu outro pacote de biscoitos, dividindo-os com o cão.

— Estamos com sorte — disse ele ao cão, atirando-lhe um biscoitinho. — Marilyn Nettles, aqui vou eu.

Ele já estava pensando em levar o cão para o último passeio do dia e ir dormir cedo, quando ouviu uma batida na porta. O cão ergueu as orelhas em alerta.

— Serviço de quarto! — disse alguém em voz alta do outro lado da porta.

— Eu não pedi serviço de quarto! — disse Jackson para o cão.

Talvez ele pudesse ter se lembrado de várias cenas de filmes a que assistira ao longo dos anos, nas quais um garçom empurrava um carrinho, coberto com uma toalha branca, para dentro do quarto; um carrinho que na verdade escondia uma metralhadora ou uma loura voluptuosa. Mas Jackson não se lembrou de nada daquilo e abriu a porta.

— Jesus! — disse ele, quando viu o que havia no carrinho. — Para mim? Não precisava.

O carrinho trazia um balde de prata cheio de gelo, contendo uma garrafa de Bollinger que suava de forma bastante atraente com o frio. Parecia sofisticado demais para um hotel Best Western. O carrinho já estava dentro do quarto antes que Jackson tivesse a chance de comentar sobre a improbabilidade de o destinatário ser ele. Talvez uma mulher estivesse tentando seduzi-lo. Não uma das mulheres com quem ele saíra recentemente, isso era certo. O garçom, um homem grisalho, meio careca, de pele acinzentada, parecia mais um assassino em série das antigas do que um funcionário de hotel. Ele viu o cão deitado sobre a cama e começou a fazer um enorme escândalo a respeito.

— Tive um desses quando era menino — disse ele, sorrindo para Jackson. — Um border terrier. Cães muito inteligentes. Muito alegres.

O cara estava coçando a cabeça do cão e acariciando seu pelo. O cão parecia surpreso. Ele parecia ter uma ampla gama de expressões faciais. Seu repertório era provavelmente mais extenso do que o do próprio Jackson. Jackson esperou para ver se o garçom mencionaria o fato de o hotel proibir a entrada de cães, mas ele não o fez e finalmente se afastou do animal, dizendo:

— O senhor quer que eu abra a garrafa, sr. King?

— Ah — disse Jackson. — Eu não sou o sr. King. Acho que você veio ao quarto errado. Eu quase me dei bem — disse ele, rindo.

"Ha, ha."

— Eu não diria nada a ninguém — disse o garçom.

Ele sorriu e deu um tapinha na lateral do nariz, um gesto que Jackson nunca vira fora de uma comédia tola de televisão.

— O que você não sabe não pode te ferir.

— Eu ficaria tentado a dizer que o contrário é verdade — disse Jackson. — O que você *não* sabe pode te ferir.

Ambos começaram a rir. Mal havia espaço no quarto para tanta afabilidade.

"Ha, ha, ha."

— Posso lhe trazer mais alguma coisa, senhor? — perguntou o garçom, removendo o carrinho do quarto.

— Não, obrigado — disse Jackson.

Depois que ele saiu, Jackson olhou para o cão. O cão olhou para Jackson. Jackson suspirou e sentou-se na cama ao lado do animal. O cão abanou o rabo, mas Jackson disse:

— Fique quietinho. Bom garoto!

E correu o dedo pelo interior da coleira do cão até achar o rastreador. Ele mostrou o aparelho para o cão.

— Amadores — explicou ele.

Uma das coisas que você definitivamente não deve fazer com crianças é dirigir com elas no banco de trás de um carro, atravessando bairros perigosos no meio da noite, procurando uma prostituta. Perto da junção de Water Lane com Bridge Road, um carro não identificado do Departamento de Narcóticos passou por elas na direção oposta, certamente procurando por viciados de sarjeta. Será que a haviam reconhecido? Tracy continuou a dirigir devagar e perguntou a si mesma se teriam notado a menina no banco de trás.

Kelly Cross queria mais dinheiro. Não havia nenhuma surpresa naquilo. O enigma era: como teria conseguido o número do celular de Tracy? ("Ouça, sua maldita vaca gorda, você não tinha o direito de levar aquela pirralha. Se você quiser ficar com ela, vai ter que soltar muito mais grana.") "Bem, veja só se você não está pagando o preço de ter comprado a menina com desconto, como seu coração sempre soubera que aconteceria", pensou Tracy. E por quanto tempo aquele tipo de extorsão poderia continuar? Até que Courtney se tornasse adulta e tivesse seus próprios filhos? Será que Kelly duraria tanto? Ela realmente não pertencia a um grupo demográfico que esbanjava longevidade. Seria muito melhor se Kelly Cross morresse: uma dose "batizada" de heroína, um cliente psicótico... Quem sentiria falta dela, afinal?

— Aquela pirralha — dissera Kelly Cross.

Não "minha filha". Embora fosse verdade que mães como Kelly eram mesmo desinteressadas em seus filhos. Não eram?

Todos aqueles lugares adoráveis. Bridge End, Sweet Street West, Bath Road. Terra de ninguém. Literalmente. Ninguém ouviria você gritar. Algumas prostitutas fazendo serão, encostadas em um muro, fumando cigarros como especialistas. Uma estava marcada pela vida difícil; a outra parecia menor de idade, tremia, tinha a pele emaciada, parecia estar drogada. Não é mesmo *Uma linda mulher*, pensou Tracy. Tracy se perguntou se elas seriam mães e filhas. Estavam trabalhando; ela não estava mais, Tracy lembrou a si mesma.

Enquanto Tracy estacionava o carro, o telefone tocou. Barry. "Oh, pelo amor de Deus." O único meio de pará-lo era falar com ele.

— Onde você *está*? — perguntou ele quando Tracy atendeu ao telefone, soando desnecessariamente irritado, como um marido ciumento.

— Bath Road — disse ela, observando enquanto a mais jovem das duas mulheres começava a se aproximar do carro.

Botas até as coxas, saltos altíssimos, saia jeans curta, um espartilho apertado, jaqueta imunda.

— O que você está fazendo aí? — perguntou Barry, espantado.

— Procurando uma pessoa. O que você quer?

— Você recebeu as minhas mensagens sobre aquele tal de Jackson?

— Sim, mas não faço ideia de quem ele possa ser — respondeu Tracy.

— Você quer que eu faça alguma coisa a respeito? — perguntou Barry.

O eco das palavras de Harry Reynolds para ela, mais cedo.

Ela abriu a janela do carro e a jovem prostituta, mais menina que mulher, pareceu confusa ao vê-la.

— Você quer fazer negócios? — perguntou ela, meio em dúvida.

— Quero — disse Tracy.

Ela tirou uma nota de vinte libras da bolsa, como uma isca, e completou:

— Um tipo diferente de negócio.

— Tracy? — disse Barry ao telefone. — O que você está aprontando?

— Nada.

— Eu não mencionei isso antes, mas aquele cara, o tal Jackson, quem quer que seja ele, andou perguntando sobre Carol Braithwaite.

— Carol Braithwaite? Ouça, eu preciso ir, Barry. Ligo para você mais tarde.

Ela desligou o telefone e gritou para a menina, que havia apanhado o dinheiro e estava prestes a dar o fora.

— Espere!

A jovem voltou relutantemente para perto do carro, desta vez acompanhada pela mulher mais velha, que, ao ver Tracy, disse:

— Ei, Tracy, como vai?

— Estou maravilhosa — disse Tracy. — Noite calma, não é?

— É a recessão. E estamos sendo prejudicadas o tempo todo por essas prostitutas viciadas em crack. Há meninas por aí oferecendo um striptease completo e sexo por dez libras. Esse é um mundo diferente, Tracy.

Fora aquilo que Barry dissera, e que Harry Reynolds dissera. Tracy pensou que deveria estar perdendo alguma coisa, porque para ela parecia o mesmo velho mundo de sempre. Os ricos ficavam mais ricos, os pobres ficavam mais pobres, crianças por toda parte sofrendo as consequências. Os vitorianos teriam reconhecido aquele mundo. As pessoas só assistiam a muito mais televisão e achavam celebridades interessantes nos dias de hoje, e essa era toda a diferença.

— Sim, é terrível, levando tudo em conta. Na verdade, estou procurando Kelly Cross — disse Tracy.

— Minha mãe? — perguntou a mulher mais jovem.

"Jesus", pensou Tracy. Será que o círculo vicioso nunca se fechava? Ela estava dolorosamente consciente da presença de Courtney, no banco de trás. Aquela menina seria sua meia-irmã? Seria aquele o destino a que Courtney estava condenada, se Tracy não a tivesse resgatado? A mulher mais velha, Liz, se a memória de Tracy ainda funcionava, espiou dentro do carro.

— Ela é sua? — perguntou a mulher a Tracy, dando uma longa tragada no cigarro.

— Não exatamente — respondeu Tracy.

Não havia razão para medir palavras com aquelas duas; o que elas poderiam fazer? Correr para o policial mais próximo e denunciá-la?

— Bela roupa, queridinha — disse Liz para Courtney, que, em resposta, fez um gesto cerimonioso com a varinha.

- Vocês a reconhecem? — perguntou Tracy.

As três mulheres examinaram a criança no banco de trás do carro. Ela estava comendo uma maçã e parou na metade de uma mordida. Uma maçã vermelha, mordida por Branca de Neve. A maçã e a varinha, a orbe e o cetro de suas posses reais.

— Não, sinto muito — disse Liz.

— Não — respondeu a jovem, para alívio de Tracy.

— Você tem nome? — perguntou Tracy a ela.

— Não.

Tracy olhou para a garota. Uma *fille de joie* que corria um risco quarenta vezes maior de sofrer uma morte violenta do que as outras mulheres. O que se podia fazer? Nada.

— Não, é sério — disse Tracy. — Qual é o seu nome?

— Chevaunne. C-h-e-v-a-u-n-n-e, tenho que soletrar o tempo todo, é um pesadelo. É irlandês.

Pelo menos a menina sabia soletrar, ainda que fosse seu próprio nome escrito errado. Kelly Cross era tão burra que não conseguira soletrar "Siobhan". A mãe de Kelly era irlandesa. Fionnula. Tracy estava na ativa havia tanto tempo que vira três gerações de prostitutas passarem por ela. "Uma cigana perfeita", Barry costumava dizer. Ciganos e irlandeses eram farinha do mesmo saco, até onde Barry sabia; igualmente ruins.

Tracy voltou a atenção para Liz.

— Você pode me dar o endereço de Kelly?

— Ela estava morando em Hunslet.

— Harehills — interrompeu Chevaunne. — Mas isso vai lhe custar dinheiro.

Tracy entregou outra nota de vinte libras em troca do endereço de Kelly Cross.

— Agora deem o fora, vocês duas — disse ela.

Um Avensis cinzento virou a esquina da Bath Road, passando por elas e estacionando na frente de um armazém abandonado, um exemplo perfeito de imóvel dilapidado. Parecia uma grande coincidência. Tracy procurou pelo coelho cor-de-rosa, mas o carro estava longe demais para ela poder ver.

— Opa! — disse Liz, e as duas *belles de jour* se afastaram na direção do Avensis.

— *Aquele* é um carro cinzento — disse Courtney, tentando ajudar.

— É, estou vendo, querida.

Tracy parou o carro na aleia paralela à rua. Desligou o motor, saiu do carro e desafivelou o cinto de Courtney. O último lugar para onde queria levar a menina era para a casa de Kelly Cross, mas que escolha tinha? Tracy não poderia deixá-la no banco de trás de um carro, em uma rua deserta. Desde o primeiro momento que vira Kelly Cross no Merrion Centre, no dia anterior, parecia que Tracy não fazia outra coisa além de escolhas, uma infindável série de bifurcações no caminho. Mais cedo ou mais tarde, ia dar de cara com uma rua sem saída. Se já não tivesse encontrado uma.

Kelly era a única coisa que ligava Tracy a Courtney. Se ela se livrasse de Kelly, quebraria a cadeia de evidências que levava a Tracy. Então, restaria apenas Imogen e sua filhinha, Lucy. Não haveria necessidade de Tracy olhar por sobre o ombro pelo resto de sua vida. Acabar com Kelly Cross. Até mesmo a aliteração era atraente. O coração de Tracy começou a martelar desconfortavelmente em seu peito. Livrar-se da conexão entre Kelly e a menina, entre Kelly e a própria Tracy. Forjar um novo e terrível laço, mas livrar-se do poder que Kelly Cross tinha sobre elas. Quem estava em posição melhor para cometer um crime da forma adequada do que a polícia?

A porta que dava para o quintal de Kelly estava aberta. O quintal era pequeno e tão cheio de entulhos que provocava claustrofobia: uma velha máquina de lavar, uma poltrona imunda, sacos pretos de plástico contendo só Deus sabia o quê. As janelas da casa estavam imundas, rachadas, cobertas de teias de aranha cheias de moscas. Havia um pedaço de papel, colado sobre a pintura descascada da porta dos fundos, que dizia "Cross" em uma caligrafia semianalfabeta. A porta parecia ter sido chutada várias vezes. Tracy suspirou. Passara toda a sua carreira batendo em portas como aquela.

Sem obter resposta.

Bateu de novo, mais alto desta vez; uma batida de policial. Nada. Ela tentou sacudir a porta e conseguiu abri-la. Aquele era sempre um momento de suspense nos filmes e seriados de televisão: nada de bom seria descoberto atrás da porta fechada. Na experiência de Tracy, entretanto, aquilo significava que alguém se esquecera de trancá-la.

A porta dava diretamente para a cozinha. Ela deu um passo cauteloso para dentro e disse:

— Kelly?

Tracy meio que esperava que Kelly aparecesse do nada, gritando como uma louca. Ela deu mais alguns passos e percebeu que Courtney a seguia como uma sombra, como se elas estivessem brincando de estátuas.

— Fique aqui, certo, querida? — disse Tracy.

Ela deu mais alguns passos para o interior da cozinha, e a menina continuou a segui-la. Tracy puxou uma cadeira de perto da mesa e disse a ela:

— Sente-se aqui. Não toque em nada.

Tracy acendeu a luz. Ninguém acendia a luz nos seriados policiais. Por causa da atmosfera, supunha Tracy. Ela podia viver sem a atmosfera. A cozinha inteira era um perigo para a saúde. A luz fluorescente iluminava caixas e papel-alumínio com restos de refeições, pratos e panelas sujas, comida podre, leite estragado, várias garrafas de álcool e cigarros.

— Kelly? — chamou Tracy mais uma vez, avançando na direção do corredor.

Acendia as luzes à medida que prosseguia. Já estava ficando claro lá fora, mas a escuridão da casa era mais profunda do que a noite.

Um pequeno quarto nos fundos. Completamente cheio de caixas, com o conteúdo espalhado pelo chão, na maior parte roupas que pareciam pertencer a mendigos. O segundo cômodo era uma sala de estar, se era possível chamá-lo assim. Parecia impossível que uma sala tivesse aparência pior. Pacotes velhos de cigarros, pratos sujos e mais caixas de comida. Garrafas e latas vazias, uma seringa debaixo da almofada no sofá, tudo imundo e anti-higiênico. Tracy lera relatórios sobre Leeds no século 19: a pobreza, as condições horríveis dos pobres trabalhadores das indústrias. Atolados até os joelhos em lixo. Não era muito diferente, ali.

Não havia sinal da presença de uma criança na casa, Tracy percebeu: nada de roupinhas, brinquedos ou DVDs. Com relutância, subiu as escadas íngremes e estreitas. Havia três portas para escolher e todas estavam fechadas. Como em um conto de fadas. Ou em um pesadelo. Tracy teve outra lembrança de Lovell Park: Ken Arkwright arrombando a porta com o ombro. O fedor que veio de dentro, as moscas...

O banheiro era nojento. Certamente, Kelly não poderia levar os clientes até ali. Mesmo o mais idiota dos homens hesitaria antes de entrar naquele antro.

A segunda porta dava para um pequeno quarto. Completamente vazio. Não havia nada lá além de pó, restos de papel alumínio e fragmentos de isopor, como flocos de neve sobre as tábuas nuas.

Só restava uma porta. Tracy hesitou, temendo a possibilidade de interromper Kelly enquanto ela fornecia seus serviços para um cliente menos exigente. Bateu na porta com força e gritou:

— Kelly? Kelly, é Tracy. Tracy Waterhouse.

Como não ouviu resposta, empurrou a porta devagar, desconfiada.

O cheiro fétido da morte estava por toda parte. Até mesmo o coração de policial de Tracy deixou de bater brevemente. Kelly Cross estava estirada na cama, com a cabeça esmagada, a barriga aberta. Parecia estar usando o uniforme de trabalho: uma saia preta curta e uma miniblusa prateada com lantejoulas. Algumas lantejoulas estavam espalhadas pela cama, brilhando como escamas de peixe sob a pouca luz.

Tracy colocou dois dedos contra o pescoço de Kelly. Sem pulso. Nem sabia por que estava verificando; era absolutamente óbvio que Kelly estava morta. O corpo ainda estava morno. Tracy preferia quando os cadáveres estavam gelados.

Kelly Cross estava morta. O desejo de Tracy fora atendido. Parecia magia negra em ação que os pensamentos de Tracy tivessem se realizado tão rapidamente. Tracy não acreditava em magia; entretanto, acreditava na escuridão.

Ela já vira coisa bem pior no passado, embora isso não tornasse o quadro a sua frente menos repugnante. Não havia tempo para ficar chocada, entretanto. Deveria pensar como uma policial ou uma criminosa? Tracy estava em dúvida. Acontece, como já esperava, que as coisas funcionavam mais ou menos da mesma forma, só que ao contrário.

Procurou um lenço de papel na bolsa e limpou todas as maçanetas e portas. Era uma pena que ainda não tivesse comprado lenços umedecidos. Provavelmente deixara algum traço de evidência ali: um cabelo, um fragmento de pele. Um rastro de Tracy.

Será que a menina tocara em algo? Courtney ainda estava esperando obedientemente na cozinha. Teria suspeitado de alguma coisa? Sua expressão era, como sempre, indecifrável.

— Vamos, querida — disse Tracy, sua voz falhando com o esforço de soar alegre. — Está na hora de ir para casa.

A menina sacudiu a varinha, como se estivesse abençoando a casa dos mortos. Ela escorregou da cadeira e Tracy a levou para fora da casa.

— Vamos voltar para o carro, Courtney.

— É Lucy — lembrou a criança a Tracy.

Courtney havia adormecido quando Tracy estacionou o carro na ruazinha nos fundos de sua casa. Não era asfaltada e parecia quase uma estradinha rural. A rua levava a uma fileira de armazéns alugados, que serviam como garagens convenientes para alguns dos moradores que possuíam carros. Tracy abriu a porta do seu e entrou de ré no espaço vazio como um piloto profissional; desligou o motor e encostou a testa no volante. Ela pensou que fosse vomitar.

Courtney acordou de um pulo e perguntou:

— O que aconteceu?

— Você adormeceu — disse Tracy –, e nada aconteceu enquanto você estava dormindo. Nós nos movemos um pouco no espaço e no tempo, foi só isso. Estamos em casa. Coma outra maçã.

As bananas haviam acabado.

A menina concentrou toda a atenção em comer a maçã, como se estivesse estudando para se tornar uma degustadora profissional de maçãs. Só a ideia de ingerir qualquer coisa fazia o estômago de Tracy revirar-se. Ela mal podia esperar para entrar no chuveiro e se livrar do cheiro de morte que a havia seguido desde Harehills e a rodeava como uma aura pestilenta.

— Vamos, então.

Ela suspirou e abriu a porta do carro.

Courtney foi para a cama vestindo a fantasia de fadinha, tendo se recusado a tirá-la. Tracy não se importou; não desempenhara o papel de mãe por tempo suficiente para ter estabelecido qualquer regra.

O tesouro da menina estava espalhado sobre a cama, e ela começou a arrumar tudo. Quando chegou ao biscoitinho da sorte, olhou para o petisco por algum tempo, como se o biscoito fosse se quebrar sozinho.

— Você tem que quebrá-lo — disse Tracy.

A menina olhou para ela.

— Confie em mim — disse Tracy.

A criança esmagou o biscoito com o punho.

— É, isso resolve o problema — disse Tracy.

A menina encontrou o pedacinho de papel entre os farelos e o entregou silenciosamente para Tracy, para que ela o lesse.

— "O tesouro aqui é você" — leu Tracy em voz alta.

A menina estendeu o braço e deu um tapinha na mão de Tracy.

— E você também — disse ela, demonstrando compaixão pela exclusão de Tracy da boa sorte.

— De certo modo, eu acho que não — disse Tracy.

— Fique com ele — disse Courtney.

Tracy colocou o pedacinho de papel dentro do sutiã, como um amuleto da sorte.

— Espere um minuto — disse ela, e foi para o andar de baixo.

Ela voltou com o anel de noivado de Dorothy Waterhouse, que guardava no fundo da gaveta da penteadeira.

— Um tesouro de verdade — disse ela, acrescentando o anel ao conteúdo da mochila.

— Sim — disse Courtney. — Um tesouro de verdade.

A princesa Courtney saiu em outra aventura, uma aventura intrépida envolvendo lobos e machados e ursos que comiam mingau.

— Não gosto de lobos — disse Courtney.

— Nem eu. Mas estamos bem, eles foram expulsos de Leeds — respondeu Tracy.

"Ah, se fosse verdade."

Depois que Courtney adormeceu, Tracy tirou algumas malas do armário do corredor, levou-as para o quarto e encheu-as com o novo guarda-roupa de Courtney, comprado na Gap, e tudo o que ela própria possuía e que achou necessário. Adicionou outra sacola de brinquedos, tirou as sacolas do supermercado do porta-malas do Audi e substituiu--as pelas malas, colocando as sacolas do supermercado no banco de trás. Arrumaria tudo quando chegasse, e tudo provavelmente estaria intragável.

— Aí está — disse ela para si mesma. — Tudo pronto para partirmos logo cedo.

Soava completamente louca. Soava como sua própria mãe, preparando--se para as férias anuais em Bridlington.

Tracy foi verificar como Courtney estava. A menina estava dormindo profundamente, roncando de leve. Como uma porquinha, uma gatinha.

Não havia mais cerveja Beck's em casa; como aquilo acontecera? Então, Tracy teve que se virar com meia garrafa de Chardonnay que encontrara na geladeira, aberta só Deus sabia quando. O vinho se parecia com urina, e o gosto não era muito melhor. Ela podia sentir o líquido caindo como um ácido em seu estômago. Tracy encontrou meio pacote de batatinhas no fundo do armário e mastigou-as sem sentir o sabor.

Quando ligou a televisão, os créditos finais de *Collier* estavam passando.

Ela caiu no sono na frente da televisão. Estava assistindo *Britain's Got Talent* e deveria ter adormecido, porque, quando Tilly deu por si, acordara a si mesma com seus próprios roncos. "Roonc, rooonc, roooonc!" Acordou de um pulo, sentiu seu coração disparar. Aqueles cochilos no início da noite ainda a matariam algum dia.

Estava confusa. O que passava na televisão agora parecia real, e não um simples programa. Lá estava Saskia, apontando uma arma para alguém e gritando:

— Abaixe a arma ou eu atiro!

Mas ela podia ouvir Saskia andando no banheiro do andar de cima, e o barulho de água corrente. Ela sempre reclamava sobre como o chalé estava sujo e perguntava a Tilly se ela realmente sabia como fazer uma faxina.

— Lixo por toda parte — dizia ela.

Por algum motivo, Tilly imaginava o lixo como uma pessoa, um homem vestindo um velho sobretudo marrom, sebento e manchado, com um chapéu escondendo-lhe o rosto. Ele espreitava em uma esquina, esperando para surpreendê-la e exibir seus genitais. Tilly encontrara alguns desses homens no Soho em sua época, sempre por perto de livrarias suspeitas e de clubes de striptease. Fora abordada algumas vezes. Tilly nunca se sentira tentada, mesmo quando estava morrendo de fome. Sabia, e tinha provas disso, que Phoebe, a *Dame* Phoebe, velejara em um iate com algum ricaço durante um fim de semana. O homem parecia um sapo. Ela voltara para casa com diamantes. Tire suas próprias conclusões.

No dia anterior, Saskia lhe havia apresentado silenciosamente um tufo de cabelos ensaboados, encontrado no ralo da banheira. Havia cabelo suficiente para fazer uma peruca. Ela segurava o tufo com um pedaço de papel higiênico, como se fosse uma aranha perigosa, prestes a atacá-la.

— Eu estava pensando... será que você poderia, bem, limpar a sua própria sujeira? — dissera ela.

Era só um tufo de cabelo, pelo amor de Deus. As pessoas eram estranhas, se importavam com coisas pequenas como aquela. Phoebe não suportava unhas dos pés, nem as dela nem as de qualquer outra pessoa. Ela ia à pedicure todos os meses e nunca cortava suas próprias unhas, nunca!

— A minha babá costumava fazer isso para mim — dissera ela, quando as duas moravam juntas no Soho.

Tilly apanhara o tufo de cabelo das mãos de Saskia relutantemente.

— Oh, querida, acho que estou ficando careca — dissera ela, tentando manter alguma dignidade.

E então, de repente, Tilly estava olhando para si mesma, como se a televisão fosse um espelho. Um espelho cruel, distorcido. Ela parecia horrível. Obesa, louca. Aquela peruca pavorosa. Claro que estava assistindo a *Collier.* Ainda não havia perdido totalmente o juízo. Ainda não.

Na tela, andava pela cozinha, colocava um assado na frente de Vince Collier, dizendo-lhe que ele não comia direito, que precisava se casar com uma boa moça. Tilly nunca fizera um assado em toda a sua vida.

— Não force a barra, mamãe — dizia Vince. — Você sabe que é a única mulher para mim.

Para ser sincera, ela não parecia nada bem. Eram as intimações da mortalidade. A carruagem alada do tempo e blá-blá-blá. Ainda não estava pronta para morrer. Tilly imaginou Phoebe fazendo a elegia em seu funeral, falando sobre sua "querida amiga", todos tristes por cinco minutos. Ela seria uma nota de rodapé por alguns anos, e então não seria mais nada. Uma vida após a morte insatisfatória, na rede ITV3. E aparentemente já pertencia ao grupo dos será-que-já-morreram. Uma mulher aparecera no estúdio alguns dias antes; Tilly não fazia a menor ideia de quem ela era, uma jornalista, provavelmente. De meia-idade, o tipo exagerado, de olhos arregalados, falsamente inocente. Quando fora apresentada a Tilly, ela dissera:

— Meu Deus, achava que você tivesse morrido!

Simples assim. Que grosseria.

— Não se preocupe, Till — dissera Julia. — Roguei uma praga daquelas. Ela vai morrer muito antes de você.

Julia era simpática, como uma pessoa normal. Mais ou menos. Sabia como levar uma conversa; não ficava só falando para os outros, como a maioria das pessoas costumava fazer. E Julia sempre tinha alguma coisa interessante a dizer, o que era mais do que se podia dizer a respeito da pobre Saskia, que, no final das contas, só estava interessada em si mesma. Uma fotografia dela fora publicada no *Mail* na semana anterior, uma perua, de braço dado com um homem — algum jogador de rúgbi — saindo de um restaurante. "A estrela de *Collier*, Saskia Bligh." Ela mostrara a foto para todo mundo. Publicara a foto no Twitter. No Twitter! Nunca largava o telefone. Ela tuitava, e perguntara a Tilly:

— E você?

Ela mostrara o aplicativo a Tilly em seu telefone. Era um passo tecnológico grande demais. Tilly não sabia sequer ligar um computador; pertencia à geração errada, obviamente. Tuitar lhe parecia apenas pessoas dizendo umas às outras o que estavam fazendo; entrando no chuveiro, preparando o café. Quem diabos queria saber dessas coisas?

— Tuítes — dissera Saskia.

Bem, exatamente. Tagarelice e Twitter. Cheio de som e de fúria, sem significar nada. As pessoas não podiam mais suportar espaços vazios; precisavam preenchê-los com qualquer coisa que estivesse à mão. Houve uma época em que as pessoas guardavam seus pensamentos para si mesmas. Tilly gostava daquela época. Sua família tinha um pequeno periquito azul quando ela era pequena, Tweety-pie. Era difícil se apegar a um periquito. Seu pai pisara nele acidentalmente; sua mãe dissera que não conseguia entender como alguém conseguia pisar em um periquito. Agora, era tarde demais para tentar descobrir o que realmente acontecera. Tilly queria enterrá-lo, mas seu pai o colocara na lareira. Uma pira. Ela ainda conseguia ver o pequenino corpo do pássaro, as penas em chamas. Não gostava particularmente do pássaro, mas ficara triste por ele e até chorara um pouco. De vergonha. Tilly não queria ser cremada. Atirada ao fogo. Ela deveria registrar aquilo por escrito em algum lugar, fazer um testamento, deixar tudo bem claro. Tinha horror de fogo desde que Hull fora bombardeada, quando era criança. Embora, é claro, ser enterrada viva também não fosse uma perspectiva divertida.

Marjorie Collier estava tricotando agora, esperando que Vince telefonasse para ela. A câmera ficava bem afastada do tricô; Tilly não fazia a menor ideia de como tricotar, portanto, se limitava a suspirar muito e descansar as agulhas sobre o colo. Sentia-se satisfeita pela cena parecer tão convincente; era tudo fingimento. Atuar, encaremos os fatos, era algo tolo. E tudo era uma tolice nos dias de hoje. Tudo era fingimento. Nada mais era real. Não havia profundidade. E pronto.

Ela despertou com um susto outra vez, sentou-se com dificuldade e acendeu a luz da mesa de cabeceira. Arrastando-se para fora da cama, Tilly calçou os chinelos e desceu as escadas. Sentou-se à mesa por alguns minutos, certa de que estava procurando alguma coisa, mas não conseguia se lembrar do que era. Havia uma fruteira sobre a mesa, maçãs e bananas apodrecendo em silêncio. Saskia nunca comia frutas, e Tilly se esquecia. Ela oferecera uma pastilha de menta a Saskia no dia anterior, e Saskia recuara como se Tilly estivesse lhe dando heroína.

Estava com fome. Queria comer algo delicioso. Douglas costumava levá-la para tomar o chá da tarde no Hotel Dorchester, de vez em quando. Era adorável.

Certamente, algo poderia ser feito pelas pequenas crianças sofredoras. Todas elas. Tilly poderia liderar uma cruzada, a cruzada das crianças; não, aquilo era algo diferente, não era? A luta contra os infiéis. Ainda se via aquilo, os meninos-soldados na África. Ela vira um programa na televisão. Antes eram os árabes que eram os infiéis; agora éramos nós. Ela apanhou uma maçã; a casca estava enrugada e a fruta tinha uma consistência mole em sua mão. Decompondo-se. Era aquilo que estava acontecendo com a mente de Tilly. Estava se decompondo.

— Meu Deus, Tilly — disse Saskia. — O que você está fazendo?

— Estou cozinhando — Tilly anunciou grandiosamente. — Na verdade, estou assando um bolo.

— Você está coberta de farinha — disse Saskia. — A cozinha está coberta de farinha. Todas as panelas e vasilhas estão espalhadas. Parece que uma bomba explodiu aqui.

— Oh, não, posso assegurar a você que bombas fazem um estrago muito pior — disse Tilly. — Eu morava em Hull, você sabe, durante a guerra.

— Você sabe que horas são, Tilly?

Tilly olhou para o relógio da cozinha.

— São três horas — respondeu obedientemente.

Hora do chá. Um belo bule de chá e um bom pedaço de bolo seriam uma ótima ideia. Sua mãe era uma ótima cozinheira, tinha a mão excelente para doces e fazia pães de ló maravilhosos, fofinhos como nuvens. Ela se desesperava com a falta de talento de Tilly na cozinha. "Você nunca vai arranjar um marido, se não aprender a cozinhar." Bem, Tilly lhe mostraria. Ela convidaria a mãe para tomar um chá e...

— São três horas *da manhã*, Tilly — disse Saskia, irritada. — São três horas da manhã.

— Ah — murmurou Tilly. — Bem que eu vi que estava muito escuro.

Ela percebeu que havia lágrimas escorrendo por seu velho rosto demente. Era o começo do fim.

Ele adormeceu e depois acordou de um pesadelo. No pesadelo, estava sendo perseguido por um torso, o corpo sem cabeça e sem braços de uma mulher, meio Vênus de Milo, meio manequim de costureira. Jackson sabia que, na verdade, a mulher era sua irmã. Era sempre sua irmã. Ela podia estar incorpórea agora, mas existia vividamente nos sonhos dele.

Quando morreu, a irmã de Jackson estava economizando para comprar um manequim. Niamh costurava a maioria de suas próprias roupas. Jackson ainda se lembrava do vestido de noite que ela estava fazendo para si mesma, para a festa de Natal da firma onde trabalhava. Viera a Leeds para comprar o cetim verde-esmeralda. O vestido ia até os joelhos, e ela ficara de pé sobre a mesa da cozinha, calçando os sapatos que planejava usar, e pedira a Jackson para colocar os alfinetes na bainha. Ele caminhara ao redor dela, tirando a medida da mesa até os joelhos da irmã, usando o pequeno pedaço de giz de costureira que encontrara na cestinha de Niamh para marcar o vestido com pequenas cruzes brancas.

Tivera uma experiência estranha, íntima, com o cetim verde-esmeralda e as pernas de sua irmã, vestidas com meia-calça. A mãe deles, não muito afeita a elogios, porque nunca os recebera, costumava comentar sobre a figura delicada de Niamh e suas belas pernas. A mãe de Jackson, pelo que seu pai dizia, tinha pernas que mais pareciam tábuas. Se não tivesse morrido seis meses antes, seria ela quem estaria marcando a bainha.

— Uma garota precisa da mãe — disse Niamh.

Como ela estava triste, Jackson deixou de responder "Um menino também." De qualquer modo, ela sabia disso.

— Isso vai ser muito mais fácil quando eu tiver um manequim — dissera ela, girando sobre a mesa, tentando ver a bainha.

Jackson achava que manequins eram aquelas bonecas esquisitas das vitrines das lojas.

— Não — riu Niamh –, um manequim de costureira. Você pode ajustá-lo, para ter exatamente as suas medidas.

O vestido não estava pronto ainda quando ela morreu, e a bainha ainda estava marcada com o giz branco. Ficara pendurado atrás da porta do quarto dela, parecendo vazio sem o corpo de Niamh para habitá-lo, como se de repente ela tivesse se tornado invisível. Ficara invisível, obviamente. O irmão de Jackson, Francis, dissera:

— É uma pena que não o tenha terminado; ela provavelmente gostaria de ser enterrada com ele.

E depois dissera:

— De que droga eu estou falando, Jackson? Pena? Que tipo de palavra imbecil é essa? É uma pena que ela esteja morta, isso sim.

E então, atirara o vestido na lareira, onde ele queimara muito mais rápido do que Jackson esperava. Rápido demais, certamente, para que ele tentasse arrancá-lo das chamas.

Jackson fora ver o corpo de Niamh na funerária. Ela estava vestindo uma mortalha que parecia uma camisola antiga. A mortalha ia até o queixo dela e não era possível ver as marcas de estrangulamento em seu pescoço. Mesmo assim, o rosto parecia estranho, como se o cadáver estivesse tentando ser a irmã dele e não fizesse um grande trabalho. A mortalha não era algo que Niamh teria escolhido para vestir. Sua irmã gostava de roupas elegantes e clássicas, saltos altos, suéteres macios, saias justas que iam até o joelho.

Ele tinha algumas fotografias velhas da irmã, nas quais ela não se parecia muito consigo mesma, mas não como acontecera com seu cadáver, que tinha uma aparência quase alienígena. Ele não sabia o que acontecera com as fotos. Deviam ter sido queimadas no incêndio, imaginava. Quando ele morava em Cambridge, depois que Josie o abandonara, sua casa fora destruída por uma explosão. (E, novamente, o resumo de sua vida parecia mais excitante do que a versão completa.)

Niamh teria ficado muito mais bonita no caixão com aquele vestido verde. Ninguém teria percebido que o vestido não estava terminado.

Quando Jackson saiu de casa, alguns anos depois da morte dela, a única coisa de Niamh que Jackson ainda possuía era um pequeno poço dos desejos em porcelana que dizia: "Estive em Scarborough e lhe desejo tudo de bom." Niamh havia viajado em uma excursão com um grupo de amigas e trouxera uma lembrança para ele. Presentes eram algo muito precioso em sua família por serem quase inexistentes. O Museu Britânico tinha em seu acervo peças de porcelana preservadas por milhares de anos, mas nem um fragmento daquele enfeite sobrevivera; a explosão também o destruíra.

Ele ficou deitado, acordado, olhando para o teto, sabendo que o sono demoraria muito a voltar. Jackson se perguntava o que a mulher com quem dormira na noite anterior estaria fazendo naquele momento. Talvez estivesse fora da cidade mais uma vez, com um grupo de amigas, mas era mais provável que estivesse em casa, com o dono da prancha de skate, dormindo depois de preparar o lanche e o uniforme da escola, preparando-se para mais um dia de trabalho. Jackson sentiu uma pontada de culpa por não ter se despedido, por ter escapulido como uma raposa do galinheiro. Mas que diferença teria feito? Falando francamente?

Um som confortador de ronco canino veio da outra cama, emitido por seu novo parceiro. "Nunca acorde um cão adormecido", ele pensou.

O telefone tocou, e ele procurou o interruptor do abajur na mesinha de cabeceira.

Era uma mensagem de Hope McMaster, no mundo de amanhã: "Oh, meu Deus, onde você conseguiu aquela foto? Sou eu, tenho certeza disso. VOCÊ DESCOBRIU ALGUMA COISA?? QUEM SOU EU??!!!!"

"Ainda não", respondeu ele, um tanto secamente. "Espere, e não se anime demais." Ele não queria ser responsável pelo fato de Hope McMaster ter um parto prematuro, causado por pontos de exclamação. Jackson percebera, um tanto tarde demais, que talvez não devesse ter passado informações para ela, fazendo seu nível de ansiedade aumentar a cada mistério revelado. Teria sido melhor apresentar-lhe a história toda no final, amarrada com um lindo laço de cetim vermelho: "Surpresa, você é uma verdadeira descendente dos Romanov!" (Não, isso nunca acontecera com nenhuma das clientes de Jackson.) Do jeito que as coisas estavam indo, ele nunca seria capaz de contar a Hope McMaster quem ela era; apenas quem ela não era.

— ... Então, estamos terminando tarde hoje e vamos começar cedo amanhã, e a maioria de nós não vai saber a diferença, porque vai trabalhar direto. Eu só queria deixar todos informados sobre onde nos encontramos nessa investigação. Se houver alguém aqui que ainda não me conhece, sou a detetive-inspetora Gemma Holroyd e sou a superintendente deste caso.

Barry encostou a cabeça descuidadamente na parede da sala de situação e fechou os olhos. Dois assassinatos em dois dias. Mesmo *modus operandi.* Mais ou menos. Ele tinha duas semanas até poder dar o fora daquele lugar e não queria deixar uma grande bagunça para trás. Vida nova. Feche a porta, e que a última pessoa a sair do edifício apague a luz. Tchauzinho para a Equipe de Investigação de Homicídios.

— Para recapitular, Kelly Anne Cross, 41 anos, foi encontrada aproximadamente às 22 horas dessa noite por um vizinho. A análise preliminar do patologista estimou a hora da morte entre as 19 e as 20 horas; teremos dados mais precisos depois da autópsia. Há uma pequena fila, entretanto; ainda estamos processando o assassinato de Rachel Hardcastle, cujo corpo foi encontrado em um terreno baldio em Mabgate ontem à noite; uma suspeita de atentado em Hunslet e um engavetamento na rodovia.

— Não há dúvidas de que a mulher foi assassinada, contudo. Foi um ataque brutal; ela parece ter sido atingida com força na cabeça, além de ter ferimentos a faca no peito e no abdômen. Não havia sinal de qualquer arma no local do crime. O *modus operandi* é semelhante, mas não é o *mesmo* do assassinato de Rachel Hardcastle — disse ela, com exagero desnecessário.

Barry não precisava abrir os olhos para saber que ela estava olhando diretamente para ele. Não lhe daria a satisfação de abri-los.

— Rachel Hardcastle, a mulher encontrada no terreno baldio em Mabgate, e Kelly Cross eram prostitutas conhecidas. Havia várias impressões digitais na cena do assassinato de Kelly Cross e muitos traços de DNA; tudo está sendo processado. Tenho certeza de que o laboratório terá informações úteis para nós amanhã.

— Na investigação de porta em porta, ainda não descobrimos muita coisa, e não há muitas câmeras de segurança naquela área; as placas dos carros ainda não deram nenhum resultado. O relatório preliminar sobre os espirros de sangue...

Barry desligou totalmente. Ela era eficiente, tinha que reconhecer. Terno elegante, cabelos arrumados, sapatos apropriados, maquiagem discreta; ela não se parecia nada com as peruas que se vê por aí. De um modo estranho, a mulher com quem ela mais se parecia era sua esposa. Mas a maioria das mulheres se parecia com ela. Talvez com a exceção de Tracy. Ele planejara tornar Gemma Holroyd a superintendente do próximo grande caso de qualquer forma, mesmo sem a recomendação de Tracy.

Ele tinha ido até o buraco esquálido que Kelly Cross chamava de casa e sentara-se na viatura pela segunda vez em vinte e quatro horas. Barry se lembrava da mãe de Kelly Cross, mas não conseguia se recordar do nome dela, alguma coisa irlandesa. Uma peça e tanto, mas ótima para uma rapidinha em um beco escuro. Bons e velhos tempos. Tempos diferentes, um Barry diferente. Ele se perguntava, às vezes: se pudesse voltar no tempo e viver sua vida como um santo, faria alguma diferença? Nada de bebida, nada de cigarro, nada de palavrões, nada de trapaças, imoralidades, prostitutas. Poderia se inscrever na biblioteca pública, levar Barbara para jantar, comprar-lhe flores. Trocar fraldas, esquentar a mamadeira e tentar chegar em casa cedo todas as noites para ler uma historinha para Amy antes de ela dormir. Ele poderia até mesmo tentar dar algum tipo de ajuda a Barbara com o trabalho de casa. E então, talvez, só talvez, acumulasse pontos suficientes para que o universo lhe desse um desconto, e Amy não entrasse naquela lata velha de duas portas, com o marido bêbado ao volante e o bebê no banco de trás.

Na verdade, talvez tudo tivesse sido mais fácil se ele tivesse rasgado o próprio peito no dia em que sua filha nascera e oferecido seu coração em sacrifício em um altar qualquer. Então, tudo ficaria bem. Oh, e Carol Braithwaite. Ele também teria que contar a verdade sobre ela. Para acertar tudo. Você tinha que deixar tudo acertado antes de partir.

Barry respirou fundo pela boca. Sufocando com o ar. Ele estava em seus últimos dias. O império estava ruindo, os bárbaros chegavam aos portões. Não bárbaros de verdade, apenas espertinhos com diplomas em criminologia.

— Existe alguma coisa concreta para ligar os dois assassinatos? — perguntara ele para a garota Holroyd.

— As duas vítimas são mulheres. E as duas estão mortas, chefe — disse ela.

Ela obviamente não gostava dele, mas muita gente também não gostava.

— Nós sabemos se existe algo para ligar sua vítima e a prostituta de Mabgate? — perguntou ele. — Elas se conheciam?

— "A prostituta de Mabgate." Parece uma personagem de um filme sobre vingança — disse ela.

Barry sabia tudo sobre tragédias e vinganças. Não que quisesse saber, muito obrigado. Ele sabia muito a respeito de tragédias, entretanto. E a vingança viria; ele podia farejá-la no vento. Carol Braithwaite, em meio a uma nuvem de ossos e cinzas, buscando justiça. "Voltando do túmulo", Tracy dissera.

— Alguém anda fazendo perguntas — dissera Linda Pallister ao telefone. — O que devo fazer?

— Eu continuaria de boca fechada, se fosse você — respondera Barry.

"Continue de boca fechada." Aquela não era a resposta certa, era? "Confesse tudo, diga a verdade." Silêncio por trinta e cinco anos, e agora o nome dela estava em todas as bocas.

— ... ela normalmente levava clientes para casa? — perguntou Gavin Archer. — Ela não trabalhava na rua?

Archer era um detetive. Magro, de óculos, ele vinha trabalhar de bicicleta de corrida, naquela roupa apertada de lacra que parecia esmagar o saco escrotal, embora nunca tivesse participado de competições; só usava a bicicleta para se locomover entre a delegacia e a pequenina casa de paredes finas em Moortown que dividia com a esposa grávida. Mais um cara esperto.

— Nós pretendemos...

Houvera muito sangue. Só de assistir ao vídeo na viatura do lado de fora da casa, Barry conseguia ver aquilo. Gemma qual-era-mesmo-o--sobrenome havia retirado todos da cena do crime rapidamente. Dentro da casa, havia um fotógrafo, dois policiais da criminalística, dois cientistas forenses, e o patologista estava a caminho, a dez minutos dali. Dois assistentes sociais procuravam antecedentes. Boa sorte. Todos dentro da casa estavam vestindo roupas especiais, hermeticamente fechadas, para evitar contaminação. Tudo por causa de uma prostituta morta.

Pela tela da televisão, Barry observara o biólogo traçar um padrão do espirro de sangue. Quando ele começara a trabalhar para a polícia, todos costumavam andar pelas cenas dos crimes como se estivessem passeando no parque.

— Alguém não gostava dela — dissera Gemma, parada ao lado de Barry na viatura.

— Normalmente, essa é a raiz de um assassinato — respondera Barry.

— ... Então, eu gostaria que todos estivessem aqui às 7 horas em ponto, amanhã de manhã, para a primeira reunião do dia. Obrigada a todos.

A sala de reuniões se esvaziou, e uma fila de pessoas exaustas, mas dedicadas, passou por ele. Barry se sentia mal, um ataque cardíaco ambulante. Precisava de uma bebida. Aliás, precisara de uma bebida o dia todo. A semana toda. Os últimos dois anos. O aniversário. Seria de se pensar que as coisas melhorariam com o tempo, mas elas só ficavam piores. Sam ainda dormia no carrinho quando morrera; ele estaria andando agora, talvez jogando uma partida desajeitada de futebol com Barry. E sua filha continuava no limbo, porque ninguém suportava falar sobre desligar as máquinas que a mantinham viva.

Ele deveria estar contando os dias para a aposentadoria, arrumando a papelada, deixando tudo organizado para seu sucessor, indo a uma ou duas festas de despedida. Haveria algo preparado para ele? Não havia nem sinal de algo assim. Tracy brincara, dizendo que não haveria nada, mas era muito improvável. Uma festa surpresa, talvez. Ele não conseguia pensar em nada pior. A festa de despedida de Tracy já atingira o status de lenda. Todos gostavam de Tracy, embora muitos gostassem de fingir que não.

— Detetive-superintendente Crawford. Você deseja alguma coisa?

— Desculpe-me, inspetora Hardcastle. Peguei no sono aqui. A historinha para dormir foi longa demais, acho.

— Na verdade, é Holroyd, chefe. Gemma Holroyd. Hardcastle é o nome da mulher que foi assassinada na noite de quarta-feira. A prostituta de Mabgate — completou ela sarcasticamente, para informá-lo.

O telefone de Barry tocou. Strickland. Não era nenhuma surpresa. Carol Braithwaite, levantando da tumba e tirando todos de seus esconderijos.

— Barry? Como vão as coisas? — perguntou Ray Strickland.

— As coisas são como são — respondeu Barry.

— Só estou telefonando para saber se você vai ao baile no clube de golfe amanhã à noite.

— Baile no clube de golfe — repetiu Barry, tentando encontrar algum sentido nas palavras.

Ele tinha uma vaga lembrança de um evento beneficente, ao preço de cinquenta libras por cabeça, com o qual fora praticamente forçado a contribuir. Strickland, Lomax, eles nunca o deixavam em paz, e Len Lomax era o pior dos dois. Eles não conseguiam se conformar com o fato de estarem aposentados e terem perdido sua autoridade e dedicavam o tempo livre a instituições de caridade, comitês de levantamento de fundos, grupos de magistrados, mantendo assim seus nomes sempre presentes na imprensa e na comunidade. Eles não estavam fazendo nenhum trabalho importante; estavam apenas negando sua total impotência. O mais perto que Barry pretendia chegar de uma ação de caridade depois da aposentadoria era comprar uma papoula em lembrança dos mortos das guerras.

— Sim — disse Strickland pacientemente –, o baile. Você vai?

Ele não conseguia dormir. Barbara, deitada a seu lado com o rosto coberto de creme, estava roncando. Ele pensou em tomar algumas das pílulas para dormir de Barbara. Talvez todas as pílulas. Escolher o caminho fácil, no lugar do difícil. Acabara de cair em um sono turbulento quando o telefone tocou. Barbara fez um barulho enquanto dormia, o gemido baixo de um animal ferido. O relógio da mesinha de cabeceira indicava 5h30 da manhã. Não poderiam ser boas notícias, poderiam?

— Outro assassinato, chefe — disse Gemma Holroyd.

— Outra profissional? E não venha me dizer que vocês são todas profissionais.

— Somos? Ainda não temos uma identificação positiva. Ela foi encontrada na porta do cinema de Cottage Road, em Headingley. Tinha ferimentos na cabeça e foi esfaqueada.

— Bem, você sabe o que dizem. Uma vez é uma infelicidade, duas é coincidência, três significa que há um assassino em série.

— Não acho que devemos tirar conclusões precipitadas, chefe.

— Quanto mais rápido chegarmos a conclusões, mais rápido chegaremos ao fim da investigação.

— De qualquer modo, se os crimes estão relacionados, parecem mais uma onda.

— São só palavras. Assassinatos são assassinatos.

Ele desligou o telefone, deitou-se de costas e ficou olhando para o teto. Leeds e prostitutas mortas. Ele se virou para Barbara e deu-lhe um tapinha nas costas.

— Quer uma xícara de chá, querida?

Ele bem que poderia passar sem um trio de mulheres mortas em suas mãos. Se não houvesse mulheres, os homens não as matariam. Aquela seria uma boa solução para o problema.

Carol Braithwaite. Ele se perguntou onde estaria aquela criança. Trancada naquele apartamento por semanas, com o corpo da mãe. Barry não conseguia se lembrar do nome da criança. Tracy falara dela por meses. Michael. Era isso. Michael Braithwaite.

1975 : 10 de abril

O dia seguinte, na ala infantil. Um lugar bem desconfortável para se estar. Tracy tocou na mão pequenina, imóvel no sono, com as costas da sua.

— Michael — disse ela suavemente.

Tracy pensara na possibilidade de levar um ursinho de pelúcia para ele, mas achou que talvez ele fosse muito velho para um brinquedo como aquele. Quando eles arrombaram a porta do apartamento de Lovell Park, ele estava abraçado a um carrinho azul e branco da polícia, como se sua vida dependesse daquilo; então, ela decidira comprar-lhe um caminhãozinho de bombeiro. Ela o colocou ao seu lado, na cama. Ele tinha os olhos encovados e o rosto magro, mas parecia tranquilo em repouso. Os médicos estimavam que tivesse ficado no apartamento com o corpo da mãe por quase três semanas. Não conseguira destrancar a porta da frente. Ninguém o vira de pé sobre uma cadeira na janela do 15º andar, acenando para atrair a atenção. Sobrevivera com a comida que havia na casa. Carol Braithwaite fora ao supermercado naquela tarde, havia sacolas de compras abertas na cozinha. Depois, encontrara pacotes de comida nos armários e bebera água da torneira. Estava um frio de congelar no apartamento. Colocara moedas da bolsa de sua mãe no aquecedor, até o dinheiro acabar.

Colocara um cobertor sobre o corpo da mãe, para mantê-la aquecida. Tracy supunha que, no começo, provavelmente dormira ao lado dela. Quando a polícia invadira a casa, ele estava dormindo em uma espécie de tenda que construíra, com almofadas e cobertores, na sala de estar.

— Menino durão — dissera Lomax. Talvez ele já fosse um garoto acostumado a se virar sozinho.

Tudo isso fora relatado para ela, em terceira mão, por Arkwright.

Linda Pallister apareceu de repente, do lado oposto da cama do hospital, como se estivesse à espreita.

— Você de novo — disse ela a Tracy, em vez de cumprimentá-la.

— Você quer ir tomar um chá? — perguntou Tracy. — Na cantina? Ter uma conversa de ser humano para ser humano?

Elas beberam um chá fraco, fervido demais. Tracy apanhara uma barra grande de Kit Kat para o lanche, enquanto Linda escolhera uma maçã de aspecto duvidoso. Chá e maçãs não combinavam, todo mundo sabia disso.

— O que vai acontecer com aquele pobre menino agora? — perguntou Tracy, quebrando seu Kit Kat em quatro pedaços e já lamentando terminar de comê-lo, antes mesmo de começar.

— Ele vai receber alta, mais cedo ou mais tarde, e então será encaminhado a um lar adotivo — disse Linda, mordendo a maçã verde. — Ele não tem nenhum parente.

Linda tinha dentes grandes, de cavalo; teria dado uma boa herbívora.

— E quanto ao pai dele? — perguntou Tracy, e Linda Pallister ergueu uma sobrancelha.

— Não existe um pai — disse ela.

— Existe alguém com quem eu possa falar sobre a criança? — perguntou Tracy.

— Você está falando com alguém — retrucou Linda. — Você está falando comigo.

— Você sabe que ele testemunhou a morte da mãe, não sabe?

Nhac-nhac-nhac; ela comia a maçã mecanicamente.

— Ele me disse que o pai dele matou a mãe — Tracy insistiu. — O Departamento de Investigação Criminal ignorou isso.

— Ele tem 4 anos — disse Linda. — Ele não sabe o que é real e o que é um conto de fadas. E crianças mentem; elas mentem o tempo todo.

Houve uma pausa enquanto os olhinhos de Linda, que pareciam os olhos de um porquinho, pareciam avaliar Tracy.

— Foi um homem que ele *pensava* que fosse seu pai — completou ela, tocando no arquivo a sua frente, sobre a mesa. — Carol não sabia quem era o pai dele.

A pasta bege tinha uma etiqueta em um dos cantos, com o nome "Carol Braithwaite" datilografado.

— Ela já era uma cliente? — perguntou Tracy, tocando na pasta. Linda bateu com força no arquivo com a mão aberta, como se Tracy fosse capaz de abri-lo com os olhos.

— A srta. Braithwaite era uma velha conhecida do Serviço Social — disse ela afetadamente.

— Por quê?

— Não posso falar sobre os clientes. — Ela se levantou abruptamente, apertando a pasta bege contra o peito.

— Você sabia que o menino estava correndo risco? — disse Tracy, levantando-se também, consciente de que era muito mais alta do que Linda Pallister. — Talvez, se você os tivesse visitado, tivesse encontrado Michael muito mais cedo. Antes de ele passar três semanas trancado em um apartamento com o cadáver da mãe.

Tracy teve uma súbita lembrança de Linda Pallister tirando a criança de seus braços no apartamento, para entregá-la aos homens da ambulância. Ela o segurara no colo de modo que ele podia olhar por sobre seu ombro, e os olhos dele se fixaram nos de Tracy enquanto Linda o levava embora. Tracy se sentira como se ele tivesse alcançado o fundo de sua alma e levado uma parte dela. Ela estremeceu com a lembrança.

— Tenho muitos casos para administrar — disse Linda Pallister defensivamente. — Todo caso é avaliado de acordo com o mérito individual. E agora, se você não se importa, eu preciso ir.

— Olhe — disse Tracy, apanhando uma esferográfica —, deixe-me anotar o número de meu telefone.

Ela tirou a pasta das mãos de Linda e disse:

— Não vou olhar, prometo.

Tracy escreveu "Policial Feminina Tracy Waterhouse" no arquivo de Carol Braithwaite e o número do telefone de sua casa.

— Esse é o meu número — disse Tracy. — Se você telefonar, provavelmente minha mãe vai atender, mas não dê atenção a ela. Certo?

Ela colocou a data sob o número, tentando dar à situação uma aparência mais oficial.

— Só, você sabe, para manter contato.

— Manter contato?

— Sobre a criança. Sobre Michael.

— Eu preciso ir — disse Linda, agarrando a pasta bege, seu rosto amargo como o bagaço da maçã.

— Sim, eu sei, muitos casos para administrar — disse Tracy.

Depois que Linda foi embora, Tracy voltou para a ala infantil. Michael ainda estava dormindo, mas ela se sentou ao lado do menino na cama e o observou até que um médico apareceu, com uma enfermeira afetada e silenciosa a seu lado.

— Algum problema? — perguntou ele, vendo o uniforme de Tracy. Ela entrava em serviço dali a meia hora.

— Não, eu só queria saber como ele estava.

— Você é uma das pessoas que o encontraram?

Tracy não pensava em si mesma e em Arkwright como pessoas; eles eram apenas policiais.

— Sim — disse Tracy. — Eu e meu parceiro.

A enfermeira tomou o pulso do menino e lançou um olhar de desprezo na direção de Tracy. Escreveu alguma coisa no prontuário do menino.

— Obrigado, Margaret — disse o médico.

Bem, aquilo era raro, pensou Tracy; um médico agradecendo a uma enfermeira. Ele a chamara pelo primeiro nome; um romance de hospital, talvez? A mãe de Tracy, nas tardes que não ia jogar uma partida de *bridge* no clube, deitava-se no sofá e lia os romances *Mills and Boon*.

— Ian Winfield — disse o médico. — Sou o pediatra responsável pela ala infantil.

Tracy pensou que ele fosse apertar sua mão e ter uma conversa com ela sobre o estado do menino, mas, em vez disso, ele disse:

— O menino está bem, mas precisa descansar agora. Talvez seja melhor você ir.

Dispensada. Tracy não sabia como poderia prejudicar o menino, sentada ali. A enfermeira olhava para ela, pronta para uma discussão.

Quando Tracy estava saindo do hospital, viu Linda Pallister novamente. Era assim que ela administrava seus muitos casos. Estava saindo da Cemetery Tavern e parecia ter uma discussão acalorada com Ray Strickland. Que casal estranho. Ele a agarrou pelo cotovelo e puxou-a para mais perto, dizendo algo com raiva. Ela parecia aterrorizada. Então, Ray a soltou e ela se afastou, trêmula. Nem sinal da bicicleta, Tracy notou.

— Fui ao hospital ontem, ver o menino — disse Tracy a Ken Arkwright.

Os dois estavam bebendo na cervejaria Tetley's.

— Como ele estava?

— Dormindo. Dei de cara com aquela assistente social. Linda Pallister.

Ken Arkwright grunhiu.

— Aconteceu alguma coisa? Alguém foi interrogado, afinal?

— Você precisa se lembrar — disse Arkwright — de que a polícia não tem os recursos para uma investigação tradicional. O melhor que podemos fazer é limpar a bagunça.

Ele abriu um pacote de batatinhas sabor sal e vinagre, como se fosse um teste de resistência, e ofereceu uma a Tracy. Ela hesitou, como uma garota passando por uma dieta rígida de queijo cottage e toranjas deveria. O cheiro das batatinhas fez seu nariz coçar.

— Bem, decida-se — disse Ken Arkwright.

— Tudo bem. Continue, então — disse ela, finalmente sucumbindo e apanhando algumas batatinhas.

— As pessoas são seu pior inimigo — suspirou Ken Arkwright. — O que se pode fazer?

— Eu sei — disse Tracy.

Eles estavam em um bar em Eastgate, frequentado por refugiados do quartel-general em Brotherton House. Aquilo foi pouco antes de se mudarem para a nova sede, em Millgarth. Uma nuvem de fumaça de cigarros e o cheiro de cerveja se misturavam no ar. Nada como uma

Double Diamond gelada. Em 2008, a Carlsberg anunciaria o fechamento da cervejaria Tetley's e a "regeneração" da área: restaurantes, lojas e prédios de apartamentos. "Um empreendimento deslumbrante na orla de Leeds". Ken Arkwright estaria morto há vinte anos então, e em 2010 Tracy desfrutaria de uma massagem esfoliante no spa Waterfall, cortesia dos vouchers que o pessoal da polícia lhe dera de presente de despedida.

— Você não viu o Strickland ou o Lomax? — perguntou Tracy, mastigando as batatinhas. — Eles não disseram mais nada para você? Sobre a investigação?

— Para mim? Os meninos de ouro de Eastman? — disse Arkwright. — Não, garota.

— O detalhe, Arkwright — disse Tracy —, é que o apartamento estava trancado.

— E daí?

— Eu não vi uma chave em lugar algum, você viu? Demos uma boa olhada no local, tivemos tempo suficiente, e Lomax e Strickland levaram um século para chegar. Havia uma fechadura Yale e uma trava. Alguém saiu do apartamento e trancou a porta.

— O que você está querendo dizer? — perguntou Arkwright.

— A porta foi trancada *pelo lado de fora*. Você não vê? Não foi apenas um cliente qualquer que ela pegou naquele dia. Era alguém que tinha a *chave*. Alguém que trancou aquele garotinho lá dentro.

Arkwright franziu o rosto.

— Deixe isso para lá, menina. O Departamento de Investigação Criminal sabe o que está fazendo.

— Sabe mesmo?

Tracy voltou para o hospital no dia seguinte. A cama da criança estava vazia.

"Oh, não, ele não pode estar morto, por favor, Deus", ela pensou.

Encontrou a enfermeira que acompanhara o dr. Ian Winfield no dia anterior.

— Michael Braithwaite — disse Tracy, enquanto o medo tomava conta dela. — O que aconteceu com ele?

— Quem?

ARCÁDIA

Sexta-feira

Ela despertou de um salto. Algo fora do normal perturbara seu sono. Não eram passarinhos cantando, nem o despertador nem o primeiro ônibus do dia subindo a rua. Tracy pulou da cama e correu para a janela, de onde poderia ter uma boa visão da rua. Uma rua tomada pela polícia. Dois oficiais de uniforme batiam na porta da casa do outro lado da rua. Alguns carros estavam estacionados mais à frente. Um policial à paisana que ela reconheceu: Gavin Archer. Mais oficiais uniformizados. Estavam fazendo uma busca de porta em porta na rua de Tracy. Aquilo só podia significar uma coisa: eles sabiam que ela estivera na casa de Kelly na noite anterior. E sabiam sobre a criança. Provavelmente haviam visto as fitas de segurança do Merrion Centre; haviam visto Kelly Cross trocando a menina por um maço de dinheiro, como em uma negociação de drogas em qualquer esquina.

Dois policiais uniformizados se aproximavam.

A mente de Tracy começou a operar em sobrecarga. Ela correu para o quarto, colocou o velho agasalho de corrida e atravessou o corredor até o quarto de Courtney. A menina acordou rapidamente, como se estivesse acostumada a abandonar casas sem aviso prévio. Tracy encostou o dedo nos lábios e sussurrou:

— Psiu.

A menina pareceu entender o gesto, também. Courtney agiu rápido e agarrou sua preciosa mochila cor-de-rosa e a ainda mais preciosa varinha de condão prateada.

Elas desceram as escadas depressa. Quando chegaram ao corredor, a campainha tocou, alta e insistente. Uma onda de adrenalina percorreu o corpo de Tracy. Ela agarrou sua mala, vestiu a menina com um casaco vermelho e correu para a porta dos fundos. Tracy se atrapalhou com a tranca, porque suas mãos tremiam. Quando finalmente conseguiu abrir a porta, ergueu Courtney com um braço — era como tentar correr carregando um pequeno carneiro — e voou para o portão dos fundos. Não havia ninguém na rua. Tracy abriu a porta da garagem, acomodou a menina no banco de trás do carro, e disse a ela:

— Aperte o cinto.

O coração de Tracy estava batendo com tanta força que seu peito começou a doer. Ela saiu da ruazinha, virou à esquerda e se afastou, quase entorpecida. Passou por uma viatura policial vazia e por um oficial de uniforme que interrogava uma mulher sonolenta na porta de casa. Uma carrocinha que vinha na direção contrária ignorou-a. Tracy conseguiu escapar, passando por todos como um fantasma.

Atrás dela, um Avensis cinzento com um coelho cor-de-rosa pendurado no espelho retrovisor se afastou lentamente do meio-fio, como um peixe enorme. Foi parado por um dos oficiais uniformizados, que fazia perguntas.

Tracy decidiu que seria mais seguro continuar pelas ruas de trás, mais desertas. Poderiam esperar perto do chalé do National Trust que ela reservara. Tracy poderia pegar as chaves do chalé às 14 horas. Não eram exatamente chaves; apenas um código para o teclado na porta, que uma faxineira ativaria antes da chegada delas. Não precisariam ver ninguém, falar com ninguém. Poderiam ficar invisíveis, fora do radar, como aqueles aviões de caça americanos. Ela só precisava de um ou dois dias.

A menina adormeceu. As ruas de trás estavam cobertas de névoa. A névoa era como uma amiga para Tracy. O que ela fizera? Em um momento estava comprando um enroladinho de salsicha no Greggs; no momento seguinte, estava fugindo, procurada por assassinato e sequestro. Não que tivesse assassinado Kelly Cross; mas Tracy se sentia como se a tivesse matado. Da próxima vez que se sentisse tentada a comprar uma criança, Tracy pensou, pediria algum tipo de garantia contra arrependimento. Um período de teste de vinte e quatro horas, para ter certeza de que não escolhera uma criança com toneladas de bagagem. Como se pretendesse comprar outra criança. Não havia a menor chance. Ela se agarraria àquela menina como cola. Nos momentos tristes e alegres, viesse o que viesse.

"Oh, droga."

De repente, um cervo saiu da névoa e invadiu a rua, e ficou ali parado, surpreso, como alguém que se vê de repente em um palco iluminado, na frente de uma enorme plateia.

Tracy ouviu alguém gritar e pensou que tivesse sido ela própria. Tracy não tinha certeza de ter gritado alguma vez na vida. Ela pisou com força no freio e gritou para Courtney:

— Segure-se!

Lembrou-se de todas as coisas que já ouvira sobre pessoas que colidem com vacas, cavalos, cervos, cangurus ou mesmo carneiros, e não saem vivas do carro. Rezou para o deus que protege crianças sequestradas de serem mortas por animais selvagens. Tracy fechou os olhos.

Houve um barulho surdo, como se tivesse batido em um muro de areia a toda velocidade. Tracy foi atingida no rosto pelo *air bag*. Doeu como o diabo. Ela ia ter hematomas enormes. Tracy se virou para verificar o estado de Courtney; não havia *air bags* no banco de trás. Aquilo era bom, porque crianças frequentemente se machucavam por causa deles. Courtney não estava ferida nem sequer parecia assustada.

— Tudo bem? — perguntou Tracy.

A menina levantou o polegar. Era impossível não amá-la.

O para-brisa parecia ter sido atingido por uma pedra. Completamente esmigalhado. Graças a Deus, o cervo não havia atravessado o para-brisa e entrado no carro. Aquilo teria sido demais.

— Fique aqui — ela disse a Courtney, e então saiu do carro.

O cervo estava deitado no meio da rua, iluminado pelos faróis. Era uma fêmea, uma corça. Estava respirando com dificuldade, emitindo sons estrangulados. Tracy ajoelhou-se ao lado do animal e viu que seus olhos se reviravam. Havia um grande corte em seu pescoço e uma poça de sangue se formava sob seu corpo. A corça fez um esforço frenético para se levantar, mas não iria a lugar nenhum, nem agora nem nunca mais. Era horrível ver um animal tão ferido. Tracy sentia mais pena da corça do que sentira de Kelly Cross. Ela precisava acabar com o sofrimento do animal, mas não poderia dar-lhe uma pancada na cabeça na frente da menina.

Courtney apareceu ao lado de Tracy.

— Bambi — sussurrou ela.

— É — disse Tracy. — Bambi.

Era mais como a mãe de Bambi. Disney tinha muita coisa para explicar. Tracy não tinha a menor intenção de comprar aquele DVD para a menina. Mães mortas (assassinadas, na verdade), que deixavam seus filhos sozinhos para enfrentar o mundo: essas eram histórias das quais a menina não precisava. Histórias das quais Tracy não precisava.

Para alívio de Tracy, o animal ficou quieto e não tentou mais erguer a cabeça. Os olhos de Tracy se encheram de lágrimas. Coitadinha da corça. Courtney deu-lhe um tapinha na mão. Os olhos da corça ficaram vidrados, ela deu um suspiro trêmulo e ficou imóvel.

— Ele está morto? — sussurrou Courtney.

— Sim — respondeu Tracy, engolindo com dificuldade. — Ela. Ela está morta. Foi se juntar a seus amigos no céu dos cervos.

Sacrifícios, para salvar a menina. Salve a menina, salve o mundo. Tracy estendeu a mão e acariciou o flanco do animal. A menina tocou-lhe o corpo com a varinha de condão.

O Audi estava tão mortalmente ferido como a corça.

— Acho que teremos que caminhar — disse Tracy. — Temos que encontrar uma oficina.

Ela ouviu o som de outro carro se aproximando, o barulho abafado pela névoa. A névoa não parecia mais uma amiga para Tracy.

Elas teriam que correr o risco. Tracy só esperava que o carro não fosse dirigido por um policial. Um carro cinzento se materializou por entre a névoa cinzenta. Um Avensis.

— Droga... — resmungou Tracy, enquanto o motorista saía do carro e se aproximava.

Tracy agarrou a menina pela mão e sibilou:

— Corra! — Ela podia ouvi-lo gritando atrás delas, enquanto elas atravessavam a vegetação.

— Tracy? Tracy Waterhouse? Eu só quero conversar com você.

— É — resmungou ela para a criança —, isso é o que todos dizem.

Ela parou e sentou-se na grama, exausta, ao pé de uma grande árvore.

— Respire fundo — sussurrou para Courtney.

Teria a vida com Kelly Cross sido tão ruim, comparada a isso? Será que Kelly ainda estaria viva, se Tracy não tivesse comprado a menina dela? A criança se ajoelhou ao lado de Tracy, apanhou uma folha esquelética que sobrevivera ao outono e colocou-a na mochila. Suas prioridades eram diferentes das de Tracy.

A mata parecia envolvê-las. Tracy pensou na Bela Adormecida. Elas poderiam morrer ali e se transformar em adubo antes de serem encontradas. Um barulho de galho quebrado interrompeu o silêncio, assustando as duas, e Tracy abraçou Courtney com força, agarrando-se a ela. Seus nervos estavam tensos como cordas de piano.

— Existem lobos na mata? — sussurrou a menina.

— Não esse tipo de lobo — respondeu Tracy.

Ela compreendeu que estava chegando ao limite de tudo agora; o abismo estava a sua frente, e atrás só havia a escuridão. O desespero era o único caminho a seguir. A criança cheirava a xampu e a algo verde e fresco. Uma ninfa da floresta.

— Vamos, vamos continuar andando.

Tracy se levantou e pegou a menina no colo. Ela era pequena demais para continuar correndo. Não fora aquilo que fizera Tracy prestar atenção nela, naquele primeiro dia? Tracy imaginara que Kelly Cross estava correndo com a criança porque estava atrasada, ou impaciente, ou simplesmente porque era cruel, mas talvez ela não estivesse correndo para *chegar* a algum lugar; talvez Kelly estivesse fugindo. E se, a sua maneira, ela também estivesse tentando salvar a menina? Teria sido morta por isso? Teria sido punida por encontrar a menina, ou por perdê-la?

E o motorista do Avensis? Estaria ele tentando recuperar a menina? Seria ela propriedade de alguém, vítima de algum círculo de pedofilia, talvez? O motorista do Avensis poderia ser um pervertido. Seria ele o detetive particular, o tal de Jackson?

— Para onde estamos indo? — perguntou Courtney.

— Boa pergunta — arfou Tracy. — Não faço a menor ideia.

As árvores começaram a escassear e havia luz mais à frente.

"Vá em direção à luz." Não era isso o que as pessoas diziam?

Elas saíram da mata. E quase foram atropeladas.

Ele disse que costumava ser um policial. Qualquer pessoa poderia dizer aquilo.

Ele acordara às 5h30 em ponto, como sempre. Quando acendeu a luz na mesinha de cabeceira em seu quarto no Best Western, a primeira coisa que Jackson viu foi o cão parado ao lado da cama, olhando fixamente para seu rosto, como se desejasse que ele acordasse. Jackson grunhiu um bom-dia e o cão abanou o rabo entusiasticamente em resposta.

Jackson bebeu uma xícara horrível de café instantâneo no quarto e deu seu próprio desjejum para o cão. O animal devorou a comida em segundos. Jackson estava começando a perceber que o cão sempre comia como se estivesse morrendo de fome. Ele compreendia, porque comia do mesmo jeito. Primeira regra da vida, aprendida no Exército e reforçada na polícia: se você vir comida, coma, porque não sabe quando poderá comer de novo. E coma tudo o que estiver a sua frente. Jackson não tinha problemas envolvendo o consumo de carne; ele podia comer tudo, do focinho até a cauda, sem qualquer frescura. E suspeitava de que o cão fosse igualmente onívoro.

Meia hora depois, ele já fizera o check-out e estava pronto para pegar a estrada. Marilyn Nettles iria receber dois visitantes inesperados. Um homem e seu cão. Jackson planejava ir a Whitby de qualquer forma, então era óbvio que o destino estava conversando com ele. Em um idioma estrangeiro e difícil, como o finlandês, era verdade; mas não se pode ter tudo.

Ele informou o SatNav Jane, seu sistema de GPS, que estava indo para o litoral e queria tomar o caminho mais bonito; e então, como Ló antes dele, deixou a cidade sem olhar para trás.

O rastreador que o garçom colocara na coleira do cão quando viera trazer o serviço de quarto estava agora no porta-luvas do Saab. Jackson considerara a hipótese de colocá-lo em um caminhão, imaginando com alguma satisfação a confusão causada por um veículo de dezoito rodas com destino a Ullapool ou Pwllheli, mas assim ele talvez nunca descobrisse quem estava atrás dele. Uma perseguição era uma via de mão dupla; o perseguidor e o perseguido estavam unidos na busca. Tratava-se muito mais de um dueto do que de um duelo.

O rastreador era um aparelhinho interessante. Jackson não tinha a menor ideia de quem conseguia fabricá-los tão pequenos hoje em dia. Já se passara algum tempo desde que tivera motivos para comprar alguma coisa em um site especializado em espionagem. Gostaria de comprar algo parecido para Marlee, um aparelhinho tão pequeno que ela não percebesse, porque nunca ("De jeito nenhum!") concordaria em carregar alguma coisa que implicasse supervisão ou controle dos pais. Se pudesse, Jackson implantaria um microchip na filha, como um cão. E em Nathan também, claro. Ele tinha dois filhos, disse a si mesmo; era só que um não parecia ser tão importante como o outro.

Será que o cão tinha um microchip implantado? "Colin" não parecia do tipo que se importa o bastante com um cão para implantar um microchip no animal, mas também não parecia do tipo que possuía um cão que não representasse sua masculinidade. Ele combinava mais com um pit bull, com sua tatuagem de São Jorge e sua cabeça raspada. Será que o cão, na verdade, pertencia a sua esposa, mãe, filhos? Será que havia alguém acordando todas as manhãs com uma onda de tristeza pelo bichinho desaparecido?

— Vou acabar com você, deveria ter feito isso quando aquela vadia foi embora! — gritara Colin para o cão em Roundhay Park.

Jackson sentira uma ponta de irritação com a mulher que escapara das mãos de Colin, deixando seu cão para trás, para sofrer.

O que começara como uma neblina fraca em Leeds piorara muito enquanto ele dirigia. O dia ainda trazia a promessa, embora não a certeza, de um tempo glorioso mais tarde, mas, nas primeiras horas da manhã, dirigir era perigoso. Ele se arrependia agora de não ter gasto algum dinheiro nos óculos que sua oftalmologista receitara.

— As coisas estão parecendo um tanto borradas — dissera ele para a moça incrivelmente jovem que examinara seus olhos.

Ele pensara em lhe perguntar se ela era formada, mas se sentira estranhamente vulnerável no escuro, enquanto ela observava seus olhos com uma lanterna, tão perto dele que Jackson sentia o cheiro de hortelã em seu hálito.

— Sim — dissera ela, quase descuidadamente. — As lentes de seus olhos estão endurecendo. Isso acontece, em sua idade.

Algumas coisas endureciam com a idade, outras amoleciam.

Na estrada menos percorrida, todos os tipos de vida selvagem arriscavam a vida displicentemente no asfalto implacável. Um quase-acidente com um texugo alguns quilômetros antes havia aguçado os reflexos de Jackson. Ele gostava de pensar em si mesmo como um cavaleiro da estrada. Seria uma vergonha manchar sua armadura brilhante com o sangue de um inocente. Ele acendeu a luzinha na imagem da Virgem Maria sobre o painel. A Mãe de Deus poderia não ter o poder de iluminação da luz interna do Saab, mas talvez tivesse um tipo diferente de força protetora. Uma imagem santificada, que o levava para o vale das sombras.

Uma depressão súbita levou Jackson, o Saab e a Mãe Santíssima para dentro de uma névoa ainda mais espessa. Era como atravessar uma nuvem, e Jackson quase esperou que o carro sacudisse com a turbulência. No fundo da depressão, ele viu algo prateado e "Disseca a Cotovia" lhe veio imediatamente à cabeça. Os pequenos homenzinhos que controlavam sua memória procuravam preguiçosamente, em sua letargia matinal, a primeira coisa à mão. “Bulbo após Bulbo, a flutuar em Prata.” O brilho prateado anunciava um tipo diferente de perigo: uma mulher. Uma mulher que saíra correndo do meio das árvores na lateral da estrada.

Por uma fração de segundo, Jackson pensou que ela fosse um cervo; um ou dois quilômetros antes ele vira uma placa de sinalização mostrando um cervo que parecia estar correndo para salvar sua vida. A mulher parecia fazer o mesmo. Não havia mais ursos ou lobos; os únicos predadores de que as mulheres fugiam, nos dias de hoje, eram homens. Ela não estava sozinha; puxava uma criança pela mão, uma criança pequena, que vestia um casaco vermelho. O casaco era como uma chama escura no meio da névoa.

Jackson absorveu todas essas informações no nanossegundo entre ver a mulher e a criança e afundar o pé no freio, para evitar transformar as duas em novas vítimas da estrada. O cão, que acordara assustado com a parada abrupta do Saab, continuava acomodado no chão do banco do passageiro, são e salvo, e lhe lançou um olhar indecifrável.

— Desculpe — disse Jackson.

Quando saiu do carro, ele encontrou a mulher engatinhando como um gato, lutando para respirar. Jackson tinha certeza de que o Saab não havia encostado nela. E ela era uma mulher grande; talvez não tão grande quanto um cervo, mas ele teria notado o choque, não teria?

— Eu atingi você? — perguntou ele intrigado.

Ela sacudiu a cabeça e, sentando-se nos calcanhares, conseguiu balbuciar:

— Estou sem ar, só isso.

Ela fez um gesto de cabeça na direção da menina que assistia a tudo impassivelmente e disse:

— Eu a estava carregando. Ela é mais pesada do que parece. Ótimos freios — completou ela, olhando para o Saab parado a centímetros dela.

— Ótimo motorista — respondeu Jackson.

O casaco vermelho da criança estava aberto, revelando uma fantasia cor-de-rosa por debaixo. Uma fadinha, um anjo, uma princesa, tudo se parecia, até onde Jackson sabia. Aquela era uma área de varejo com a qual ele se familiarizara muito bem, mesmo contra a vontade, por causa de Marlee. Uma varinha de condão prateada, com uma estrela na ponta, indicava que a fantasia era de fadinha. Teria sido a varinha o clarão prateado que ele vira? A menina segurava a varinha com as duas mãos, como se estivesse brandindo um machado, como se sua vida dependesse daquilo. Jackson não gostaria de tentar arrancar a varinha das mãos dela: a menina podia ser pequena, mas parecia ser corajosa.

O resto de suas roupas estava em piores condições. Havia um rasgo na saia, e pedaços de galhos e folhas estavam presos no tecido barato. Aquilo fez Jackson se lembrar de uma produção de *Sonho de uma noite de verão* que Julia o levara para assistir. As fadinhas da peça eram criaturas sujas, cobertas de lama, que pareciam ter saído de uma caverna. Aos 14 anos, Julia havia representado Puck em uma produção escolar da peça. Com a mesma idade, sua filha tinha aspirações de desempenhar o papel de um vampiro.

— É uma fase — dissera Josie.

— Bem, espero que sim — respondera Jackson.

Ele ajudou a mulher a se levantar. Ela estava usando um agasalho de corrida que só servia para enfatizar seu tamanho. Tinha a constituição de um carvoeiro, Jackson pensou. E trazia uma bolsa grande e prática a tiracolo.

Jackson se perguntou se a mulher não deveria estar um pouco apreensiva com o fato de entrar no carro de um total estranho, no meio do nada; pelo que ela sabia, poderia estar caminhando para um pesadelo pior do que o que deixara para trás. Quem poderia afirmar que o motorista do Saab não era um psicopata assassino, procurando suas presas no interior?

— Eu costumava ser policial — disse ele, para tranquilizá-la.

Embora, obviamente, aquilo fosse exatamente o que qualquer um diria, se estivesse planejando atrair alguém para dentro de um carro. (Talvez ele quisesse tranquilizar a si mesmo; talvez a mulher fosse uma psicopata.)

— É, eu também — resmungou ela, e deu uma gargalhada amarga.

— É mesmo? — perguntou ele, mas ela o ignorou. — Tem alguém atrás de você? — perguntou novamente.

A mulher e a criança se viraram instintivamente para olhar na direção da floresta. Jackson tentou imaginar algo saindo do meio das árvores que ele não quisesse enfrentar, com exceção de um tanque blindado (ou uma menininha com uma varinha de condão), e sua mente não lhe ofereceu uma resposta. Em vez de responder a pergunta, a mulher disse:

— Precisamos de uma carona.

Jackson, que não era do tipo que desperdiçava palavras, disse:

— É melhor vocês entrarem no carro, então.

Ele ajustou o espelho retrovisor para tentar dar uma olhada na mulher sentada no banco de trás. Porém, não conseguia ver o rosto dela, porque ela se virara de uma forma estranha, para poder olhar pelo vidro traseiro do carro. O esforço não valia a pena. Se houvesse alguém atrás deles, haveria pouca chance de vê-lo, no meio de toda aquela névoa. Ou vice-versa. Ele ajustou o espelho novamente, para ver a menininha sentada ao lado da mulher. A criança ergueu as sobrancelhas para ele, em um gesto indecifrável.

Finalmente, a mulher se virou para a frente. Tinha hematomas no rosto e sangue seco nas mãos.

— Você está ferida? — perguntou ele.

— Não.

— Você está coberta de sangue.

— Não é meu.

— Tudo bem, então — disse Jackson secamente.

Suas novas passageiras tinham o mesmo olhar que ele vira tantas vezes em sobreviventes. Pareciam refugiadas de algum desastre, um incêndio ou um terremoto, pessoas que abandonavam a casa com a roupa do corpo. Violência doméstica, ele supôs. Guerra no front doméstico; do que mais uma mulher e uma criança poderiam estar fugindo?

Minutos se passaram antes de a mulher dizer a ele:

— Meu carro quebrou.

Como se aquilo explicasse o estado das duas. Suspirando pesadamente, ela completou, mais para si mesma do que para Jackson:

— Esse está sendo um longo dia.

— São apenas 7 horas da manhã — disse Jackson intrigado.

— Por isso mesmo.

Quando olhou para o espelho novamente, ele viu que a mulher havia apertado o cinto de segurança da menina. O cinto era grande demais para ela e parecia que iria estrangulá-la se Jackson freasse abruptamente. Já fazia muito tempo que ele não tinha uma cadeirinha de criança no carro. Quando saía com Nathan, precisava pedir uma emprestada a Julia, algo que a irritava em proporções exageradas, pelo menos na opinião de Jackson.

Embora não gostasse de admitir, Jackson se sentia levemente perturbado: a névoa, a floresta, a criança que parecia ter saído de *Midwich Cuckoos*, sem falar na atmosfera de medo que a mulher trouxera para dentro do carro, tudo lhe lembrava um episodio de *Além da imaginação*, e não uma comédia de Shakespeare.

A mulher não parecia se importar com o caminho que estavam tomando; qualquer lugar, com a exceção daquele de onde viera, parecia ser um bom destino para ela. Jackson não tinha mais certeza se a direção tomada importava, já que as pessoas nunca terminavam no lugar esperado. Cada dia era uma surpresa; você poderia apanhar o trem errado, o ônibus certo. Uma garota abre uma caixa e recebe mais do que imaginava.

— Você não quer saber para onde eu estou indo? — perguntou ele, depois do que pareceu uma eternidade em silêncio.

— Não particularmente — respondeu ela.

— É a viagem mágica misteriosa, então — disse Jackson alegremente.

— Não posso evitar me preocupar com você, meu filho. Eu sou sua mãe, minha obrigação é me preocupar.

— Eu sei, mãe, e não me entenda mal, eu a amo por isso, mas estou bem, estou mesmo.

— Oh, tudo bem, então, pode ir, mas lembre-se, Jack, muito trabalho e pouca diversão não compensam.

(Eles se beijam.)

— Tchau, querido. Vejo você na sexta-feira, e então...

— A fala, Tilly, é "lembre-se, Vince, muito trabalho e pouca diversão não compensam."

— É mesmo?

— Acho que a ideia é que a fala seja divertida, de alguma forma.

— Divertida? É mesmo? — perguntou Tilly, intrigada.

— Ponha a culpa no roteirista, querida, não em mim. Estamos trabalhando com o mínimo denominador comum aqui.

Nunca subestime a inteligência do público. Era isso que Douglas costumava dizer, e, como sobre tantas coisas, ele estava certo, obviamente.

— Podemos repetir, Tilly, por favor?

Ela ouviu alguém resmungar:

— Oh, Cristo, deixe para lá, ou ela vai repetir a fala com Tom, Dick e Harry antes de se lembrar de "Vince". Se é que vai se lembrar.

O ator que fazia o papel de Vince deu uma piscadinha para Tilly. Ela o conhecia bem, desde garoto; ele frequentara a escola Conti, fizera o papel de Oliver no West End... Ou teria sido o Artful Dodger? Mas ela não conseguia se lembrar do nome dele. Era uma pena que todos considerassem nomes tão importantes. Uma rosa teria o mesmo perfume se tivesse outro nome. E assim por diante.

— A senhora quer tomar uma xícara de chá? Ainda há algum tempo, srta. Squires.

A garota indiana simpática segurava o script para Tilly; Tilly o perdia o tempo todo.

— Obrigada...

"Pima? Pilar? Pilau!"

— Obrigada, Pilau.

— Como?

Oh, céus, aquele tom de voz. O que ela dissera de errado, agora?

— Pilau? Como o arroz? Eu acho isso um tanto ofensivo, a senhora sabe, srta. Squires. É como chamar alguém de "Papoula". Meu nome é *Padma.* Se eu não soubesse a dificuldade que a senhora tem com nomes, acharia que está sendo racista.

— Eu? — perguntou Tilly, engasgando. — Nunca, oh, nunca, querida.

Em sua defesa (uma defesa muito frágil, era verdade), Tilly quis dizer: "O meu bebê era negro. (Ou pelo menos mulato.)"

Mas não existia um bebê para provar. Nenhum bebê que tivesse se tornado um homem adulto. Tilly sempre o imaginava parecido com Lenny Henry. Phoebe fora visitá-la no hospital, depois, e lhe dissera:

— Bem, foi melhor assim. Até você tem que admitir isso, Tilly.

— Tenho?

As enfermeiras foram todas horríveis com ela, secas e implacáveis, porque o bebê que haviam levado para longe sem sequer mostrar a ela não era branco como os lírios, branco como a neve.

— Teria sido uma criança de cor, Tilly — dissera Phoebe em um sussurro (teatral) a sua cabeceira.

Tilly levara um segundo para compreender o que ela quisera dizer. Seu primeiro pensamento fora: "como um arco-íris?"

— Você teria tido muitas dificuldades — dissera Phoebe. — Teria caído no ostracismo. E não conseguiria mais nenhum trabalho. Foi melhor assim.

Claro que era 1963, os anos sessenta tinham apenas começado. Tilly não se importava; o bebê poderia ter sido roxo e amarelo, com bolinhas e listras, e ela o teria amado mesmo assim.

Fora um simples acaso (e tudo não é acaso?). Phoebe fora convidada para uma festa diplomática e praticamente obrigara Tilly a ir com ela. Para lhe dar cobertura, claro. Phoebe estava tendo um caso com um ministro do Gabinete, casado, naturalmente; tudo era muito secreto. Era impossível saber com quem mais ela estava dormindo; Phobe poderia facilmente ter sido a Christine Keeler de sua época, mas tinha sorte demais para ser descoberta. Ela sempre tivera sorte. Na vida e no amor. E então, ali estavam elas, naquela festa, e Phoebe a abandonara no minuto que cruzaram a porta.

Havia todo tipo de gente na festa; um famoso ator já idoso, incrivelmente afeminado, e muitos jovens belos, homens e mulheres. Aquela modelo que Phoebe conhecia, Kitty Gillespie, e um astro de cinema, um homem que logo abandonaria aquele mundo cintilante para ir para a Índia e se encontrar. Havia também convidados de várias embaixadas e um fotógrafo da *Vanity Fair*. Phoebe, usando um colar de diamantes que tomara emprestado da mãe e nunca devolvera, evitava discretamente ser fotografada ao lado de seu político.

— Boa noite — dissera uma voz profunda.

Ao se virar, Tilly vira aquele jovem adorável sorrindo para ela. Negro como o ás de espadas. (Será que a menina — Padma, Padma, Padma, certamente se ela repetisse o suficiente, iria se lembrar — será que Padma acharia que aquele era um modo racista de descrevê-lo?)

— Não conheço ninguém aqui — dissera ele.

— Bem, agora você me conhece — respondera Tilly. Ele era da Nigéria, explicara, e trabalhava como secretário para um *attaché* ou algo assim, Tilly nunca compreendera realmente; ele frequentara Oxford e Sandhurst, tinha um sotaque mais britânico do que o príncipe Philip, e parecia tão intrigado com tudo o que Tilly dizia, diferentemente dos amigos de Phoebe, que estavam sempre olhando por sobre os ombros para ver se alguém mais interessante entrava na sala.

Em todo caso, uma coisa levara a outra, na conversa, e Tilly o convidara para seu pequeno apartamento no Soho na noite seguinte; ela lhe prepararia uma refeição, ainda que não fizesse a menor ideia de como cozinhar, obviamente. Ele parecia sozinho, com saudades de casa; bem, Tilly compreendia aquilo, sentira saudades de casa por toda a sua vida. Não de sua própria casa, mas da ideia de um lar.

Sua colega de apartamento, uma bailarina, estava viajando em turnê, e eles teriam o apartamento todo para si. Ela preparara um espaguete à bolonhesa; era um prato difícil de queimar, mas Tilly conseguira essa proeza. Mas havia um pão gostoso e um pedaço decente de queijo Stilton, pêssegos em calda e sorvete para a sobremesa, e ele trouxera uma garrafa de vinho francês. Portanto, a noite não fora um desastre completo, e depois uma coisa levara a outra, sem muita conversa dessa vez, e ela acordara na manhã seguinte, nua, ao lado de um negro igualmente nu. Seu primeiro pensamento ao abrir os olhos fora:

"O que mamãe diria?"

O pensamento a fizera rir. Ele se chamava John, mas dissera seu sobrenome apenas uma vez, quando se apresentara; algo tipicamente africano e estranho, com muitas vogais (será que aquilo era algo racista para se dizer?).

Ela preparara café, como se deve, com o filtro de papel, e correra até a Maison Bertaux para comprar alguns doces, que eles comeram na cama. Tudo parecia uma tremenda aventura, parecia um romance.

Tinha um ensaio para ir, e ele tinha que trabalhar, obviamente, seu misterioso trabalho diplomático; e eles caminharam até a estação de metrô de Leicester Square. Era uma linda manhã de primavera e o ar parecia limpo e fresco, cheio de promessas. Tilly ficara na ponta dos pés e lhe dera um beijo de despedida bem ali, na estação, uma garota branca beijando um homem negro em público. Ela era Desdêmona e ele, Otelo; a diferença era que ele não seria consumido pelo ciúme, nem terminaria matando-a. Não haveria oportunidade para isso: ela jamais o veria novamente.

Estava tão cansada. Usualmente, Tilly gostava de comer um enroladinho de ovo naquela altura da manhã, mas não estava com fome. Ela precisava de uma boa e revigorante xícara de chá, como seu médico ordenara. Não havia sinal de Padma em lugar algum, e aquilo provavelmente era bom.

Tilly mancou até o caminhão de suprimentos. Estava um pouco fraca naquela manhã. Seu quadril estava doendo. Senhoras idosas que caminham oscilando. Os médicos haviam começado a falar sobre uma prótese. Ela não queria fazer uma cirurgia. Sozinha, sendo enviada para a escuridão. A anestesia seria como a morte.

Barry estava tão perdido em pensamentos enquanto atravessava o corredor que quase colidiu com uma mulher que saía do laboratório. Era chinesa e não havia chance de Barry pronunciar seu nome corretamente, então ele sempre se referia a ela como "aquela chinesa do laboratório". Sorte que ele não a chamara de "china", Barry pensou.

Ela estava sacudindo um pedaço de papel e perguntou a ele:

— Você viu a inspetora Holroyd? Temos uma impressão digital da casa em Harehills.

— Kelly Cross? Esse foi um trabalho rápido.

— Estava nos arquivos, é um dos nossos. Ex-superintendente Tracy Waterhouse. Deve ser uma impressão antiga. É pouco provável que tenha ligação com o crime.

— É — concordou Barry. — Muito improvável. Os caminhos delas devem ter se cruzado a alguma altura.

Como na noite anterior, talvez. Kelly Cross, prostituta sem coração, atingida na cabeça, esfaqueada no peito e no abdômen. O corpo fora descoberto por uma colega dela, outra imprestável viciada em crack, que morava na mesma rua. O que Tracy lhe dissera alguns dias antes?

— Eu estava pensando, você viu Kelly Cross recentemente, Barry?

E agora, Kelly Cross estava morta e a digital de Tracy estava na cena do crime. E quando ele lhe telefonara, na noite anterior, Tracy estava no território de Kelly. "Procurando alguém." Quem? Kelly Cross?

Ele ainda não fora à casa nova de Tracy; não fora convidado. Tinha um pedreiro polonês trabalhando lá havia séculos, e, de qualquer forma, Tracy não era exatamente o tipo de pessoa que dava uma festa de inauguração. A porta da frente estava trancada, mas a porta dos fundos estava escancarada. Barry bateu e entrou, gritando alto:

— Tracy? Trace? Você está aí?

A casa parecia aquele navio abandonado no século 19, o Marie Celeste. Restos de vinho em uma taça, um pacote vazio de batatinhas. Ele subiu as escadas, sentindo-se mais como um intruso do que um policial ou um amigo. O banheiro estava limpo e arrumado. O quarto de Tracy estava um pouco menos arrumado; o papel de parede era pavoroso. Havia algo um tanto íntimo em estar ali, pensou Barry. Ele não gostava de pensar em Tracy se despindo, indo para a cama, dormindo. Nunca tivera esse tipo de sentimento por ela. O segundo quarto estava cheio de caixas. O terceiro era muito simples, mas alguém havia dormido na cama de solteiro. Quem? Cachinhos Dourados?

Havia alguns brinquedos de criança espalhados pelo chão. Barry apanhou um pequeno bule de plástico azul no tapete. Amy costumava ter um aparelho de chá de brinquedo. Por que Tracy teria brinquedos de criança em casa? Algo ruim teria acontecido a ela? Tracy sabia como cuidar de si mesma. Trinta anos na polícia, uma mulher enorme; qualquer um que tivesse bom senso pensaria duas vezes antes de se meter com ela, mas algo parecia errado.

Ele dirigiu até o Merrion Centre para se certificar de que ela saíra de férias. Barry mostrou a identificação a um jovem espinhento; ele gostava de assustar jovens espinhentos com suas credenciais.

— Estou procurando Tracy — disse ele ao jovem espinhento assustado.

— Ela fez alguma coisa? Um detetive particular esteve aqui procurando-a outro dia.

Aquele maldito Jackson, pensou Barry, olhando ao redor.

— Pensei que o senhor tivesse vindo buscar as fitas — disse o jovem espinhento.

— Fitas — disse Barry distraidamente.

Ele aprendera, havia muito tempo, a evitar palavras como "sim" e "não". Elas terminavam encurralando você, e não havia como escapar.

— É, as fitas de segurança. Vocês iam mandar alguém vir buscá-las. Aquela mulher, que foi assassinada ontem à noite...

— Kelly Cross?

— É, era uma velha conhecida nossa, e de vocês também. Aparentemente, um policial se lembrou de tê-la visto aqui na quarta-feira. Vocês queriam ver as fitas, ver se ela estava acompanhada. Pensei que eles mandariam um novato para buscá-las, não um superintendente — completou ele.

— Eu sou um novato — disse Barry. — Estou sempre recomeçando.

Havia três fitas, gravadas em um preto e branco granulado. Barry as assistiu em Millgarth, um processo que levara horas. Tracy aparecia e desaparecia de cena ocasionalmente, de serviço, em seu novo trabalho. Ele já estava quase adormecendo quando Kelly Cross finalmente apareceu na frente da câmera, arrastando uma criança pelo braço. Segundos depois, lá estava Tracy novamente, em seus saltos altos. Tracy caminhava como se fosse invadir uma fortaleza.

Havia duas outras câmeras do lado de fora, apontadas para a rua, em ambas as direções. Barry viu Kelly novamente em uma delas. Ela estava parada em um ponto de ônibus, com a criança ao seu lado. Então, Tracy apareceu em cena de novo, e ela e Kelly Cross trocaram algumas palavras. Um ônibus chegou e Kelly desapareceu subitamente dentro dele. Tracy ficou na calçada, segurando a mão da garotinha. Depois de alguns segundos, as duas saíram caminhando e logo estavam fora do alcance da câmera.

Crianças que desapareciam depois que a mãe era assassinada. Sim, Barry conseguia entender por que Tracy se envolveria em algo parecido. Mas crianças que desapareciam antes de sua mãe ser assassinada? Aquilo era muito mais intrigante. Ele se lembrou de algo que Barbara lhe dissera naquela manhã, algo sobre ter encontrado Tracy no supermercado, com uma criança. Aquela criança?

Barry ejetou a fita e colocou-a no bolso interno do paletó que estava pendurado nas costas da cadeira. Ele encontrou um auxiliar de escritório no corredor e disse a ele:

— Avise a inspetora Holroyd que as fitas do Merrion Centre chegaram, por favor. Duas fitas.

Talvez o tal de Jackson tivesse conseguido encontrar Tracy. Parecia improvável que um detetive particular tivesse conseguido localizá-la, quando Barry fracassara. Ainda assim, valia a pena tentar. Ele dissera que estava hospedado no Best Western, não dissera? Barry vestiu o paletó.

— Barry Crawford está saindo do prédio — disse ele para o sargento de plantão.

Do lado de fora do bar Slug and Lettuce, em Park Row, havia um monte de entulho. Barry jogou a terceira fita do Merrion Centre bem no meio dele.

Como era que se dizia? "A discrição é a melhor parte da coragem?"

1975 : 12 de abril

— O que você acha, Barry?

— O quê?

— O que você acha, Barry?

Vinham de Elland Road, onde um protesto pacífico havia virado bagunça no final. Tiveram que chamar a cavalaria. Tracy não achava que cavalos deveriam ser usados para controlar multidões; era como mandá-los para a guerra. Barry estava com eles, tentando evitar pagar uma rodada.

Não que Tracy desse qualquer valor particular à opinião de Barry; o problema era que ninguém mais parecia querer falar no assunto. Carol Braithwaite estava sendo varrida para debaixo do tapete como um monte de lixo.

— Ela era a mãe de alguém, a filha de alguém. Nós nem sabemos a causa da morte.

— Ela foi estrangulada — disse Barry.

— Como você sabe? — perguntou Tracy.

Barry deu de ombros.

— Ninguém está fazendo muita coisa; o caso parece estar desaparecendo — disse Tracy.

Três dias haviam se passado desde que Ken Arkwright arrombara aquela porta em Lovell Park, mas era como se aquilo nunca tivesse acontecido. Saíra uma pequena nota no jornal, assinada por aquela repórter, Marilyn Nettles, e era tudo.

— Nem parece que alguém está investigando — disse Tracy. — E você — completou ela, virando-se de modo acusador para Barry —, o que você estava fazendo lá, afinal?

— Aonde você está querendo chegar?

Tracy pensou em Lomax e Strickland em Lovell Park. Ambos pareciam nervosos, comportavam-se como se fossem das Forças Especiais, como se soubessem mais do que diziam saber.

— Eles falaram com você? — ela perguntou a Barry.

Ele deu de ombros.

— Você está sacudindo demais esses ombros, Barry.

— Ah, os mistérios do Departamento de Investigação Criminal — dissera Arkwright. — Não é nosso papel discutir com eles. A coisa parece bastante clara para mim. A pobre garota apanhou um cliente, levou-o para o apartamento e ele era o homem errado. Acontece.

— A profissão mais antiga do mundo — disse Barry, como se ele fosse um homem do mundo. — Desde que existem prostitutas, existem pessoas matando prostitutas. Isso não vai parar agora.

— E isso torna tudo aceitável, Barry? E a questão da porta trancada pelo lado de fora? E quanto a isso?

— O que você está querendo dizer? — perguntou Barry. — Você acha que dois policiais do Departamento de Investigação Criminal apagaram uma prostituta e estão encobrindo o crime? Isso é loucura.

Parecia quase razoável, aos ouvidos de Tracy.

— Você está falando sem pensar, Tracy — disse Barry. — É melhor você não espalhar boatos como esse, ou vai levar um chute no traseiro antes de conseguir pronunciar "Eastman".

— Havia uma testemunha — disse Tracy. — Ele tem 4 anos, e daí? Ele me disse, ele me contou que seu pai matou sua mãe. Eles não deveriam ao menos tentar descobrir quem é o pai dele?

— Tenho certeza de que estão — disse Barry. — Mas isso não lhe diz respeito.

— Barry tem razão — disse Arkwright. — Essa é uma investigação em andamento. Eles não virão correndo contar a você toda vez que descobrirem alguma informação, menina.

— Eu pensei em ir ver Linda Pallister, aquela assistente social — disse Tracy a Arkwright, depois que Barry fora embora.

— Aquela hippie maluca? — perguntou Arkwright.

— Ela mora em uma comunidade.

— Malucos imundos — disse Arkwright. — Faça um favor a si mesma, Trace. Deixe isso para lá.

Uma "comunidade urbana", segundo Linda. Nome bonito para descrever o que era, realmente, uma invasão, uma velha casa caindo aos pedaços em Headingley, que seria demolida em breve. Os moradores criavam galinhas no quintal. Pés de cenoura e alho-poró cresciam tortos em meio à lama onde um dia houvera uma pequena horta.

Tracy havia acabado de deixar o serviço e ainda estava de uniforme.

— Porca — ouviu um dos rapazes que moravam na casa resmungar, quando passou por ele no corredor.

Outro deu um grunhido. Tracy teve vontade de prendê-los, arrancá--los dali algemados. Ela não precisaria dar muitas explicações: um cheiro adocicado e enjoativo de maconha vinha da sala e enchia o corredor.

Linda, a Mamãe Ganso, a abelha-rainha, estava usando sandálias de caminhada sob a longa saia de algodão de retalhos. Seus cabelos escorridos estavam presos em um rabo de cavalo e era possível ver todo seu rosto irritantemente saudável. Ela fazia parte de alguma cooperativa de alimentação macrobiótica; só comia arroz integral e "brotos", e fazia "culturas" para iogurte e pão. Linda também frequentava um curso noturno de apicultura. Todos esses fatos foram revelados acompanhados de uma xícara de chá que ela oferecera a Tracy com relutância. Elas estavam sentadas na cozinha, no conforto proporcionado por um enorme e velho aquecedor.

O chá era horrível, nem se poderia chamar de chá.

— Chá vermelho — disse Linda.

Tinha gosto de lixo, pensou Tracy. O chá fora servido em canecas grandes e feias, que "alguém conhecido" fizera.

— Trocamos ovos por canecas — disse Linda, satisfeita. — Um dia — completou animada —, não haverá mais dinheiro.

Bem, quanto a isso até que ela estava com a razão.

Como Tracy, Linda Pallister ainda estava em período de experiência. Diferentemente de Tracy, tinha um filho, tendo ficado grávida no meio de qualquer que fosse a faculdade que estava cursando, Administração Social, Política, Sociologia. Passara o resto do curso arrastando a criança de um lado para o outro na traseira da bicicleta, deixando-a em creches e com babás.

O menino estava andando pela cozinha, seminu, seu pequenino pênis balançando. Tracy ficou chocada.

— Jacob — disse Linda.

Ele urinou no chão, bem na frente de Tracy, e Linda não pareceu se importar.

— As crianças deveriam ser livres para fazer o que quisessem — disse ela. — Não deveríamos impor nossas estruturas rígidas e artificiais a elas. Ele é muito feliz — completou ela, como se Tracy tivesse dito alguma coisa indicando o contrário.

Linda enxugou a urina de Jacob e, sem lavar as mãos, cortou algumas fatias de um bolo que havia feito.

— Bolo de banana? — Linda ofereceu a Tracy.

Tracy recusou educadamente.

— Estou tentando manter meu peso sob controle — disse ela. — Alguém tem que fazer isso.

— O que você quer? — perguntou Linda. — Você não veio até aqui para conversar sobre autossuficiência e galinhas.

— Não, não vim. Eu queria saber como Michael está.

— Michael? — perguntou Linda vagamente, subitamente muito preocupada em limpar o nariz de Jacob.

— A criança Braithwaite — disse Tracy. — Ele está com alguma família adotiva agora? Porque não está no hospital.

— Ele está em um hospital diferente, agora.

— Onde? Por quê?

Linda olhou fixamente para o pedaço de bolo de banana em seu prato, que parecia intragável, e disse:

— Sinto muito, mas não posso lhe dizer. É contra o regulamento.

— Então, não há nenhuma chance de eu poder visitá-lo?

— E por que você iria querer fazer isso? — perguntou Linda.

— Para ver como ele está.

"Porque eu o segurei em meus braços e isso partiu meu coração", pensou Tracy, mas não iria demonstrar fraqueza para Linda Pallister.

— Eu já disse a você, ele está bem — disse Linda, subitamente arisca como um crocodilo.

Quando Linda encontrasse Deus, alguns anos mais tarde, sua personalidade melhoraria muito. Aquele era um dos poucos argumentos que Tracy podia encontrar a favor do cristianismo.

— Não entendo como ele pode estar "bem" — protestou Tracy. — Ele ficou trancado em um apartamento com o cadáver em decomposição da mãe por quase três semanas.

— Certo, talvez "bem" seja a palavra errada — concedeu Linda. — Mas ele está recebendo todos os cuidados de que precisa. Você deveria esquecer isso.

Ela puxou seu próprio filho para mais perto de si, colocando o braço protetoramente ao redor do menino, e disse novamente:

— Esqueça.

— Então, eu definitivamente não posso visitá-lo? — insistiu Tracy.

— Não — suspirou Linda. — Nada de visitas. São ordens superiores.

Por um segundo insano, Tracy pensou que Linda Pallister estava falando do céu.

Era ridículo, mas Tracy meio que esperava que, se ninguém quisesse Michael Braithwaite, ela poderia criá-lo, ou mesmo adotá-lo. Claro que Tracy não sabia absolutamente nada sobre crianças e ainda morava na casa dos pais. Ela podia imaginar a cara de sua mãe se ela levasse para casa um garotinho abandonado e traumatizado.

— Ele será adotado por alguém que o ame — disse Linda Pallister. — Vai esquecer o que aconteceu; é pequeno demais para se lembrar. As crianças são muito resistentes.

Tracy perguntou a Len Lomax ela mesma; não tivera a intenção, mas o encontrara acidentalmente no dia seguinte. Ele estava saindo de Brotherton House e ela estava entrando.

— Senhor, eu poderia lhe perguntar o que está acontecendo no caso do assassinato de Carol Braithwaite?

— O que está acontecendo?

— Existe algum suspeito?

— Ainda não.

— Vocês não encontraram a chave?

— Chave?

Ele se encolheu. Ele definitivamente se encolheu.

— Que chave?

— A chave do apartamento de Carol Braithwaite. A porta estava trancada por fora.

— Acho que você está confusa, policial Waterhouse. Está pensando que é um detetive agora?

Ele saiu andando, um tanto indignado, e entrou em um Vauxhall Victor vermelho que Tracy reconheceu de algum lugar. Ela tentou dar uma olhada no motorista e viu de relance um corte de cabelo curto e um nariz adunco que adorava se meter onde não devia. Por que Len Lomax estava entrando em um carro com Marilyn Nettles? E por que ele havia se encolhido quando ela lhe perguntara sobre a chave?

— Ele sabia a respeito daquela chave — disse ela a Barry.

— Isso é uma bobagem — respondeu Barry.

Barry ficava nervoso toda vez que ela mencionava o nome de Carol Braithwaite. Qual seria o motivo? ("Porque você nunca para de falar no maldito nome dela, é por isso.")

Ele tomou o último gole da cerveja e disse:

— Preciso ir, tenho um encontro. Aquela moça, Barbara, aceitou ir ao cinema comigo. *Monty Python e o cálice sagrado*, no Tower.

— *Monty Python*? Oh, que romântico, Barry — disse Tracy.

Tracy levou anos para se livrar do uniforme de patrulha e entrar no Departamento de Investigação Criminal. Era de se perguntar: teria sido porque ela era mulher, ou porque era uma mulher que fazia as perguntas erradas? Ou as perguntas certas? A estrela de Barry, por outro lado, subiu rápido. Não demorou muito para ele se tornar amigo de Lomax, Strickland, Marshall, até mesmo de Eastman; uma corja de beberrões que fumavam como chaminés. Eram piores que ladrões, todos eles. Ah, os bons e velhos tempos.

Ela era como um terrier que farejara um coelho. Não desistia nunca.

— E qual é o nome dela? — perguntou Ray Strickland, franzindo a testa e segurando o copo de cerveja.

— Tracy Waterhouse. Ela é uma boa menina, Tracy — disse Barry apressadamente —, mas não para de comentar que o menino disse que seu pai era o culpado. Ela não esquece o assunto.

Uma semana depois, Len Lomax puxou Barry para um canto e disse--lhe que eles haviam prendido um cara em Chapeltown que confessara ter matado Carol Braithwaite.

— Ele disse que é o pai do menino — disse Lomax.

— Então, se ele foi preso, vai haver um julgamento? — perguntou Barry.

Lomax respondeu:

— Infelizmente, não. O cara se meteu em uma briga em Armley quando estava sob custódia e alguém o atacou com uma faca.

— Está morto?

— Sim, está morto. Levando tudo em consideração, o menino, o que aconteceu com ele, o caso provavelmente será arquivado.

Barry só parou para se perguntar se o que Lomax lhe contara era verdade muito tempo depois. Ele poderia muito bem ter inventado aquela história. Barry nunca fazia perguntas; ele sempre considerava a palavra de Lomax e a de Strickland sagradas. Só Deus sabia o motivo.

— Avise sua amiguinha — disse Lomax.

— Minha amiguinha? — perguntou Barry intrigado.

Ele tivera apenas um encontro, não inteiramente bem-sucedido, com Barbara. No final das contas, ela não gostava de *Monty Python*.

(— Eles são um bando de idiotas, o que há de engraçado nisso?)

Morecambe e Wise faziam mais o estilo dela.

— Sua amiguinha policial — disse Lomax.

— Tracy? Ah, sim.

Barry se perguntou quando se tornara o serviçal de Strickland e Lomax.

— Lembre-se, Crawford, a discrição é a melhor parte da coragem.

Barry não fazia a menor ideia do que ele estava dizendo.

As luzes de um posto de gasolina brilhavam ao longe, em meio à névoa, e a mulher disse:

— Podemos fazer uma parada, por favor?

Jackson parou o Saab na entrada do posto e ela levou a criança pela mão até os banheiros nos fundos.

— Só vamos levar um segundo — disse ela.

A menina olhou para Jackson por sobre o ombro. Ela olhava para ele como se estivesse ponderando se ele iria dar o fora e deixá-las ali. Ela não dissera uma palavra até então. Jackson se perguntou se seria muda ou se estaria apenas traumatizada. Ele acenou para ela, para tranquilizá-la, e ela acenou de volta com sua varinha prateada.

Jackson imaginou que seria uma boa ideia estocar suprimentos. O posto não era grande, mas parecia vender de tudo, desde arranjos de flores e galões de combustível até produtos alimentícios e revistas. Eram oito horas da manhã e o lugar estava deserto; só havia uma garota novinha e muito entediada no balcão, observando alguns monitores que lhe permitiam ficar de olho nas bombas. Estava mastigando uma mecha de seus cabelos compridos como se fosse um doce. A moça era pequenina e magra, e

Jackson se perguntou se ela deveria mesmo estar ali, sozinha. Seria muito fácil dominá-la e forçá-la a abrir a caixa registradora, ou coisa pior.

Depois de entrar, Jackson teve dificuldades para decidir o que comprar. Ele imaginou que deveria comprar algo para suas novas amigas; a menina trazia uma pequena mochila, mas parecia improvável que estivesse cheia de comida. Ele comprou água mineral, leite e suco, alguns pastéis, maçãs, um cacho de bananas, um pacotinho de nozes, chocolate, alguns petiscos para o cão e, por último, um copo plástico de café para levar consigo. A loja de conveniência era maior do que parecia do lado de fora.

De volta ao Saab, Jackson esperou. Ele bebeu o café. Era um líquido quente, e não passava disso. Tinha um gosto leve de ferrugem. Abriu o pacote de nozes e atirou algumas na boca. Jackson ouviu um trem passar em algum lugar, o som abafado pela névoa, e imaginou para onde estaria indo. Uma vaca mugiu ali perto, um ruído baixo e choroso, como um fole. Era em momentos como aquele que ele pensava em voltar a fumar. Jackson esperou um pouco mais. Ele começou a pensar se deveria ir ver se as duas estavam bem. Talvez tivesse ocorrido algum tipo de colapso emocional no banheiro.

Ele observou a moça do balcão sair de seu refúgio e arrumar os vasos de flores e galões de combustível na parte da frente do posto. O que quer que estivessem lhe pagando, pensou ele, não parecia suficiente. Ela parou junto à porta, segurando um ramo de flores embrulhado em plástico que já murchava no celofane. O tipo de buquê de aparência tristonha que as pessoas colocavam perto de árvores ou sobre cercas de arame farpado, para indicar que algum pedestre ou ciclista infeliz deixara o planeta naquele lugar. Uma pilha deles fora deixada no local do acidente com o trem. Alguém lhe mostrara uma fotografia, mais tarde. Os buquês haviam sido colocados na ponte sobre os trilhos. Havia alguns brinquedos e ursinhos também.

"Foi exatamente nessa época, no ano passado, que eu morri."

Dois anos, para ser mais preciso. Por algum motivo, o gato de Schrödinger lhe veio à mente.

— Vivo e morto ao mesmo tempo — dissera Julia.

"Nem uma coisa nem outra", seu irmão teria dito.

A menina do balcão lançou um olhar desconfiado na direção de Jackson, mas sua atenção foi logo desviada por um Land Cruiser preto que aparecera subitamente por entre a névoa e parara do outro lado do posto. O carro esperou com o motor ligado, parecendo um tanto ameaçador, como um touro furioso esperando para entrar na arena. Antes que Jackson pudesse formular algum pensamento a respeito (como "que tipo de carro idiota é esse? Quem eles pensam que são? Senhores da guerra, gângsters?"), um homem que mais parecia um cruzamento de espécies, metade jogador de rúgbi, metade gorila, saiu pela porta do passageiro e também se dirigiu aos banheiros, nos fundos.

Em seguida, o motorista saiu do Land Cruiser e começou a se aproximar do Saab. Irmãos em armas. Os dois homens tinham o rosto emaciado típico de pessoas acostumadas a uma dieta de gordura e batatas, e usavam jaquetas de couro que poderiam estar na moda nos anos setenta, mas que agora só pareceriam aceitáveis se você morasse na Albânia, onde possivelmente jamais estariam fora de moda.

Antes que ele chegasse ao Saab, a mulher reapareceu, gritando como uma louca para Jackson. Ela atravessou o posto correndo, como um rinoceronte assustado, carregando a menina sob um braço, enquanto lutava para se desvencilhar da bolsa que trazia a tiracolo com a mão livre. O gorila vinha logo atrás dela, mas não por muito tempo. Ela conseguiu arrancar a bolsa por sobre a cabeça e, segurando-a pela alça, com um movimento surpreendentemente gracioso, que mais parecia balé do que arremesso de martelo, e a menina sob seu braço agindo como uma espécie de contrapeso, deu um giro e atingiu o homem que a perseguia com toda a força, no rosto. Ele caiu como um saco vazio. Jackson se encolheu e se perguntou o que uma mulher poderia carregar na bolsa para causar aquele tipo de estrago. Uma bigorna? Margaret Thatcher provavelmente gostaria de uma bolsa daquelas.

O motorista do Land Cruiser mudou de trajetória e começou a andar na direção da mulher. Jackson já estava saindo do carro, com a intenção de detê-lo, mas a mulher gritou e fez um gesto para que ele voltasse para dentro do Saab. Ele o fez, surpreso com sua obediência ao tom de voz autoritário dela.

A moça do balcão, ignorando a confusão que estava acontecendo, saiu da lojinha de conveniência, carregando um balde de tulipas. Infelizmente, o motorista do Land Cruiser, que corria na direção do Saab como um atleta para a linha de chegada, não conseguiu desviar a tempo e colidiu com a moça, lançando-a no ar e contra o chão de concreto, tulipas voando por todos os lados. Aquilo distraiu o motorista por tempo suficiente para a mulher atirar a criança no banco de trás do Saab e pular para dentro do carro, gritando para Jackson:

— Vamos, vamos! Dirija, ande!

Mais uma vez, ele obedeceu às ordens.

Pelo espelho retrovisor, ele podia ver a moça, ainda estirada no chão. Ela teria muita sorte se não tivesse quebrado alguma coisa. Como a cabeça, por exemplo. Conseguiu distinguir a forma do cara que fora nocauteado, ainda desacordado no chão, mas depois tudo foi engolido pela névoa. Lançou um olhar por sobre o ombro e viu que a mulher havia colocado a criança no chão do carro e estava inclinada protetoramente sobre seu corpo. Será que ela pensava que eles tinham armas? Quando havia armas por perto, Jackson preferia estar dentro de um veículo oficial blindado, em vez de em um pequeno carro popular fabricado em um país neutro.

Violência doméstica não parecia mais ser o problema.

— Quem eram aqueles caras?

— Não faço a menor ideia — respondeu ela.

— Eles pareciam estar atrás de você.

— Era o que parecia — disse ela.

Jackson ainda estava sob o efeito da adrenalina, mas os outros ocupantes do carro pareciam imperturbáveis. No chão do banco do passageiro, o cão permanecia adormecido. Jackson tinha certeza de que era fingimento. Quanto tempo se passaria antes de ele se arrepender de sua escolha de novo dono? A menina também tinha uma expressão totalmente neutra, e a amazona ao seu lado vasculhava a bolsa como se encontrar um lencinho de papel ou um batom fosse mais interessante do que contemplar a carnificina que haviam deixado para trás. Elas haviam tentado se limpar um pouco no banheiro do posto. Jackson percebeu que a mulher não tinha mais sangue nas mãos. Ele pensou que poderia haver uma metáfora por trás daquela frase.

Pensou no cara que ela derrubara com sua bolsa, estirado no concreto. "Fragilidade, teu nome é mulher!"

— O que você está carregando nessa bolsa? — perguntou ele.

"Jackson e gatos", pensou ele, "curiosos incuráveis."

Ela tirou uma Maglite preta e enorme da bolsa e mostrou-a para Jackson pelo retrovisor. Parecia uma lanterna oficial da polícia. Aquelas armas pesavam uma tonelada; não era de admirar que o homem não tivesse se levantado. Ela não pretendia se entregar, aquilo era certo. A mulher recolocou a lanterna na bolsa e continuou a vasculhar, finalmente encontrando um telefone celular. Jackson imaginou que ela fosse avisar alguém sobre o incidente no posto.

— Você está telefonando para a polícia? — perguntou ele.

— Estou — respondeu ela, e imediatamente abriu a janela e atirou o celular para fora.

Jackson se virou e olhou para ela.

— O que foi? — perguntou ela.

— O que você acha que está fazendo? — perguntou ela, quando Jackson tirou seu próprio celular do bolso.

Outra mulher paranoica, pensou Jackson com um suspiro. Havia mulheres paranoicas por onde quer que ele fosse. Mães paranoicas que criavam filhas paranoicas, e assim o círculo de paranoia se eternizava.

— Ligando para a emergência.

— Por quê?

— A moça no posto — disse ele, com paciência exagerada. — Uma espectadora inocente — completou Jackson, pensando nas tulipas, as flores coloridas espalhadas pelo chão.

— Espectadora inocente? — disse a mulher. — Que espectadora inocente? Alguém é realmente inocente?

— Crianças? Cães? — sugeriu Jackson. — Eu?

Ela deu uma risada irônica, como uma mulher casada com ele há dez anos teria feito.

— Já entendi, você não quer se envolver com a polícia — disse ele. — Não quer me contar o que está acontecendo?

— Não particularmente — disse ela. — E, de qualquer modo, alguém pode ser realmente um espectador? — perguntou ela, como se eles estivessem no meio de um debate filosófico. — Pode-se dizer que somos todos espectadores.

— Não se trata de semântica — afirmou Jackson. — Acabamos de abandonar aquela garota, e eu diria que sim, as palavras "inocente" e "espectadora" descrevem muito bem o papel dela nos acontecimentos.

— Semântica — murmurou ela. — Palavra complicada para essa hora do dia.

Um cidadão normal, cumpridor de seus deveres, ligaria para os serviços de emergência naquelas circunstâncias. Fugitiva, criminosa, uma mulher que carregava uma bolsa letal, qual era a história dela? Jackson suspirou.

— Como eu pareço estar ajudando você a escapar de alguma coisa que parece bem perigosa, para dizer o mínimo, posso acreditar que você está do lado do bem?

— Do bem?

— O oposto do mal.

— Porque eu sou uma mulher? Uma mulher com uma criança? Nem sempre uma coisa garante a outra.

A criança em questão dormia agora. A varinha prateada, já quebrada, finalmente escorregara de seus dedinhos. Jackson esperava que aquele não fosse um dia rotineiro para ela.

— Não — disse ele. — Porque você disse que era policial.

— Uma coisa também não garante a outra — disse ela, dando de ombros.

— Vou telefonar para a emergência assim mesmo.

Ele meio que esperava que ela o nocauteasse com a Maglite, mas naquele momento a menina acordou e disse:

— Estou com fome.

— Você tem alguma banana aí?

— Por coincidência — disse ele, tirando um cacho de bananas da sacola plástica no banco do passageiro.

Como um mágico. Ou um tolo. Era uma mistura dos dois. Seria mesmo um ex-tira? Ele parecia ser o tipo sensível, o tipo que gosta de salvar donzelas em perigo, mas não se isso envolvesse muitos obstáculos. Era atraente, Tracy tinha que admitir, mas aquilo era provavelmente a última coisa que lhe passava pela cabeça. Fugir de homens misteriosos que a perseguiam podia causar isso a uma mulher. Ser mulher podia causar isso a uma mulher. Ele tinha um cãozinho; era de se imaginar o que atrairia a atenção de um homem para um animalzinho daquele tamanho.

— Eu nem sequer sei o seu nome — disse ele.

— Não, não sabe — concordou Tracy.

— Banana? Maçã? Petisco de cão? — ofereceu ele.

A menina aceitou uma maçã.

— A mamãe não vai querer nada? — perguntou Jackson, olhando para Tracy pelo espelho retrovisor.

— Ela não é a minha mamãe — disse a criança distraidamente.

Foi um pequeno soco no coração de Tracy.

— As coisas que as crianças dizem — disse ela, devolvendo-lhe o olhar pelo retrovisor. — Mantenha os olhos na estrada — disse ela. — Você não vai querer sofrer um acidente. Há uma fadinha a bordo.

Quem seriam aqueles caras no posto? Um par de grandalhões com jaquetas de couro trabalhando juntos, mas para quem, e por quê? O primeiro chutara a porta do banheiro quando a menina estava lavando as mãos. Ele abrira a boca para dizer alguma coisa, mas, antes que pudesse pronunciar uma palavra, Tracy o chutara no lugar mais vulnerável. E correra. Alguém queria aquela criança de volta, não era? E não era Kelly Cross; ela não queria mais nada. Jamais quereria alguma coisa novamente.

O motorista do Saab telefonou para a emergência enquanto dirigia e fez uma denúncia anônima, relatando um "incidente", e fez a coisa parecer bem séria. Ele soava como um profissional, em vez de "um espectador inocente", sua aparente obsessão.

— Mandem uma ambulância — disse ele, autoritariamente.

— Usar um telefone celular enquanto dirige — disse Tracy, quando Jackson terminou a ligação. — Isso é crime.

— Pois me prenda — disse ele.

O telefone de Tracy agira como um rastreador, revelando sua identidade para qualquer pessoa que a estivesse procurando. Qualquer pessoa poderia encontrar você, se você tivesse um celular. Uma mulher em fuga com uma criança sequestrada não deveria fazer propaganda de seu paradeiro. Ela atirara o telefone pela janela do carro. Elas agora eram fora da lei.

Estavam passando por estradas não familiares a ela, lugares que não significavam nada: Beckhole, Egton Grange, Goathland. Então, começaram a aparecer as placas indicando o litoral. Tracy não queria realmente ir para o litoral; queria chegar ao chalé. Podia ver que havia bons motivos para elas ficarem com aquele homem. Sem ele, ela era uma mulher sozinha, fugindo com uma criança que não lhe pertencia. Juntos, eles eram uma família. Ou algo que se parecia com uma família, para qualquer um que as procurasse. Tracy pensou em ficar com ele um pouco mais, mas descartou a ideia. Ela estendeu o braço e tocou-lhe o ombro.

— Precisamos fazer mais uma parada — disse ela tristemente.

Ele parou o carro. Estavam no meio do nada. Tracy gostava mais do meio do nada do que do meio de alguma coisa.

— Talvez o cão gostasse de sair um pouco do carro — lembrou ela a Jackson. — Esticar as pernas, retocar a maquiagem.

— É — disse ele. — Você provavelmente tem razão.

Todos desceram do carro. Tracy se afastou um pouco, até um discreto morrete de calcário.

— Não estou com vontade agora — murmurou Courtney para ela.

— Ótimo — disse Tracy, observando o cão correndo pelo campo e o homem seguindo o animal.

Tudo o que ela precisava era que ele se afastasse mais do carro do que ela. E que tivesse uma reação mais lenta. E que fosse um tanto estúpido. No final das contas, ele fez tudo isso. Ela agarrou a mão da menina e disse:

— Vamos, rápido. Entre no carro.

A névoa foi amiga de Tracy mais uma vez. Antes que o motorista do Saab soubesse o que estava acontecendo, Courtney subira no banco de trás e apertara o cinto. Tracy tinha que tirar o chapéu para a menina; ela era muito boa em fugas rápidas. Tracy sentou-se no banco do motorista e ligou a ignição. Dentro de segundos, elas estavam a meio quilômetro de distância de Jackson Brodie.

O telefone dele estava no banco do passageiro. Tracy diminuiu a velocidade e atirou-o no acostamento.

Cerca de cem metros adiante, Courtney disse:

— Ele deixou a mochila.

Dessa vez, Tracy parou o carro, puxou a mochila para o banco da frente, abriu a porta e atirou-a para fora.

— Vamos dar adeus ao lixo — disse ela.

Barry foi até o Best Western, sua credencial abrindo todas as portas a sua frente. A mulher atrás do balcão ficou espantada com a entrada triunfal. Ela usava uma maquiagem que parecia mais adequada a uma comissária de bordo, um terno apertado demais, e seus cabelos estavam presos em um estilo tão elaborado que ela certamente precisara de algumas damas de companhia vitorianas para penteá-los naquela manhã. Na lapela do paletó, havia um crachá que dizia "*concierge*", como se aquele pudesse ser seu nome. Barry se lembrou de uma época em que *concierges* de hotel eram homens inescrupulosos de meia-idade, sempre procurando obter vantagens.

— Bem, eu achei que ele era um pouco estranho.

— Estranho? Como? — perguntou Barry.

Barry não achava que houvesse alguma coisa no mundo que lhe pareceria estranha, hoje em dia. Ela era australiana. Eles estavam por toda parte.

— Um pouco, eu não sei, paranoico? Ele sempre parecia estar escondendo alguma coisa. Uma vez, eu achei que ele estava escondendo alguma coisa na jaqueta, e ele sempre carregava uma bolsa, uma mochila. Você pensa em "terrorista" nos dias de hoje, não é? Ele definitivamente parecia esquisito. O que foi que ele fez?

— Ainda não sei — disse Barry. — Se eu pudesse dar uma olhadinha no quarto dele...

Não havia nada no quarto de hotel. O tal de Jackson saíra cedo, naquela manhã, e a camareira que limpara o quarto fizera um ótimo trabalho. Barry não conseguiu encontrar nenhuma pista útil que lhe dissesse quem o cara realmente era; nenhum fio de cabelo no banheiro, ou uma impressão digital no assento do vaso sanitário. Ele não deixara nada para trás, aparentemente, com exceção de uma gorjeta generosa para a camareira. Era uma pena que não tivesse deixado um bilhete preso à parede, explicando no que exatamente andava metido.

Barry apanhou uma miniatura de vodca do frigobar, sentou-se na cama de solteiro e bebeu tudo em um gole. Ele se sentia cansado o tempo todo. Colocou a cabeça entre as mãos e olhou para o carpete, onde percebeu algo que a camareira deixara escapar: um pelo. Não parecia humano. Barry segurou o pelo entre os dedos e examinou-o de perto. Parecia pelo de cão.

O tal de Jackson estava procurando pela verdade sobre Carol Braithwaite, não estava? Linda, Tracy, Barry. Atores acidentais, meros coadjuvantes no drama da morte de Carol Braithwaite. Talvez fosse hora de os atores principais virem ao palco. Era o fim de tudo, agora. E se Barry iria cair, era melhor que levasse mais alguém consigo.

O que Barry realmente gostaria de fazer naquele momento era deitar-se na cama e tirar um cochilo, mas levantou-se e bebeu mais uma garrafinha de vodca. Depois, encheu as duas miniaturas com água e as recolocou no frigobar.

Ele não poderia continuar. Não tinha coragem. O acerto de contas estava chegando. Para Barry. Para todos.

— Obrigado, querida — disse ele, devolvendo a chave do quarto para a moça. — Não se esqueça de amarrar o canguru, certo?

O cão ficou sentado ao lado de Jackson, enquanto os dois olhavam para o Saab que se afastava.

— Não acredito — disse Jackson.

Ele se sentia como se tivesse perdido um velho amigo.

— Eu *gostava* daquele carro — disse ele.

O carro começou a diminuir de velocidade, e Jackson disse:

— Vamos, ela deve ter mudado de ideia.

Saiu correndo atrás dele. O Saab parou por tempo suficiente para que seu telefone fosse atirado no acostamento, antes de acelerar de novo, com Jackson e o cão logo atrás. O carro pareceu provocá-lo mais uma vez, parando de novo e ejetando a mochila de Jackson. Ele apanhou o celular e a mochila, e esperou para ver se mais alguma coisa seria arremessada do veículo, mas dessa vez o Saab acelerou de verdade.

— O belo sexo — disse Jackson ao cão.

(— Belo em que sentido, exatamente? — ele perguntara a Julia uma vez.

— No amor e na guerra — respondera ela.)

Pelo vidro traseiro do carro, Jackson podia ver a varinha prateada se movendo de um lado para o outro, como um metrônomo. O adeus da menina.

Eles estavam no meio do nada. O que ele poderia fazer? Telefonar para um amigo? Ele tinha algum amigo? Julia, talvez. Não havia muito que ela pudesse fazer. Perguntar ao público? Jackson olhou para o cão. Uma criatura estúpida. Ele encontrou o pacote de petiscos no bolso, tudo o que restava de suas compras no posto. Eram pequenos biscoitos em forma de ossinhos e pareciam surpreendentemente apetitosos, mas ele resistiu e atirou um para o cão.

Parecia uma opção razoável telefonar para uma companhia de táxi, mas o telefone, embora tivesse sobrevivido ao choque, não tinha sinal. Não havia nada a fazer, a não ser caminhar. O cão, naturalmente, estava mais feliz com esse plano do que Jackson.

Andaram por cerca de meia hora antes de encontrar algum sinal de civilização. O cão ouviu o carro se aproximando antes de Jackson. Jackson segurou-o pela coleira e levou-o para o acostamento, enquanto eles esperavam que o veículo aparecesse em meio à névoa. Lembranças do Land Cruiser fizeram Jackson considerar a hipótese de se esconder em uma vala, mas não havia nenhuma vala por perto e ele podia ver que não era o Land Cruiser que se aproximava pela estrada deserta, e sim um Avensis cinzento.

Jackson ergueu a mão para chamar a atenção do motorista.

— Fique alerta — murmurou ele para o cão.

O Avensis parou e uma das janelas laterais se abriu.

— Olá, que coincidência vê-lo por aqui — disse o motorista.

Jackson olhou para o rosto dele, arrependendo-se novamente de não ter comprado aqueles óculos. Ele o conhecia?

O motorista do Avensis abriu a porta do passageiro e perguntou:

— Quer uma carona, amigo?

Era o garçom que lhe levara o serviço de quarto e deixara o rastreador. Jackson olhou para o cão, buscando confirmação, mas o animal já saltara para dentro do carro, ocupando seu lugar costumeiro no chão em frente ao banco.

Relutantemente, Jackson entrou no carro também.

Um pequeno coelho de pelúcia cor-de-rosa pendia do espelho retrovisor. Se houvesse um concurso de mascotes esquisitas de carros, Jackson tinha certeza de que sua pequena Virgem Maria iluminada, presa ao painel por uma ventosa e trazendo uma pilha AA em suas entranhas sagradas, ganharia facilmente de um coelho cor-de-rosa.

— Vamos para Whitby, não é, amigo? — perguntou o motorista do Avensis, tirando um chapéu imaginário.

— Por favor.

Bem, aquilo elevava a palavra "esquisito" a um nível mais alto.

— Belo cão — disse o motorista do Avensis.

— Sim — disse Jackson. — Acho que você disse isso ontem à noite, quando colocou um rastreador nele. Por que você quer me seguir?

— Talvez eu esteja seguindo o cão.

Ele ligou o motor do Avensis e disse:

— Certo, amigo, lá vamos nós. Primeiro, ocuparemos Manhattan, não é?

— *Quem* é você?

— Começando logo com as perguntas difíceis. Quem sou eu? — repetiu seu novo amigo, pensativo. — Quem sou eu? Claro que você poderia perguntar: quem somos nós?

— Não era uma pergunta filosófica, na verdade — disse Jackson.

— Nome, posto e número?

— Um nome já seria suficiente.

De perto, Jackson podia ver que o homem parecia meio acabado. Ele tinha a pele acinzentada de um fumante, e, como se respondesse ao pensamento de Jackson, retirou um maço de cigarros do porta-luvas.

— Você quer um?

— Não, obrigado.

"Apenas aceite o fato de que você entrou em uma realidade alternativa", aconselhou Jackson a si mesmo. Provavelmente, acontecera quando ele chegara a Leeds.

— Isso tem alguma coisa a ver com Linda Pallister? — arriscou ele.

— Quem?

— Ou Hope McMaster.

— Ah. Hope, lindo nome, significa esperança. "A esperança brota eternamente no peito do homem. Ele nunca é, mas espera sempre ser feliz." Alexander Pope. Escreveu umas coisas muito boas. Você o conhece?

— Não pessoalmente — disse Jackson.

— O que você estava fazendo ali, no meio do nada?

— Bem... — disse Jackson, derrotado pela complexidade da história mesmo antes de começar a contá-la.

Ele optou pela versão mais simples:

— Alguém roubou o meu carro.

A névoa tinha finalmente começado a se dissipar, e raios de luz dourada atravessavam a neblina.

— Parece que vai ser um lindo dia — disse o motorista do Avensis.

— Vamos apostar quem vai ser o primeiro a ver o mar.

Essa era sempre a brincadeira quando eles iam para a praia. Jackson, Josie e Marlee. Parecia que se passara muito tempo desde que eles eram uma família feliz. O vencedor (sempre Marlee, mesmo que eles tivessem que mostrar o mar a ela) ganhava três bombons de chocolate. Josie racionava doces como se houvesse uma guerra.

E ainda não havia sinal do mar hoje; a costa ainda estava escondida pela névoa. Um *"sea fret"*, como se dizia em Yorkshire. Na Escócia, no extremo norte, em Ultima Thule, Louise teria dito *"haar"*. Estavam separados por um idioma comum e uma fronteira invisível. Será que ela pensava nele?

Quando eles chegaram ao último monte, a névoa começava a desaparecer e Whitby se revelava em toda a sua dramática glória gótica: a abadia, o porto, West Cliff, as casinhas dos pescadores.

— Dá para ver por que o conde Drácula aportou aqui, não dá? — perguntou o motorista do Avensis.

— Drácula não é real — comentou Jackson. — É uma personagem fictícia.

O motorista deu de ombros e disse:

— Fato, ficção, qual é a diferença?

— Bem... — disse Jackson.

Mas antes que ele pudesse oferecer ao outro uma prova convincente (como "você quer sentir a diferença entre um soco fictício e um real?"), eles começaram a descida na direção da cidade, e o motorista do Avensis disse:

— Vou deixar você na delegacia, certo?

— Na delegacia?

— Para dar parte do roubo de seu carro.

— Sim, claro, boa ideia — disse Jackson.

A aparição do Avensis fora tão estranha que ele empurrara toda a aventura com a mulher e a criança para o fundo da mente. Parecia que estava em um episódio de *O prisioneiro.* A qualquer momento, uma bola gigante de chiclete desceria quicando pela estrada e o engoliria, e mostraria que havia mesmo uma linha muito tênue separando fato de ficção.

Eles haviam diminuído a velocidade e o motorista do Avensis olhava pela janela, um estranho na cidade.

— Você sabe onde fica a delegacia? — perguntou Jackson.

O motorista do Avensis deu uma batidinha no aparelho de GPS no painel.

— Não, mas ele sabe.

Jackson sentiu uma pontada de ciúme. Em sua cabeça, Jane era uma mulher de um homem só.

O Avensis parou no estacionamento da delegacia, em Spring Hill. Jackson saiu do carro, assim como o motorista do Avensis.

— Preciso esticar um pouco as pernas — disse ele.

O que, na verdade, era uma forma de exercício que envolvia encostar-se contra a porta do carro e acender outro cigarro.

— Acredite ou não, amigo — disse o motorista —, mas eu acho que estamos do mesmo lado, ambos trabalhando para atingir o mesmo objetivo; só começamos de pontos diferentes.

— O mesmo objetivo?

— Arre, já é tão tarde assim? — disse o motorista, fazendo um grande alarde ao olhar para o relógio.

("Arre?" Quem dizia "arre" hoje em dia? Além de Julia, claro.)

— Preciso ir, tenho que conversar com um cão sobre um homem.

A não ser que o amarrasse, vendasse seus olhos e começasse a tocar heavy metal no último volume, Jackson não conseguia pensar em um modo de obrigar o outro homem a se identificar ou revelar sua missão. Jackson ficou surpreso, portanto, quando o motorista estendeu a mão e disse:

— Meu nome é Bond, James Bond. Não, amigo, estou brincando. Meu nome é Jackson.

— Como? — perguntou Jackson.

— Brian Jackson.

Ele procurou nos bolsos e finalmente encontrou um cartão fininho que dizia "Brian Jackson, investigador particular".

— Duzentas libras por hora, mais despesas.

Antes que Jackson pudesse dizer qualquer coisa, e havia muita coisa que ele queria dizer, Brian Jackson já tinha entrado no carro. Ele abriu a janela e disse:

— *Sayonara*. Vejo você por aí.

E depois partiu.

— Duzentas libras por hora — disse Jackson ao cão. — Estou cobrando muito barato.

— Mais despesas — disse o cão.

Em um universo paralelo, obviamente, um universo onde cães se comunicam e homens são criaturas estúpidas. Nessa realidade, o cão simplesmente esperava, silenciosamente, suas próximas ordens.

Ele amarrou o cão do lado de fora e entrou na delegacia. O sargento de plantão estava ao telefone e ergueu um dedo para Jackson, indicando que o atenderia em um instante. Em seguida, o dedo apontou para uma cadeira funcional junto à parede. Jackson só podia admirar um homem capaz de se comunicar tão bem com tão poucas palavras. Sem palavras, na verdade; usando apenas um dígito.

O sargento de plantão terminou seu telefonema e fez um gesto chamando Jackson, com seu dedo admiravelmente articulado.

— Posso ajudá-lo em alguma coisa, senhor? — perguntou ele, quando Jackson se aproximou da mesa.

Jackson hesitou. Era roubo, pura e simplesmente. Seu carro fora levado sem sua permissão. Aquela mulher não apenas roubara seu Saab, mas estava fugindo com uma criança, sendo perseguida por dois homens perigosos. Aquela já era uma boa lista de possíveis assuntos policiais.

"Ela não é a minha mamãe."

As palavras da garotinha voltaram à mente de Jackson. Certamente, ele não precisaria adicionar sequestro à lista? As crianças sempre diziam coisas como aquela. Alguns meses antes, Marlee havia gritado para ele:

— Você não é meu pai de verdade!

Senhor?

Se ele prestasse queixa do Saab como roubado, a polícia iria atrás de uma mulher que estava em apuros, mas que dizia estar fazendo a coisa certa. E os instintos de Jackson sempre tendiam mais para os renegados.

Por outro lado...

Ela roubara seu carro.

Pensou na criança, agitando sua varinha solenemente. Pensou na mulher, usando seu corpo como escudo para proteger a criança contra uma possível bala. Percebeu que a balança estava pendendo para o lado da mulher.

Ainda assim.

— Seu carro.

— Senhor?

— Não é nada — disse Jackson. — Foi um engano. Desculpe o incômodo.

Claro que havia uma pessoa que poderia encontrar seu carro para ele. A pessoa cujo rastreador estava no porta-luvas. Mas então ele estaria contratando Brian Jackson ao preço de "duzentas libras por hora, mais despesas", para fazer um trabalho que ele mesmo deveria ser capaz de fazer. Seu orgulho masculino jamais suportaria aquilo.

— Os negócios antes do prazer — disse ao cão.

Um pequeno mapa que ele apanhara em um balcão de informações ao turista perto do porto levou Jackson ao seu destino: um chalé escondido em uma passagem estreita. O endereço pelo qual Jackson procurava, cortesia do 192.com, era o ponto final, suportando o peso de outros três chalés que pendiam dramaticamente para o lado, devido a alguma erosão antiga.

Quando Marilyn Nettles finalmente abriu a porta, Jackson ergueu um de seus cartões de visita para comprovar suas credenciais. Sentiu o aroma de um perfume fora de moda; lavanda e gim. Viu o que parecia ser o início de uma cifose e uma boca que parecia ter passado a vida inteira segurando um cigarro. Ela apanhou o cartão da mão dele como se estivesse carregando um vírus infeccioso, examinou-o, e disse de forma arrogante:

— "Investigador particular." Isso poderia significar qualquer coisa.

— Bem, o que isso realmente significa — Jackson disse, pacientemente —, é que estou investigando algo particular. Carol Braithwaite — completou ele.

Marilyn Nettles deu um grunhido ao reconhecer o nome, e disse:

— Bem, entre, entre.

Parecia subitamente impaciente, embora fosse ela quem o estivesse fazendo esperar na porta.

Jackson teve que se abaixar para passar pela porta. O lugar era minúsculo e a porta da frente se abria diretamente para o que um corretor de imóveis teria chamado de "sala-cozinha". Uma escadaria aberta levava ao andar de cima. A casa era, simplesmente, um cômodo empilhado por sobre o outro. Caminhando pelo assoalho, ele sentiu a inclinação, como a de uma casa do terror. Havia uma camada grossa de nicotina cobrindo as paredes.

— Sente-se — disse ela, indicando um sofá de dois lugares.

Metade do sofá estava ocupado pelo que Jackson primeiramente pensou ser uma almofada, e depois um exemplar de taxidermia felina; e no momento em que a pergunta "por que alguém empalharia um gato?" lhe passou pela cabeça, o objeto se transformou em um gato de verdade. Ao ver Jackson, o animal se levantou do sofá e se espreguiçou extravagantemente, arqueando as costas como uma lagarta. Era um gesto estranhamente ameaçador; um lutador se aquecendo para o ringue. O gato mostrou as garras e flexionou as patas, enterrando-as no forro do sofá. Jackson ficou feliz por ter deixado o cão amarrado a uma cerca lá fora.

Como se estivesse lendo sua mente, Marilyn Nettles lhe perguntou:

— Você esteve perto de um cão?

Usou o mesmo tom de voz que uma esposa ciumenta teria usado para perguntar-lhe se ele estivera com outra mulher.

— Ele odeia cães; pode sentir o cheiro deles a cem metros de distância.

Jackson sentou-se timidamente ao lado do gato, que havia voltado a praticar sua imitação de almofada. Jackson se perguntou se o animal estaria sofrendo os efeitos do fumo passivo.

Um pequeno relógio em forma de carruagem sobre a lareira soou as horas, e Marilyn Nettles se encolheu como uma mulher que acabara de perceber que se passara tempo demais desde seu último drinque.

— Café, sr. Jackson?

— Na verdade, é Brodie. Jackson Brodie.

— Hum — disse ela, como se aquilo parecesse improvável, e foi até os fundos da sala, onde havia alguns equipamentos elétricos básicos e um tanto velhos junto à parede.

Ligou uma chaleira elétrica e despejou um pouco de café instantâneo em duas canecas antes de adicionar um pouco de gim a uma delas, o que explicava a hospitalidade inesperada, supôs Jackson.

O lugar era deplorável, com pelos de gato e poeira flutuando, visíveis contra os raios do sol. Nada era escovado, pintado ou mesmo lavado há muito tempo. Havia algo desconfortavelmente duro atrás da almofada às costas de Jackson, que ele descobriu ser uma garrafa vazia de gim Beefeater. Havia roupas penduradas no sofá. Jackson não quis olhar muito de perto, para não dar de cara com as roupas de baixo de Marilyn Nettles. Ele teve a impressão de que ela dormia, comia e trabalhava naquela sala.

Uma velha Olivetti Lettera estava sobre uma mesa perto da janela, cercada de pilhas de papel. Jackson levantou-se do sofá e examinou o manuscrito. Ele começou a ler a página ainda não acabada na máquina de escrever:

"Debbie Mathers, uma loura baixinha, jamais poderia ter imaginado que o belo e charmoso homem com quem se casara era, na verdade, um monstro disfarçado, que usaria sua aparentemente idílica lua de mel como uma oportunidade de assassinar sua noiva para receber o seguro de vida que ele..."

— Sr. Jackson?

— Desculpe-me — disse Jackson, recuando.

Ele não ouvira Marilyn Nettles se aproximando pelo carpete cheio de farelos de biscoito.

— Eu não pude resistir a dar uma olhadinha em sua última obra. E é "Brodie", a propósito.

— É uma droga — disse ela secamente, fazendo um gesto de cabeça na direção da Olivetti. — Mas paga as contas.

Ela indicou uma estante onde uma série de livros exibia os títulos nas capas: *A carteira envenenada, O noivo infiel.* Os livros de Marilyn eram publicados pela editora Red Blood Press; cujo logotipo era uma caneta-tinteiro pingando sangue. Marilyn Nettles removeu um livro da estante e entregou-o a Jackson. O título era *A costureira assassinada*, escrito em vermelho metálico em uma capa de péssimo gosto, que mostrava uma mulher seminua de olhos arregalados, sua boca aberta em um grito silencioso, tentando fugir de uma figura sombria que brandia uma enorme faca. Na contracapa, havia uma fotografia de "Stephanie Dawson", que parecia ter sido tirada décadas antes. Houvera muitos cigarros e muito álcool entre aquela fotografia e a mulher que estava na frente de Jackson agora.

— *A noiva estripada.* Eles chamam o estilo de "*noir real*". Basicamente, são livros para pessoas que não sabem ler — disse Marilyn Nettles.

Ela contemplou a mulher que gritava na capa do livro.

— Mulheres em perigo — disse ela, entregando uma caneca de café para Jackson. — Muito popular. É algo a se pensar.

— É, sim — concordou ele.

A caneca parecia não ter entrado em contato com algum líquido detergente em muito tempo. Animada por seu café solúvel cheio de álcool, Marilyn Nettles parecia mais inclinada a falar, mesmo que com relutância. Ela acendeu um cigarro, sem oferecer um a Jackson, e perguntou:

— Então, o que você quer?

— O que você pode me contar sobre Carol Braithwaite?

— Não muito. Não muito mais do que estava no artigo original do jornal. Por quê? Qual é seu interesse nela?

— Estou trabalhando em nome de um cliente — disse Jackson. — Alguém que eu acho que pode ter alguma ligação com Carol Braithwaite.

— Quem?

— Lamento, mas isso é informação confidencial.

— Você não é um maldito padre. Não estamos falando de segredos do confessionário.

Jackson insistiu.

— Você publicou um artigo no jornal e depois o caso inteiro parece ter sumido. Você entrevistou alguém na época, descobriu alguma coisa a respeito de Carol Braithwaite?

Ela olhou intrigada para a ponta do cigarro, como se a fumaça fosse lhe dar alguma resposta.

— Tantas perguntas, e tanto tempo atrás — murmurou ela.

— Mas você deve se lembrar — disse Jackson.

— Devo?

— Você já ouviu os nomes Linda Pallister ou Tracy Waterhouse? Uma assistente social e uma policial, em 1975? Soam familiares para você?

Houve um pequeno clarão nos olhos de Marilyn Nettles.

— Hope McMaster? Dr. Ian Winfield? Kitty Winfield? — insistiu Jackson.

— Pelo amor de Deus, todos esses nomes — disse ela, irritada. — Eu não sei de quase nada. Fui encorajada a não saber de nada, pode-se dizer. Eu fui avisada.

— Avisada?

— É, avisada. Eu não acreditei que aquelas fossem ameaças vazias. Nada mais de artigos, não fale sobre o inquérito, esqueça o que aconteceu.

— Então, alguém ameaçou você? — perguntou Jackson. — Quem?

— Oh, nomes, nomes — disse Marilyn Nettles com impaciência. — Todos sempre querem saber nomes. Não importa, agora. A maioria já morreu; mesmo os que ainda estão vivos.

Ela pareceu se afastar para algum lugar em sua mente. Depois de algum tempo, voltou e deu um tapinha no manuscrito sobre a mesa a sua frente.

— Eu fui para Londres, queria fazer carreira nos jornais sérios, mas nunca aconteceu. E acabei aqui, cobrindo histórias locais para o *Whitby Gazette* e escrevendo esses livros para me sustentar.

— Bem — disse Jackson —, ninguém realmente acaba onde esperava.

— Não sei por que a mulher não pode ser deixada em paz; ela está morta e enterrada, e não sei por que todos estão tão decididos a desenterrá-la.

— Todos?

— Veio um homem aqui, mais cedo. Ele disse que era detetive particular, também. Vocês dois parecem vendedores de escovas, se querem saber.

— Ele lhe deu um cartão?

Marilyn Nettles procurou por entre as páginas de *A noiva estripada*, e entregou o cartão barato a Jackson.

— Brian Jackson — suspirou ele.

Eles tinham, obviamente, seguido as pegadas um do outro a semana inteira. Brian estava saindo de Whitby quando oferecera uma carona a Jackson. Era o nome dele, não era, que estava escrito na agenda de Linda Pallister na manhã do encontro original de Jackson com ela? Jackson lera o nome "B. Jackson" e pensara que Linda Pallister poderia ter se confundido. Teriam as perguntas de Brian Jackson assustado Linda Pallister, fazendo-a desaparecer?

Marilyn Nettles suspirou, pareceu se recompor, e continuou:

— E, de qualquer modo, muito do que aconteceu teve que ser mantido longe do domínio público, teve que ser censurado "para proteger os inocentes", como se diz. Ordens de restrição por toda parte. Eu não tive permissão para escrever quase nada sobre Carol Braithwaite, e absolutamente nada sobre a criança.

— A criança? — perguntou Jackson, quase saltando do sofá empoeirado de excitação.

Aquela criança tinha que ser Hope McMaster, certamente.

— Você não disse nada sobre uma criança.

— Você não perguntou. O nome dele era Michael — disse Marilyn Nettles. — Um menino, de 4 anos.

Jackson se recostou novamente no sofá, tomado pelo desapontamento.

— Carol Braithwaite tinha um filho?

— Sim. Eles disseram que estavam protegendo a criança da imprensa, da curiosidade do público. Foi um tipo de história muito sensacionalista.

— Por quê?

— Bem, ele ficou trancado dentro do apartamento com o corpo da mãe morta. Estimaram que ele deve ter ficado lá umas três semanas. E você sabe, testemunhou um assassinato... e depois, desapareceu.

— Você acha que alguém o matou?

— É como se o tivessem matado. Ele desapareceu no sistema, deve ter vivido uma vida horrível em lares adotivos etc. — disse ela cansada. — Estou ficando farta deste interrogatório; tenho trabalho a fazer. Está na hora de você ir.

Ela se levantou abruptamente e oscilou um pouco, segurando-se na mesa para apoiar-se; Jackson saltou do sofá, pronto para segurá-la se fosse necessário. Ao fazer isso, deslocou o manuscrito sobre a mesa, fazendo com que as páginas de *A noiva estripada* flutuassem como passarinhos mortos até o chão. O gato, que acordou assustado, estreitou os olhinhos e foi de zero a sessenta em dois segundos, rosnando e mostrando as garras para Jackson.

Sai Jackson pela direita do palco, perseguido por um gato.

Ele escapou por um fio de bigode. Jackson atirou um petisco para o cão, jogando o ossinho para o ar. O cão saltou e o apanhou sem dificuldade.

Talvez, afinal de contas, a menina na fotografia não fosse Hope McMaster. Mas a pergunta existia: se o tal Brian Jackson estava seguindo a mesma pista que o próprio Jackson — Linda Pallister, Marilyn Nettles, Tracy Waterhouse — então o que, ou quem, ele estava procurando?

Logo que estacionou em frente à casa de Linda Pallister, Barry pôde sentir as cortinas de renda se mexendo por toda parte. Vizinhos abelhudos, os melhores amigos de um policial. Barry saiu do carro e tentou a campainha, mas não parecia que alguém estivesse em casa. As cortinas estavam fechadas e o lugar dava a impressão de abandonado. Ele bateu com força na porta e gritou pelo buraco da caixa de correio:

— Linda!

Uma mulher parecidíssima com a personagem televisiva Hyacinth Bucket, um tipo bisbilhoteiro, apareceu do nada, como se estivesse escondida atrás da cerca, pronta para atacar.

— Janice Potter — disse ela. — Moro na casa ao lado. Posso ajudar?

— Não sei — disse Barry. — A senhora tem uma aposta para o páreo das 15h30, em Lingfield Park?

Ele mostrou a credencial com um floreio e disse:

— Estou procurando a sra. Pallister, Linda Pallister.

— Tinha mais alguém a procurando ontem. Ele disse que era detetive particular.

— A senhora pode me dizer quando viu Linda pela última vez? — perguntou Barry.

— Ontem à noite — respondeu ela prontamente. — Logo após o episódio de *Collier.* Ela estava entrando em um carro. E não voltou.

— Que tipo de carro?

Quem precisava de câmeras de segurança, pensou Barry, quando você tinha bisbilhoteiras à disposição?

— Um sedã de quatro portas — disse ela. — Cinzento.

— Todos os carros são cinzentos à noite — disse Barry.

Aquele tal de Jackson era o próprio Pimpinela Escarlate: aqui, ali e em todo lugar, sempre um passo à frente de Barry. E por onde ele andava, mulheres desapareciam.

— Certo — disse Barry a si mesmo quando voltou para o carro.

Ele andava conversando muito com seu carro, ultimamente. O carro não lhe respondia, não tinha qualquer expectativa em relação a Barry.

— Vamos dizer, a título de argumento, que esse tal de Jackson está investigando em nome do filho de Carol Braithwaite, que está crescido agora. Ele deve estar... no final da casa dos 30?

Devia ser essa palhaçada de "preciso descobrir mais sobre mim mesmo" que as pessoas inventam hoje em dia. Não Barry. Barry ficaria muito feliz em saber menos sobre si mesmo.

— Então, representando Michael Braithwaite, ele entra em contato com Linda Pallister.

"Alguém anda fazendo perguntas", ela dissera a ele quando lhe telefonara na quarta-feira.

— E o mesmo cara, o tal de Jackson, estava procurando Tracy pelo mesmo motivo: Carol Braithwaite. E então, Linda e Tracy desapareceram. Isso não pode ser bom, pode?

Michael Braithwaite havia despertado sua mãe de seu sono infinito. E agora, ela estava se levantando da tumba, uma tempestade de areia, buscando justiça, querendo vingança. Uma vingança trágica.

Jackson e o cão caminhavam pelo píer, como uma dupla de *flâneurs* junto ao mar. Jackson podia sentir o calor do sol em seu couro cabeludo. Ele estivera em Whitby quando era criança. Jackson não sabia de onde viera o dinheiro para aquelas férias; nunca havia dinheiro para roupas decentes e comida, e muito menos para sorvetes ou peças de teatro. Certamente não havia dinheiro para férias. Jackson deveria ter 5 ou 6 anos na época, a metade da idade de sua irmã, e ainda pequeno o suficiente para ser o queridinho dela. Francis, o irmão mais velho, já era um adolescente mal-humorado, e só queria ir ao fliperama à noite. Não havia provas fotográficas da aventura, já que nenhum deles jamais possuíra uma câmera. Os ricos sempre encomendavam retratos de família, mas os pobres atravessavam a história quase invisíveis.

Jackson não conseguia explicar aquele passado primitivo para sua filha, e muito menos para seu filho, nascido em um futuro de ficção científica, no qual cada segundo de sua vida era digitalmente gravado, usualmente pelo sr. Metrossexual, Jonathan Carr. (Julia estava sendo estranhamente vaga, até mesmo para ela, sobre Jonathan. Eles teriam terminado tudo?)

Ele se lembrava muito pouco de suas férias em família ali, naquele tempo tão distante; só tinha memórias impressionistas de sons e cheiros. Eles haviam se hospedado em um albergue, onde um gongo soava na hora do jantar e as refeições servidas eram espantosamente diferentes das rações de pão e batata que havia em casa. E, mesmo agora, suas lembranças mais vívidas da viagem eram o prato de cozido de frango e o pudim de limão, que fizeram sua mãe cheirar o ar e dizer:

— Hum, que coisa metida à besta.

Como se a comida fosse uma crítica a ela, e não algo a ser desfrutado.

Havia leite e biscoitos para as crianças à noite. Esse tipo de luxo era desconhecido na casa de Jackson, onde sua mãe lhe dava uma boa esfregada no rosto com uma flanela, e isso era tudo o que anunciava a hora de dormir.

Ele se lembrou, de repente, de algo que acontecera havia muito tempo, guardado em algum cantinho de sua mente, e que os homenzinhos que controlavam seu cérebro haviam esquecido. Sua mãe lhe comprara um conjunto de bandeirinhas de papel para castelos de areia; se Jackson se esforçasse, ainda conseguia ver um leão vermelho em um fundo amarelo. Lembrou-se também de seu pai, vestindo seu terno barato para se sentar na praia, as barras das calças dobradas, revelando a pele branca de suas canelas peludas de escocês. Fora uma infância pobre, de todas as maneiras. Pertencia a um museu.

Não um museu interessante como o Royal National Lifeboat Institution, onde as histórias de heroísmo e os desastres davam um nó desconfortável na garganta de Jackson. "Precisamos partir, mas não precisamos voltar", era o lema da Guarda Costeira americana, o guia de todas as equipes de resgate. Sacrifício, como estoicismo, não era mais uma palavra da moda. Jackson colocou uma nota de vinte libras na pequena caixa em forma de barco salva-vidas que recolhia donativos na porta do museu.

Ele continuou andando, passando por lojinhas que vendiam conchas, lojinhas especializadas em vampiros (não havia como fugir deles), em aviões, em velas perfumadas, cujo cheiro lhe revirava o estômago, e infindáveis suvenires baratos e de péssimo gosto. Jackson atravessou a ponte pênsil que dava para a cidade velha e visitou o Memorial do Capitão Cook, para prestar sua própria homenagem ao grande navegador.

Depois, Jackson comprou um pouco de chocolate na Justin's Fudge Shop e notou uma casa em Henrietta Street que estava à venda, mas também percebeu que a rua inteira estava afundando e que a casa de defumados ao final dela parecia bem esquisita, e não por causa da fumaça.

O lugar estava infestado de turistas. O fim de semana do feriado bancário de maio costumava ser Pentecostes; quando aquilo mudara? Subiu correndo os 199 degraus até a abadia e ficou satisfeito ao ver que ainda estava em forma. As pessoas ao seu redor arfavam, tentando puxar o ar para os pulmões enquanto subiam. Jackson nunca vira tanta gente gorda no mesmo lugar, ao mesmo tempo. Perguntou-se o que um viajante do passado acharia daquilo. Antigamente, os pobres eram magros e os ricos, gordos; agora, parecia acontecer o contrário.

Jackson deixou o cão na porta, antes de entrar na igreja de Santa Maria. Sentou-se em um banco com uma inscrição em letras antigas: "Apenas para Estranhos." Pareceu-lhe apropriado. Ultimamente, ele era sempre o estranho na cidade. Contemplou o interior da igreja, projetado havia muito tempo por construtores navais. As únicas outras pessoas lá dentro eram um jovem, muito jovem, casal gótico, de roupas pretas, batom preto e piercings por toda parte, agarrando-se em um dos bancos. O garoto disse alguma coisa para a menina, e ela deu uma risadinha. Maníacos por vampiros.

Jackson se sentou por algum tempo no cemitério da igreja. As lápides estavam tortas, como árvores que se dobram ao vento; os nomes gravados nelas haviam sido apagados pelo ar salgado.

— "Salvos em suas câmaras de alabastro" — murmurou ele para o cão.

O animal inclinou a cabeça curioso, como se estivesse fazendo um esforço para entender o que ele lhe dizia. Gaivotas voavam erraticamente sobre a cabeça deles. O sol brilhava sobre o oceano, fazendo a superfície da água parecer coberta de diamantes. Jackson tinha experiência de vida suficiente para saber que você está acabado quando começa a fazer uso de clichês. Ele se levantou e disse, em voz alta para os mortos sob seus pés:

— Está na hora de ir.

Mas as almas sossegadas que esperavam pela ressurreição não fizeram menção de se mover, e apenas o cão obedeceu ao chamado de Jackson.

Ele caminhou de volta para a cidade, pela rua de paralelepípedos em vez dos 199 degraus, terminando de comer o chocolate enquanto andava.

— Vamos lá — disse ele ao cão. — Vamos ver quem chega primeiro.

Ele chegou à praia correndo. Jackson não conseguia se lembrar de quando correra na praia pela última vez.

Quando chegaram a Sandsend, o cão foi investigar as piscinas nas rochas e encontrou uma pequena lula morta que parecia uma camisinha usada. O cão brincou com a lula até que ela se desintegrou. Um grande pedaço de alga marinha o manteve entretido por mais alguns minutos. Jackson sentou-se em uma rocha e contemplou o horizonte. O que havia do outro lado do oceano? A Holanda? A Alemanha? O fim do mundo? Por que alguém tentara enterrar o assassinato de Carol Braithwaite? E como aquilo era relevante, se é que era relevante, para Hope McMaster? E outras perguntas para as quais ele não sabia as respostas. De fato, quanto mais perguntas Jackson fazia, mais elas se multiplicavam. Tudo começara com uma:

"Eu gostaria de saber, você poderia descobrir alguma informação sobre os meus pais biológicos?"

E tudo explodira a partir dali, em progressão geométrica.

Ele passou algum tempo treinando seu novo recruta na praia: "sente, fique, deite, junto." O cão era muito bom. Quando Jackson dizia "sente", suas patas traseiras se dobravam automaticamente. Quando Jackson dizia "fique" e se afastava, o cão parecia estar colado na areia; seu corpo inteiro tremia com o esforço de não correr atrás de Jackson. E quando Jackson encontrava um pedaço de madeira e o segurava sobre a cabeça do cão, o animal não apenas se erguia nas patas traseiras, como também dava alguns passos. O que viria a seguir? Ele aprenderia a falar?

Um senhor de idade, na companhia de um labrador igualmente idoso, passou por eles. O homem tocou no chapéu, fez um gesto na direção de Jackson e disse:

— Isso deveria estar no circo, garoto.

Jackson não tinha certeza se ele estava se referindo ao cão ou a ele. Ou a ambos. Jackson e o Incrível Cão Falante.

O cão e Jackson brincaram de jogar e apanhar um pedaço de madeira por algum tempo, e então, infelizmente, o animal calmamente depositou algo antissocial e marrom na areia. Um Jackson culpado precisou usar o pedaço de madeira como uma pá improvisada para enterrar as fezes do cão, já que as sacolas plásticas haviam sido roubadas junto com seu carro.

Pareceu uma boa hora para dois garotos mal comportados irem embora.

Ele comprou peixe e batatinhas, comida com alma do norte, e sentou-se em um banco no píer, observando a maré subir. Dividiu sua refeição com o cão, sacudindo pedaços de peixe no ar para esfriá-los antes de dá-los ao animal, como fizera um dia com Marlee. A maré mudara e o mar se aproximava mais da praia agora. Mais adiante, as ondas estavam mais fortes, e Jackson observou-as chocando-se contra as estacas do píer.

Estava ficando escuro. A escuridão trouxe consigo o frio, o calor da tarde era agora uma lembrança distante. O vento que vinha do mar do Norte era como uma lâmina afiada que cortava até o osso, e ele jogou a embalagem do peixe em uma cesta de lixo, tomando a direção do albergue que reservara por telefone na noite anterior. Vinte e cinco libras por noite, por "artigos de higiene, uma bandeja de boas-vindas e um café da manhã completo, estilo Yorkshire." Jackson se perguntou o que tornava um café da manhã de Yorkshire diferente de qualquer outro.

O nome do albergue era Bella Vista, como não podia deixar de ser. Ficava no meio de uma rua de casas semelhantes, cinco andares do porão ao sótão. A maioria das casas vizinhas também funcionava como albergues: Dolphin, Marine View, The Haven. Jackson se perguntou se algum daqueles albergues já existia em sua infância, se poderia ter sido no corredor do Marine View ou do The Haven que um gongo de cobre anunciava a hora do jantar todos os dias, e talvez ainda anunciasse.

"Bella Vista" parecia um nome inadequado: não havia sinal do mar por perto. Talvez fosse possível vê-lo se você subisse em uma cadeira perto da janela do sótão. "PROIBIDO CÃES, CIGARROS E GRUPOS", anunciava uma placa em um dos pilares da porta. Sob a inscrição, em letras menores, estavam as palavras "Sra. B. Reid, Proprietária".

— Já está tarde — disse a sra. Reid, em vez de cumprimentá-lo.

Jackson checou o relógio. Eram 20 horas. Isso era tarde?

— Antes tarde do que nunca — disse ele, afavelmente.

Jackson se perguntou se o Bella Vista tinha muitos hóspedes que retornavam. A sra. Reid era uma loura com ar de durona, uma mulher de certa idade, o único tipo que Jackson parecia encontrar ultimamente. Ela o levou para uma grande sala quadrada, onde uma mesa exibia uma pilha de folhetos sobre as atrações turísticas locais e uma caixinha de moedas para o telefone na forma de uma pequena e antiga cabine telefônica vermelha. Depois da sala, havia um lounge para os hóspedes e um salão onde o café da manhã era servido, como informado por pequenas placas de porcelana nas portas.

No salão de café da manhã, ele podia ver as mesas já postas para o dia seguinte, com pequenos potes de geleia e marmelada e pequenos tabletes de manteiga. Era estranha essa miniaturização de tudo, todo tipo de despesa evitado. Jackson pensou que se estivesse administrando um albergue (e era preciso um grande salto de imaginação para isso), seria generoso com as porções: grandes potes de geleia, um prato fundo com um tijolo amarelo de manteiga, bules gigantes de café.

Ele foi levado por três lances de escadas até um quarto no porão, nos fundos, onde serviçais um dia haviam dormido, apertados como sardinhas em lata.

A "bandeja de boas-vindas" estava sobre a cômoda: uma chaleira elétrica, um pequeno bule de aço inoxidável, saquinhos de chá, café e açúcar, potinhos com leite UHT, um pacotinho de celofane com dois biscoitos de aveia, tudo novamente reduzido a pequenas quantidades. O quarto também tinha acessórios completamente desnecessários: colchas de crochê, pequenas toalhas de renda e uma verdadeira tropa de bonecas de porcelana, sentadas no alto do guarda-roupa. Na pequena lareira com grade de ferro também havia um vaso de flores secas, que, até onde Jackson sabia, eram simplesmente flores mortas com outro nome. Jackson se perguntou se existiria um sr. Reid. A casa parecia ter passado um longo tempo sem a mão sóbria e controladora de um homem. Divorciada ou viúva? Viúva, Jackson decidiu; ela parecia ser alguém que sobrevivera a um parceiro difícil. Algumas mulheres estavam destinadas à viuvez; o casamento era apenas um obstáculo no caminho delas.

Do lado de fora da porta do quarto, havia uma plaquinha na qual se lia "Valerie". Enquanto subia as escadas, Jackson notara que os outros quartos também tinham nomes: Eleanor, Lucy, Anna, Charlotte. Pareciam nomes de bonecas. Jackson se perguntou como alguém escolhia um nome para um quarto. Ou uma boneca. Ou uma criança, a propósito. Nomes de cães pareciam algo ainda mais complicado.

A sra. Reid olhou ao redor do quarto, em dúvida. Era um tanto óbvio que Jackson não era o tipo de pessoa que pertencia a um quarto como aquele. Estava provavelmente pensando em editar seu aviso: "CÃES, CIGARROS, GRUPOS E HOMENS DE COTURNO SEM MOTIVO APARENTE PARA ESTAREM AQUI SÃO PROIBIDOS." O ar no Valerie tinha um cheiro de produtos químicos, como se tivesse sido vigorosamente desinfetado.

— Negócios ou lazer, sr. Brodie?

— Como?

— O senhor está aqui a negócios ou lazer?

Jackson pensou na resposta um pouco mais do que pareceu necessário para ambos.

— Um pouco de cada, na verdade — disse ele, finalmente.

Um grunhido baixo veio de dentro de sua mochila.

— Obrigado — disse Jackson para a sra. Reid, e fechou a porta.

Ele abriu as cortinas, para deixar que um pouco de ar de verdade entrasse no quarto, e descobriu que havia uma escada de incêndio de metal do lado de fora da janela. Jackson gostou da ideia de poder fazer uma fuga rápida do Valerie, se fosse necessário.

Um e-mail estranhamente curto de Hope McMaster chegara para Jackson. "Alguma novidade?", perguntara ela.

"Nada", ele respondeu. "Pensei que havia encontrado você, mas na verdade era um menino chamado Michael."

Sempre procurando, o pastor em busca dos carneirinhos perdidos. Em Londres, conhecera um cara chamado Mitch, um sul-africano, do tipo Boer, posição política à direita de Thatcher, se é que isso era possível, mas com o coração no lugar certo. Jackson não conhecia a história inteira, só sabia que, muito tempo antes, Mitch tivera um filho pequeno que fora sequestrado e que jamais fora encontrado. Agora, depois de vários divórcios, administrava um grupo investigativo que procurava crianças desaparecidas em todo o mundo. Não fazia propaganda. Centenas de crianças desapareciam todos os dias em todo o mundo; num minuto, estavam ali, e, no minuto seguinte, haviam sumido. Algumas das pessoas que elas deixavam para trás terminavam encontrando Mitch.

Mitch tinha um dossiê, um arquivo enorme, deprimente em seu tamanho, cheio de histórias de crianças fugidas e sequestros de todo tipo. Ele sabia mais sobre algumas daquelas crianças do que a Interpol. Todas aquelas fotografias partiram o coração de Jackson. Fotos de férias, aniversários e Natais, os pontos altos da vida em família. Jackson encontrou fotos perturbadoras nos melhores momentos. Havia uma mentira no coração da câmera; ela implicava um passado tangível, quando na verdade o passado era exatamente o contrário.

O próprio Jackson sempre se certificava, todos os anos, ao tirar fotos de Marlee, que houvesse uma boa imagem dela, dos ombros para cima, de frente para a câmera. Normalmente, mostrava aquela foto a Josie e ela dizia: "Esta ficou ótima". Nunca teve coragem de lhe dizer que tirara aquela foto específica para o caso de sua filha desaparecer um dia. Crianças mudavam todos os dias; se você olhasse para elas por tempo suficiente, poderia vê-las crescer. Quando Jackson estava na polícia, vira muitas fotos ruins (de férias, aniversários e Natais), e não muito recentes ("ela não está muito parecida com essa foto, agora"). Era aquilo que lhe acontecia quando você era um policial; mesmo em um dia de sol, em um *bâteau-mouche* no rio Sena, ou em um piquenique na Cornualha, a morte estava sempre presente, e você a olhava por trás de lupas. *Et in Arcadia ego*. E, obviamente, ele conhecia as estatísticas: 99% das crianças sequestradas morriam dentro das primeiras vinte e quatro horas. Metade delas, na primeira hora. Nenhuma fotografia, por melhor que fosse, mudaria isso.

Uma criança desaparecida era a pior coisa do mundo. Aquelas que voltavam dos mortos, as Nataschas, as Jaycee Lees, eram o ponto percentual da estatística, e ofereciam uma esperança fútil.

O dossiê de Mitch incluía altura, cor dos olhos, cor dos cabelos, marcas de nascença, um braço esquerdo quebrado aos 5 anos, uma pequena cicatriz no joelho esquerdo, uma mancha no formato da África no antebraço, um dedinho quebrado, dois dentes faltando, alergias, doenças, apêndices, adenoides e amígdalas removidas, raios X, uma cicatriz em forma de Lua crescente, DNA. Pequenos sinais desesperados. Aquelas crianças desaparecidas jamais voltariam, essa era a verdade. Àquela altura, estariam todas mortas ou destruídas.

E havia outros tipos de crianças desaparecidas, claro. Aquelas que escapavam do radar. Abduzidas pelos pais. As operações clandestinas. Claro que era melhor ter seu filho levado por um ex-cônjuge possessivo e descontrolado do que o mesmo ex-cônjuge possessivo e descontrolado colocar as crianças no carro e ligar o motor, ou as esfaquear no peito enquanto dormiam durante uma visita. Mas isso não significava que você pudesse simplesmente ignorar os termos da custódia e fugir para algum lugar sem acordo de extradição. Ou para algum lugar onde as pessoas não se importam. Ou para algum lugar onde se acredita que não há problemas em arrancar uma criança da mãe. Alguém precisava trazê-las de volta, e esse alguém bem poderia ser Jackson. Antes isso do que ser um mercenário para uma daquelas firmas de segurança privada no Iraque que o haviam contratado, ou trabalhar na segurança de minas de diamante em Serra Leoa, uma vida no limite, em que você se arriscava a cada vez que saía pela porta de casa.

Ele já procurara crianças no Japão, em Cingapura, em Dubai. Em Munique. Fora algo surpreendente. Jennifer, a garota de Munique, tinha um irmão que fora levado para morar com parentes distantes. Jackson não sabia se alguém jamais o encontrara. Nenhuma das duas crianças passara um dia longe da mãe, até que seu pai egípcio as levara para uma viagem de férias determinada pela corte de custódia. Ele vivia e trabalhava na Alemanha, e simplesmente mudara o nome da menina, matriculara-a na escola e lhe dissera que a mãe estava morta. Quando a menina falasse alemão bem o suficiente para explicar sua situação para alguém, provavelmente já teria esquecido a mãe. Crianças esquecem rápido; é um mecanismo de proteção. Jackson os encontrara muito mais rapidamente do que a engrenagem lenta da burocracia alemã teria sido capaz. Seis horas depois de ele e Steve tirarem a menina daquela casinha de bonecas, ela estava de volta a Tring, com a mãe. Uma reunião de mãe e filha.

Algo o estava incomodando, mas ele não sabia o que era. Jackson tirou da carteira a foto que havia roubado no escritório de Linda Pallister. Uma garotinha na praia. Uma boa foto de frente, dos ombros para cima. No fundo do coração, Jackson tinha certeza de que ela era Hope McMaster. Ele suspirou e guardou a fotografia novamente.

Passava um pouco das 21h30 quando Jackson foi para a cama. Era uma cama de solteiro, e o cão já ocupava uma parte considerável dela. Quando Jackson deitou-se sob os lençóis finos, o cão se mexeu, ergueu a cabeça, olhou para ele sem expressão alguma, como um sonâmbulo, e voltou a dormir. Jackson ficou deitado na cama por um longo tempo, sob o olhar fixo das bonecas de porcelana.

Ele encontrou o convite para o baile no clube de golfe no fundo de uma gaveta em seu escritório. Barry deu uma risadinha irônica ao ver a instrução: "Vista-se para impressionar. *Black tie*." Haveria, de acordo com o convite, uma banda tocando ao vivo até a meia-noite, seguida por uma discoteca estilo anos setenta; o sorteio de "prêmios fantásticos" — uma viagem para dois para a Ilha de Wight (incluindo as passagens de *ferry boat*); uma caixa de DVDs de *Gavin and Stacey* autografada; sem falar no "bastão de críquete em tamanho natural autografado pelos jogadores do Yorkshire First XI". Aquele era o tipo de coisa que Barbara costumava adorar: uma desculpa para vestir alguma roupa pavorosa e se exibir para as outras mulheres, falando das notas escolares de Amy, de seu diploma universitário, seu noivado, seu bebê. Agora, não havia muito sobre o que falar.

— O convite dizia para impressionar, Barry — riu Len Lomax, quando viu Barry chegar.

Diferentemente de Barry, ele estava de *smoking*, fumando um charuto caro, muito elegante. Lomax era um cara grande, que ainda não sofrera os efeitos da idade e estava em muito melhor forma do que Barry. Quantos anos ele teria? Talvez 70, 72? Aposentados não se comportavam mais como aposentados; todos achavam que eram Sean Connery.

— Posso ir buscar um prato para você, se você quiser — ofereceu a esposa de Ray Strickland.

Margaret. Escocesa. Barbara dissera que tivera algum tipo de câncer feminino, mas ela parecia como sempre; parecia feita de cartilagem, magérrima. Delicada por fora, dura por dentro. Barbara jamais gostara de

Margaret Strickland; aquilo não dizia muito, porque havia muitas pessoas de quem Barbara não gostava, inclusive Barry.

— Tenho certeza de que ainda há comida na cozinha — disse Margaret.

Havia um cardápio aberto sobre a mesa. *"Agneau rôti et purée de pommes de terre."*

— Isso quer dizer carneiro assado e purê de batatas — disse Ray Strickland.

Strickland não estava em tão boa forma como Len Lomax, mas ainda tinha a mesma força nervosa da juventude. Barry sempre pensara que era impossível saber como ele agiria; se de forma simpática ou agressiva. Ele era um tanto instável. Barry desejava poder voltar no tempo, desejava que o Barry mais jovem tivesse a coragem de mandar Strickland e Lomax para o inferno e dizer-lhes que o deixassem em paz.

— Ou sobremesa? — ofereceu Margaret de novo. — Ainda há um pouco de tiramisu.

Os convidados mais importantes já haviam terminado seu tiramisu, a julgar pelos restos do que se parecia com porcaria em seus pratos.

— Não estou com fome — disse Barry. — Obrigado, mesmo assim.

— Nunca vemos você por aqui, Barry — comentou Margaret Strickland.

— É porque eu não jogo golfe — respondeu Barry.

— Mas você bebe — disse Lomax, servindo a Barry um copo de uísque.

A banda estava afinando os instrumentos, e Alma, a esposa de Len, perguntou:

— Quer dançar, Barry?

Ela envelhecera mal; muitas férias passadas ao sol, em destinos internacionais baratos. Tinha mais de 70 anos e ainda usava saltos altos e decotes. A forma da qual Alma e Barbara foram feitas havia sido quebrada. Graças a Deus.

Ray Strickland fez um pequeno gesto de cabeça, indicando que desejava que Barry o acompanhasse até o lado de fora. Barry deu um tapinha no ombro de Alma e disse:

— Talvez mais tarde, querida.

Quando o inferno congelasse. Ele seguiu Ray Strickland. O ar frio da noite era como um bálsamo.

— Pensei que talvez não tenhamos a chance de conversar amanhã, no enterro de Rex — disse Strickland.

— Oh, sim? — disse Barry.

— Não sei exatamente como dizer isso — disse Strickland.

Ele olhou para os sapatos engraxados e franziu a testa.

— Alguém anda bisbilhotando por aí, fazendo perguntas sobre Carol Braithwaite? — arriscou Barry.

— Isso mesmo — disse Strickland, com uma expressão de alívio no rosto.

— Você quer que eu tome alguma providência? — perguntou Barry.

— Você poderia fazer isso? — perguntou Ray Strickland inseguro.

— Oh, sim — disse Barry. — Posso fazer alguma coisa.

Enquanto entrava no carro, cansado, Barry se perguntou se os convidados importantes fariam um brinde a Rex Marshall antes de a noite terminar. Talvez antes da "discoteca estilo anos setenta" começar.

Todos estavam lá, naquela festa de Ano-Novo no Metropole. Eastman e toda a sua pompa, Rex Marshall, Len e Alma Lomax, Ray Strickland e sua esposa estranha, Margaret, e os Winfield.

Talvez Ian Winfield ainda estivesse vivo. Barry não sabia se alguém tivera notícias dos Winfield depois que eles se mudaram para a Nova Zelândia. Ele não pensava nos Winfield havia muito tempo. Kitty Winfield. Ian Winfield. Ele se viu atravessando um longo túnel escuro, indo direto para o passado.

"Posso ajudá-lo, oficial? Barry, não é?"

Carol Braithwaite retornava. Erguia-se do túmulo.

1975 : 21 de março

•

Barry acendeu um cigarro. Ele estava sentado no carro, do lado de fora da casa dos Winfield. Uma casa muito bonita. Barry nem conseguia imaginar como seria viver em uma casa daquelas, morar em Harrogate, a capital dos esnobes do norte. Devia trazer Barbara a Harrogate, se algum dia conseguisse tomar coragem para convidá-la para sair. Estava planejando convidá-la para ir ao cinema. Barbara era muito sofisticada, em comparação com a maioria das garotas que conhecia, sempre imaculadamente arrumada.

— Ela vai gastar todo o seu dinheiro, uma garota como ela — dissera sua mãe.

Ele não tinha ideia do que Strickland estava tramando. Reclamando do fato de seu carro estar na oficina para a revisão periódica, e de estar a pé. Será que Barry poderia ir apanhá-lo? Barry não conseguia ver o que impedia Strickland de pegar um táxi. Barry estava de folga e acabara de se sentar para comer uma fritada que sua mãe lhe preparara.

Desejou que Ray Strickland não tivesse o número do telefone de sua casa.

— Não use uma viatura — dissera Strickland.

Strickland estava esperando em frente aos prédios de apartamentos em Lovell Park, quando Barry apareceu em seu velho Ford Cortina. O Mark 2. Um carro do qual Barry ainda se lembrava com afeição, mais de trinta anos depois.

Strickland carregava nos braços uma criança adormecida, enrolada em um cobertor. Ele parecia trêmulo, realmente trêmulo. Parecia estar em algum tipo de estupor. Álcool, Barry imaginou. Todos sabiam que Strickland era chegado em um copo. Barry abriu a porta de trás do Ford Cortina para ele.

— Chefe? — perguntou ele, esperando uma explicação.

— Dirija, Crawford — disse ele, parecendo exausto. — Harrogate, a casa dos Winfield.

Barry sabia quem era o casal Winfield. Ela era glamorosa, costumava trabalhar como modelo. Barry não pensaria duas vezes, se ela lhe desse uma chance.

Strickland se inclinou para a frente quando eles entraram na rua dos Winfield.

— É muita gentileza sua, fazer isso — disse ele, e Barry parou o carro na frente da casa. — E eu ficaria muito agradecido se esse assunto ficasse só entre nós.

— O seu segredo está seguro comigo, chefe — disse Barry.

Ele não fazia a menor ideia de qual era o segredo, bem entendido.

— Isso não é o que parece ser — disse Strickland para Barry, descendo do carro, com a criança ainda adormecida em seus braços.

Barry não fazia a menor ideia de como a criança era. Barry observou Strickland atravessar o jardim, tocar a campainha.

Ele esperou dez, quinze minutos. A porta da frente se abriu e Ian Winfield apareceu. Barry abriu a janela do Ford Cortina e Winfield lhe disse:

— Posso ajudá-lo, oficial? Barry, não é?

Maneiras impecáveis.

Barry se perguntou que tipo de ajuda ele estaria lhe oferecendo.

— Não, obrigado — disse ele.

— O detetive Strickland vai levar só um minuto — disse Winfield, no tom de voz suave que usaria com uma criança agitada.

Cinco minutos depois, Strickland estava de volta ao carro, ainda mais trêmulo do que antes.

— Leve-me para casa, Crawford — disse ele. — Minha esposa deve estar preocupada, imaginando onde estou.

Aquilo acontecera três semanas antes do corpo de Carol Braithwaite ser descoberto em Lovell Park. Eles disseram que ela estava morta havia três semanas. Até mesmo Barry conseguia fazer as contas. Strickland a matara e levara a criança.

(Sala de estar de Marjorie Collier/Int/Noite)

Marjorie Collier
Quem são vocês? O que vocês estão fazendo aqui?
Primeiro criminoso
Estamos procurando Vincent. Onde ele está?

Marjorie Collier
Não sei, eu não sei onde ele está.

Segundo criminoso
Você acha que somos burros, querida?

Marjorie Collier
Vocês não podem entrar aqui assim. Saiam!

Primeiro criminoso

Não antes de falarmos com Vince, querida. Sugiro que você telefone para seu garotinho de olhos azuis agora mesmo e diga a ele que sua velha mãezinha vai fazer uma viagem ao cemitério, se ele não chegar aqui rapidinho.

Marjorie Collier
Não vou fazer nada disso. Não lutei contra Hitler para ceder a dois valentões de escola, como vocês.

(Ela olha em volta e vê o atiçador perto da lareira.)

Primeiro criminoso (para o segundo criminoso)
Velhinha corajosa, não é mesmo?

Segundo criminoso (para o primeiro criminoso)
Velhinha estúpida, isso sim.

(para Marjorie)
Não tente bancar a heroína, querida.
Marjorie Collier (tentando alcançar o atiçador)
Vocês não me assustam.

(Eles lutam. O primeiro criminoso acerta Marjorie e a atira ao chão. Ela bate a cabeça na grade da lareira).

Não com um estrondo, mas com um suspiro. O diretor lhe entregara o script pessoalmente, com uma expressão de simpatia cuidadosamente ensaiada. Um aviso de execução. A pobre, velha Marjorie Collier chegaria a um triste fim.

— Cuidado, Till — dissera Julia, quando ele se aproximara. — Parece que ele está trazendo seu convite para o barco da morte.

— Bem, então é isso, Tilly, querida — dissera o diretor. — O fim.

E agora, era Saskia quem a estava tratando como uma inválida. Ela lhe havia trazido uma caneca de leite quente com mel e um prato de biscoitos digestivos, além de sua própria pashmina, que colocara sobre os ombros de Tilly.

— É um choque, não é? — disse ela. — Eu sei bem como é. Quando eu morri naquele acidente de carro horrível em *Hollyoaks*... meu namorado era um perseguidor psicótico que desejava colocar uma bomba na igreja durante o meu funeral... lembra-se disso? Quem poderia esquecer? Quando li o script pela primeira vez, fiquei arrasada, mas fui indicada para um prêmio de melhor atriz de novela, e tudo deu certo no fim. Você vai ver, tudo vai ficar bem. E de qualquer modo, você merece um descanso, não merece? Não do tipo "descansar em paz", obviamente. Estique as pernas no sofá, assista a um pouco de televisão, passe uns dias em um spa.

Graças a Deus, Saskia finalmente perdeu o fôlego e, fazendo um gesto vago para Tilly, que estava recostada nos travesseiros, disse:

— Bem, boa noite, então.

— Boa noite — disse Tilly, aliviada por finalmente poder tirar a peruca.

Saskia não conseguia esconder a felicidade com a ideia de Tilly partir; ela já conseguira que a equipe de produção lhe garantisse que não precisaria dividir o alojamento com ninguém, embora houvesse boatos de que também deixaria o programa muito em breve. Aparentemente, estava "indo para Los Angeles" para tentar a sorte.

— Peixe pequeno, lago grande — dissera Julia. — Ela vai se afogar.

— Bem, espero que ela não se afogue — respondera Tilly. — Só que leve um belo caldo.

Claro que o motivo de Saskia estar tão feliz era que seu namorado chegaria na noite seguinte. Não o jogador de rúgbi; aparentemente, ele era notícia velha (literalmente). O novo namorado era "um civil", o que era confuso, porque na verdade ele servia o Exército como tenente.

— Você não adora um homem de uniforme? — perguntou Saskia a Tilly.

O mais perto que Tilly chegara de um homem de uniforme fora em uma produção do musical *HMS Pinafore.* Tinha uma bela voz na juventude. Era engraçado: ela se esquecera completamente daquela produção. Tilly se perguntou se ainda conseguiria alcançar as notas. O tenente de Saskia se chamava Rupert e aparentemente vinha de uma família muito tradicional. Isso parecia deixar Saskia um tanto ansiosa.

— Bem, naturalmente — dissera Julia. — Saskia é uma completa idiota. Nunca vai conseguir segurar as pontas. Vai acabar indo almoçar na casa de campo dos pais dele usando aquele sotaque falso de Tara Palmer-Tomkinson e um twinset com pérolas, e eles a apanharão cheirando cocaína no banheiro chique, ou em um dos banheiros chiques, porque provavelmente eles têm mais de um.

Às vezes, Tilly tinha dificuldade em acompanhar o raciocínio de Julia. Ela não sabia se era por causa de seu pobre cérebro atrofiado, ou se era apenas o jeito de Julia.

Tilly suspirou e colocou os óculos novamente, voltando a ler o script. O que eles queriam dizer quando mencionaram que Marjorie Collier "lutara contra Hitler"? Ela devia ter 68 anos, não exatamente uma velha, a não ser que você fosse um editor de scripts pré-adolescentes e só se interessasse em atrair um público jovem. Joanna Lumley tinha mais de 60, pelo amor de Deus, e ninguém esperava que ela usasse pantufas e tricotasse na frente da lareira. Tilly a conhecera em um evento de caridade.

— Venha comigo — dissera Phoebe —, preciso de você.

Phoebe estava acabada: tivera que colocar uma prótese no joelho, outra prótese no quadril, e até mesmo as articulações de seus polegares haviam sido substituídas. Agora, os médicos queriam que ela operasse os ombros. Tilly não fazia ideia de que era possível substituir os ossos dos ombros. Era uma pena que eles não pudessem substituir seu coração. Ainda assim, Joanna Lumley era muito simpática, embora os canapés de frutos do mar tivessem causado a Tilly indisposição e dor de estômago por dias. Aquela era uma palavra engraçada. Estômago. Teria algo a ver com "egípcio"? Ela estaria sendo racista? Era melhor não dizer aquilo na frente de Paddy... qual era mesmo o nome dela?

(Close-up no rosto de Marjorie.)
(Ela sussurra.) Vince. Meu filho.
(Ela morre.)

•

Sinceramente, quanta bobagem. Ela teria que esticar a cena de sua morte o quanto pudesse. Tilly não sairia de cena tão rápido assim. Ela demonstraria uma emoção real, e muitos derramariam lágrimas por sua morte.

Pensou que talvez fosse melhor continuar a estudar as falas, mas mal passara da primeira quando adormeceu. Saskia devia ter vindo tirar-lhe os óculos e apagar a luz algum tempo depois, porque, quando Tilly acordou, no meio da noite, depois dos sonhos agitados de sempre, estava escuro e ela não conseguia ver nada. Um pequeno ensaio para a coisa real.

Quatro horas da manhã, se o velho relógio na mesinha de cabeceira estivesse certo. A hora da zona morta. Algo o havia acordado, mas ele não sabia o que fora. O cão também acordara.

Jackson saiu da cama e atravessou o quarto escuro até a pequena janela do sótão. Ele olhou para o quintal deserto lá embaixo e para a ruazinha estreita atrás do quintal. Não era exatamente uma *bella vista.* Alguém estava à espreita na ruazinha, uma figura corpulenta vestida com as roupas da escuridão. A criatura saiu das sombras e se arrastou pela rua, longe demais para Jackson conseguir ter uma visão clara de seu rosto.

O bom senso lhe dizia para deixar para lá. Deixar para lá, voltar para a cama quente e partir em uma aventura inofensiva na Terra dos Sonhos, em vez de se vestir correndo, sair pela janela e descer pela escada de incêndio, para participar de um pesadelo na terra dos vivos.

— *Allez oup!* — disse ele ao cão.

O animal inclinou a cabeça para o lado e olhou para Jackson, intrigado. Jackson demonstrou o que fazer entrando novamente pela janela e saindo mais uma vez. Depois de um segundo de hesitação, durante o qual Jackson sentiu que sua confiabilidade estava sob avaliação, o cão saltou pela janela para a escada de incêndio, e, acompanhado por Jackson, desceu os degraus de metal.

Jackson abriu o portão do quintal com um cuidado exagerado. Não queria se arriscar a provocar a ira de sua anfitriã no meio da noite, acordando-a de seu sono de beleza. Ela precisava de todo o sono que pudesse ter.

Quando chegou à rua, estava tudo deserto. Pensou em sua passageira rebelde e sua combinação fatal de lanterna-dentro-da-bolsa e desejou ter algo semelhante consigo. Seu canivete suíço era a coisa mais próxima de uma arma que Jackson tinha, mas estava dentro de sua mochila, no quarto.

Caminhou até o final da rua e chegou a outra ruazinha com casas idênticas às do Bella Vista. O cão continuou ao seu lado, cuidadoso, e parecia não estar gostando nada da aventura.

Um vulto se moveu mais adiante. Um encontro infeliz, à luz da Lua. Era um dos caras do Land Cruiser. Jackson o reconheceu pela jaqueta. Os cabelos na nuca de Jackson se arrepiaram e ele se virou para ver o que vinha atrás dele. Sim, eles eram uma dupla idêntica: jaquetas de couro, luvas de couro, botas pesadas de couro, e Jackson seria o recheio daquele hambúrguer. O que vinha atrás flexionou os músculos, um gesto que fez Jackson se lembrar do gato de Marilyn Nettles tentando assustá-lo.

As orelhas do cão se ergueram e ele rosnou; um som surpreendentemente ameaçador vindo de um animal tão pequeno.

"Sim", pensou Jackson, "podem vir, venham me pegar, a mim e ao meu cãozinho, estamos prontos para vocês."

Ele se posicionou na calçada de forma que pudesse ver os dois caras do Land Cruiser ao mesmo tempo. Tweedledum e Tweedledee, os gêmeos de *Alice no país das maravilhas.*

— Nós estávamos mesmo indo ver você — disse um deles. — Quarto bonito, não é? Oh, eu gosto de visitar o litoral.

Ele soava, de forma desconcertante, como o irmão de Jackson, um sotaque pesado, um tom cínico. O sotaque de Jackson se suavizara ao longo dos anos, e às vezes ele se perguntava se teria reconhecido o Jackson mais jovem, se o ouvisse agora.

— *Quem* são vocês? — perguntou Jackson. — E o que vocês querem? Vocês vieram aqui só para me dar uma surra, por algum motivo inexplicável, ou foi por outra coisa?

— A outra coisa. Viemos pela outra coisa — disse o outro grandalhão. — Mas provavelmente lhe daremos uma surra também.

Engraçadinhos, sempre os piores tipos.

— Senhores, acho que estamos no meio de um mal-entendido, aqui — disse Jackson. — Vocês estão procurando por aquela mulher, a que estavam perseguindo no posto de gasolina. E eu não sei onde ela está.

— Você acha que somos burros? — perguntou o homem que soava como seu irmão.

— Bem...

— É de você que estamos atrás.

— Eu? O que foi que eu fiz?

— Você anda metendo o nariz onde não é chamado — disse Tweedledee. — Fazendo perguntas por toda parte.

— Alguém mandou uma mensagem para você — disse Tweedledum.

— Ah, pelo amor de Deus, isso é um telegrama falado? — perguntou Jackson.

Algumas pessoas podem pensar que, quando as probabilidades estão contra você, é uma boa ideia se afastar em vez de cutucar o inimigo na face com um pedaço de pau. Jackson agarrou um pedaço de pau e cutucou.

— Não me contem que vocês também tiram a roupa e dançam — disse ele a Tweedledum, que flexionou os joelhos, pronto para a briga.

Tweedledee flexionou os dedos mais uma vez. Lá vinha encrenca, pensou Jackson.

Tweedledum se atirou repentinamente sobre Jackson, atingindo-o com toda a força, derrubando-o no chão, e, antes que Jackson pudesse reagir, Tweedledee lhe deu um soco na cabeça. Jackson rolou para o lado e conseguiu acertar um murro no nariz de Tweedledum.

— *Touché!* — conseguiu dizer, antes de Tweedledee começar a esmurrá-lo no estômago.

Jackson se viu no chão e tudo que conseguia ouvir era o cão latindo furiosamente. Queria mandar-lhe parar antes que os grandalhões o machucassem; aqueles caras não pensariam duas vezes antes de chutá-lo até a morte.

Então, o cara que soava como seu irmão morto falou, assustadoramente perto de seu ouvido:

— A mensagem, seu espertinho sulista, é: "Esqueça Carol Braithwaite." E, se você não obedecer, isso vai continuar a acontecer.

Jackson quis protestar; pior que ser esmurrado e atirado ao chão era a ideia de que seus conterrâneos não o reconhecessem como um dos seus. Infelizmente, antes que pudesse dizer alguma coisa, os conterrâneos lhe deram um chute na cabeça, e a escuridão caiu sobre Jackson pela segunda vez naquela noite.

"Tuu-tuu." Não, não. Era mais como "cuic-uu". Uma fêmea chamando, um macho respondendo. Corujas eram pássaros muito territoriais. Tracy só sabia disso porque havia um livro sobre pássaros britânicos na estante. "Chalé de férias" não era uma expressão adequada: o lugar era enorme, e ela parecia ter ignorado aquele detalhe quando fizera a reserva. "Projetado por Burges", dizia uma placa, como a igreja algumas centenas de metros adiante. Gótico vitoriano. A casa ficava no meio de um parque medieval cheio de cervos. Extraordinário.

Se elas passassem toda a semana ali, ficariam perdidas como duas ervilhas em uma grande lata. Por enquanto, acomodariam-se para passar a noite na sala de estar. Tracy não queria ficar presa em um dos quartos e depois ter que bater em alguém com o cabo da Maglite no meio das escadas. Andar térreo, fuga rápida pelos fundos. O Saab estava estacionado a salvo, escondido atrás da casa. Ninguém o procuraria ali.

Depois de chegarem naquela tarde, desceram o morro da casa até o lago artificial. Havia um café à beira da água, e elas se sentaram do lado de fora e tomaram sorvete. Tracy e Courtney guardaram um pedaço das casquinhas para alimentar um ganso faminto. Tracy tivera um livro chamado *O ganso faminto* quando era criança. Qualquer um que olhasse para elas pensaria que eram pessoas normais, em um dia de férias. Mãe e filha. Imogen e Lucy.

Quando terminaram os sorvetes, caminharam pelos jardins de água até Fountains Abbey. Paisagismo do século 18, cascatas, lagos e folhagens; não havia nada errado em querer melhorar a natureza, na opinião de Tracy. Grupos de girinos se reuniam na beira do lago, e aqui e ali se podia ver o movimento de um peixinho. Tracy pensou sobre os koi de Harry Reynolds. Peixes grandes, caros. Tracy não podia imaginar o motivo para comprar um peixe, exceto para comer.

A menina era uma boa caminhante, do estilo "um pé na frente do outro". Prática. Quando elas chegaram a Fountains Abbey, havia algum tipo de feira medieval acontecendo. Atores vestindo roupas da época, cozinhando sobre uma fogueira, demonstrando como fiar com teares, atirar uma flecha. Havia um porco inteiro assando em um espeto.

Elas foram para casa antes das danças começarem.

— Sempre saiba a hora certa de ir embora — disse Tracy.

Comeram um jantar improvisado de feijão e torradas com queijo, e então saíram para caminhar de novo, respirando o ar puro da noite. Aquele era o tipo de lugar que fazia alguém querer usar palavras como "puro". Era o crepúsculo, a hora das bruxas. Estavam em maio, o mês mágico. Todos os turistas haviam ido para casa, e agora Tracy e Courtney tinham o lugar inteiro só para si, só uma mulher e uma criança, os cervos e as árvores. Nada dos sons bestiais comuns no campo, o mugir, grasnar e balir que geralmente significavam o abatedouro e o sacrifício. Ali, só havia o canto dos pássaros, a grama crescendo e servindo de pasto, as árvores se erguendo na direção das nuvens.

Havia centenas de cervos no parque. Muitos filhotes.

— Bambis — disse Courtney.

Vivos, graças a Deus, todos eles. Tracy se perguntou se eles teriam como saber que ela matara um dos seus recentemente. Estava pensando seriamente em se tornar vegetariana.

Aqueles cervos eram quase domesticados. Se você chegasse muito perto deles, eles levantavam o focinho, sacudiam a cauda, se afastavam alguns metros e voltavam a pastar. A menina parecia espantada; com a exceção de um cão raivoso, provavelmente jamais vira um animal tão de perto. Tracy teria que incluir fazendas e zoológicos na lista de coisas que precisava apresentar para Courtney.

E então, milagrosamente, quando o dia finalmente se aproximava do fim, um gamo branco, um animal jovem, apareceu ao crepúsculo, saído de algum passado medieval. Não era uma imitação; era a coisa real. Um gamo branco. Ele ficou parado, imóvel, olhando para Tracy. Jamais seria possível encontrar um homem que fosse tão belo. O animal sabia que era dono do lugar, que era superior a Tracy em qualquer instância. Um príncipe entre os homens.

"Caramba", pensou Tracy, aquilo era algo especial. Devia ser um bom sinal. Não devia?

O lugar estava cheio de árvores antigas, carvalhos que deveriam estar ali desde a época de Shakespeare. Trezentos anos crescendo, trezentos anos vivendo, trezentos anos morrendo. Era isso que estava escrito em outro livro na estante do chalé. Atravessou a noite lendo. Colocou mais lenha na lareira. Courtney estava dormindo, enrolada em um cobertor em um dos sofás. Tracy estava esticada no outro, de pés para cima. Estava de vigília, com a Maglite ao alcance da mão, aprendendo tudo sobre florestas de carvalhos, parques de cervos, abadias medievais. Era um bom modo de se educar: ficar acordada a noite inteira, para o caso de algum bastardo maluco resolver aparecer para dizer oi.

Primeiro, o motorista do Avensis, e depois os caras de jaqueta de couro. Tracy nunca tivera tantos homens correndo atrás dela na sua vida. Era uma pena que as intenções deles fossem tão desonrosas. Sem falar do "detetive particular" que a procurava, para lhe perguntar sobre Carol Braithwaite. Quem diabos eram todos eles? Teriam eles sido mandados para recuperar a criança, ou se vingar de Tracy por tê-la levado? Ambas as coisas, provavelmente. Seria um deles responsável pela morte de Kelly Cross? Provavelmente. Poderia Courtney ser tão valiosa, para alguém fazer todo aquele esforço?

Havia um telefone na casa, e ela decidiu telefonar para Barry e descobrir se ele sabia de alguma coisa sobre quem matara Kelly Cross, descobrir se sabia de qualquer coisa. Ele soava ainda mais melancólico do que o normal. Devia ter bebido.

— Barry? Lembra-se daquele detetive particular que anda fazendo perguntas? Por acaso ele tem um Avensis cinza?

— Não sei.

— E ele estava fazendo perguntas sobre Carol Braithwaite?

— Fazendo todo tipo de pergunta, sobre todo tipo de gente, aparentemente. Você, Linda, os Winfield. Ele é como algum vírus que corrompeu todo o sistema.

— Espere um pouco — disse Tracy. — Os Winfield? O médico que era casado com aquela modelo?

— Eles adotaram uma criança, não muito tempo depois do assassinato de Carol Braithwaite, e então emigraram rapidamente para a Nova Zelândia.

— Oh, meu Deus — murmurou Tracy.

Fora por isso que Michael desaparecera; os Winfield o tinham levado. Ela se lembrava de Ian Winfield, de sua visita ao hospital, do quanto ele parecia querer proteger Michael.

— Eu acho que falei demais — disse Barry.

— Você ainda não falou o suficiente.

— Tudo vai terminar vindo à tona, mais cedo ou mais tarde.

— O que vai acabar vindo à tona, Barry? O que está acontecendo?

Barry suspirou pesadamente. O suspiro foi seguido por um longo silêncio.

— Você ainda está aí, Barry?

— Não fui a lugar algum, Tracy. Eu vi você na fita com Kelly Cross, no Merrion Centre.

— Droga.

— É, dròga. Exatamente. E eles encontraram a sua impressão digital na casa de Kelly. O que está acontecendo?

— Eu não a matei.

— Nunca pensei que você a tivesse matado — disse Barry.

— Eu comprei a menina dela — disse Tracy.

— Mas que inferno, Tracy!

Estava escuro lá fora. A maior escuridão que ela já vira. Se Tracy saísse e percorresse o curto caminho até o portão, o que fazia a cada hora para checar o perímetro, poderia sentir a vastidão do céu negro e as estrelas espalhadas pelo infinito, desaparecendo enquanto a névoa caía de novo. Tracy imaginava que, em algum lugar em meio a toda aquela escuridão, pudesse ouvir o cervo respirando.

1975 : julho

Tracy finalmente conseguira se livrar do peso desconfortável de sua virgindade. Ela começara a tomar aulas de direção, cansada de esperar para entrar no curso da polícia. Seu instrutor se chamava Dennis, era separado da esposa e tinha uns 40 anos.

Depois da primeira aula, ele convidara Tracy para ir tomar um drinque e levou-a para um lugar perto de Harrogate Road, onde pagou um conhaque com champanhe, sem perguntar a Tracy do que ela gostava. Era um "drinque de mulher", aparentemente. Tracy se perguntou o que Arkwright diria se ela lhe contasse aquilo, da próxima vez que ele colocasse uma caneca de cerveja a sua frente. Acontecera de novo depois da segunda aula ("Você tem um bom senso de direção na estrada, Tracy"). Depois da terceira aula ("Você precisa ficar de olho nesse velocímetro, Tracy"), eles dirigiram até Heptonstall e transaram no banco de trás do carro dele, em uma trilha florestal. Ele não era exatamente o que se poderia chamar de bom partido, mas Tracy não estava interessada em casamento.

— Por onde você andou? — perguntara sua mãe, quando Tracy voltara de sua aventura amorosa.

As antenas dela estavam em pé; Dorothy Waterhouse poderia ter sido bem utilizada na guerra. Eles não teriam precisado se preocupar com

Bletchley Park, a antiga instalação militar secreta.

— Você parece diferente — dissera ela, em tom acusatório.

— Eu estou diferente — dissera Tracy, atrevida. — Sou uma mulher agora.

Ela se sentia grata a Dennis pela natureza despreocupada do ato, mas ele se sentia ainda mais grato a ela, por ter 20 anos e ser "bem provida", ou seja, era uma troca razoavelmente equilibrada. Ela cancelara a aula seguinte e dissera a ele que estava emigrando. Tracy fora a uma autoescola e passara no teste depois de oito aulas. Parecia uma traição, mas ele não esperava nada diferente. Telefonara para a casa dela uma vez, e, como a lei de Murphy sempre funcionava, a mãe dela atendera.

— Alguém chamado Dennis telefonou para você — dissera ela, quando Tracy chegara do trabalho. — Ele queria saber qual seria seu porto de desembarque. Eu disse a ele que deixasse de ser atrevido.

As coisas continuaram a melhorar para Tracy. Não muito tempo depois de ela ter passado no teste de direção, assinara o contrato do aluguel de um apartamento só dela. *She's Leaving Home*. Ela deixara para trás a cama de solteiro da casa de seus pais, onde, com exceção da excursão anual da família a Bridlington, Tracy dormira todas as noites de sua vida desde que chegara da maternidade particular, que seus pais pensaram que daria ao bebê (um menino, se tivessem sorte) um melhor começo de vida do que uma enfermaria de hospital público. A maternidade era tão mal aquecida que Dorothy Waterhouse voltara para casa com frieiras e a recém-nascida Tracy, com crupe. Ainda assim, elas haviam convivido com uma classe superior de mães e bebês, e isso era o mais importante.

O novo lar de Tracy era um quarto parecido com uma caixinha de sapatos, com carpetes imundos. Havia um minúsculo aquecedor elétrico, que parecia perigoso, e uma bolsa de água quente para abraçar à noite, enquanto ela se encolhia em seu sofá-cama. O quarto não tinha mobília, e Tracy comprara tudo de segunda mão, guardando as coisas na garagem de seu pai até acumular bens suficientes para começar sua vida de solteira independente. Quando recebeu as chaves, Arkwright e Barry a ajudaram com a mudança.

Depois de terminarem, ela lhes servira chá e biscoitos, enquanto se sentavam no sofá-cama.

— Você não vai passar muito tempo aqui, querida — dissera Arkwright. — Algum cara esperto vai aparecer em breve e levar você daqui.

Ele deu um tapinha no sofá-cama, como se aquele fosse o local de uma futura proposta de casamento.

Barry sorrira e engasgara com o chá.

— Alguma coisa errada, rapaz? — perguntara Arkwright.

— Nada — dissera Barry.

Ter um lugar só seu gerara muitos problemas para Tracy, que ela nunca conseguira resolver com sucesso. Por exemplo, deveria comprar quatro pratos de jantar, ou somente dois? Havia uma barraca no mercado local que vendia porcelana de segunda mão. Era uma pergunta idiota; só precisava de um prato, já que jantava sozinha todas as noites. Panquecas congeladas, curry enlatado, purê de batatas semipronto. O mais perto que chegava de cozinhar era fritar escalopes de batata.

Ela imaginara um futuro de domesticidade, convidando os colegas de trabalho para "comer alguma coisa" e preparando uma torta de peixe ou um prato de espaguete, com uma garrafa de vinho barato e uma caixa de sorvete de sobremesa; e todos diriam: "Tracy é legal." Isso nunca acontecera, obviamente. Ela não tivera aquele tipo de vida. Nem convivera com aquele tipo de gente.

Um dia, saindo da delegacia, não muito depois da mudança, Tracy quase morrera de susto quando Marilyn Nettles aparecera do nada à sua frente. Havia definitivamente algo estranho com aquela mulher.

— Podemos conversar? — perguntara ela.

Se Marilyn Nettles estava procurando uma matéria, viera ao lugar errado.

— Talvez possamos tomar um café? Não estou procurando informações — completara ela. — Na verdade, é o contrário. Eu queria lhe *contar* algo.

Elas beberam alguns cafés com leite enjoativos em um café abafado. Estava chovendo lá fora, aquela miserável chuva de verão. Não pela primeira vez, e certamente não pela última, Tracy se perguntara como seria viver em um lugar diferente. Marilyn Nettles apanhara um maço de cigarros na bolsa e perguntara a Tracy:

— Quer um bastão de câncer?

— Não, obrigada. Não, espere. Vou querer um. E então? — dissera Tracy, tragando profundamente.

Ela mexeu o café, com movimentos circulares e contínuos.

— O que é que você quer me contar?

— O menino — disse Marilyn Nettles.

Tracy parou de mexer o café.

— Que menino?

— O menino Braithwaite. Michael. Você sabe onde ele está?

— Ele está em um lar adotivo. A menos que você saiba de alguma coisa diferente.

— Sei. Ele foi mandado para um orfanato. Freiras.

Marilyn Nettles estremeceu.

— Odeio freiras.

— Um orfanato? — perguntara Tracy. Ela imaginara Michael Braithwaite com pais adotivos experientes, do tipo que frequenta a igreja e que já tivera centenas de crianças traumatizadas sob seus cuidados, pessoas que sabiam como curar e consolar. Mas um orfanato? A própria palavra parecia melancólica. Implicava abandono.

— O nome dele foi mudado. Uma ordem de restrição foi expedida — dissera Marilyn Nettles. — Tudo muito legal. Para protegê-lo, supostamente. Eu fui avisada para me afastar da história. Pelas esferas superiores.

Tracy ouvira a voz de Linda Pallister em sua mente:

"Nada de visitas. São ordens superiores."

— Ele testemunhou um assassinato — dissera Marilyn Nettles, abaixando o tom de voz para um sussurro. — E, então, desapareceu. Puf! Simples assim. Eu diria que isso é muito suspeito. Eu diria que talvez alguém o tenha feito desaparecer.

Barry dissera a Tracy que Len Lomax lhe contara, "confidencialmente", que "alguém", alguém que dizia ser o pai de Michael, confessara o assassinato e morrera sob custódia. Aquilo não era algo que ela poderia contar a Marilyn Nettles; ela cairia sobre a história como um cão sobre um osso, e, antes que se desse conta, Tracy estaria lendo sobre o caso nos jornais.

— Por que você está me contando isso? — perguntara Tracy.

Marilyn Nettles sacudira a cabeça como se estivesse tentando tirar um inseto dos cabelos.

— Eu já falei demais.

Nervosa, olhou ao redor.

— Eu só queria contar a alguém. Não que eu goste particularmente de crianças, mas não há como não sentir pena daquele garoto. Que chances ele pode ter?

— Para que orfanato eles o mandaram?

— Não importa, ele já foi transferido.

Ela se levantara abruptamente e deixara um punhado de moedas na mesa.

— Pelo café — dissera ela, como se Tracy pudesse ter pensado que o dinheiro era para outra coisa.

Tracy pagara o café para depois checar o relógio. Dera um grunhido silencioso e talvez audível. Tinha uma festa para ir.

Os pais de Tracy estavam se atirando no desconhecido, tentando algo que jamais havia sido tentado antes na casa dos Waterhouse. Estavam dando uma festa. O bangalô em Bramley estava praticamente zumbindo com a tensão acumulada.

Apenas alguns anos antes da aposentadoria, seu pai recebera uma "promoção significativa", e, de forma um tanto espantosa, seus pais haviam decidido comemorar em público. A lista de convidados fora problemática, já que eles não tinham amigos de verdade, apenas conhecidos e vizinhos, e alguns colegas de trabalho do pai. De um jeito ou de outro, haviam conseguido um *quorum* satisfatório.

O dilema seguinte fora como escrever os convites à mão de forma a garantir que as pessoas fossem embora logo que a festa terminasse. "Drinques e petiscos, das 18 às 20 h" fora o texto final.

— *Os convidados* — dizia sua mãe, como se eles fossem uma espécie de animal perigoso.

Tracy fora pressionada a aparecer na festa. Sua mãe lhe dissera:

— Você pode convidar alguns amigos, se quiser.

— Está tudo bem — dissera Tracy. — Virei sozinha.

Ela chegara cedo e cortara cubinhos de abacaxi e queijo, usando palitos para espetá-los em um repolho verde. Quando os convidados chegaram, Tracy andara pela casa como uma garçonete, com bandejas que sua mãe passara a tarde inteira enchendo de camarão ou galinha desfiada. Não havia comida suficiente, e, quando tudo acabara, sua mãe sibilara, como se estivesse pedindo reforço de munição:

— Vá buscar aqueles palitinhos de queijo na cozinha. Depressa!

Dorothy Waterhouse esperava que eles conseguissem fazer a festa do lado de fora, no recém-instalado piso de concreto do pátio. A mãe de Tracy temia que seus conhecidos, geralmente tão ordeiros, se transformassem em uma multidão descontrolada sob a influência do ponche de rum de seu marido, cujo ingrediente principal não era rum, e sim suco de laranja industrializado.

Para desespero de sua mãe, chovera, obviamente, e todos tiveram que se espremer, os cotovelos dobrados como asinhas de frango, na recém-ampliada (mas não o suficiente) sala de estar. A banalidade da ocasião era deprimente.

("Os pedreiros não tentaram dar um golpe? Na minha época, as pessoas ficavam em silêncio quando um funeral passava... Alguém disse que o número 21, no fim da rua, foi vendido para uma família paquistanesa.")

Tracy apanhara alguns palitinhos de queijo e fugira para o banheiro, fazendo uma pequena prece de agradecimento por não precisar mais viver ali.

Abaixando a tampa do vaso sanitário, ela se sentara, mastigando os palitinhos de queijo, enquanto observava a chuva batendo contra o vidro da janela do banheiro. Chuva contra a janela do banheiro; aquilo lhe parecia um excesso de água, em uma cidade já úmida demais. Tracy ouvia aquela palavra vazia, "orfanato", em sua mente. Ela poderia ter dado um lar para aquele garotinho. Deveria tê-lo tirado daquela cama de hospital, fugido com ele nos braços e lhe dado o amor do qual precisava.

Suspirando, Tracy colocou o último palitinho de queijo na boca, limpou os farelos das roupas e lavou as mãos. Subitamente, ela viu a imagem do banheiro frio e imundo do apartamento de Lovell Park. Havia muita maquiagem espalhada pelo balcão. Um submarino de plástico estava dentro da banheira suja. Teriam os últimos pensamentos de Carol sido sobre o filho? Ela deveria ter sentido medo de que ele também fosse morto.

— Que chances ele pode ter? — dissera Marilyn Nettles.

Na cozinha, sua mãe estava desenformando uma torta temperamental.

— Eu preciso ir, mãe — gritara Tracy do corredor.

Ela retirara seu casaco de verão do cabide do hall e saíra correndo da casa, os débeis gritos de protesto de sua mãe seguindo-a enquanto ela atravessava o jardim.

Caminhara pela chuva, visitando cada orfanato e casa de passagem que constava da lista telefônica. Ninguém ouvira falar de Michael Braithwaite, mas obviamente o nome dele fora modificado, de acordo com Marilyn Nettles. Ela tentara descrevê-lo:

— É um garotinho, 4 anos, a mãe foi assassinada.

Mas só obtivera em resposta um sacudir de cabeça, uma porta fechada. Sua credencial não parecia ajudar em nada; na verdade, estava atrapalhando. Já eram 21 horas quando ela finalmente voltara para seu pequeno apartamento, encharcada até os ossos. A festa já deveria ter acabado havia muito tempo, e sua mãe já teria limpado até o último farelo do tapete.

Linda Pallister tinha um Hillman Imp agora, ao que parecia. Mas não iria a lugar algum dirigindo, porque Tracy estava parada na rua, bem na frente do carro.

— Diga-me onde ele está, Linda. Diga-me o novo nome dele.

Linda abrira a janela do carro e dissera:

— Saia daqui, me deixe em paz, ou vou chamar a polícia.

— Eu sou a polícia — dissera Tracy. — Este uniforme não é uma fantasia.

Ela deveria ter dado uma surra em Linda. Deveria ter arrancado suas unhas uma a uma, até que ela lhe contasse tudo. Mas aqueles eram outros tempos.

SACRIFÍCIO

Sábado

Quando acordou, Jackson não sentia absolutamente nada. Estava imerso na escuridão, paralisado, e o ar a seu redor era insalubre como o inferno. Já havia morrido uma vez, mas aquilo não se parecia nada com a experiência anterior. Da primeira vez, depois do acidente com o trem, passara pelo clássico cenário do túnel branco, com sua irmã morta e uma sensação de euforia. Fora, muito brevemente, para o paraíso, um paraíso que sem dúvida se manifestara como resultado da falta de oxigenação em seu cérebro. Dessa vez, ao que parecia, tomara o rumo contrário.

Jackson perdeu os sentidos, recobrou novamente a consciência e percebeu que não estava realmente paralisado, e sim amarrado, não como um peru, mas como uma múmia egípcia. Seus tornozelos estavam firmemente atados, suas mãos estavam presas atrás de suas costas e havia fita adesiva tapando sua boca. No começo, foi doloroso; depois, tornou-se excruciantemente doloroso, e, passado algum tempo, a dor foi substituída por um entorpecimento que era ainda pior. Sua cabeça doía, mas não mais do que era de esperar depois de ser socada e chutada. Ele teria sorte de escapar sem um dano cerebral.

Talvez tivesse sorte de escapar, ponto. Ele se mexeu, desajeitado, como uma minhoca particularmente incompetente, até que sua cabeça tocou em uma superfície rígida. Lentamente, moveu-se pelo que parecia ser um espaço extremamente claustrofóbico, não muito maior do que um caixão. Um sarcófago de formato estranho, cheio de algo fedorento.

Enquanto se mexia, Jackson finalmente percebeu que estava dividindo seu oxigênio com restos de comida; um cheiro inconfundível de chop suey, peixe frito e batatas. Ele estava preso em algum tipo de contêiner de lixo comercial, junto com os resíduos de vários restaurantes locais.

"Ouvi uma mosca zumbir quando morri." Era porque realmente havia uma mosca ali, com ele, zumbindo irritada porque sabia que também não tinha como escapar.

Jackson sentiu certo alívio ao perceber o que se passava. Pelo menos, ele não tinha ficado louco, nem tinha ido para o inferno, ou se transformado em um verme gigante. Ele fora simplesmente golpeado na cabeça por uma dupla de brutamontes e jogado em um contêiner de lixo.

O alívio não durou muito tempo. Ele não podia gritar por ajuda, não podia se mover — virar-se não contava, de fato — e não tinha como escapar. E onde estava o cão? Não parecia estar ali, com ele. Estaria onde, ferido ou morto? Cão em perigo.

Então, algo pior aconteceu. Muito pior. O som pesado do motor de um veículo industrial. O giro de uma engrenagem lenta, pistões hidráulicos subindo e descendo, a conversa casual e cheia de camaradagem que anunciava a chegada de um caminhão de lixo pela manhã. Jackson lutou furiosamente, tentando sacudir o contêiner, sem sucesso. Ele tentou chutar com os pés amarrados, mas não conseguiu produzir o menor impacto. Nada mais que um gemido baixo e desesperado escapou pela barreira de fita adesiva sobre sua boca.

Havia outros contêineres por perto; ele podia ouvi-los sendo carregados para o caminhão, sendo erguidos, esvaziados, colocados de volta no lugar. Dois contêineres. O dele seria o terceiro. Ele ouviu um lixeiro dizendo ao outro:

— Você viu *Top Gear* ontem à noite?

O outro respondeu:

— Não, minha mulher assiste a *Collier*. Preciso assinar a Sky Plus. *Collier* é uma porcaria.

Jackson podia ouvi-los claramente, como o ressoar de um sino. Ele estava a centímetros de distância, mas era incapaz de chamar a atenção deles. Sobrevivera à Guerra do Golfo, aos conflitos na Irlanda do Norte e a um devastador acidente de trem, e ia acabar morrendo como lixo (exatamente como lixo, na verdade), sendo esmagado até a morte em um caminhão.

O contêiner foi subitamente sacudido, e ele se viu sendo atirado na direção de sua nêmesis. Jackson em perigo.

Era isso, então.

O fim.

Jackson ouviu o barulho de um cão latindo. Não apenas latindo, uivando furiosamente, o tipo de barulho que enlouquece as pessoas se elas não conseguem fazê-lo parar. Não havia como pará-lo. O cão continuava a latir.

— Au, au, au.

Havia algo de familiar naquele latido.

— O que foi? — Jackson ouviu um dos homens dizer. — O que você está tentando nos dizer, hein?

— O que você está dizendo, Skippy? — perguntou outro, com um pesado sotaque australiano. — Tem alguém encrencado, é isso?

— Eu! — rugiu Jackson, em silêncio.

Alguém riu e disse:

— Skippy é o nome de um canguru, não de um cão. Você deveria chamá-lo de Lassie.

— Pelo jeito, esse aí está mais para Totó.

Ele ia morrer, enquanto as pessoas a sua volta discutiam o sexo de um cão?

De repente, Jackson viu a luz do dia. Tão brilhante que ofuscou sua visão. E sentiu o cheiro do ar marinho. Luz e ar, tudo de que um homem precisava, quando se pensava no básico. E um amigo fiel que não deixaria que você fosse arrastado para um cemitério sem fazer muito barulho.

— Ninguém é deixado para trás, não é? — Jackson disse ao cão, enquanto se arrastava de volta para o Bella Vista.

Tilly preparou uma xícara de chá. O tempo havia virado, e a chuva batia com força contra a pequena janela da cozinha. Os relógios marcavam 5h10, e, embora Tilly não tivesse mais tanta certeza do que aquilo significava, sabia que era de manhã, porque podia ouvir Saskia roncando atrás da porta do quarto. Saskia negava que roncasse e estava sempre reclamando do barulho que Tilly fazia:

— Meu Deus, Tilly, você parecia um trem atravessando um túnel na noite passada.

Ou (Tilly a ouvira dizer a Padma, veja só, Padma, ela conseguia se lembrar do nome sem problemas):

— Não consigo suportar isso, não consigo dormir, é como se eu morasse com um porco do mato.

E Padma respondera:

— Já tentou protetores de ouvido, srta. Bligh?

Capitão Bligh, sim, senhor. Ou melhor: "não, senhor", Tilly supunha, dado o motim. As pessoas chamavam um capitão da Marinha de "senhor"? Ou de "capitão"? O musical *HMS Pinafore* não ajudava muito com aquela questão. Será que o tenente de Saskia sabia? Militares eram militares, afinal de contas. Qual era mesmo o nome dele? Saskia era a mulher do tenente. Tilly fizera um papel pequeno naquele filme *A mulher do tenente francês*, interpretando uma serviçal de algum tipo. Lyme Regis, um lugar adorável. "Os jovens estavam todos loucos para ir a Lyme."

Persuasão. Seu livro preferido de Jane Austen. O cérebro de Tilly era como renda: delicado e cheio de furos. Ou uma mantilha de batismo. Lã branca sobre a pele negra. Um mimo.

Rupert, não era esse o nome dele? Como o Urso Rupert. Ela adorava ganhar aqueles livros de presente de Natal. Rupert e seus amigos. Bill, o texugo; Ping-Pong, o pequinês (seria aquela uma referência racista?). Ela não conseguia se lembrar dos outros. Um dia, logo depois do Natal, ela fizera algo que deixara seu pai zangado. Poderia ter sido qualquer coisa, já que tantas coisinhas o irritavam. Ele lhe havia tomado seu exemplar de Rupert e rasgado as páginas, uma a uma. Oh, Deus, será que alguém poderia pôr um fim naquilo? As lembranças, as palavras. Havia tantas.

O tenente chegaria naquela noite, não chegaria? Isso explicava a torta de carne que esfriava misteriosamente em cima da mesa da cozinha.

A chuva soava como se alguém estivesse atirando baldes de água contra a janela. Ouviu-se o barulho de um trovão, como um efeito de sonoplastia.

"Ou um barco no mar: um barulho tempestuoso de trovão e relâmpago."

Ela fizera o papel de Miranda em uma produção ao ar livre de *A tempestade*, em algum lugar da área de Home Counties. Não conseguia se lembrar muito bem da ocasião; seu coração não estivera na peça como deveria, porque estava apaixonada por Douglas. Ficara presa em Berkshire ou Buckinghamshire, algum lugar dos Home Counties, enquanto Douglas estava em Londres dirigindo uma peça. Ele era quinze anos mais velho do que Tilly. Ela tinha apenas 20 anos, era um papel adorável, de uma inocência tão doce. Ela não percebera, na época, que jamais o faria de novo. Agora, era Prospero, pobre e velha Tilly, quebrando seu cajado, prestes a desistir de tudo. A diversão acabava. Um final melancólico.

Claro que aquele fora o verão em que Phoebe roubara Douglas de Tilly. Ele a estava dirigindo em *Major Barbara*. Ela fora a atriz mais jovem a desempenhar aquele papel nos palcos de Londres. "A maior estrela de sua geração", diziam os críticos. Aquele seria o trampolim para sua brilhante carreira. Tilly jamais entendera por que Douglas não a escolhera para o papel; ela era uma atriz tão boa quanto Phoebe, certamente não pior.

Era tarde demais para perguntar a ele, agora. Depois daquilo, Phoebe conseguira todos os melhores papéis, obviamente. Cleópatra, a duquesa de Malfi, Nora Helmer.

Quando Tilly olhou novamente, viu que não estava chovendo, e nem sequer estava molhado lá fora. A chuva fora um produto de sua mente? Uma tempestade em seu cérebro.

"Oh, como eu sofri/ Com aqueles que vi sofrer", como diria Shakespeare.

A torta de carne sobre a mesa estava descongelando sob o papel celofane. Pedaços de brócolis, que pareciam arvorezinhas em miniatura, estavam picados e lavados em um escorredor. O jantar daquela noite, sobre a mesa, às seis horas da manhã. Claro que o tenente chegaria naquela noite. Saskia estava fazendo seu teatrinho doméstico. Ela não cozinhara a torta de carne; algum chef talentoso o fizera por ela.

— Faça parecer autêntica — Saskia dissera a ele —, como se fosse feita em casa. Como se eu fosse uma boa cozinheira, mas não *cordon bleu*.

Garota tola.

Ela estava em um café, com Douglas. Perto do Museu Britânico. Ele lhe pagara um *rum baba*, o favorito dela, e então lhe tomara a mão, dizendo:

— Eu sinto muito, Matilda querida.

Era assim que ele falava, fora criado assistindo aos ídolos das matinês. A mãe dele fora uma Garota Bluebell, antes de ele nascer. (E ali estava Tilly, no chalé Bluebell. Coincidência engraçada.) Não houvera um pai para Douglas; sua mãe fora uma rebelde, com o tipo de história de vida que virava a cabeça de um homem. Douglas inalara tinta de maquiagem com a primeira respiração. Tilly ficava terrivelmente triste ao pensar em Douglas como um bebezinho; ele ficara tão alquebrado no final, pouco mais que um esqueleto. Aids, obviamente. A doença levara muitos daqueles pobres rapazes. O bebê de Tilly era um menininho. Fora levado embora. Negro. Negro como a noite.

"Ela parece suspensa no rosto da noite/ Como uma joia no rosto de uma etíope."

A primeira vez que Tilly interpretara Julieta fora na escola. Era uma escola só para meninas, e seu Romeu era uma menina chamada Eileen. Ela se perguntou o que teria acontecido a Eileen. Provavelmente, estava morta.

Havia torta de carne sobre a mesa. Aquilo parecia estranho. Ela deveria colocá-la no forno. Vince e o namorado viriam visitá-la naquela noite, "para animá-la". Eles haviam dito que trariam comida — será que já haviam comprado? Será que já haviam chegado? E onde estariam? A mente de Tilly estava funcionando de forma errática novamente, como uma televisão mal sintonizada. Talvez estivesse tendo pequenos derrames, um após o outro; aquilo explicaria como a chuva fora parar em sua cabeça.

Eles haviam feito torta de carne na aula de economia doméstica, na escola. Aulas de economia doméstica ensinavam tudo o que era preciso saber para administrar a casa, ser uma boa esposa...

— Jesus Cristo, Tilly! O que você está fazendo? Você está assando a droga da torta shepherd, e são seis horas da maldita manhã! Sua maldita idiota senil!

Tilly agitou as mãos no ar, indefesa. Ela queria dizer: "Não grite comigo". Tilly detestava que gritassem com ela, aquilo a fazia se encolher por dentro. A grande mandíbula de seu pai, o cheiro de peixe morto da pele dele. Ela não conseguia dizer nada; as palavras não saíam do jeito certo.

"Arr-auu-arr-aii-arr-auu-arr-aii-arr-auu-arr-aii-arr."

Elas comeram torradas com Marmite no café da manhã, sentadas em uma mesa de carvalho feita por Robert Thompson, o Mouseman. Tracy lera um panfleto e mostrara a assinatura do Mouseman a Courtney, o pequeno rato entalhado que parecia subir pela perna da mesa. Um conjunto de dez cadeiras iguais rodeava a mesa. Courtney engatinhou ao redor da mesa, contando todos os ratinhos nas pernas das cadeiras.

Imagine uma vida em que você toma seu café da manhã todos os dias sentada a uma mesa de carvalho, em uma casa gótica vitoriana, olhando para um grupo de cervos pela janela. A varinha de condão estava sobre a mesa, perto do pote de Marmite. Estava quebrada agora, mas Courtney guardara a metade superior com a estrela, e o brinquedo se parecia mais com um machado do que com uma varinha. Quando terminou de comer sua torrada, Courtney apanhou sua fiel mochila cor-de-rosa e começou a arrumar o conteúdo na mesa do Mouseman. Depois de passar três dias testemunhando aquele ritual, Tracy pensava conhecer o catálogo de cor, mas a cada vez Courtney parecia ter acrescentado algo novo ao tesouro. O inventário atual era:

O dedal de prata manchada
A moedinha chinesa com um buraco no meio
A bolsinha com a cara de um macaco sorridente
O globo de neve com um modelo grosseiro do Parlamento britânico
A conchinha em forma de bomba de chocolate
A conchinha em forma de chapéu chinês
O pinhão
O anel de noivado de Dorothy Waterhouse
Uma folha da floresta
Alguns elos de uma corrente barata de ouro

A corrente de ouro era nova. A menina parecia um corvo. Tinha obsessão por encontrar, colecionar, organizar. Era totalmente independente. Aquilo seria o prenúncio de que a menina seria uma cientista, que coletava dados pacientemente, uma artista absorvida em sua criação, ou havia algo de autismo naquele comportamento?

Tracy tirou os pratos da mesa e levou-os para a cozinha que ficava ao lado da sala de jantar. Um ou dois minutos depois, ouviu um barulho vindo do outro cômodo. Foi tão inesperado que Tracy levou um minuto ou dois para perceber que o som era de Courtney cantando "Brilha, brilha estrelinha". O primeiro verso. Tracy espiou para dentro da sala. Courtney cantou o primeiro verso mais uma vez (Quem sabia o segundo verso? Ninguém). Na palavra "estrelinha", ela fechava os punhos e então os abria de novo, formando uma estrela com os dedinhos. Uma menina traumatizada que ainda era capaz de cantar podia ser salva, não podia? Ela podia ser levada para o teatro e para o circo, para o zoológico e para uma fazenda, e para a Disneylândia. Ela não iria acabar perambulando pela Sweet Street West, procurando clientes. Chevaunne. Ela poderia ter sido salva, um dia. Todos poderiam ter sido salvos; todas as Chevaunnes, todos os Michael Braithwaites, todos os famintos, espancados, abandonados. Se houvesse pessoas suficientes dispostas a salvá-los.

— Eu sinto muito — disse ela para Courtney. — Mas precisamos ir embora.

Ela telefonou para Harry Reynolds. Tracy podia ouvir o som dos cubos de gelo tilintando em um copo. Parecia cedo para álcool. Talvez aquele fosse o equivalente a um suco de laranja matinal para Reynolds. Ela o imaginou ao lado do telefone, em sua casa luxuosa, usando seus chinelos caros, olhando para seus peixes caros. O gelo a fez pensar em diamantes. Diamantes e baratas. O fim do mundo. Ele atendeu cautelosamente.

— Sim?

— Eu estou entrando — disse Tracy.

Ela soava como um espião da Guerra Fria.

Uma longa alameda levava até os portões, e daí para a estrada principal, até a cidade de Ripon. Tracy fora expulsa do paraíso e estava indo para o leste do Éden, dirigindo um carro roubado. Levando uma criança roubada.

Antes de chegarem aos portões, um carro apareceu, vindo na direção oposta. Cinzento, do tipo difícil de identificar, avançando lentamente na direção delas. Alguma coisa a respeito do carro fez o coração de Tracy deixar de bater por um instante. O motorista piscou os faróis e ergueu a mão como um guarda de trânsito. O Avensis.

Tracy encontrara sua nêmesis, podia sentir nos ossos. Ela teria que descobrir o que ele queria mais cedo ou mais tarde, supunha.

O Avensis emparelhou com o Saab e o motorista fez um gesto de saudação para Tracy, como um militar das antigas, e abriu a janela. Tracy abriu a sua.

— O que foi? — disse ela, ignorando as regras de educação.

— Tracy, você se importa se eu a chamar assim?

Muito amistoso. Quem diabos era ele?

— Eu andei a procurando — disse ele.

— Parece que sou muito popular no momento — disse Tracy. — Particularmente com os homens, ou com imbecis, como eles são chamados ocasionalmente. Por que você está me seguindo?

— Isso depende de sua perspectiva, não é? Algumas pessoas poderiam dizer que é *você* quem está me seguindo.

— Isso é ridículo.

Ele riu e disse:

— Você é uma figura, Tracy.

— Uma figura? — perguntou Tracy atônita.

De onde aquele palhaço saíra? De uma caixa em uma prateleira, com o rótulo "sujeito esquisito de Essex, por volta de 1943"? Ele saiu do carro e contornou a frente do Saab. Tracy pensou na possibilidade de atropelá-lo. Como um cervo, deixando sua carcaça no meio da estrada, para os turistas encontrarem. Não havia câmeras ali. Ou haveria? O National Trust provavelmente tinha câmeras camufladas em casinhas de passarinhos. Ele chegara à porta do passageiro do Saab antes de Tracy conseguir decidir se passava por cima dele ou não. Ele abriu a porta do carro e ela apanhou a Maglite.

— Não há necessidade disso — disse ele amigavelmente. — Não sou eu a pessoa com quem você deveria se preocupar.

Ele se sentou no banco do passageiro e suspirou como se tivesse acabado de entrar em uma banheira quente.

— Meu nome é Brian Jackson, a propósito.

Ele retirou um cartão fino do bolso e entregou-o a ela. "Investigador particular", dizia o cartão, junto a um número de celular. Você podia conseguir cartões como aquele em máquinas em qualquer estação de trem.

— Um cara veio procurá-la na delegacia — dissera Barry. — Disse que se chama Jackson alguma coisa. Disse que é um detetive particular.

— É lindo aqui, não é? — disse ele, casualmente. — É como se o tempo tivesse parado. Você já teve a chance de visitar a abadia? É um patrimônio histórico mundial, você sabe.

Ela olhou para ele fixamente, até que ele jogou as mãos para o alto e disse:

— Só estou querendo ser simpático. Procurei-a a semana inteira. Achei todos os outros, mas você tem sido difícil de encontrar.

— Todos os outros?

— Toda vez que me aproximo de você, você foge. Você quase me causou um ataque cardíaco quando bateu o carro naquele cervo. Aquilo poderia ter acabado mal. Acabou mal para o cervo, obviamente.

— Era você me perseguindo?

— Seguindo, não perseguindo — disse ele, em um tom magoado. — Não sei por que você fugiu para a floresta daquele jeito.

Ele abriu o porta-luvas e vasculhou o interior, até achar um tipo de engenhoca eletrônica.

— Eu nunca teria encontrado você sem isso — disse ele. — É um rastreador.

Ele mostrou o aparelho a Tracy e deixou que ela o examinasse.

— Eu o coloquei no seu amigo; queria me certificar que não o perdesse de vista. Estamos ambos procurando a mesma coisa, é como se fossemos uma dupla. Uma coincidência agradável, embora eu sempre diga que uma coincidência é apenas uma explicação esperando para acontecer.

— Do que você está falando?

— Foi bastante conveniente o modo como o rastreador me levou a você. Seu amigo está muito zangado por causa do carro, a propósito.

— Ele não é meu amigo — disse Tracy.

— Ele poderia ser.

Uma sensação de derrota invadiu Tracy, caiu sobre ela como um manto pesado. Para que todo aquele esforço? Ela não podia correr, não podia se esconder; sempre haveria alguém procurando-as. Alguém colocando rastreadores nelas. Satélites na estratosfera acompanhando cada movimento que faziam. Câmeras apontadas em sua direção. Olhos no céu, e a brincadeira de criança: "eu vejo algo que começa com T". O Pentágono e o Kremlin provavelmente também estavam de olho nelas. Alienígenas as observavam por meio de uma faixa invisível de laser. Não havia escapatória, não havia rota de fuga. Tracy se perguntou se poderia simplesmente deitar a cabeça no volante e dormir, e quando acordasse tudo seria diferente. Talvez a floresta crescesse ao redor delas, uma gaiola protetora de espinhos e folhagens. Ela deveria ter pensado naquilo antes; feito a menina espetar o dedo em uma roca de fiar, e então elas estariam salvas. Adormecidas, mas salvas, como Amy Crawford.

O homem ainda estava vasculhando o porta-luvas. Dessa vez, ele retirou de lá algo que parecia um besouro preto e branco.

— Pastilha de menta — disse ele. — Não vejo uma dessas há muito tempo.

Ele apanhou um lenço e limpou a pastilha, e então a deu a Courtney, que a recebeu com a devoção solene de alguém que aceita a hóstia da comunhão.

A bala aparecia em relevo na bochecha da menina, como um desenho animado. Tracy a imaginou engolindo a bala, engasgando com ela.

— Mastigue — alertou ela —, não chupe.

Ela se virou para Brian Johnson, ainda vasculhando o porta-luvas, e perguntou:

— O que você está procurando?

— Nada, só estou curioso para saber o que ele tem aqui. Não posso evitar a curiosidade, ele é como... Qual é mesmo aquela expressão moderna? Meu alterego. É, aquele esquisitão é como meu alterego.

— De que diabos você está falando?

— "Aqui está tudo legal. Tudo de bom, N." — leu Brian Jackson em um velho cartão-postal que encontrara. — Lugar bonito, Cheltenham. Você já esteve lá?

Ele examinou os CDs.

— Música *country* — disse ele. — Por Deus, quem teria imaginado.

— Você está aqui por causa da criança — disse Tracy.

— É — disse ele. — Exatamente. Estou aqui por causa da criança. Não essa aqui, entretanto, por mais interessante que ela seja.

Ele se virou e olhou para Courtney. Ela olhou de volta.

— Não perca seu tempo — disse Tracy. — Ela não vai desviar o olhar primeiro. Como assim, você não está interessado nela?

O ânimo de Tracy melhorou. Ela se sentia incrivelmente satisfeita.

— Você quer dizer que não veio para buscá-la?

— Não, estou aqui por causa de outra criança.

— Outra criança? — perguntou Tracy.

— Não é mais uma criança. Era uma criança.

— Todos nós já fomos crianças.

— Eu, não.

Um grupo de corças atravessou a estrada na frente do carro.

— Olhe — disse Courtney.

— Estou vendo, querida — disse Tracy, sem tirar os olhos de Brian Jackson.

— Por que não entramos todos em meu carro, Tracy? — disse Brian Jackson. — Seria muito mais seguro para vocês do que este. Este foi dado como roubado. O meu não foi roubado, palavra de ladrão. Eu posso lhe dar uma carona para onde quer que você esteja indo. Leeds, nao é? E podemos ter uma conversinha no caminho.

— Não antes de você me contar o que está acontecendo.

De repente, ela se sentiu incrivelmente irritada; o manto pesado da derrota, agora não mais do que uma metáfora infeliz, caíra de seus ombros. Tracy recuperara suas forças.

— Estou muito ocupada agora, e não tenho tempo para as suas enrolações. Portanto, comece a falar.

— Certo, certo — disse ele. — Não perca a cabeça.

Courtney soltou um gritinho de surpresa, e Tracy lhe disse sem se virar:

— É só um jeito de falar, querida.

— Estou esperando — disse Tracy.

— Michael Braithwaite — disse ele. — O nome significa alguma coisa para você?

— Michael Braithwaite?

— É, achei que significaria. Tenho algumas perguntas. Preciso preencher algumas lacunas. Você é uma testemunha-chave, pode-se dizer. O que você me diz, vamos lá?

— Você disse que não era a pessoa com quem eu deveria me preocupar — disse Tracy. — *Quem* é a pessoa com quem eu devo me preocupar?

Ele se sentou na sala de jantar do Bella Vista e tomou seu "café da manhã estilo Yorkshire", como se a única coisa que tivesse lhe acontecido entre o momento em que fechara os olhos na noite anterior e o momento em que os abrira pela manhã fosse um sono tranquilo na cama macia do Valerie.

Os lixeiros espantados (ou melhor, traumatizados) queriam telefonar para a emergência, mas, de um modo ou de outro, Jackson conseguira convencê-los de que acabara dentro do contêiner como resultado de uma brincadeira de mau gosto de seus amigos.

— Foi só uma brincadeira que acabou mal.

— E que brincadeira! — dissera um deles.

Eles precisaram virar o contêiner para libertá-lo, e Jackson rolara para fora, junto com todo o lixo, como um inseto sem pernas. Um dos lixeiros encontrara um canivete e cortara a fita adesiva que prendia seus tornozelos e pulsos. Levara algum tempo para que os membros de Jackson recuperassem a circulação, mas ele conseguira retirar a fita adesiva da boca sozinho, e saíra caminhando pela rua, consciente dos olhares desconfiados a suas costas. Passou por uma loja cuja vitrine estava cheia de relógios. Todos os ponteiros dos relógios estavam na vertical. Seis horas da manhã. Ele pensava que estivera dentro do contêiner durante horas, mas menos de duas haviam se passado. Não era um contêiner, e sim um Tardis, a máquina do tempo do seriado *Dr. Who*.

O cão seguira ao lado de Jackson durante todo o caminho, até o Bella Vista, em um estado quase delirante. No local do acidente de trem, dois anos antes, a vida de Jackson fora salva por uma garota que lhe administrara a ressuscitação cardiopulmonar. E agora fora salvo pela lealdade de um cão. Quanto menos inocente ele se tornava, mais inocentes eram seus salvadores. Havia algum tipo de equilíbrio no universo que Jackson não compreendia.

Eles entraram no quarto da mesma forma que haviam saído, pela escada de incêndio. O cheiro de bacon já subia as escadas e invadia o quarto, misturando-se ao aroma de purificador de ar da mobília.

Ele se enfiou no minúsculo banheiro da suíte Valerie e tomou o melhor banho de sua vida, apesar do tamanho diminuto da toalha e do sabonete, que foi consumido em um instante. Uma experiência de quase-morte era algo que abria o apetite de um homem. Depois de se julgar novamente apresentável, deixou o cão, que pareceu desolado com aquela deserção ingrata, para trás e saiu do quarto da forma convencional para investigar o "café da manhã completo, estilo Yorkshire" da sra. Reid.

Não havia nada típico de Yorkshire naquele café da manhã. Jackson não sabia o que havia esperado; pudim de Yorkshire, uma simbólica rosa branca decorando a torrada, talvez? Em vez disso, entretanto, havia a fritada de sempre, consistindo de pedaços de bacon, ovos, cogumelos que pareciam lesmas e uma linguiça que inevitavelmente fez Jackson pensar em cocô de cão. O pior de tudo era a (previsível) decepção causada pelo café, que era fraco e ácido e deixou Jackson um tanto enjoado.

Havia apenas mais uma mesa ocupada no salão de refeições, por um casal de meia-idade. Com exceção do pedido ocasional, e quase inaudível, de "passe o sal", a dupla tomava seu café em silêncio e sua atitude era quase hostil.

A falta de diálogo entre o casal deu a Jackson a chance de digerir os acontecimentos da noite. A "mensagem" da madrugada fora: "Esqueça Carol Braithwaite." O que significaria aquilo: que chegara perto demais de uma verdade inconveniente? Ainda assim, não acreditava que tivesse descoberto alguma coisa sobre o assassinato de Carol Braithwaite. Muito pelo contrário. Quem o estaria alertando, e por quê? Seria por causa de algo que Marilyn Nettles lhe contara no dia anterior, algo que ela tivesse lhe dito? Ou talvez algo que não tivesse dito? Ela fora bastante econômica em suas respostas.

Algo o estava incomodando ao ir se deitar na noite anterior, antes de seu encontro com Tweedledum e Tweedledee. Estivera pensando em Jennifer, a menina que ele e Steve haviam resgatado em Munique, tentando se lembrar do nome do irmão dela, e então lhe ocorrera que ele não fizera a pergunta certa a Marilyn Nettles. Era uma pergunta bem simples, no final das contas.

O café da manhã estava sendo servido por uma moça muito jovem. Ela parecia familiar, mas foi apenas quando ela lhe serviu outra xícara de café — cafeína era cafeína, afinal, não importava o quanto o café fosse ruim — que ele a reconheceu como a metade feminina do casal gótico da igreja de Santa Maria, no dia anterior. Agora seus cabelos estavam presos em um rabo de cavalo e ela não usava maquiagem. Todos os piercings, ou pelo menos os visíveis, haviam sido removidos. Uma adolescente truculenta, em vez de uma aspirante a vampiro.

— Linda manhã — disse Jackson a ela, amigavelmente, e foi recompensado com um olhar mal-humorado.

— Isso se você não está sendo forçada a trabalhar — disse ela.

— E você está? — perguntou ele. — Sendo forçada a trabalhar?

Ela não parecia do tipo que era forçada a fazer alguma coisa.

— Tráfico de escravas brancas.

Aquilo parecia altamente improvável. Pelo menos em Whitby.

Ela saiu do salão de refeições, derrubando café descuidadamente pelo chão. Jackson ouviu a porta que dava para a cozinha sendo aberta violentamente e o som de algo caindo ao chão e se quebrando. A resposta enérgica da sra. Reid foi contrabalançada pela voz da menina, choramingando: "Oh, mamãe!", no mesmíssimo tom que Marlee usava ultimamente.

A menina saiu da cozinha novamente e subiu as escadas, batendo os pés.

— Não se pode mais confiar nos funcionários hoje em dia, não é? — disse Jackson alegremente a seus companheiros de refeição, mas nenhum dos dois achou necessário dar uma resposta espirituosa, ou qualquer resposta.

Ele recompensou o cão com a linguiça que parecia cocô, afanada do café da manhã estilo Yorkshire, lamentando apenas o fato de que tudo o que entrava por um lado deveria sair pelo outro.

Jackson arrancou os lençóis da cama, dobrou-os e deixou-os sobre o colchão. Sobre os lençóis, ele deixou vinte e cinco libras, como pagamento pela diária. Não deixou gorjeta, já que não houvera nenhum serviço digno de recompensa. Era um dinheiro fácil para a sra. Reid. Ele poderia ter feito o check-out da forma tradicional, claro, mas se sentiu melhor assim. Aquilo lhe pouparia uma conversa desnecessária.

— Não vou demorar — disse ele ao cão, amarrando-o a uma cerca no quintal de Marilyn Nettles.

Não havia sinal de vida no chalé. Ele ficou surpreso; ela não parecia ser do tipo que acordava cedo. A casa tinha o mesmo ar abandonado da residência de Linda Pallister. Para onde diabos todas aquelas mulheres estavam indo? Haveria um buraco negro em algum lugar, engolindo mulheres de meia-idade — Tracy Waterhouse, Linda Pallister, e agora Marilyn Nettles? E todas, de algum modo, estavam ligadas a Hope McMaster.

Ou seria algum tipo de conspiração — Brian Jackson, Tracy Waterhouse, Marilyn Nettles, Linda Pallister — todos envolvidos naquilo? Jackson não sabia o que "aquilo" era, mas o ponto era exatamente esse, não era? Era essa a definição de uma investigação: encontrar "aquilo", prender-lhe os braços sobre a cabeça e forçá-lo a confessar. Era como jogar um jogo, um jogo cujas regras você não sabe, assim como desconhece as identidades dos outros jogadores e até mesmo o objetivo final. Seria Jackson um peão ou um jogador? Estaria ele ficando paranoico? ("Ficando?", ele ouviu Julia dizer.)

Ele se ajoelhou no chão e espiou pela portinhola do gato. Nada, só ar viciado.

— Você nunca vai conseguir passar por aí — disse uma voz.

Marilyn Nettles entrara no quintal, carregando várias sacolas plásticas do Somerfield. Jackson ouviu o tilintar de vidro batendo em vidro. Não era um buraco negro, então, nem sequer uma mulher em perigo, só uma velha alcoólatra fazendo as compras do dia.

— O que foi agora? — perguntou ela.

— Quantos filhos Carol Braithwaite teve?

Eles saíram de Whitby. Em um ônibus.

Jackson se sentou no andar de cima e admirou a paisagem. O cão estava deitado a seus pés. Estavam voltando para Leeds. O lugar onde tudo começara. E o lugar onde tudo terminaria, se Jackson pudesse escolher. Em Scarborough, trocaram o ônibus por um trem. Jackson não gostava de trens. Ele ainda tinha lembranças do acidente, alucinações sensoriais desagradáveis, o cheiro de óleo queimado e curtos-circuitos, o barulho de metal arranhando metal. Ele não havia entrado em um trem desde então.

Uma mulher perdera o controle de seu carro, e o carro caíra da ponte sobre os trilhos, fazendo o trem descarrilar. Quinze pessoas mortas. A mulher tinha um tumor no cérebro que lhe causara um desmaio. Um pequeno grupo de células rebeldes em um único indivíduo fora o bastante para matar e mutilar em massa. Tudo por um fio.

Jackson realmente não gostava de trens.

Ele tomou o café da manhã em casa. Barry não fazia isso havia muito tempo; geralmente engolia uma xícara de café rapidamente e saía para Millgarth. Barbara costumava se preocupar quando ele fazia aquilo: você precisa tomar um café da manhã decente, todo mundo sabe que é a refeição mais importante, blá-blá-blá. Não mais.

— Eu queria ovos com bacon — disse ele.

Quando ela colocou o prato a sua frente, ele lhe perguntou:

— Você não vai comer?

— Não estou com fome — respondeu ela, mas se sentou à mesa com Barry e tomou seu desjejum habitual de Valium e chá.

Estava vestindo um terninho elegante, os cabelos arrumados e penteados para trás.

— Obrigado, querida — disse ele, depois de limpar o prato com um pedaço de pão.

Ele se levantou, terminou o café, e disse:

— Bem, já estou indo, então.

— Ele vai sair hoje — disse ela, com uma voz sem expressão.

— Eu sei — disse ele.

Barry tentou dar um beijo de despedida em Barbara, outra coisa que não fazia havia muito tempo, mas ela se desviara rapidamente, e ele acabara lhe dando um tapinha no ombro.

— Até logo, então — disse ele.

Fazia dois anos que Barbara convidara Amy e Ivan para jantar; passara o dia inteiro preparando receitas complicadas, e depois Barry passara a noite inteira dizendo a Ivan como ele era inútil. Estava perdendo seu negócio, iria declarar falência, o homem que prometera proteger e apoiar sua filha.

— Barry? Como vão as coisas? — dissera ele, quando Barry abrira a porta para eles.

Ele odiava o modo como Ivan o chamava de "Barry", como se eles fossem amigos bebendo em um bar, como se fossem iguais.

— Você não pode esperar que ele o chame de sr. Crawford — dizia Barbara. — Ele é seu genro, pelo amor de Deus.

De fato, Barry pensou que teria preferido que Ivan o chamasse de superintendente.

— Um pequeno aperitivo? — perguntara Barbara, depois que eles tiraram os casacos e acomodaram Sam no berço no andar de cima.

Barbara comprara duplicatas de tudo: berço, cadeirinha do carro, cadeira alta, carrinho, provavelmente imaginando uma vida inteira como babá.

— Seria ótimo, Barbara — dissera Ivan, esfregando as mãos. — Vou querer uma taça de vinho branco.

Barry sabia que deixava o genro nervoso, mas não se importava. Antes mesmo de Barbara tirar o Chardonnay da geladeira, Barry já começara a fazer comentários sarcásticos por entre os dentes.

— Papai, não — dissera Amy, tocando-lhe o braço.

Ivan olhara apreensivamente para Amy, por cima do cheesecake de ricota e chocolate que Barbara preparara. Ele tinha a expressão de um homem que estava para saltar de um penhasco. Limpando a garganta, ele dissera:

— Estávamos pensando, Barry, Amy e eu... Se você poderia nos fazer um empréstimo, de umas dez mil libras, para podermos nos reerguer?

Barry tivera vontade de estrangulá-lo, bem ali, na mesa.

— Trabalhei duro a minha vida inteira — dissera ele, com empáfia patriarcal —, e você quer que eu lhe entregue meu dinheiro, porque é um esbanjador inútil. Por que não cortamos o intermediário e o atiramos diretamente na lata de lixo?

Amy saltara da mesa, dizendo:

— Não vou ficar aqui para ouvir meu marido ser insultado, papai. — E correra para o andar de cima, para apanhar Sam no berço.

Antes que Barry se desse conta, ela já estava lá fora, acomodando seu neto na cadeirinha.

— Sinceramente, papai, às vezes você é um nojento.

Barbara, parada na soleira da porta, o rosto como um bloco de concreto, olhava fixamente para o carro.

— Ele bebeu além da conta — dissera ela. — Ele não deveria dirigir. Tudo isso é culpa sua, Barry. Como sempre.

Ele teria dado tudo por sua filha, e havia lhe negado um simples empréstimo de dez mil libras. Poderia ter dito que sim, e eles teriam aberto uma garrafa de espumante para comemorar, e comido o cheesecake de ricota e chocolate. Barbara teria dito:

— Oh, você não pode dirigir assim, as camas já estão prontas, é melhor vocês ficarem aqui esta noite.

E Barry teria ido ao andar de cima para dar um beijo de boa noite no neto. Mas as coisas não funcionavam assim, certo?

Quando chegou a Millgarth, ele quase esbarrou em Chloe Pallister, que estava agitada como um formigueiro.

— Minha mãe desapareceu — disse ela.

— Desapareceu? — perguntou Barry.

— Desde a noite de quarta-feira. Eu fui à casa de minha mãe e não havia sinal dela. E ela não foi trabalhar; ninguém a viu.

Barry se lembrou de como Amy jogara o buquê de casamento, mirando diretamente os braços de sua melhor amiga, mas Chloe conseguira tropeçar nos próprios sapatos de cetim laranja e uma garota mais competitiva apanhara as flores.

— Você notou se estava faltando alguma coisa? — perguntou ele.

— O passaporte dela.

— O passaporte dela — repetiu ele. — Bem, se o passaporte dela sumiu, é bem provável que ela tenha fugido.

— Fugido? A minha mãe?

Parecia mesmo improvável; Linda não era do tipo que fugia, mas mesmo assim Barry insistiu na explicação fácil.

— Desistiu dessa vida patética e foi morar em uma praia na Grécia — disse ele. — Nesse momento, ela provavelmente está sentada em alguma caverna, paquerando um garçom, esperando viver como Shirley Valentine.

— Não a minha mãe — disse Chloe teimosa.

— Bem, todos nós podemos nos surpreender às vezes, querida — disse ele.

Sua cabeça estava pesada. Não tinha energia para aquilo. Tinha coisas para fazer.

"Não faça prisioneiros; não deixe nenhum corpo."

Ele levou Chloe Pallister para uma das salas de interrogatório e disse que alguém viria logo tomar um depoimento. Ele a deixou ali e se esqueceu de avisar alguém.

Gemma Holroyd enfiou a cabeça pela porta do escritório de Barry e disse:

— Para sua informação, chefe, o laboratório confirmou que o DNA encontrado na cena do assassinato de Kelly Cross é o mesmo que foi encontrado na prostituta de Mabgate.

"Para sua informação", Barry pensou. Como ele odiava aquelas expressões.

— E quanto ao terceiro crime? O do cinema de Cottage Road?

— Os resultados ainda não saíram.

Ele foi para o escritório, sentou-se à escrivaninha, ligou o computador e começou a escrever seu testamento.

Barry estava colocando os pingos nos is e os traços nos tês quando ouviu uma batida na porta. Ela se abriu antes que ele tivesse tempo de dizer: "Entre."

— Você — disse Barry. — Eu gostaria de saber qual é seu joguinho. O que você quer, exatamente?

— A verdade — disse Jackson Brodie.

— Superintendente. Entre, por favor.

Harry Reynolds segurou a porta aberta, com um pano de prato na mão, o retrato da domesticidade feliz.

O calor da casa de Harry, semelhante ao de uma estufa, atingia imediatamente quem entrasse pela porta. E o aroma de café, misturado ao cheiro de maçãs e açúcar.

— Estou fazendo uma torta de maçãs para o almoço de domingo, amanhã — disse Harry Reynolds. — O que aconteceu com seu rosto? — ele perguntou a Tracy.

— Tive uma briga com um *air bag*.

Olhando para Courtney, uma fadinha cansada e maltrapilha, ele disse:

— Oi, bonequinha, você parece um pouco exausta. A mágica não anda funcionando bem? Sua "mamãe" vai ter que lhe comprar outra varinha de condão, não é mesmo, mamãe? — perguntou ele, erguendo uma sobrancelha para Tracy sarcasticamente.

Então, com um tom de voz diferente, ele disse a ela:

— Você não pode viajar com essa aparência; as palavras "cerca" e "acidente" vêm imediatamente à cabeça. Você e o patinho feio ali precisam de roupas decentes. Você não vai querer atrair a atenção.

Ela podia imaginar, muito facilmente, como seria cair em desgraça com Harry Reynolds. Assustador. Mas Tracy estava muito além de sentir pavor. "Patinho feio", como ele se atrevia? Ela deveria ter lhe dado um soco na cara, bem no meio de sua sala de estar atravancada e superaquecida, atirando-o no lago dos *koi*. Feito Harry Reynolds ir nadar com seus peixes. Em vez disso, ela disse:

— Sim, obrigada pelo conselho, Harry. Infelizmente, eu tive que deixar minha mala Louis Vuitton para trás, e todos os meus vestidos Gucci estavam dentro dela.

— Você está encrencada, superintendente? Mais do que antes? Se é que isso é humanamente possível. Eu não quero problemas a minha porta; certifique-se de manter as encrencas longe de mim.

— Isso é uma ameaça?

— Só um conselho de amigo.

Ele olhou para o relógio feio na parede e disse:

— Susan vai chegar daqui a pouco, com Brett e Ashley. Eles vão dar uma paradinha aqui antes de prosseguir para Alton Towers.

Dito como um fato, aquilo era, na verdade, um aviso. Nada de *scones*, desta vez. Estritamente negócios.

— E eu tenho um funeral para ir — completou Harry.

Ele apanhou um envelope grande e grosso em sua mesinha G Plan dos anos sessenta.

— Está tudo aqui. Novos passaportes, certidões de nascimento. Um endereço em Ilkley; não adianta tentar fingir que você não é de Yorkshire, basta abrir a boca e você se trairá. Há também algumas contas registradas para esse endereço; você poderá abrir uma nova conta bancária, aonde quer que vá. França, não é mesmo? Você deveria ir para algum lugar sem acordo de extradição. Também há um número novo de seguro social para você e, como um presentinho extra, você tem um perfil no Facebook, e vai gostar de saber que já tem dezessete amigos. Bem-vinda ao admirável mundo novo, Imogen Brown.

Tracy entregou a ele um envelope cheio de notas.

— Negócio caro — disse ela.

Era o segundo envelope naquela semana, e esse continha muito mais dinheiro que o anterior. Ela definitivamente entrara na economia de mercado.

— Você não está em posição de barganhar, superintendente.

— Foi só um comentário.

— Você instruiu seu advogado a providenciar a venda de sua casa?

— Sim.

Ele suspirou, o suspiro de um empreendedor experiente.

— Pode-se levar semanas para comprar ou vender uma casa, todas aquelas buscas e pesquisas. Uma quantidade ridícula de burocracia. O dinheiro de um homem e sua palavra deveriam ser suficientes. E nem comece a falar em regras sobre lavagem de dinheiro. Já se foram os bons e velhos tempos em que você poderia sair e comprar um bom pedaço de terra com o dinheiro em seu bolso.

— É, aqueles bons e velhos tempos — disse Tracy. Todos sentem saudades. Especialmente os criminosos.

— Você não está em posição de atirar pedras, superintendente. De qualquer forma, não se preocupe, posso fazer o processo andar mais rápido. Acelerar seria a palavra adequada. Palavra interessante. Mantenha o contato com seu advogado. Seu advogado vende a casa para mim, eu ganho minha comissão e deposito o resto do dinheiro na nova conta que você vai abrir.

— Eu joguei meu celular fora.

— Atitude inteligente. Qualquer um pode encontrar alguém nos dias de hoje, desde que os dois tenham um celular. Espere — disse ele, e desapareceu da sala.

Tracy podia ouvi-lo andando no andar de cima. Courtney tinha o rosto colado às portas que davam para o pátio, observando o lago de peixes. Tracy viu um grande peixe azul e branco, nadando como um submarino a todo vapor.

Harry Reynolds voltou para a sala com uma sacola de roupas.

— São algumas roupas de Ashley e de minha esposa. Ela era uma mulher grande, devem servir. Eu deveria ter me desfeito das coisas dela há muito tempo, tê-las doado para a caridade, ou algo assim. Susan está sempre pegando no meu pé. Ela não gosta de ver as coisas da mãe pela casa, quando vem me visitar.

Ele tinha uma expressão triste. De repente, não passava de um velho sem a esposa. Ele notou a impressão do rosto de Courtney no vidro das portas do pátio e, distraidamente, apanhou um lenço e limpou-as.

— Tome — disse ele, colocando a mão dentro da sacola de roupas, de onde tirou dois telefones celulares que entregou a Tracy — Jogue-os fora depois de usá-los uma vez. São pré-pagos.

— Claro que são — disse Tracy.

Um aposentado idoso com um armário cheio de celulares pré-pagos; o que havia de surpreendente nisso?

A campainha tocou e Harry Reynolds correu para atender a porta.

— Devem ser Brett e Ashley — disse Tracy, erguendo uma sobrancelha para Courtney.

A menina ergueu uma sobrancelha em resposta, de forma enigmática.

Os netos de Harry Reynolds correram para dentro da casa e pararam, espantados, ao ver Courtney, um pequeno cuco usurpando o lugar deles no ninho. Eles estavam muito bem-vestidos; Brett com um uniforme de futebol do Leeds United, Ashley de jeans e um moletom cor-de-rosa do *High School Musical.* Courtney ficou olhando, de boca aberta, para aquela visão inédita de sofisticação pré-adolescente.

A mãe das crianças entrou na sala logo atrás delas e disse:

— O que está acontecendo aqui?

— Nada, Susan — disse Harry Reynolds, de forma conciliadora, um tanto quanto acovardado. — Só uma velha amiga que passou por aqui.

Para me ver.

Tracy se perguntou se a filha de Harry Reynolds sabia que tipo de "velhos amigos" seu pai costumava ter, ou se ela realmente pensava que tudo aquilo — os assados, as mensalidades da escola particular, os *koi* — era apenas a recompensa por uma vida honesta de trabalho duro?

— Não se preocupe, já estamos indo — disse Tracy.

— Vou acompanhá-las até a porta — disse Harry, soando como um policial.

O Avensis estava estacionado do lado de fora. Brian Jackson estava encostado no capô, fumando. Ele ergueu o cigarro, em uma saudação muda, quando os viu.

— Quem é esse? — perguntou Harry Reynolds a Tracy, quando viu Brian.

— Ninguém — disse Tracy.

— Bem, tenha uma boa vida, superintendente — disse Harry Reynolds.

— Vou fazer o melhor que puder — disse Tracy.

1975 : 21 de março

Uma criança! Uma coisinha linda, de pijamas, adormecida, enrolada em um cobertor velho e sujo. Teria havido algum tipo de acidente? Ray Strickland estava branco como um lençol e parecia ter testemunhado algo horrível.

— Vamos, está um frio de congelar lá fora — disse Ian. Ele levou Ray para a sala de estar, pediu que se sentasse e lhe serviu uma dose generosa de uísque. A mão de Ray tremia tanto que ele não conseguia levar o copo aos lábios.

— O que aconteceu, Strickland? — perguntou Ian.

Ele estava ajoelhado ao lado de Ray, examinando a garotinha para ver se ela estava machucada. Kitty sentiu uma onda de orgulho pela dedicação de seu marido.

— Quem é ela, Ray? — perguntou Ian, mas Ray apenas sacudiu a cabeça.

— Ela está bem? — perguntou Ray.

Ian assentiu, dizendo:

— Pelo que posso ver, sim.

Kitty tomou a garotinha dos braços de Ray e a envolveu em um cobertor limpo.

— Pronto; quentinha como um canguru na bolsa — disse ela, segurando-a no colo.

A menininha nem se mexeu. O peso sólido da criança era tão bom.

"Imagine se ela fosse sua, para cuidar e proteger, para segurar nos braços assim todos os dias."

"Kitty Winfield afastou os cabelos do rosto da filha adormecida."

— Vocês podem ficar com ela? — perguntou Ray.

— Ficar com ela? — repetiu Kitty. — Esta noite?

— Para sempre.

— Minha? Para criar? Para sempre? — disse Kitty.

— Nossa — disse Ian.

Algumas semanas depois, durante um jantar romântico à luz de velas em casa, Ian serviu uma taça de vinho para Kitty e disse:

— Eu recebi uma proposta de emprego na Nova Zelândia. Achei melhor aceitar.

— Oh, meu Deus, sim, querido — disse Kitty. — Será perfeito. Podemos deixar tudo para trás, começar de novo onde ninguém nos conhece. Você é muito esperto.

"Uma maldição sobre esta tempestade!"

As águas selvagens rugiam em sua mente. Tilly saíra correndo do chalé Bluebell, com o abuso verbal de Saskia ainda lhe ecoando nos ouvidos, entrara no carro e dirigira. Ela queria ir para casa. Precisava de um trem; trens partiam de estações, e a estação era em Leeds. Algo horrível acontecera com Tilly em Leeds, mas ela não conseguia se lembrar do que era de jeito nenhum. Tinha alguma coisa a ver com uma criança. Uma criança, uma pobre, pobre criança. Uma coisinha negra sobre a neve. Seu bebezinho negro.

Quando ela beijara seu adorável moço nigeriano na estação de metrô de Leicester Square, ele lhe perguntara:

— Eu posso ligar para você hoje à noite? Talvez possamos ir ao cinema, e talvez jantar juntos depois?

— Isso seria maravilhoso — dissera Tilly.

— Eu ligo para você, então — dissera ele. — Por volta das 19 horas.

Passara o dia inteiro pensando nele, pensando no que vestiria, como pentearia os cabelos. Fora um desastre durante o ensaio, mas não se importara; seu coração estava acelerado. Tilly chegara em casa às 18 horas, arrumara-se com uma rapidez incrível, e fora para a janela observar a rua, esperando por seu lindo novo namorado.

Ainda estava esperando na janela às 20, às 21. Às 22, soube que ele não viria. Compreendera que ele não viria nunca mais.

Foi só muito tempo depois que descobrira que ele se perdera. Ele jamais anotara o endereço dela; pensara que poderia encontrar o caminho de volta para o apartamento, mas, quando chegara ao Soho, percebera que havia se enganado de rua. Andara para cima e para baixo, procurando algum ponto de referência, algo que o ajudasse a se lembrar de onde estivera na noite anterior. Chegara a bater em algumas portas, mas fora maltratado por causa de sua cor, exceto pelas damas que tinham cartões sobre as campainhas. Já passava da meia-noite quando desistira e fora para casa.

No dia seguinte, tentara encontrá-la novamente. Percorrera o circuito teatral, perguntando por ela, e, em um dos teatros, alguém lhe levara até Phoebe, que estava para começar uma matinê de *Pigmalião.* Ele a reconhecera da festa na embaixada. Ela lhe dissera que sim, que conhecia Tilly, que na verdade Tilly era sua melhor amiga e que lhe contara tudo sobre a "aventura" da noite anterior, e lhe dissera também que "sentia muito ser a portadora de más notícias", com a mão sobre o coração, ou onde seu coração estaria, se tivesse um. Ela dissera a ele que Tilly percebera, na sobriedade do dia, que não queria vê-lo novamente. Tudo fora um grande erro, ela se deixara levar.

— Você entende? — dissera Phoebe.

Ele entendia.

— Eu sinto muito — continuara Phoebe —, mas essa é a chamada para o palco, eu preciso ir.

— Eu estava pensando em seus interesses — dissera Phoebe, sentada a seu lado no hospital, depois de Tilly perder o bebê. — Às vezes, você pode ser um pouco tola.

"Tilly tola."

— Só teria acabado em desastre, Tilly.

Já acabara em desastre.

Quando ela se sentira melhor, fizera uma visita à embaixada nigeriana; precisava se desculpar com ele, explicar sobre sua amiga traiçoeira. Havia um homem na mesa da recepção, mas o que poderia dizer a ele? "Há alguém chamado John trabalhando aqui?"

O homem da recepção olhara para ela com algo que se parecia com desprezo, como as enfermeiras na maternidade, e dissera:

— Há várias pessoas com esse nome trabalhando aqui. Eu precisaria saber o sobrenome dele.

O que ela poderia ter feito?

"Oh, os gritos atingiram/ O meu pobre coração!"

Voltara para casa na chuva, derrotada. Talvez os dois tivessem desistido muito facilmente. Sempre pensara assim sobre a princesa Margaret e o capitão Townsend. O dever acima do amor. Que bobagem. O amor sempre devia vir primeiro. Não era como se a princesa Margaret fosse necessária ao país de algum modo. Na verdade, era o contrário.

Talvez não tivesse perdido o bebê se não tivesse perdido o pai dele. Talvez tivesse sido o estresse. Ela havia começado a comprar roupinhas, luvinhas e sapatinhos. Tilly guardara uma das pequenas luvas durante anos, no fundo da bolsa, até que se desintegrara. Era realmente uma tolice.

A estação de Leeds era um caos; tantas pessoas correndo de um lado para o outro, os rostos sombrios. Todos correndo para pegar o trem, impacientes uns com os outros, consigo mesmos. Dando cotoveladas e empurrando. Que falta de maneiras!

As torres altas, os palácios gloriosos. Era tudo faz de conta, não era? A realidade, em si, não era nada. Palavras, tudo era feito de palavras, e quando você perdia as palavras, perdia o mundo. A tempestade que rugia ao redor dela. No alto-mar, em meio a uma ventania. Os homens nos barcos, o corpo deles batendo contra as águas geladas, depois de serem torpedeados. Afundando, afundando, afundando.

"Essas são as pérolas que foram seus olhos." O tesouro nas profundezas.

Ela teve aquela sensação engraçada de escuridão novamente, da cortina das luzes boreais cegando-lhe os olhos. Estava em um navio, atravessando as águas escuras. Tudo nela era desespero. As traves se quebrando, o mastro principal se partindo, as velas se rasgando. A figura na proa do navio era um bebê nu, chorando ao vento. Havia bebês por toda parte, segurando-se às cordas para salvar a própria vida, pendurados no casco do navio enquanto a embarcação afundava no mar gelado. Tilly precisava salvá-los, ela devia salvá-los todos, mas não podia, estava afundando junto com o navio.

"Deus tenha piedade de nós! Estamos afundando!"

E então, de repente, ali estava ela, como um raio de luz, um porto na tempestade: a garotinha "estrelinha". Na plataforma da estação. As asinhas quebradas, uma pobre borboleta, uma fadinha maltrapilha, flutuando em meio à multidão na passarela entre as plataformas. Tilly recebera uma segunda oportunidade de salvá-la. Alguém precisava fazer alguma coisa. Tilly precisava fazer alguma coisa. Seja corajosa, Tilly! Seja uma garota corajosa!

Courtney. O nome lhe ocorreu imediatamente. ("Você quer calar a droga dessa boca, Courtney, você está dando nos meus nervos!")

— Courtney — sussurrou Tilly, com a voz subitamente rouca.

A menina virou a cabeça e olhou para ela.

— Courtney — repetiu Tilly, com mais confiança dessa vez.

Ela sorriu e estendeu a mão. Courtney se aproximou dela e colocou a mãozinha na velha mão de Tilly, como se estivesse obedecendo a instruções invisíveis. Tilly se lembrou de seu sonho, da sensação da pata aveludada do coelho enquanto voavam.

— Venha comigo, querida — disse Tilly.

Tracy estava vestida com as roupas da esposa morta de Harry Reynolds. Um par de calças da Marks & Spencer, com elástico na cintura, e uma túnica decorada com uma estampa de selva, que teria permitido a Tracy entrar em uma floresta tropical e passar despercebida. Não havia florestas tropicais em Leeds.

Courtney, que caminhava a seu lado, dera-se melhor do que Tracy, mas não muito: ela usava o macacãozinho jeans desprezado por Ashley e uma camiseta que mostrava uma porquinha, personagem de desenho animado. Por cima de tudo, insistira em vestir o que restara de sua fantasia de fadinha. E lá se fora a ideia de Harry Reynolds de "roupas decentes"; elas se pareciam com pessoas sem-teto, mas estava tudo bem, ninguém estava interessado em pessoas sem-teto.

Os alto-falantes anunciaram que um trem "passaria direto", dizendo às pessoas que se afastassem da beirada da plataforma. A plataforma estava lotada; Tracy supôs que fosse por causa do feriado bancário e agarrou a mão de Courtney como se a menina pudesse ser carregada para o Kansas. Tracy investigara, uma vez, um incidente em que alguém fora empurrado para baixo de um trem em uma plataforma lotada. O cara que cometera o crime, um cara normal, um tanto parecido com Les Dennis, dissera que não conseguira resistir. Quando mais ele dizia a si mesmo para não empurrar o rapaz a sua frente, mais se sentia impelido a fazê-lo. Ele parecia pensar que existia um motivo para aquilo, e nem sequer alegou insanidade temporária. A cena fora registrada pelas câmeras de segurança e ele pegara prisão perpétua, mas sairia em cinco anos.

— Fique longe da beirada — disse Tracy a Courtney.

Ela não fazia ideia de como tudo acontecera. Houve um súbito movimento da multidão; talvez as pessoas tivessem pensado que o trem estava parando na estação, e não passando direto, mas em um segundo Tracy estava segurando a menina, e, no segundo seguinte, Courtney havia lhe escapado das mãos. O pânico esmagou o peito de Tracy quando ela se virou para procurar Courtney e deu de cara com Len Lomax.

Já fazia anos desde que ela o vira pela última vez. Ele usava um terno de seda de três peças, uma gravata preta de luto e óculos que ficariam melhores em um homem mais jovem. Ele deveria estar perto dos 70, mas parecia muito bem, levando em consideração que passara a melhor parte de sua vida fumando, bebendo e só Deus sabia mais o quê.

— Tracy, há quanto tempo — disse Lomax, como se eles estivessem em uma festa.

— Agora não, chefe — disse ela, examinando a plataforma lotada, procurando a criança.

Ele já não era mais seu chefe havia mais de quinze anos, mas a subordinação vinha naturalmente.

Ela viu Courtney no final da plataforma, sendo levada por uma velha senhora. A menina provavelmente iria com qualquer pessoa. Um cão teria mais juízo. Uma velha senhora era uma companhia segura, não era? Velhas senhoras encontravam crianças perdidas e as levavam para o balcão de informações, depois de colocar uma moeda em suas mãos. (Aquilo acontecera a Tracy uma vez, quando era criança, na estação de York. Ela torcera para que a velha senhora em questão a levasse para casa.) A menos que fossem bruxas malvadas, obviamente, e nesse caso elas levavam as crianças para casa e as engordavam, antes de colocá-las no forno.

Tracy perdeu a mulher de vista em meio à multidão e começou a hiperventilar.

"Fique calma. Mantenha o controle."

Ela viu a velha senhora outra vez e começou a abrir caminho entre as pessoas, mas alguma coisa a segurava pelo braço, puxando-a para trás. Não alguma coisa, alguém. Len Lomax novamente. O que ele estava fazendo? Ele estendeu a mão e agarrou o braço de Tracy, e ela sentiu a surpreendente força de Lomax em seu bíceps. Ele não a largava, era como uma âncora, afastando-a da menina e dizendo:

— Você é uma mulher difícil de encontrar, Tracy. Você e eu precisamos ter uma conversinha.

— Quem é a pessoa com quem eu devo me preocupar? — perguntara ela a Brian Jackson.

Era engraçado, mas Tracy sempre pensara em Strickland como capanga de Lomax, e não o contrário.

— Eles estão tentando enterrar o passado — dissera Brian Jackson. — Mas a verdade sempre aparece.

— Vá se danar e me deixe em paz! — Ela tentou se desvencilhar, mas Lomax a segurava com força.

— Desculpe, chefe.

E lhe deu uma joelhada na virilha.

— Sua vagabunda! — ela o ouviu dizer, enquanto saía correndo.

Conseguira se aproximar da menina, quando um dos caras do Land Cruiser do posto de gasolina apareceu de repente a sua frente, como uma parede. Tracy começou a somar dois e dois, e era uma soma que demorara muito tempo para fazer. Os brutamontes de jaqueta de couro eram homens de Lomax. Ex-presidiários, cujos caminhos haviam se cruzado com os dele em algum momento.

— Testemunha-chave — dissera Brian Jackson a ela, durante a viagem de Fountains até Leeds. — Você estava lá quando eles arrombaram aquela porta.

Mas Tracy não testemunhara nada, e era a última pessoa a ser considerada chave.

Tracy não diminuiu o passo; simplesmente deu um murro na cara do brutamontes do Land Cruiser e continuou avançando na direção da menina. Ela viu, de longe, o outro cara de jaqueta de couro — não foi surpresa nenhuma — abrindo caminho pela multidão na direção dela. Lobos por toda parte, cercando-a. Aquele ali estava esperando que ela tentasse escapar, mas, em vez disso, Tracy atingiu-o em cheio, empurrando-o para longe.

As pessoas começaram a se afastar dela; nada como uma vaca louca e descontrolada para abrir espaço. Courtney viu Tracy, largou a mão da velha senhora e correu na direção dela. Tracy pegou a menina no colo, apertando-a nos braços. Salve a menina, salve o mundo. A menina era o mundo. O mundo, o mundo inteiro, e nada além do mundo.

— Não consigo respirar — murmurou Courtney.

— Desculpe — disse Tracy, afrouxando o abraço, procurando pela escada rolante.

Não havia como escapar; gente demais. E lá estava o desgraçado do Len Lomax novamente; qual era o problema daquele bastardo estúpido? Estava furioso; jamais gostara de ser derrotado, especialmente por uma mulher.

— Eu quero falar com você, droga — disse ele.

Ele se lançou para a frente e tentou agarrar a menina, começou a puxá-la dos braços de Tracy. Courtney, que se agarrava a Tracy como um bebê coala, começou a gritar a plenos pulmões e a bater na cabeça dele com sua varinha. Era como bater em um elefante com um graveto.

A velha senhora de peruca torta pulou súbita e inesperadamente sobre Lomax; foi mais uma queda do que um pulo, na verdade, mas ela conseguiu agarrá-lo pela cintura. Lomax se virou, de modo a ficar cara a cara com a mulher, e por um segundo eles pareceram um casal de aposentados envolvidos em uma dança particularmente atrapalhada.

A mulher conseguira desequilibrar Len Lomax, e os dois oscilaram perigosamente, enquanto ele tentava se firmar novamente. Outro aviso sobre o trem que passaria direto soou, dessa vez mais urgente, pelo alto-falante, seguido de uma lufada de vento e de um barulho ensurdecedor que anunciava sua aproximação. Ouviu-se um murmúrio coletivo de terror, vindo das pessoas na multidão próximas o suficiente para ver o perigo iminente daquela dança. Alguns começaram a gritar, e dois rapazes deram um salto para a frente, tentando, sem sucesso, puxá-los para trás.

Houve silêncio por uma fração de segundo, que não representava nada em uma dimensão, mas era como a eternidade em outra. No equilíbrio entre triunfo e desastre, Tracy sentiu a inevitabilidade do resultado.

O som voltou com força total enquanto o trem chegava à estação, e Tracy assistiu estupefata enquanto Lomax e a velha senhora, ainda um nos braços do outro, perdíam o equilíbrio e caíam da plataforma, no caminho implacável da máquina. Tracy colocou a mão sobre os olhos da criança, mas tudo acabara em um segundo. O barulho dos freios do trem sufocou os gritos e o choro das pessoas na plataforma. Não era mais um trem direto; agora, teria que parar.

Virando-se, Tracy viu de relance os brutamontes de jaqueta de couro, ressuscitados como uma dupla de vilões de desenho animado, subindo a escada rolante. O mestre das marionetes se fora, e não havia mais necessidade das marionetes ficarem ali.

— Não consigo enxergar — disse Courtney.

— Desculpe — disse Tracy, tirando a mão dos olhos da menina.

Uma dupla de policiais ferroviários estava descendo pela outra escada rolante, juntando-se ao pandemônio na plataforma. Duas plataformas atrás, outro trem esperava pacientemente.

— Vamos — disse Tracy para a menina.

O guarda já estava soprando o apito para avisar que as portas iriam se fechar. Elas entraram no trem pouco antes disso.

Foram até o fundo do vagão e tomaram seus assentos calmamente, como qualquer passageiro. Tudo o que sobrara da varinha de condão era a estrela prateada. Courtney guardou-a na mochila.

Tracy encontrara uma banana velha junto da Maglite, no fundo de sua bolsa. A menina ergueu os polegares e fez estrelinhas com as mãos pela janela. Por um momento que mais pareceu uma alucinação, Tracy pensou ter visto o motorista do Saab ao lado de Brian Jackson, na plataforma.

"Adeus, Leeds. Adeus ao lixo", pensou Tracy.

Nunca mais voltaria. O passado estava acabado. Não haveria volta para Tracy. Ela não era mais Tracy, de qualquer modo. Era Imogen Brown.

Tinha dezessete amigos no Facebook e dinheiro no banco. E uma criança para criar. Dormir, comer, proteger. Repita.

A pobre e velha Tilly, com seus joelhos trêmulos e seu quadril enfermo, dançara sua última valsa nos braços de um homem. Um encontro rápido, em uma plataforma de trem.

"Nada dura, na verdade. Nem a felicidade nem o desespero. Nem mesmo a vida dura muito tempo."

Ela fizera o papel de Laura Jesson uma vez, uma produção horrorosa de *Um breve encontro*; no teatro Wolsey em Ipswich, ou talvez tivesse sido o teatro Royal, em Windsor. Não importava, agora. Naquela época, era jovem demais para compreender a noção de sacrifício, do que o amor exigia de uma pessoa.

Um homem mau queria machucar a menina estrelinha. Por um segundo, ela pensou ter visto seu pai no rosto dele.

E então, estava rolando, rolando pelo ar, e pensara que tudo ficaria bem, não era uma queda muito grande até os trilhos, mas o trem aparecera no caminho. Tilly tola.

Nossa vida acaba em um sono. Ela pensou que sua peruca poderia ter caído. Você não quer perder a dignidade no final.

"Se ao menos fosse a história de outra pessoa, e não a minha."

Caindo na água gelada, os grandes peixes prateados nadando ao seu redor, escoltando-a, protegendo-a, enquanto ela descia lentamente até o fundo. Não tenha medo. Seus ossos já haviam se transformado em corais. Seus olhos estavam cegos como pérolas. O resto era silêncio.

"Um Cervo Ferido — salta mais alto", para não nos esquecermos de Dickinson. Atravessando a passarela envidraçada sobre os trilhos, ele vira todo o drama se desenrolar. Reconhecera aquele elenco bizarro: a mãe de Vince Collier, a mulher que roubara seu Saab, a menininha, Tweedledum e Tweedledee, todos juntos naquela estranha apresentação improvisada. O único ator novo era o velho que caíra sob o trem com a mãe de Vince

Collier. De cima, parecera que ela o havia empurrado. Qual era o nome daquela música de Mary Gauthier? “Mercy Now”?

Jackson realmente não gostava de trens. Não gostava mesmo.

Ele deveria descer, assumir o controle, fazer alguma coisa, ajudar alguém. Jackson pegou o cão no colo, era bem fácil imaginar o animal sendo pisoteado naquela confusão, e desceu a escada rolante, misturando-se ao clamor na plataforma. Viu de relance a caronista que lhe roubara o carro, com a menininha ao lado. Ela estava entrando em outro trem, deixando mais caos atrás de si. Jackson correu na direção delas, mas o trem já estava se afastando da plataforma. Viu a garotinha, que acenava para ele, fazendo estrelinhas com as mãos, até que sumiu de vista.

A mão que lhe tocou o ombro o fez dar um salto. Brian Jackson. O falso Jackson, como Jackson começara a se referir a ele. De certo modo, Jackson, o Jackson verdadeiro, não estava surpreso.

— Ela é um peixe escorregadio, essa Tracy Waterhouse.

— Como é que é? — disse Jackson, as engrenagens girando em sua mente. — Aquela era Tracy Waterhouse?

— E você ainda diz que é detetive.

— Eu não entendo — disse Jackson.

Ele não sabia por que não tatuava aquela frase na testa de uma vez.

— Acho que estamos procurando a mesma coisa — disse Brian Jackson. — O problema é que começamos de pontos diferentes.

Agora, policiais e paramédicos começavam a chegar à cena.

— Que bagunça — disse Brian Jackson. — Vamos.

Jackson hesitou. Ele não deveria estar ajudando, ou pelo menos dando uma declaração sobre o que vira?

— Espectadores inocentes — disse Brian Jackson, encorajando-o a se dirigir para a escada rolante, como um pastor tangendo um carneiro obstinado. — Vamos, eu vou levá-lo a alguém que você gostará de conhecer. Alguém que gostará de conhecer você.

— Quem?

— Meu cliente. Um homem chamado Michael Braithwaite. Nós dois gostaríamos de saber para quem você está trabalhando.

— Você está telefonando para mim — disse ela.

— Estou — concordou Jackson.

— Você não está mandando um e-mail ou uma mensagem — disse Hope McMaster. — Você está falando comigo. Você tem novidades. O que aconteceu?

Os pontos de exclamação eram esmagados sob o peso da expectativa. A esperança na balança.

— Bem — disse Jackson cautelosamente —, a coisa é assim: notícia boa, notícia ruim, notícia boa. Certo?

— Certo.

— Em primeiro lugar, a boa notícia é que eu descobri quem é sua mãe verdadeira. A notícia ruim é que ela era uma prostituta e foi assassinada pelo seu pai.

— Tudo bem — disse Hope. — Vou digerir isso mais tarde. E a outra boa notícia?

— Você tem um irmão.

Hope McMaster. Michael Braithwaite. Os dois lados de um quebra-cabeça. Um encaixe perfeito.

Hope McMaster era Nicola Braithwaite, a irmã de Michael.

(— Por que você não me disse isso? — Jackson perguntara a Marilyn Nettles naquela manhã

— Você não perguntou — dissera ela.)

Nicola Braithwaite, 2 anos. Não havia ordens de restrição a respeito dela, nenhum mandado, nem a necessidade de "protegê-la", porque ela não existia. Ela não frequentara a escola, nunca fora ao médico; Carol Braithwaite evitara consultas médicas e enfermeiras. Mudava de endereço o tempo todo. Os vizinhos mal a conheciam.

— Ela desapareceu — dissera Marilyn Nettles. — Não estava no apartamento quando eles arrombaram aquela porta, e eles não sabiam sobre ela. Bem, é claro que algumas pessoas sabiam sobre ela... Eu tive que cavar fundo para descobrir alguma coisa, mas nunca disse nada a ninguém. Ela teve uma vida boa?

— Sim — dissera Jackson. — Acho que sim.

— Oh, é uma história tão bonita — disse Julia, com lágrimas nos olhos.

— Bem, apenas o final é bonito, não toda a história — Jackson disse.

— Uma criança perdida que é encontrada. Isso não é a melhor coisa do mundo? — disse Julia

— O que sobrou na caixa — disse Jackson.

1975 : 21 de março

Ela estava de mau humor quando ele chegara ao apartamento em Lovell Park. Você nunca sabia como ela estaria: às vezes, superexcitada, e, outras vezes, afogando-se em autopiedade e depressão. Era tão rápido que às vezes dava para ver acontecer, o rosto dela mudar. O fato de ela ter bebido naquela noite não ajudava em nada; era uma bêbada temperamental. Ela acenara com uma garrafa de vinho barato como cumprimento, quando ele chegara à porta.

— As crianças estão dormindo — disse ela.

Apenas Michael estava na cama, provavelmente, já que não havia sinal dele. Nicola estava no sofá, onde devia ter adormecido. Seu rosto e suas mãos estavam sujos e seu pijama não fora lavado. Que esperança haveria para a criança?

— Eu trouxe o dinheiro.

Ele lhe entregou uma nota de cinco libras. Como um cliente. Ele não dormia com ela havia dois anos, mas havia alguns erros pelos quais você pagava a vida inteira. Ela não sabia quem era o pai do menino. Não havia dúvidas sobre a menina, entretanto, ela dissera. A menina poderia ter sido gerada por qualquer um, ele dissera, mas sabia no fundo do coração que era sua. E, se ele negasse, procuraria sua mulher. Ela sempre fazia ameaças.

— Precisamos conversar — disse ela, acendendo um cigarro.

— Precisamos? — ele perguntou.

As fotografias estavam espalhadas pela mesinha de café barata, de vidro.

— Olhe para isso — disse ela, apontando para uma foto dos quatro juntos. — Como uma família de verdade.

— Não realmente — disse ele.

Ela chamara um jovem que vendia peixe com fritas na rua e pedira a ele que tirasse uma foto "dos quatro juntos".

Ela o andava pressionando desde o Natal, querendo um passeio, e eles haviam acabado em Scarborough em um dia de forte ventania. O lugar estava deserto. Pelo menos, aquilo significava que as chances de ele encontrar alguém conhecido eram nulas.

Ela correra para a praia, tirara os sapatos e as meias e os deixara na areia. As meias pareciam a pele de uma cobra. Correra para a água e dançara por entre as ondas.

— Jesus Cristo, está congelando! — gritara para ele. — Venha, a água está uma delícia.

— Não seja ridícula — dissera ele.

— Covarde! Seu pai é um covarde! — dissera ela ao garotinho, ao voltar para a areia.

— Não me chame assim — dissera ele, irritado. — Eu não sou o pai dele. — Ele puxara o menino para o lado e dissera: — Não me chame de papai. Ou de pai. Não. Entendeu? Eu não sou seu pai. Eu não sei quem é seu pai. Se sua mãe não sabe, como diabos eu vou saber?

Ela era imprevisível, e era vergonhoso sair com ela em público, ele percebera.

— Eu sou maior do que a vida — dizia ela, mas era mais que isso. Ele pensava que talvez ela tivesse algum tipo de doença mental.

Ela levara uma câmera, uma coisinha barata de segunda mão, e insistira em tirar fotografias o tempo todo. Ele tentara evitar ser fotografado, mas finalmente concordara em tirar uma foto, para que ela o deixasse em paz.

— Vamos ver se encontramos algum lugar aberto para tomar sorvete.

Era início de março, fora de época, e fazia um frio cortante; ninguém tomava sorvete na praia no inverno.

— Ou comer batatinhas! — dissera ela, ficando mais e mais excitada. — Vamos todos comer batatinhas!

Ele estava segurando a garotinha nos braços, tentando protegê-la do vento.

— Vamos, vamos apostar corrida! — gritara ela para o menino, mas ele estava concentrado, construindo um castelo na areia molhada.

Carol correu na direção do píer. O vento parecia encorajá-la. E ele desejou que o vento a levasse para muito longe.

— Como uma família de verdade — disse ela, correndo as mãos sobre as fotografias, estreitando os olhos para vê-las por entre a fumaça do cigarro.

Carol começara a falar sobre eles serem "uma família de verdade", indicando que ele deveria deixar sua mulher. Estava completamente fora de si.

Tudo pareceu começar naquele momento. Ela disse que iria ver a mulher dele, e levar as crianças, e envergonhá-lo em sua própria casa. Ele disse:

— Fique quieta, você vai acordar toda a vizinhança.

Ela começou a agredi-lo, batendo nele com os punhos cerrados. Ele a agrediu de volta, uma bofetada no rosto; pensou que aquilo seria o suficiente para fazê-la parar, mas ela ficou histérica, gritando como uma louca. Ela o arranhou e, quando deu por si, ele a estava perseguindo até o banheiro e apertando-lhe o pescoço com as mãos. E para ser sincero, a sensação foi boa. Só para fazê-la se calar uma vez. Para fazê-la parar.

Acabou em segundos. Ela era uma força da natureza, ele não esperava que ficasse subitamente imóvel daquele jeito. Ajoelhou-se, tentou sentir-lhe o pulso, e não acreditou quando não conseguiu encontrar o batimento cardíaco. Não pretendera *matá-la*. Ele olhou para cima e viu o menino de pé no corredor, olhando para ele, mas só podia pensar em sair daquele lugar. Desceu as escadas correndo, não pôde esperar o elevador, entrou no carro, foi até a cidade e entrou em um bar, onde engoliu uma dose dupla de uísque. Suas mãos estavam tremendo. Sua vida inteira estava em ruínas. Ele perderia seu emprego, seu casamento, sua reputação.

Ele ficou lá, bebendo. Ele precisava de muito álcool para ficar bêbado. Perdeu a noção do tempo.

— Vai tomar a saideira, detetive? — perguntou o barman, e ele respondeu:

— Não. — E foi para o banheiro vomitar.

Havia uma cabine telefônica na esquina, e ele encontrou refúgio sob a luz branca e fria. Telefonou para a única pessoa que poderia ajudá-lo a sair daquela encrenca: Eastman.

— Senhor? — disse ele. — Aqui é Len Lomax. Eu acho que estou com problemas.

Não mencionou o menino.

Ray lhe entregou as fotos no dia seguinte e disse:

— Estamos quites. Nunca mais me peça outro favor, certo, Len?

— Ela estava definitivamente morta, não estava? — perguntou Len. Ele passou o resto da noite se revirando na cama ao lado de Alma, imaginando Carol Braithwaite voltando dos mortos, apontando um dedo acusador para ele.

— Sim. Ela estava morta — disse Ray.

Ele parecia enojado.

— Eu levei a menina para os Winfield. Eles não vão fazer perguntas, pode confiar em mim.

Ray não mencionou o menino, porque não sabia dele.

Os Winfield foram ideia de Eastman.

— Vou mandar Strickland levar a criança para eles — disse ele. — Você não está em condições de fazer nada. Vá para casa, ficar com Alma. Você tem as chaves do apartamento?

No dia seguinte, Eastman convidou Len para um jogo de golfe.

— Você não é um homem mau, Len — disse ele, praticando sua tacada. — Uma coisa ruim aconteceu com você, o que não significa que sua vida deva ser destruída, não por causa de uma prostituta morta. E sua criança foi para um lar maravilhoso; pense em tudo o que ela vai ter.

Len ainda não mencionara o menino.

Ele esperava que Carol fosse encontrada. Era aquilo o que sempre acontecia; pessoas morriam, e outras pessoas as encontravam. Então, o tempo começou a passar, e nada acontecia. Começou a parecer irreal; começou a parecer que nada havia acontecido. Ele tivera uma prima, Janet; ainda tinha, mas ninguém na família falava sobre ela. Aos 14 anos, ela dera à luz em seu quarto, em casa. Ninguém sabia que ela estava grávida; todos pensavam que ela estava apenas engordando um pouco. Quando sua mãe lhe perguntara por que ela não tinha dito nada, Janet dissera que esperava que, se ignorasse o fato, tudo simplesmente desapareceria. Era assim que Len se sentia. Ele nunca pensava se o menino estava vivo ou morto; nunca pensava realmente no menino.

— No que você está pensando? — perguntou Alma.

— Em nada — disse ele, e deu a ela uma desculpa esfarrapada sobre estresse no trabalho.

Quando finalmente receberam a chamada, foi um choque, como um golpe físico, como se alguém colidisse com ele durante um jogo de rúgbi.

— Corpo de mulher descoberto nos apartamentos em Lovell Park; policiais a caminho.

Ninguém ainda mencionara o menino. Len se perguntou se ele teria mesmo desaparecido. Derretido no ar.

— Jesus — disse Strickland. — Isso vai ser bem difícil. O corpo dela está lá há semanas.

Eastman os alcançou antes que eles entrassem no carro.

— Agora, rapazes, fiquem firmes — disse ele. — Mantenham a cabeça no lugar.

Len finalmente mencionou o menino.

— Seu bastardo idiota — disse Eastman. — Você deveria ter dito alguma coisa. Eu poderia tê-lo ajudado a limpar a sujeira muito antes.

Ele nunca imaginara que o menino ainda pudesse estar vivo. Esperava que eles tivessem dois corpos nas mãos. E não conseguiu acreditar quando viu o menino nos braços daquela policial.

O menino era uma testemunha, obviamente. Eastman "teve uma conversinha" com a assistente social. Nem Len nem Ray sabiam o que ele lhe dissera. Provavelmente, ele a ameaçara de perder seu próprio filho. Era um bom homem, quando estava do seu lado; mas podia ser terrível se estivesse contra você. Ray continuou o trabalho; foi buscá-la no hospital e levou-a para tomar um drinque na Cemetery Tavern.

— Ela é confiável — Ray relatou a Len. — Está aterrorizada.

Eastman disse que o esquadrão antidrogas iria "encontrar" drogas pesadas na casa dela.

Eastman assinou uma ordem de restrição, para "proteger o menino"; o nome dele foi mudado e ele foi enviado para um orfanato católico. Os Winfield conseguiram documentos novos para Nicola, arranjados por aquele bastardo do Harry Reynolds, e partiram para a Nova Zelândia. A Nova Zelândia podia muito bem ser Júpiter ou Marte, no que dizia respeito a Len. Tudo fora um pesadelo, ele disse a si mesmo, um pesadelo terrível. Uma cratera que se abrira diante de seus pés, e que agora se fechara novamente.

Eastman telefonara para ele e lhe dera as instruções. Apanhar a menina no apartamento de Lovell Park e trancar a porta por fora. Eastman lhe dera um molho de chaves.

— Esqueça tudo o que você vir lá dentro.

Ele dissera a Ray para levar a menina para os Winfield.

— Nós estamos fazendo a coisa certa aqui, Ray — dissera Eastman. — Pode não ser exatamente como manda a lei, mas é um imperativo moral. Dar a essa criança um bom lar, em vez de deixar que ela termine Deus sabe onde. Eu telefonei para Ian Winfield; ele sabe o que esperar, mas vai fingir surpresa. Pelo bem da esposa, você sabe; ela pode ficar um pouco assustada.

Quando eles chegaram aos apartamentos de Lovell Park, três semanas depois, Ray disse a Len:

— Eu não posso entrar lá de novo, Len. Não posso encarar o que vamos encontrar lá.

Eles haviam discutido antes de subir pelo elevador.

— Irmãos em armas — disse Len, dando-lhe um tapinha no ombro, mais agressivo que afetuoso. — Um por todos e todos por um.

O lema de Eastman.

Len *sabia*. Ele sabia sobre aquela criança no apartamento, e deixara o menino lá.

— Eu pensei que ele seria encontrado — disse Len. — E então, eu não sei, tudo ficou irreal.

Aquilo era uma tentativa de assassinato, até onde Ray podia ver. Ele vomitou o café da manhã quando viu o estado do menino. Se soubesse, nem em um milhão de anos teria deixado aquele garotinho ali, naquele lugar.

Ray fizera uma visita a Carol Braithwaite no Ano-Novo. Estava bêbado, sentia falta de sexo com Anthea e não queria voltar para Margaret, sóbria e antiquada em suas camisolas de algodão. Então, ele fora ver a prostituta de Lomax. Nunca fizera aquilo antes, nunca estivera com uma prostituta.

"Uma transa descomplicada", imaginara Len dizendo.

Carol Braithwaite abrira a porta para ele e dissera secamente:

— Não estou trabalhando hoje, vá procurar em outro lugar. — Ela parecia cansada, mais velha do que realmente era.

Segurava uma garotinha nos braços. Parecia injusto que mulheres como ela se tornassem mães simplesmente abrindo as pernas para qualquer homem, e que sua esposa não conseguisse ter um bebê. Ele não sabia, na época, que a criança era de Len. Não havia sinal do menino.

— Por que você não vai para o inferno? — dissera Carol.

Ele já mandara Barry Crawford para casa naquela altura, obviamente. Não havia chances de alguém conseguir pegar um táxi nas primeiras horas de 1975. Caminhara de volta para casa, com o rabo entre as pernas, e se deitara junto de Margaret, dizendo-lhe que a amava.

A pior coisa não era o que acontecera com o menino, nem o fato de que Len assassinara Carol Braithwaite, ou que Eastman o ajudara a encobrir o crime. A pior coisa era que, quando Ray levara a garotinha embora — quando a roubara, de fato — e estava sentado no banco de trás do Ford Cortina de Crawford, Ray percebera que estavam passando na frente de sua própria casa. Havia uma luz acesa no andar de baixo; Margaret o estaria esperando, provavelmente tricotando e ouvindo rádio. Ela preferia o rádio à televisão. Ele poderia ter parado o carro na frente de sua própria casa, tocado sua própria campainha e dado o melhor presente possível a sua esposa. Mas não fizera nada daquilo: dera a garotinha a Kitty Winfield. E o menininho. Ele poderia ter salvado aquele menininho, criado o garoto como seu filho. Duas chances, ambas perdidas.

Barry pensou que fosse vomitar quando entrou naquele apartamento. Ele não imaginara ninguém realmente *morto* lá dentro; só pensara que Strickland levara a criança. Mas quando viu o garotinho, percebeu que ele havia sido deixado para trás naquela noite. Barry imaginou o que sua própria mãe teria a dizer sobre aquilo. Ela adorava crianças e mal podia esperar até que Barry se casasse e se tornasse pai. Eastman telefonara para ele e lhe dissera para ajudar a limpar a bagunça. Ele não dissera quem havia feito a bagunça, mas estava bem óbvio para Barry que fora Ray Strickland.

Ela dormia tranquilamente. Ele observou seu peito subir e descer. Jamais iria acordar; jamais voltaria a ser Amy novamente. Ela teria odiado ficar ali daquele jeito; teria implorado a Barry que colocasse um fim naquilo. A última coisa que você jamais desejaria para um filho era exatamente a única coisa que você precisava fazer. Ele apanhou o travesseiro sob a cabeça dela e o segurou sobre seu rosto.

— Eu amo você, querida — disse Barry.

Ele tentou pensar em algo mais a dizer, algo maior e mais importante, mas não havia nada; ele dissera a única coisa que importava. Ele pensara que ela iria lutar, mas isso não aconteceu. A única diferença, quando ergueu o travesseiro, era que o peito dela parara de subir e descer.

Ele se sentia completamente vazio, agora. Era uma sensação boa. Barry consultou o relógio. Meio-dia. Ivan sairia da Penitenciária Armley às 13 horas. Era melhor ele se apressar. Barry sentiu o peso da arma em seu bolso. Ele gostava daquilo; sentia que estava no controle. Uma Baikal. A arma preferida dos gângsteres. Modificada na Lituânia; ao que parece, aqui se pagava vinte vezes mais por ela do que lá. Ele nunca vira uma daquelas antes, na verdade. Aquela fora cortesia de Harry Reynolds. Todos aqueles velhos que se recusavam a descer do trono: Strickland, Lomax, Harry Reynolds.

Apanhara a arma no caminho. Encontrara Harry Reynolds lutando para dar o nó em uma gravata preta.

— Artrite nos polegares — dissera ele. — Como é que se diz? A velhice não chega sozinha.

A casa cheirava a torta de maçã. Harry lhe entregara a Baikal e Barry lhe entregara um envelope.

— Dê isso a Tracy, certo? — pedira ele.

— Você mesmo poderia ter entregado o envelope a ela se tivesse chegado mais cedo. Ela está na estrada, agora.

— Ótimo. Quanto lhe devo pela arma?

— Considere um presente, superintendente Crawford. Um agradecimento por ter me ignorado todos esses anos.

Ele saiu do quarto de Amy e não olhou para trás. Como poderia olhar para trás? Era impossível. Um tiro na cabeça, outro no coração.

"Bang, bang."

— Ivan — disse ele.

Ivan olhou para ele como um animal ferido; por um momento, Barry pensou que ele fosse fugir. Ou bater na porta da prisão e implorar aos guardas que o deixassem voltar.

— Barry — disse Ivan.

"Lá vamos nós de novo", pensou Barry. Ele o chamara de Barry.

Ele sentiu a arma em seu bolso. Barry tirou a mão do bolso e a estendeu. Lentamente, hesitando, Ivan tomou a mão de Barry. Apertou-a.

— Eu sinto muito — disse Barry. — Eu fui cruel. Minha filha amava você, e eu deveria ter pensado nisso.

— Você está se desculpando? — disse Ivan espantado.

— Você se lembra daquele flash drive que perdeu? Barbara o encontrou atrás do sofá, depois que você e Amy vieram almoçar um domingo. Ela não tinha ideia do que era aquilo, claro, ela não sabe nada sobre computadores. Eu sabia que era seu, e o coloquei dentro de um vaso sobre a lareira. Eu pensei... Não sei o que eu pensei; acho que eu queria lhe pregar uma peça. Não sabia que você tinha todos os detalhes de seus clientes gravados ali, e que era importante. Barbara não me contou o que havia acontecido — continuou ele. — Eu pensei que o negócio simplesmente afundara. Ela não me contou o motivo, porque pensou que eu acharia que você era um incompetente ainda maior. Entenda, você é um incompetente — completou Barry. Ele não era do tipo que media palavras. — Mas você não merecia o que aconteceu.

— Nenhum de nós merecia — disse Ivan.

Barry voltou para o carro e foi embora. Ele não estava interessado em conversas. Não disse a Ivan que Amy se fora para sempre. Ivan poderia começar de novo. Barry não podia. Mas, antes, tinha um funeral para ir.

O funeral de Rex Marshall estava acontecendo no crematório. O lugar estava lotado de figurões que haviam vindo se despedir dele. O caixão estava no centro do salão, e as medalhas que Rex ganhara na polícia estavam sobre ele, brilhando. Coroas e buquês de flores se enfileiravam na entrada da capela. Barry sentiu o cheiro de frésias, e aquilo o perturbou por um segundo. Ele podia ver Ray Strickland, de pé no púlpito, lendo a eulogia:

— Um policial veterano, que nunca perdeu o contato com as pessoas; um homem do povo...

Blá-blá-blá. A porcaria de sempre. Ray hesitou ao ver Barry parado à porta.

Homens obesos vestindo ternos caros e mulheres anoréxicas vestindo o tipo de roupa que Barbara gostaria de poder comprar. Todos se viraram para ver o que fizera Ray parar de falar no meio da frase. Barry viu Harry Reynolds na última fila, prestando sua homenagem. Harry fez questão de não olhar para Barry entrar na capela e, marchando até o caixão, bater na tampa.

— Toc, toc, toc — disse ele —, tem alguém aí?

Um murmúrio de protesto se espalhou entre as pessoas mais próximas ao caixão.

— Só estou checando — disse Barry a uma mulher grandalhona que segurava um folheto do serviço fúnebre.

Ele sorriu para ela, e ela recuou horrorizada. Ele lhe arrancou o programa das mãos. A ordem dos acontecimentos. Era um papel barato e fino, do tipo que uma companhia de teatro amador usaria. Na capa, havia uma fotografia de Rex Marshall no auge da carreira. Barry deu um tapinha na fotografia e disse casualmente para a mulher:

— Ele era um perfeito canalha. Mas é preciso ser um canalha para reconhecer outro, não é o que se diz?

Todos ao redor de Barry começaram a protestar, mas de forma discreta, já que ninguém quer desafiar abertamente alguém que está claramente transtornado. Pelo canto do olho, Barry viu Harry Reynolds sair da capela. Não havia sinal de Len Lomax. Barry ficou surpreso por ainda não ter sido imobilizado, mas continuou a atravessar o corredor, imperturbado. A viúva enlutada se encolheu quando ele se aproximou, e o padre ridiculamente jovem estremeceu, como se estivesse pensando em enfrentá-lo. Barry rosnou:

— Nem pense em fazer isso, garoto.

Ele chegara ao púlpito, e Ray, bancando o conciliador, disse:

— Vamos lá, Barry, seja sensato. Sente-se e mostre algum respeito.

Barry inclinou a cabeça para o lado, como se estivesse considerando a opção, mas se virou e olhou para o oceano de figurões presentes. Ele limpou a garganta como se fosse o padrinho do casamento, pedindo aos convidados que erguessem as taças em um brinde. E disse:

— Raymond James Strickland, você está preso pelo assassinato de Carol Anne Braithwaite, pela tentativa de homicídio de Michael Braithwaite e pelo sequestro de Nicola Jane Braithwaite. Você não tem que dizer nada, mas pode prejudicar sua defesa se não mencionar, quando interrogado, algo que contar mais tarde ao tribunal. Qualquer coisa que você disser pode e será usada como prova.

Ray não se moveu; ficou parado ali. Barry meio que esperava que ele caísse no chão em choque, mas ele ficou onde estava, os olhos arregalados.

— Não fui eu — disse ele.

Barry riu.

— Isso é o que todos dizem. Você deveria saber disso, Ray.

Barry não havia pensado no que faria depois daquele ponto. Ele trouxera as algemas, entretanto; nunca saía de casa sem elas, e fechou uma das argolas ao redor do braço de Ray, prendendo a outra na grade de bronze na frente do púlpito. Em seguida, tirou o celular do bolso, ligou para a delegacia e pediu que enviassem dois policiais.

Todos os presentes no crematório pareciam ter perdido o apetite pela morte. Barry observou algumas mulheres, com vestidos pretos de grife, saírem da capela como gazelas que subitamente descobriram ter entrado na cova dos leões. Então, todos começaram a reagir. Todos os figurões.

O padre parecia um garçom nervoso, e perguntou a Barry se poderia lhe trazer alguma coisa.

— Não, garoto — disse Barry —, mas obrigado por perguntar.

— O último sobrevivente — disse Barry a Ray.

— Faz trinta e cinco anos, Barry — disse Ray. — Isso é história, água debaixo da ponte.

— Eu não compreendo — disse uma voz suave.

Margaret, a esposa de Ray. Se Barry estivesse de bom humor, teria dito: "Peça para seu marido explicar."

Mas ele não estava de bom humor, então disse:

— Seu marido engravidou uma prostituta chamada Carol Braithwaite e, depois de matá-la, levou a criança, filha dele, e a deu de presente para sua boa amiga, Kitty Winfield.

A verdade apareceria de qualquer modo, e bem poderia ser Barry a contá-la.

"Falar a verdade para o poder."

Era aquilo que os Quakers diziam; ele tivera que prender alguns durante os anos oitenta, pacifistas que falavam sobre "ações diretas" e mísseis. Para pessoas que adoravam em silêncio, eles até que falavam muito.

— Ray? — disse Margaret.

— Não fui eu — disse Ray novamente, dessa vez para Margaret. — Eu juro.

Ele se virou para Barry e disse:

— Você só sabe metade da história, Barry.

— Diga isso ao juiz, Ray.

Um policial uniformizado chegou; ele poderia ter sido Barry, trinta e cinco anos antes. Você faria qualquer coisa que um oficial superior lhe ordenasse. Fazer vistas grossas? "Sim, senhor." Manter a boca fechada? "Sim, chefe." Um serviçal.

— Chefe?

— Leve esse cavalheiro sob custódia, oficial. Ele foi acusado de assassinato. Eu não vou. Quando você chegar à delegacia, vá a meu escritório. Há uma carta sobre a minha mesa. Eu quero que você a entregue à inspetora Gemma Holroyd. Ela saberá o que fazer em seguida.

— Sim, senhor.

— Bom garoto.

Ele dirigiu até a charneca perto de Ilkley, chegando ao reservatório Upper Barden. Não havia uma alma por perto. O céu estava cheio de nuvens, tingidas de opala. Como uma pintura. Adorável. Barry imaginou Carol Braithwaite se erguendo. A Ascensão. Carol Braithwaite, de mãos dadas com Amy. Carol e Amy. Um tiro na cabeça, um no coração.

Um par de abutres voava no céu, esperando por ele.

1975 : outubro

O corpo de Wilma McCann fora encontrado na véspera do dia das bruxas, em uma típica manhã enevoada em Leeds, no campo Prince Philip, em Chapeltown. Dois ferimentos na cabeça, quinze facadas. Passagens na polícia por embriaguez, desordem e roubo. Seus quatro filhos sozinhos em uma casa imunda. Outra mulher de vida fácil.

Wilma McCann era apenas uma entre muitas mortes sórdidas, sem nada de especial; e três meses depois, 137 policiais haviam trabalhado mais de 53 mil horas, tomado 538 depoimentos e acumulado 3.300 páginas de arquivos. Tudo levando a nada. Todos estavam ainda ignorantes do fato de que aquela fora a primeira vítima de Sutcliffe. Não haveria uma segunda até janeiro do ano seguinte. Carol Braithwaite, por outro lado, parecia não ter merecido quase nenhum tempo de trabalho da polícia.

Tracy não participara da investigação do assassinato de Wilma McCann. Ela ainda estava patrulhando as ruas, de uniforme; mais uma mulher que trabalhava na rua.

— É diferente — disse Barry. — Sua mulher...

— Minha mulher?

— A mulher Braithwaite foi morta em sua própria casa. E foi estrangulada, não esfaqueada depois de levar uma pancada na cabeça.

— Você está falando como se já estivesse no Departamento de Investigação Criminal, Barry. O seu puxa-saquismo está compensando, é isso?

— Vá se danar.

Leeds, Manchester, Huddersfield, Bradford. Emily Jackson, em janeiro do ano seguinte. A lista crescia e crescia. As prostitutas não eram mais as únicas vítimas: qualquer mulher servia. As duas últimas, em 1980. Estavam no lugar errado, na hora errada. O retrato falado de Marilyn Moore era um dos melhores que eles tinham. A barba tipo Jason King, os olhinhos cruéis. Mais de cinco mil veículos investigados. Ele era o demônio, e eles não conseguiam pegá-lo.

O passado era um lugar escuro, um mundo de homens. Houvera uma época em que os policiais homens tinham que escoltar as policiais femininas até o outro lado do estacionamento. Ela ouvira um dos rapazes dizer:

— Eu não me preocuparia com Tracy Waterhouse. Coitado do Estripador se atacá-la.

Não haveria a menor chance de Carol Braithwaite ser lembrada, enquanto o reinado de terror de Sutcliffe continuasse. Carol Braithwaite se encaixava no perfil das vítimas, mas eles não faziam perfis das vítimas naquele tempo. Tracy se perguntaria, durante anos, se Carol Braithwaite não fora uma das primeiras vítimas de Sutcliffe.

Tracy terminara o ano de 1975 com estilo, comprando um Datsun Sunny usado, de 1970. No Ano-Novo, o Mercado Kirkgate pegara fogo e ela usara a credencial para passar pela barreira de segurança e dar uma olhada mais de perto no incêndio. Parecia uma boa maneira de se despedir do ano; tudo se desintegrando nas chamas.

O ano de 1977 fora movimentado para o Estripador. Barry subira na carreira; fora promovido a detetive à paisana em 1980. Tracy tinha um namorado novo. Um vendedor de instrumentos médicos, de 28 anos, todo engomadinho, que exibia com orgulho um diploma universitário. Nada de muito importante; um diploma em "administração de empresas" de uma instituição nova, mas um diploma, que era mais do que Tracy podia dizer que tinha.

Ele a levara a Durham e Flamborough Head no Ford Capri verde-limão que comprara e dirigia como um piloto de testes maníaco. Tracy nunca se sentara no banco do passageiro sem pensar que poderia morrer antes do final da viagem. Aquilo era provavelmente parte da atração.

Eles bebiam em bares por todo o nordeste; cerveja Timothy Taylor com doses de rum Wood's Old Navy para ele, canecas de snakebite para Tracy.

Depois, voltavam para o apartamento dele, comiam comida indiana, e ele acendia um grande baseado, dizendo:

— Você vai me prender, oficial? Vai me algemar?

Era a mesma piada, sempre. Tracy nunca fumava, preferia que sua mente fosse alterada pelo álcool, não por drogas. O sexo era bom, embora ela só tivesse Dennis, o instrutor de direção, como parâmetro de comparação, mas aquilo deveria ser o que a mantinha no relacionamento, já que o sujeito, encararemos os fatos, era um completo imbecil. Quando ele a trocara por um modelo mais recente, ela o denunciou anonimamente ao esquadrão antidrogas. Ela nunca soubera se eles haviam descoberto algo. Ele havia morrido em um acidente de carro em 1985; enfiara seu cupê TVR em uma pobre árvore.

Um Ford Capri verde-limão, o mesmo carro que o Estripador dirigia em 1975. Ela deveria tê-lo denunciado por aquilo, também. Tracy nunca o considerara seriamente como uma possibilidade; ele era obcecado demais consigo mesmo para matar alguém. Ainda assim, ela tivera o coração partido pela primeira vez. Devagar, Tracy estava passando por todos os grandes momentos da vida, com toda a certeza.

Linda Pallister se casara com um cara do Partido Trabalhista e se mudara para uma casa perto de Roundhay, um imóvel tradicional do pós-guerra, bem diferente do estilo dela. Dera à luz Chloe no mesmo ano em que Amy, a filha de Barry, nascera. No lugar de um batizado, Barry e Barbara haviam oferecido uma "pequena festa" para receber o bebê. Enroladinhos de salsicha, torta de porco, um bolo feito pela mãe de Barbara e uma caixa de espumante. Tracy não fora convidada.

Linda Pallister também fizera uma festa para seu bebê. Tracy também não fora convidada. Não houvera torta de porco; corriam boatos de que Linda servira a placenta aos convidados. Crua ou cozida? Tracy ficara curiosa.

Ray Strickland nunca fora promovido além do Departamento de Investigação Criminal. Ele dizia que estava feliz com o trabalho e que não queria passar seu tempo atrás de uma escrivaninha. Lomax, por outro lado, fora até o degrau mais alto e recebera todas as comendas.

A vida continuava. Antes que Tracy se desse conta, completara trinta anos de serviço e estava tomando um porre em sua própria festa de despedida.

TESOURO

Junho

— E você viu tudo acontecer? Você viu a pobre velha, Tilly, cair debaixo do trem? Que diabos você estava fazendo lá?

— Não tinha nada a ver comigo — disse Jackson.

— O resultado do inquérito foi acidente — disse Julia. — E eu fiquei muito feliz com isso, porque nunca pensei que Tilly fizesse o tipo suicida. Ela estava nos primeiros estágios de demência, entretanto, a pobrezinha, e acho que não dava para saber exatamente o que se passava em sua cabeça, não é? Eu fui ao funeral, na igreja de São Paulo, em Covent Garden. Foi uma bela cerimônia, na verdade, muita gente dizendo coisas bonitas sobre a querida Till. A amiga dela, *Dame* Phoebe March, fez a eulogia e pintou um cenário mais cor-de-rosa, obviamente, mas foi bonito, comovente mesmo. Contou todo tipo de histórias sobre Tilly de quando ela era moça.

Jackson fora apanhá-la no set de *Collier* para levá-la ao aeroporto. Tinha duas semanas de férias. Sua personagem, a patologista Beatrice Butler, estava em coma, depois de ser atacada por um parente ensandecido de... oh, Jackson não se importava.

Julia estava se divertindo com o cão, abaixando-se e correndo a mão pelo dorso do animal, como se fosse uma massagista.

— Role e finja de morto pela rainha e pela pátria — ordenou ela, e o cão se virou de costas, de patas para o ar.

Pelo que parecia, qualquer pessoa imaginaria que o cão estivesse apaixonado por Julia. A própria Julia, é claro, era louca por todos os cães do planeta. Infelizmente, todos os cães do planeta a faziam espirrar.

— Esse cão pertencia a uma mulher — disse Julia.

— Bem, ele pertence a um homem, agora — retrucou Jackson, em tom desafiador.

Ele estava terminando de ajustar a cadeirinha que finalmente comprara para Nathan.

- Já era hora — dissera Julia.

Jackson conseguira recuperar o Saab, misteriosamente desprovido da Virgem Maria no painel, em um pátio da polícia antes que o carro fosse a leilão, graças ao rastreador de Brian Jackson. O veículo fora encontrado abandonado perto de Fountains Abbey, um local que deixou Jackson intrigado. Era como se Jane soubesse para onde ele queria ir e tivesse tentado chegar lá antes dele.

— Isso é ridículo — dissera Julia.

Nathan seguia Jackson por toda parte, contando-lhe sobre dinossauros, sem hesitar ao falar os nomes: "Velociraptor, avaceratopo, diplodoco." Jackson não tinha certeza se seu filho sabia que eles estavam extintos; não queria perguntar a ele para não estragar algum tipo de fantasia infantil, como Papai Noel ou a Fada do Dente. Jackson não sabia que crianças de 4 anos eram capazes de pronunciar palavras como "avaceratopo". Ele mal podia se lembrar de Marlee naquela idade; sua atual personalidade melancólica começara a dominar a versão mais feliz, mais criança de sua filha. Claro que havia muitas coisas que ele não sabia sobre crianças de 4 anos. Ele pensava em seu filho como um bebê, e era perturbador ver o quanto ele já caminhara na estrada para a vida adulta. Um dia, aquele menino o ultrapassaria na corrida de revezamento da vida, e assim seria até que o Sol esfriasse, ou o planeta fosse atingido por um meteoro, ou aquele enorme vulcão sob o parque Yellowstone voltasse rugindo à vida.

— Bem, tudo morre — disse Julia, concentrada em coçar a barriga do cão e evitar um espirro. — É assim que são as coisas. *Omnia mors aequat.* O grande equilíbrio.

— Da escuridão viemos e para a escuridão voltaremos — disse Jackson, sombrio.

— Acho que você quer dizer pó, e não escuridão — disse Julia. — E eu prefiro pensar que viemos da luz, e para a luz voltaremos.

— Ah, você é do tipo que acha que o copo está sempre metade cheio.

— Um de nós tem que ser — disse Julia. — Ou o copo estaria completamente vazio.

"Um de nós", ela dissera, como se eles fossem um casal. E, ainda assim, ela estava indo para a Itália de férias, "com um amigo".

— Quem? — perguntara Jackson, e ela dera de ombros ao responder:

— Só um amigo.

— Você poderia ser mais vaga?

Isso, apesar de Jackson ter sugerido a ela que talvez os três pudessem viajar juntos durante as férias dela. Um passo em direção à reconciliação, talvez a uma volta.

— Como uma viagem em família? — perguntara ela.

Jackson pensara a respeito e respondera:

— Sim, suponho que é isso que eu quero dizer.

Julia franzira o nariz e dissera:

— Não, querido, acho que não.

Ele ficara surpreso com a decepção que sentira. Mas as mulheres eram cheias de surpresas. Todas elas, de todas as formas, todos os dias.

— Onde está o Jonathan, a propósito? — perguntara ele.

Julia ergueu a mão, como se quisesse parar o trânsito, como se estivesse mandando um enorme caminhão estacionar.

— Não vou falar sobre Jonathan, certo?

— Eu ficaria feliz de nunca mais mencionar o nome dele, isso é certo.

— Aquele pobre garotinho — disse ela, abraçando protetoramente seu próprio garotinho. O garotinho deles.

— Michael?

— Ele passou por tanta coisa.

— Ele está bem, agora.

— Do mesmo jeito que eu e você? — disse Julia. — Depois do que nos aconteceu quando éramos crianças?

— É. Do mesmo jeito.

Michael Braithwaite estava a caminho da Nova Zelândia no momento em que eles conversavam. Um reencontro de irmão e irmã. Ele era uma pessoa agradável; vestia jeans e camiseta, estava acima do peso, não era nada saudável e estava sempre alegre. Não havia nada de que gostasse mais do que um churrasco com sua esposa e filhos ao lado da piscina. Fizera uma fortuna com reciclagem de lixo. Algumas pessoas se davam bem na vida, mesmo contra todas as probabilidades.

— Eu e você também, querido — dissera Julia, dando-lhe um tapinha na mão.

Linda Pallister voltara para Leeds e deveria comparecer ao tribunal para responder por seus atos.

(— Ah, as engrenagens do tempo — dissera Julia.)

Ela ajudara a fazer desaparecer uma testemunha de 4 anos. Colocara o menino em um orfanato em Roundhay, dirigido por freiras, e mudara o nome dele. E nunca mencionara a irmã dele para ninguém. Dissera para as freiras que ele era um mentiroso, que mentia o tempo todo, sobre ter uma irmã e sobre seu pai ter matado sua mãe. Quando Michael completou 18 anos, entregaram-lhe sua certidão de nascimento e ele descobrira seu nome, mas Linda Pallister jamais viera lhe dizer a verdade sobre sua mãe e sua irmã.

— Ela foi coagida — dissera Michael Braithwaite —, e seu próprio filho foi ameaçado.

— Isso não é desculpa — disseram os dois Jackson em uníssono.

Brian Jackson, Michael Braithwaite e Jackson estavam almoçando em um bistrô no hotel 42 The Calls. Jackson, ainda abalado pela cena na estação de trem em Leeds, pedira um uísque duplo, em vez de almoço.

As lembranças de Michael Braithwaite haviam se desvanecido até desaparecerem totalmente, mas ele percebera que havia um vazio que acabaria lhe destruindo.

— Terapia e reabilitação — dissera ele, dando de ombros. — "Meu nome é Michael Braithwaite e eu sou alcóolatra", e todo o resto.

Sentindo-se culpado, Jackson colocara o copo de uísque na mesa.

— Eu decidi investigar — dissera Michael Braithwaite.

— E me encontrou — dissera Brian Jackson, radiante. — Passei vinte anos na Polícia Metropolitana. Dê-me um caso e sou como um cão atrás do osso.

Jackson começara a pensar em Brian Jackson como seu duplo, Deus sabia por quê, mas agora podia ver que o homem era seu completo oposto.

— Marquei um encontro com Linda Pallister e a rastreei — dissera Brian Jackson. — Cão, osso etc. Ela contou tudo, a maior parte da história, pelo menos, pareceu aliviada em tirar aquele peso das costas. Mas mudou de ideia e fugiu, obviamente.

O telefone de Brian Jackson tocara; o toque era a abertura da Quinta de Beethoven, *Tan-tan-tan-taaaaan*. Parecia brega, em um celular. Ele não atendera a ligação.

— A demanda é constante — dissera ele a Jackson.

Brian Jackson não aterrorizara Linda Pallister. Apesar dos protestos de sua filha Chloe, ela simplesmente fugira.

— Deu o fora — dissera Brian Jackson —, para evitar dançar conforme a música.

Ela tomara um voo da easyJet para Málaga e se escondera como uma fugitiva em um prédio de apartamentos baratos na Costa del Sol.

— É tudo muito banal, na verdade, não é? — disse Julia. — As pessoas ficam com medo de perder o emprego, a reputação, o casamento. Seria de pensar que tragédias deveriam ser mais *operísticas*, de certo modo.

O reflexo instintivo de Jackson foi discordar dela, mas, quando pensou melhor, suspeitou de que Julia poderia estar certa. Sua própria irmã, linda como era, mais linda do que era possível em sua memória, não queria nada mais do que a mais comum das vidas, e acabara morrendo no mais comum dos crimes. Um ato aleatório de violência. Uma moça que abrira a caixa errada. Para o assassino, Niamh poderia provavelmente ter sido qualquer uma: a garota que viera antes, ou a que viria depois. Era melhor morrer queimado na fogueira, ou saltar de um penhasco, ou ser estraçalhado por lobos, do que ter seu destino nas mãos de um idiota qualquer, esperando em um ponto de ônibus.

— O Embaixador adora que cocem sua barriguinha — disse Julia.

Jackson definitivamente daria um nome diferente ao cão. Ele se perguntou que nome Louise, em Edimburgo, teria dado ao filhotinho com o qual ele lhe presenteara. Ela provavelmente nem teria ficado com ele.

— Para onde você vai agora? — Julia perguntou a ele, quando eles se despediram no aeroporto de Manchester.

— Terminar minha viagem — disse ele.

— Um encontro de amantes?

— Eu duvido.

Ele ainda procurava um novo lar; tinha que descansar a cabeça em algum lugar, todas as noites. Jackson supunha que também ainda estivesse procurando sua esposa traidora, mas seu entusiasmo pela caçada esfriara. Suspeitava de que pararia de viajar, pelo menos por enquanto. Apanhou Nathan, o garotinho, nos braços e deu-lhe um beijo de despedida. E então, ele sentiu.

Para sua surpresa, e para seu alarme. O aperto forte no coração, o laço indissolúvel, inquebrável, sacrificial. Amor. Ele sabia quem era: era o pai daquele menino.

Era como dizia o ditado: você nunca sabe o que vai sentir, até sentir. Era aterrador, embora Julia provavelmente descrevesse como "maravilhoso", vendo sempre o copo meio cheio.

— Pare de colocar palavras na minha boca — disse Julia.

Na sala de controle de segurança do Merrion Centre, Grant colocara os pés para cima e estava lendo o jornal em vez de observar as telas. Leslie podia ver a manchete: "Assassinatos de prostitutas em Leeds: homem detido para interrogatório", e então alguma coisa sobre "um novo Estripador".

— Isso nunca vai parar — disse Leslie.

— São prostitutas, o que você pode esperar? — disse Grant, apanhando um pacote de salgadinhos.

— Eu esperaria que as pessoas se portassem melhor.

— Pode esperar sentada. O que você tem aí? — perguntou Grant.

— Uma bolsa.

Alguém a trouxera, depois de achá-la no estacionamento. A bolsa estava cheia de todo tipo de coisa: cartões de crédito, cartões de loja, pequenos cartões com anotações de consultas ao médico e ao dentista, algumas já vencidas. Anotações do tipo "lembre-se", que a própria dona deveria ter escrito. "Srta. Matilda Squires." Leslie se lembrava dela, do quanto parecera chateada. Encontrou uma nota guardada no bolso interno, com um nome e um endereço escritos. "Meu endereço", dizia a nota, para o caso de alguém querer roubar sua identidade ou aparecer a sua porta e roubá-la sob a ameaça de uma faca.

— "Matilda Squires" — disse Leslie. — Não é esse o nome daquela atriz que caiu embaixo do trem?

— Eu não sei — disse Grant.

Ele virou a página e sua boca se abriu ao ver a garota da página três, quase totalmente nua. Leslie sentia saudades de Tracy. Ela não permitia tabloides sensacionalistas e lanchinhos na sala. Leslie se perguntava por que ela nunca voltara das férias.

— Talvez ela esteja morta — disse Grant, quase animado com a ideia.

Ela não estava morta. Enviara um cartão postal a Leslie, com uma foto da London Eye, e, no verso, Tracy escrevera: "Não vou voltar. Foi bom conhecer você. Tenha uma boa vida. Tudo de bom, Tracy." Leslie não contara a Grant. A mensagem não era para ele.

Leslie também iria embora. Ela não contara a ninguém, mas seu voo para o Canadá partiria dentro de alguns dias. Aprendera a lição com Tracy e iria simplesmente desaparecer. Arrumaria um emprego durante o verão, iria ao lago com seus pais, seu irmão e seu cão, e então começaria sua vida nova. E deixaria aquele lugar para trás.

O melhor quarto do hotel. A "suíte Bela Adormecida". Era destinado a uma família maior, é claro, mas Tracy queria o melhor para a menina. Era uma sorte conseguir a suíte; aquilo só fora possível porque o hotel tivera um cancelamento de última hora. Todo mundo, ou, nesse caso, toda a Europa, parecia estar de férias na Disney Paris ao mesmo tempo.

Ela imaginara que haveria apenas pais e crianças no parque, mas havia todo tipo de combinações: grupos de jovens homossexuais, de meninas risonhas, casais de idosos ou em lua de mel. Tracy não entendia por que alguém iria querer passar um feriado romântico no centro do coração negro do capitalismo.

Havia até mesmo um raro homem sozinho.

— Tenha cuidado — murmurou Tracy para a criança.

Era surpreendente o quanto era fácil deixar uma vida e começar outra. Elas haviam passado duas semanas perdidas em Londres, onde ninguém sabia quem você era, nem se importava com isso. Haviam testado suas novas identidades indo a médicos, dentistas e oculistas. A menina fizera uma lavagem nos ouvidos e testes oftalmológicos e agora usava óculos. Aquilo só aumentava seu charme. Tracy, ou melhor, Imogen Brown, abrira uma nova conta bancária e Harry Reynolds transferira os fundos para ela, dinheiro muito bem lavado, com uma história crível. Ficara surpresa; nunca esperara que ele realmente lhe enviasse o dinheiro. Achara que ele simplesmente venderia sua casa e embolsaria o lucro.

Quando passaram pelo controle de passaportes, na estação de St. Pancras, Tracy esperara por perguntas, esperara ser questionada com desconfiança. Esperara que um agente da imigração, com o rosto impassível, as levasse para um canto e dissesse: "A senhora poderia vir comigo?", mas elas haviam embarcado no Eurostar com facilidade e logo estavam ali, no Magic Kingdom.

A menina tinha suas prioridades. Na lojinha do hotel, Tracy lhe comprara uma nova fantasia de fadinha, a roupa verde da Sininho. A varinha de condão, também verde, tinha uma borboleta na ponta. Metade das crianças do hotel estava fantasiada; havia dúzias de fadinhas e Peter Pans, e um ou outro pirata. Era impossível andar pelo corredor do hotel sem esbarrar em um adulto fingindo ser o Pateta ou a Mary

Poppins. Era surreal, e um tanto alarmante. A menina aceitava tudo como se fosse normal.

— Espelho, espelho meu — disse Tracy, quando elas voltaram para a suíte do hotel —, quem é a fada mais linda de todas?

— Eu — disse Courtney, quando viu seu reflexo no espelho.

As mãozinhas faziam o gesto que imitava estrelas. "Brilha, brilha."

— Você está linda — disse Tracy.

— Estou — concordou Courtney.

Andaram pela Main Street na direção das paredes sagradas do castelo da Bela Adormecida. "*Le Château de la Belle au Bois Dormant.*"

— Isso está em francês — disse Tracy para Courtney.

Tudo estava em francês, porque, diferentemente de outros países, os franceses se recusavam a ceder naquele respeito. Como seriam as reuniões de planejamento? Todos aqueles executivos da Disney, os homens do Mickey Mouse, sentados à mesa para tomar café e comer croissants com os franceses, que insistiam em dizer que não haveria tradução ("*Non*"), enquanto os americanos tentavam imaginar aquilo.

Tracy se perguntou se a Disney Paris seria tecnicamente território americano, e se ela poderia se colocar nas mãos do Mickey e pedir asilo. Elas poderiam se mudar para os Estados Unidos, em algum lugar quieto, longe do olhar público. Oregon, Novo México, uma pequenina cidade do Meio-Oeste, algum lugar onde ninguém fosse procurá-las.

Todos aqueles lugares brilhantes, iluminados. Já se fora o tempo da luz das estrelas e do fogo. Já se fora há muito, muito tempo. Enfrentaram filas. E depois, mais filas. E depois de enfrentarem mais filas, havia mais filas. Entraram em uma fila para ver o castelo da Bela Adormecida, em outra fila para ver a casinha dos anões da Branca de Neve, e ambas as atrações eram, sinceramente, decepcionantes. Entraram em uma fila para voar com Peter Pan para a Terra do Nunca, do que gostaram muito. Entraram em uma fila para andar nas xícaras do Chapeleiro e nas costas de Dumbo. Entraram em filas para as viagens de Pinóquio, que eram uma porcaria, e para o barco dos Piratas do Caribe, que era muito legal e um tanto assustador, como as duas concordaram. Passaram uma eternidade em filas que pareciam uma cobra gorda, esperando para embarcarem em barcos em um rio artificial muito raso, antes de serem levadas pela correnteza, e atiradas indefesas dentro da aterradora visão animada de *Mundo Pequenino.* Quando finalmente voltaram ao mundo grande, elas passaram outra eternidade em uma fila para tomar o trem da ferrovia Disney.

A garotinha era uma heroína.

Ficaram ali, na Main Street, assistindo ao desfile passar e tomando sorvete. No final do dia, Courtney estava novamente com aquela expressão espantada nos olhos, aquela tão comum em crianças abusadas. Tracy imaginava que, se olhasse sua imagem no espelho, veria a mesma expressão em seus próprios olhos. O tema de *Mundo Pequenino* rodava na cabeça de Tracy. Ela não sabia se conseguiria se livrar dele algum dia.

— E podemos fazer tudo de novo amanhã — disse ela, enquanto cambaleavam pela entrada dos fundos do hotel.

Era aquilo que você fazia, se tivesse uma doença terminal, não era? Você saía em viagem, fazia o passeio de helicóptero sobre Victoria Falls, de barco pelo Nilo, de trem por Veneza. Subia de elevador até o topo do Empire State, ia a um safári na África e jogava nos caça-níqueis dos cassinos de Las Vegas, porque de repente estava faminto pelo mundo que iria perder. Ou você saía girando em xícaras gigantes, tirando centenas de fotos de uma criança que lhe mostrava os polegares levantados. Imaginando quanto tempo aquilo poderia durar.

Quando elas voltaram para a suíte da Bela Adormecida, um envelope com o logotipo da Disney e as palavras "Mme Imogen Brown" escritas à mão havia sido empurrado por debaixo da porta. Tracy pensara que seriam informações sobre as atividades do parque, mas dentro do envelope havia um outro, com uma palavra, "Tracy", escrita. Fora encontrada. Sua mão tremia ao abrir o segundo envelope. Mais um envelope. Aquilo era ridículo. Mais uma vez, seu nome estava escrito nele, em uma caligrafia que reconheceu como sendo de Barry. Era como uma charada chinesa: iria continuar abrindo envelopes que ficavam cada vez menores, até encontrar o quê, uma mensagem final? "Te peguei!", ou "O tesouro é você!" Quando abriu o terceiro envelope, achou uma mensagem escrita na aba. Uma mensagem de Harry Reynolds. Talvez ela não devesse se surpreender com o fato de ele poder encontrá-la.

Tracy,

Barry me pediu para lhe enviar isto. Devo alguns favores a ele. Não sei se você ouviu falar, mas Barry está morto. Ele matou a filha e depois se suicidou. Deixou uma tremenda bagunça para trás. Len Lomax caiu debaixo de um trem, e Ray Strickland está preso pelo assassinato de uma prostituta há décadas atrás. Achei que você gostaria de saber.

Do seu,

Harry.

Você vira as costas por um minuto e o mundo virava de cabeça para baixo. Havia um P.S. de Harry: *"Eu paguei o dinheiro que você devia ao polonês, como você me pediu."*

Ela ligou a televisão em um canal de desenhos para a menina assistir e leu a carta de Barry, e finalmente descobriu a verdade sobre Michael Braithwaite. Ele tinha uma irmã. O coração de Tracy se apertou. Aquela fora a primeira coisa que ele lhe dissera:

— Onde está minha irmãzinha?

— Do que você gostou mais? — Tracy perguntou a Courtney enquanto esperavam na fila para entrar no restaurante.

— Do meu vestido — disse ela, sem hesitação.

O garçom as levou para uma mesa perto da janela, de onde tinham uma excelente visão do castelo iluminado da Bela Adormecida. Elas brindaram à saúde uma da outra, com vinho e coca-cola. Tracy bebeu uma modesta meia garrafa de vinho tinto, embora se sentisse capaz de entornar um vinhedo inteiro. Pensou na menina, sentada o seu lado enquanto voavam para a Terra do Nunca. A sensação de amar alguém pequenino e indefeso. Aquilo a fazia pensar em Michael Braithwaite e em todos aqueles anos em que ninguém se importava com o que acontecia com ele. Um Menino Perdido. Ela era grata a Barry por lhe informar sobre o final feliz. Pobre velho Barry; nunca aproveitara sua aposentadoria, afinal. Ela ergueu a taça em um brinde silencioso a ele.

Era o Mickey quem servia as mesas. Assim como o Pateta e o Pluto. A menina gostou mais do Pluto. Os polegares levantados. Tracy tirou foto atrás de foto. Doença terminal.

Depois do jantar, Courtney vestiu seu pijama novo da Minnie, que elas haviam comprado na lojinha do hotel, e elas pediram chocolate quente ao serviço de quarto e assistiram a um DVD na cama. Disney, obviamente.

A menina espalhara seu tesouro sobre a cama:

O dedal de prata manchada
A moedinha chinesa com um buraco no meio
A bolsinha com a cara de um macaco sorridente
O globo de neve com um modelo grosseiro do Parlamento britânico feito de plástico
A conchinha em forma de bomba de chocolate
A conchinha em forma de chapéu chinês
O pinhão
O anel de noivado de Dorothy Waterhouse
A folha da floresta
Os elos de uma corrente barata de ouro
A Virgem Maria iluminada do Saab
A estrelinha prateada da antiga varinha de condão

Mais alguns anos, e elas precisariam de um caminhão para carregar a carga da menina.

"Mais alguns anos."

Tracy não conseguia imaginar aquele futuro, porque, embora aquele fosse o começo de algo, parecia ser o fim. Sempre fora assim. Sempre seria assim.

Dali em diante, Tracy sempre estaria olhando por sobre os ombros, esperando uma batida na porta. Havia câmeras que as seguiam por toda parte; se alguém estivesse procurando por elas, certamente iria encontrá-las. Harry Reynolds as encontrara. E se os malvados não as encontrassem, os bonzinhos provavelmente o fariam.

Quando Tracy comprara a menina, fizera um pacto com o diabo. Poderia ter alguém para amar, mas aquilo lhe custaria tudo. Ela pensou na Pequena Sereia, cada passo que dava era uma tortura, uma dor como o corte de uma espada afiada. Só para ser humana, para amar.

A menina apontou a varinha na direção de Tracy. Atendendo a um pedido ou fazendo um feitiço, era difícil dizer. Courtney estava entrelaçada na alma de Tracy. O que aconteceria se ela lhe fosse tirada?

Aquilo era amor. E não vinha de graça; você pagava com dor. A sua própria. Mas ninguém jamais dissera que amar era fácil. Bem, alguns haviam dito, mas eram uns idiotas.

O telefone tocou. Telefone novo, nome novo, número novo. Ninguém tinha aquele número. Talvez fosse o provedor de serviços, com uma chamada de cortesia. Talvez fosse outro homem misterioso, ou talvez fosse o mesmo. Ou algo mais sinistro. Ela desligou o celular e começou a assistir ao DVD. Sininho estava procurando um tesouro perdido. Não estamos todos?

1975 : 22 de março

Logo que ele acordou, colocou a mão sob o travesseiro, procurando seu carrinho favorito, um carrinho de polícia azul e branco. Segurando o carrinho em uma das mãos, desceu da cama que dividia com a irmãzinha. Eles dormiam juntinhos, apertados.

— Como sardinhas — dizia sua mãe.

Sua irmãzinha não estava na cama. Ele pensou que ela poderia ter ido dormir na cama da mãe, no meio da noite.

Ele era um macaquinho, sua mãe dizia. Às vezes, ela ria e o apertava nos braços, e dizia que ele era "pequenino". Ele tinha 4 anos. Outras vezes, quando ela estava zangada, dizia:

— Pelo amor de Deus, Michael, você já é um garoto crescido, por que não se comporta como um?

Às vezes, ela dançava pela cozinha com ele; Michael ficava de pé sobre os sapatos dela e ela o girava e girava, ria e ria, até que ele gritava para que ela parasse. Outras vezes, ela lhe dizia para sumir de sua frente e ficar longe dela. Ele nunca sabia como iria ser.

Ele estava com fome, e foi à cozinha para apanhar um pouco de cereal. Não havia onde se sentar na cozinha, e ele levou a tigela cuidadosamente para a sala. Comeu seu cereal antes de ir procurar a mãe. Ela estava deitada no chão do banheiro. Ele tentou acordá-la. Ligou a chaleira e preparou uma xícara de chá para ela, como a vira fazer tantas vezes. Ele derramou um pouco do chá e se esqueceu de acrescentar leite e açúcar. Ela costumava dizer que tinha que começar o dia com uma xícara de chá e um cigarro. Ele foi procurar os cigarros dela, e colocou a xícara de chá e um cigarro junto dela, mas mesmo assim ela não se mexeu. Ele tentou colocar um cigarro em sua boca.

— Mamãe? — chamou ele, sacudindo-a.

Quando ela não acordou, deitou-se ao lado dela e tentou abraçá-la. "Quem é o garotinho lindo da mamãe? Dê um abraço, então."

Depois de algum tempo, ficou entediado, levantou-se do chão e foi procurar os outros carrinhos.

Mais tarde, como ela ainda não acordara, ele arrastou uma cadeira até a porta da frente e tentou destrancá-la. Já fizera aquilo antes, mas dessa vez não havia chave na fechadura e a porta não abriu.

Naquela noite, apanhou um cobertor na cama e foi dormir no chão, ao lado da mãe. Ele fez a mesma coisa por duas ou três noites, mas depois disso, soube que não poderia continuar. Sua mãe começara a cheirar de modo estranho. Ele fechou a porta do quarto dela e não voltou mais para lá.

Arrastou a cadeira até a janela e de vez em quando ficava em pé sobre ela, tentando atrair a atenção de alguém lá embaixo, batendo no vidro e acenando; mas ninguém o via. As pessoas pareciam formiguinhas. Parou de tentar depois de algum tempo.

Ele procurou no apartamento todo a irmãzinha, preocupado; ela poderia estar brincando de esconde-esconde, ou talvez estivesse presa sob um armário ou debaixo da cama, mas ele não conseguiu achá-la em lugar algum. Ele continuou a gritar:

— Nicky!

Ou, às vezes:

— Nicola! Venha aqui!

Era assim que sua mãe fazia quando estava zangada. Sua irmãzinha era engraçada, sempre fazendo coisas bobas.

Sua mãe lhe dizia:

— Oh, você é tão sério, Michael, você vai ser um homem muito sério. Sua irmã vai ser como eu, Nicky sabe como se divertir.

Ele sentia mais falta da irmãzinha do que da mãe.

Alguém viria logo, ele pensou. Mas ninguém veio.

9 de abril

O som da campainha tocando o acordou. Alguém estava batendo na porta, dizendo que era da polícia. O papai era da polícia. Ele não gostava de ser chamado de papai. Ele cambaleou pelo corredor e viu que a caixa do correio estava aberta. Ele podia ver uma boca, uma boca que se mexia, dizendo alguma coisa.

— Está tudo bem, está tudo bem, tudo vai ficar bem agora. A mamãe está em casa? Ou o papai? Vamos ajudar você. Está tudo bem.

A policial grandona o abraçava com força.

— Cadê minha irmãzinha? — murmurou ele, e ela murmurou de volta:

— O que foi, querido? — e a outra mulher, a que ele viria a conhecer como Linda, disse:

— Ele não tem irmã, está delirando.

E então, ela o levou embora, na ambulância. Quando eles já estavam na ambulância, ele perguntou novamente:

— Cadê minha irmãzinha?

E ela disse:

— Psiu, você não tem nenhuma irmã, Michael. Você tem que parar de falar nela.

E ele obedecera.

Ele a guardou no lugar onde você guarda tudo que é precioso, e não a tirou de lá pelos próximos trinta anos.

Fountains. Até que enfim.

Havia cervos e árvores antigas, e as longas sombras de uma noite de verão. As árvores exibiam suas folhagens novas, a alquimia de verde e dourado. Os passarinhos cantavam. Julia teria adorado aquele lugar.

Chegara depois que os portões haviam sido fechados e teve que encontrar outro meio, menos tradicional e um tanto ilegal, de entrar.

Os cervos estavam quietos e não se assustaram com um homem e seu cão. O cão tinha uma coleira. Eles passaram por uma grande casa e uma igreja, ambas "projetadas por Burges", quem quer que ele tivesse sido. Jackson podia ser um invasor, mas era um invasor bem informado. O lugar era melhor sem tanta gente. A maioria das coisas era, na opinião de Jackson.

— Só eu e você — disse ele ao cão.

A abadia não decepcionava, embora Jackson ainda preferisse as ruínas mais familiares de Jervaulx. Ele tirou a coleira do cão e caminhou até High Ride, a trilha que levava ao topo do vale que abrigava Fountains. Ele parou no trono de Ana Bolena, para contemplar a vista gloriosa de gramados verdes e água, que se estendia até as ruínas da abadia a distância. Não havia nenhum sinal de mulheres decapitadas. Crepúsculo. Na Escócia, onde Louise estava, se dizia "gloaming".

Ele desceu a trilha novamente e caminhou por entre as ruínas. O cão saiu correndo, como um leopardo perseguindo um coelho. Jackson se sentou nas pedras baixas de uma antiga parede. Ele pensou que a parede fazia parte do claustro, mas, quando observou a placa, viu que era parte das latrinas. Provavelmente, já era hora de Jackson investir naquela receita de óculos.

— "Essa é a minha carta para o Mundo" — leu ele para o cão quando o animal voltou, sem coelhos. — "Que nunca me escreveu de volta."

O cão inclinou a cabeça.

— Eu também não sei o que isso significa — disse Jackson. — Acho que esse é o sentido da poesia.

Só por um segundo, pensou ter visto sua irmã, vestida de branco, correndo e rindo, pétalas caindo de seus cabelos. Mas aquilo também era poesia. Ou um raio de luz.

Porque durante todo aquele tempo, em todos aqueles lugares, de pé entre as ruínas ou nos salões de chá e bares, sua irmã estava sempre nas sombras, rindo e sacudindo as pétalas de suas roupas, de seus cabelos, como uma noiva, uma chuva de pétalas como impressões digitais no véu escuro de seus cabelos.

Ela estava guardada no cofre de seu coração, como a rainha de maio, uma virgem sagrada.

— Para sempre — dissera Julia sinceramente, batendo no peito e cruzando o braço sobre o coração como um guerreiro jurando fidelidade. — Morta para o mundo, mas viva em seu coração.

O eterno paradoxo dos desaparecidos.

Ela se fora antes dele, e ele jamais a alcançaria. Ele podia viver com aquilo, Jackson decidiu. Não era como se ele tivesse escolha.

— Na estrada, mais uma vez — disse Jackson, entrando no Saab. — Milhas a percorrer, e assim por diante.

Seu copiloto obediente, sentado no chão do carro, deu um latido encorajador. Jane aguardava instruções.

Ainda havia algo que o incomodava. Não era Michael, nem Hope, nem Jennifer, a garotinha de Munique — fora pensar no irmão desaparecido da menina que finalmente o fizera perguntar a coisa certa a Marilyn Nettles.

Era outra coisa. Uma cicatriz, um sinal, uma marca de nascença no formato da África. Algo que ele vira recentemente. Jackson supunha que os homenzinhos em seu cérebro iriam localizar a informação mais cedo ou mais tarde.

Ele estava prestes a ligar o motor quando seu celular tocou.

"Louise", informou o identificador de chamadas.

Jackson hesitou, imaginando o que poderia acontecer se ele não atendesse.

E o que poderia acontecer se atendesse.

"Esperança" é a coisa com penas
Que na alma se empoleira
E canta uma canção sem palavras
E que nunca — jamais — se cala,

E mais doce é ouvida no vendaval;
E dura precisa ser a tempestade
Que poderia desanimar o passarinho
Que mantém tantos aquecidos.

Já o escutei nas terras mais frias
E nos mais estranhos mares,
Nunca, porém, mesmo no desespero,
Ele pediu uma migalha a mim.

Emily Dickinson

40%.

DESCUBRA ESTA HISTÓRIA DE CORAGEM E DETERMINAÇÃO QUE VAI INSPIRAR VOCÊ!

EDITORA FUNDAMENTO

www.editorafundamento.com.br